Philippe Forest

L'enfant éternel

Gallimard

Cet ouvrage a été précédemment publié
dans la collection « L'Infini » aux Éditions Gallimard.

Philippe Forest est né en 1962 à Paris. Il a enseigné dans diverses universités d'Angleterre et d'Écosse. Il est aujourd'hui maître de conférence en littérature comparée à Nantes. Il est l'auteur de plusieurs essais et de textes critiques publiés dans les revues *L'Infini* et *Art Press*.

L'enfant éternel a reçu le prix Femina du premier roman en 1997.

There were odd stories about him; as that when children died he went part of the way with them, so that they should not be frightened.

I

LA PREMIÈRE NEIGE

Two is the beginning of the end

1

Je ne savais pas. Ou alors : je ne m'en souviens plus. Ma vie était cet oubli, et ces choses, je ne les voyais pas. Je vivais parmi des mots — insistants et insensés, somptueux et insolents. Mais je m'en souviens : je ne savais pas.

J'habite maintenant ce point du temps. Chaque soir, je pose rituellement le volume rouge sur la table de bois qui me sert de bureau. Je fais la somme des jours : j'ajoute, je retranche, je note, je lis.

« Tous les enfants, sauf un, grandissent », écrit James Barrie. Ainsi commencent les aventures de Peter Pan. Lecteur, j'imagine aussitôt quelque élégant quartier de Londres, de vastes demeures irréelles à force de perfection, des pelouses lumineuses et soignées. Wendy a deux ans. Elle court jusque dans les bras de sa mère et lui offre une fleur tout juste cueillie. Ce moment sera suivi d'autres moments et pourtant jamais plus, d'année en année, il ne se répétera. Wendy a deux ans et elle sait déjà le tic-tac reptilien du temps. « À deux ans, tout enfant le sait. Deux est le commencement de la fin. »

Laisse-moi te dire à nouveau les mots par où commençaient nos histoires. Elles parlaient de géants et de fées, de pirates et d'Indiens, de lièvres et de lutins, de loups et de fillettes. La vraie vie est douce aux ogres plus qu'aux enfants. Elle égare Poucet au plus profond de la forêt, elle disperse les graviers blancs qui traçaient entre les arbres la route ensevelie du retour. La vraie vie dévore Hänsel et elle dévore Gretel ou elle les cadenasse pour toujours dans une chaumière d'enfer. Elle oublie Raiponse au sommet de sa tour. L'existence est une féerie claire et cruelle, une légende aux enluminures grotesques. Dans les marges des livres illustrés, indifférents aux mots dont nous nous rassurons ensemble, les démons comptent les heures et les sorcières préparent leur venin. Notre histoire est un conte semblable de terreur et de tendresse qui se dit à l'envers et commence par la fin : ils étaient mariés, ils vivaient heureux, ils avaient une enfant... Et tout commence encore, écoute-moi, puisqu'il était une fois...

2

Ainsi, il était une fois l'hiver dernier. Je m'en souviens : nous ne savions pas. Et peut-être, cela était-il mieux ainsi. Peut-être valait-il mieux que nous ne sachions pas. Notre ignorance nous protégeait. Elle nous garantissait du malheur. Sans le savoir encore, nous lui devions chacun de nos jours. Savoir nous aurait privés de ce don. Cet hiver, en somme, fut le dernier. Il absorbe dans sa lumière tout ce qui a précédé.

L'année s'achevait. Nous étions pris comme chacun dans la nasse ordinaire des tracas. La vie nous entourait de soucis habituels. Pourtant nous savions que tout cela ne comptait pas. Nous étions, comme toujours, tous les trois. Pauline venait de fêter son troisième anniversaire. Et puis, le lendemain, était venu Noël. Elle avait rassemblé son butin déposé au pied de l'arbre : les livres que nous lirions, les patins à roulettes, les poupées. Nous avions bouclé les valises dans la matinée et pris la route de la montagne. Nous passerions des vacances dans la maison de la vallée au milieu de la forêt. Nous rêvions de sommeil et de soleil. La vie nous reprendrait seulement après.

Nous attendions la neige que Pauline ne connaissait pas sinon sous la forme des vagues flocons qui quelquefois tombent sur Londres ou sur Paris. Nous étions fatigués de tout ce gris répandu autour de nous sur les toits et les trottoirs. Nous voulions nous étourdir ensemble de blanc, glisser dans la splendeur ouverte d'un paysage de cimes et de sapins. Nous interrogions chaque matin les bulletins météorologiques et chaque matin nous devions différer notre départ vers les sommets. La saison était désespérément douce. Au premier signe favorable nous espérions gagner la station de ski voisine. Mais le ciel restait sec, clair, lumineux. Nous jouions autour de la maison, délaissant le grand jardin — décati, dévasté —, avec ses pelouses boueuses, ses parterres frigorifiés. Au loin, on pouvait seulement se fatiguer de promenades. Le chemin de droite passe entre la scierie et les prés. Nous n'empruntons jamais celui qui, sur la gauche, longe les dernières maisons du village. Par le sentier d'en face, on s'enfonce vite dans les bois, on grimpe bientôt dans la montagne sans jamais croiser qui que ce soit. Dans la remise, on va chercher la carriole de bois. On assied un enfant sur le banc puis l'on s'en va, faisant tourner et crisser sur le gravier les grandes roues cerclées d'acier.

Nous nous étions mis en tête de trouver la neige. Nous ne voulions plus attendre et que nous soit tenue la promesse faite. Nous avons pris la voiture dans l'extravagante canicule de décembre. Nous pensions qu'il suffisait de gagner de l'altitude pour pénétrer tôt ou tard dans le blanc. Alice avait déplié sur ses genoux la carte routière mais la région m'était assez familière pour que je puisse conduire presque au hasard suivant le lacet de bitume escaladant les versants. Pauline était sanglée dans son fauteuil d'enfant, attentive, et, d'un regard, je pouvais dans le rétroviseur vérifier sa présence. Dix fois, nous nous sommes arrêtés dans des villages identiques et inconnus. Je me rappelle les églises dont les charpentes de bois sont des navires renversés, échoués en altitude, les inintelligibles monuments aux morts, les abreuvoirs de pierre moussus. L'automobile grimpait de col en col. En fin d'après-midi, nous avons atteint le point le plus élevé. Autour du sommet, une ligne était dessinée au-delà de laquelle commençait la neige et que nous avons franchie. La route s'élargissait et, après quelques dizaines de mètres, devenait impraticable. Les roues se sont mises à patiner. Nous avions cessé presque de croire à la neige et j'avais négligé de fixer les chaînes. Le moteur vrombissait de façon de plus en plus bruyante mais l'automobile ne progressait plus sur la pente. Derrière moi, Pauline ne disait rien. Mais je me souviens aujourd'hui que, bien plus tard, elle évoquerait souvent ce moment auquel elle n'avait semblé accorder aucune importance, inquiète et amusée par cette aventure modeste et imprévue.

J'ai rangé tant bien que mal la voiture sur le bord de la chaussée gelée, à distance respectable du fossé jonché de poudre. Nous avons sorti du coffre les après-skis. En retrait, un chemin montait le long du relief. Aucune trace ne nous précédait. La neige était intacte, crissante, épaisse sous le pied. Dans la poudreuse, nous nous enfoncions jusqu'aux chevilles. Les brindilles craquaient sous nos pas et les cristaux, accrochés aux ronces et aux branches, se défaisaient à mesure que nous avancions. C'était un doux saccage. Fatiguée, au bout de quelques pas, j'ai dû prendre Pauline sur mes épaules. Nous chantions des chansons d'enfant. On se promène dans les bois et l'on rit, car le loup n'y est pas et puisqu'il n'y est

17

pas, il ne nous mangera pas. Le soleil était remarquablement lumineux et allongeait les ombres. Le sentier se perdait ensuite dans les volumes blancs posés intacts sur le versant. Sur quelques larges pierres plates, nous avons effacé la couche légère et fuyante des flocons. Nous nous sommes assis tous les trois. Puis, avant de prendre le chemin du retour, nous avons fermé les yeux au soleil.

3

Désormais, nous dévalons la pente délayée du temps. Nous plongeons dans le pli immense de la vallée, suivant à l'envers les sentiers sinueux dans le soir. La voiture est une bille de métal glissant dans sa gouttière de bitume. L'obscurité gagne. Nous serons rentrés à temps. La route redevient familière au point que l'esprit précède l'enchaînement attendu des virages et des lignes droites. Le blanc pâle du crépuscule comprime les distances. Le visible se rétracte. Quand nous arrivons au village, la nuit est tombée; elle absorbe dans son ombre toutes les masses noires à l'exception des cimes, des crêtes taillées au front bleu sombre du ciel.

Avec ses murs épais, ses fenêtres étroites, la maison seule fait un bloc dans le noir. À la périphérie du village, elle habite le centre d'un carrefour que jamais personne n'emprunte. Autour d'elle rayonnent quelques chemins qui tracent comme une vague étoile effacée de bitume et de cailloux. Tout concourt à l'isolement de ce volume de pierre et de bois. La maison n'occupe pas sa place dans la rangée des autres demeures, elle se tient à l'écart dans le réseau tournant des rues. Les quatre murs délimitent, de la cave au grenier, un espace vertical de vide et de poussière. Les volets sont le plus souvent tirés. La maison n'est habitée que quelques semaines dans l'année. La décoration en a souvent été refaite mais sans que jamais n'en soit altérée la désuétude. Les arrière-grands-parents qui vivaient autrefois ici se sentiraient encore chez eux. Les murs et les plafonds sont uniformément recouverts de planches luisantes et vernies. Cette maison de montagne ressemble ainsi à un navire où chaque chambre est comme une luxueuse et inconfortable cabine.

C'est le soir et, pour nous, le soir est réservé aux livres et aux jeux. Nous nous blottissons dans le lit de la morte ordinairement dévolu aux parents. Nous nous réchauffons dans l'épaisseur d'un édredon sans âge, sous le grand crucifix noir et le buis séché, les portraits indéchiffrables. La maison est riche d'un invraisemblable bric-à-brac enfantin. Tous les jouets de Noël, tous les cadeaux d'anniversaire — ceux des frères et des sœurs, des cousins et des cousines —, une fois disparu l'attrait de la nouveauté, échouent là, usés, brisés. On explore une fois encore le grenier, on écume les placards, on éventre les cartons poussiéreux, on fait sauter les serrures de malles oubliées. Les livres dont on se disait autrefois qu'ils avaient été trop souvent lus offrent leur profusion d'histoires reconnues. On chemine légers dans cet incroyable mélange d'enfances dépareillées. La tête sur l'oreiller, quelques feuilles posées sur les genoux, Papa prétend qu'il travaille mais il rêve. Maman et l'enfant jouent à leur jeu favori : elles se couchent sous le drap et s'embrassent.

— *On se cache ?* demande Pauline depuis qu'elle est en âge de parler. Oui, on se cache, on tire sur

20

nous le drap frais de l'enfance, on s'ensevelit sous le gai linceul des songes. On joue à disparaître sans laisser d'adresse. Le monde n'existe plus, on l'efface du revers de la main et on se retrouve tous les trois, dans le blanc où plus rien ne nous atteint, où plus rien ne nous concerne. Je tends l'oreille et guette à côté de moi leur conciliabule secret. Elles murmurent et complotent. En riant, elles appellent Papa pour qu'il les rejoigne sous leur tente de toile, pour qu'il se blottisse avec elles dans cette cabane légère improvisée dans le bois de la nuit. Il faut jouer toujours à ce jeu. Papa doit faire un peu la sourde oreille, se faire prier, protester qu'on le dérange, qu'il est bien trop tard pour de tels amusements. Puis enfin il plonge avec de grands cris sous la surface de drap et de laine où on l'attend le cœur battant. Il rejoint les filles dans la profondeur douce du lit. Il est le prince qui réveillera les belles d'un double baiser. Il est le monstre carnassier qui se délectera de leur chair. L'un ou l'autre. L'un et l'autre. On l'invite et l'implore d'une voix tremblante. Il répond, grave et tonitruant. Il fait sortir de sa gorge le grondement le plus terrifiant et le plus comique dont il soit capable. — *Grand Méchant Loup! Grand Méchant Loup!!! — On m'appelle? Qui ose ainsi me déranger? — Chut! Maman! Chut!!! — Mais on dirait bien que ça sent la chair fraîche par ici...* Pauline se réfugie entre les bras d'Alice, en riant, en hurlant. Maman la protège, elle se coule dans le creux de ces bras où rien ne lui arrivera jamais. — *N'aie pas peur, mon bébé! Nous, les filles, on ne craint rien des grands méchants loups... Tu vas voir... Tiens, prends ça, sale bête, et ça!* Le grondement d'horreur se transforme en hurlement bouffon. La bête est vaincue. Elle demande grâce. On se venge sauvagement de baisers parmi un désordre de couvertures et d'oreillers. Il est temps encore pour un livre, peut-être pour un spectacle de marionnettes improvisé au pied du lit. Puis il faut se coucher. Dans le noir, Maman, ce soir, accompagne l'enfant d'un dernier refrain murmuré, d'une caresse encore.

Ici, notre grande affaire est le sommeil. On apprend à en élargir les marges, se couchant tôt, se levant tard. Tout se joue dès le premier soir. Immédiatement opèrent les vertus de l'altitude, tapis volant nocturne, formidable stupéfiant instantané. La rumeur habituelle se tait. Je m'endors. Je pousse une première porte mentale. Je fais coulisser le panneau d'ivoire. Je laisse se déployer la géométrie claire des couloirs rêvés. Je n'ai jamais quitté cette maison. Je grimpe les marches de l'escalier de bois, je tire à moi les volets pesants, je fais glisser mes doigts sur le papier peint usé par le temps jusqu'à la trame. Aux cinq sens, le sommeil en ajoute un sixième qui est, de tous les autres, la dimension idéale. Chaque songe habite l'intérieur d'un autre songe, à l'infini. Mille récits nuageux s'emboîtent dans le long roman de la nuit. Le corps dicte au cerveau la légende de ses péripéties. Je poursuis le chemin tracé que mon esprit assoupi invente à mesure. Je m'éveille et je m'endors. Je rêve que je rêve et mon réveil se poursuit en songe. À demi remémoré, le premier rêve, interrompu, fournit la matière du second qui, jusqu'au matin, se propage en écho. Je passe entre les décors dressés du sommeil, entre ses volumes fibrés et lumineux.

On dort à deux. On se partage la longue et large géographie des draps. Odeur, chaleur, souffle : chaque corps occupe un espace plus ample, au-delà de la peau, pris dans le mouvement de sa propre dérive immobile, vibrant. Jambes, fesses, seins, épaules : on se plaît à la rencontre hasardeuse des membres, des formes. Chacun bascule doucement dans son monde et parcourt les routes qui vaguement se croisent et s'effacent. Je te suis dans ton rêve. Tu me rejoins dans le mien. Nos bouches murmurent en cadence le dialogue décalé de nos respirations.

Le réveil est un lent sursaut. En silence, je me lève le premier, descends préparer le café, ouvrir les portes et tirer les rideaux. En bas, le soleil a posé ses taches de lumière sur la toile cirée, sur les murs roses et les boiseries. À l'étage, j'entends bientôt craquer le plancher. Je perçois faiblement l'écho matinal d'un premier conciliabule. Des pas passent sur moi puis dévalent doucement l'escalier.

4

Mais chaque enfant le sait, deux est le commencement de la fin.

Au plus profond de la nuit, Pauline se réveille et pleure. Je la veille un moment. Je passe ma main sur sa joue, dans ses cheveux.

J'ai peur que les cauchemars que je faisais ici enfant ne se soient maintenant saisis d'elle. Dans cette chambre où je dormais, ils attendaient depuis trente ans que quelqu'un commette l'imprudence de leur livrer une nouvelle proie de chair. J'avais voulu oublier la terreur que m'inspirait cette maison de mort, ce caveau de pierre aux parois de pin. Je ne pensais pas que la guerre de l'ombre puisse ainsi se poursuivre si longtemps, se livrer de nouveau avec chaque génération. Pourtant, nous avions pris garde à ne pas ouvrir la porte qui mène au grenier. Nous n'avions pas franchi le rideau épais et ignoble que, là-haut, les araignées tissent toute l'année à loisir.

Pauline s'endort. Sa chambre jouxte la nôtre. Elle donne sur la montagne et la fenêtre surplombe l'étroit jardin de gravier. L'arbre unique pousse ses branches nues jusqu'au balcon de pierre. Le matin, ouvrant les volets, nous découvrons un paysage de sommets dominant légèrement la brume. L'acoustique du site est telle que toute parole prononcée à voix haute donne l'impression de faire trembler la vallée tout entière. La première fois, Pauline se retourne vers moi stupéfaite, elle veut me prendre à témoin de l'inexplicable et demande : — *Dis, Papa, qu'est-ce qu'on entend ? — Mais tu sais bien, c'est l'écho, la voix qui rebondit contre la montagne comme une balle de mousse jetée sur un mur. Elle vibre là-bas et revient vers nous.* Pourtant, sur l'horizon que je lui désigne, il n'y a rien : quelques hautes antennes, le tracé en lacet d'une route, le passage d'une ligne à haute tension, la multitude inconcevable des arbres, le vert infiniment répété des feuillages. Mais où est celui qui parle ? Pauline a raison de ne croire qu'à demi à l'écho. Qui répond à son appel du fond de la forêt ? Et que crie la voix qui contrefait la sienne ?

Elle voudrait le savoir. Mais il faudrait alors traverser le village, passer entre les maisons vides, chercher encore les chemins qui gravissent le versant. Il faudrait escalader la montagne, choisir entre les sentiers abrupts qui, après de longs détours, montent plus haut, de clairière en clairière. Mais quelle que soit la distance parcourue, la voix serait toujours aussi lointaine. Elle sonne, immobile, à sa façon monotone : distante, ferme, voilée. On la dirait sortie de la gorge sourde et dévastée d'un inaccessible enfant, sa bouche fixe. Où le trouver ? La montagne est un escalier de rêve le long duquel on progresse en spirale, passant sur les paliers de pierre, entre les mâts des pins régulièrement plantés dans la géométrie sombre des sous-bois. Où est l'enfant qui crie ? Il nous précède. Il court sur les branches et les cimes. Il sait les raccourcis vertigineux du vent. Il saute quatre à quatre les marches du temps, les gravit, les dévale, glisse sur la rampe lustrée des heures. Il s'envole.

Où sommes-nous? Dans quel pays? L'enfant qui crie règne dans ce domaine où l'on ne grandira plus. Barrie écrit que ce royaume a toujours et partout la forme d'une île et qu'il ressemble à la carte impossible qu'un docteur tracerait en vain du cerveau d'un enfant. Chaque soir, le livre rouge ouvre son décor de légendes qui investissent tendrement les songes de la nuit. Les arbres abritent les Indiens aux peintures grimaçantes tandis que les Garçons perdus se mettent sur le sentier de la guerre, quittant leur refuge. La faune féerique des contes nous accompagne et les pirates fourbissent leurs armes. Coquillage ouvert sur le ciel, avec ses ourlets rocheux de nacre, le paysage fait une rumeur d'océan où se chante le chant des Sirènes.

Le soir tombe et il faut renoncer à la course, interrompre le cache-cache. Parvenu au sommet, on se retourne sur la vallée et l'on appelle une dernière fois. La voix répond encore, venue désormais de l'autre versant de l'horizon, là où l'on devine le village quitté le matin et, tout au bout de celui-ci, la maison dont la fenêtre surplombe le jardin de gravier, avec l'arbre unique qui pousse jusqu'au balcon de pierre ses branches nues et, derrière les croisées ouvertes, le visage imaginé de l'enfant qui crie et ne grandira pas.

5

Que faire du temps offert? Les journées sont courtes. L'année touche à sa fin. Chaque après-midi, on s'accorde quelques pas le long du lac pour saluer les cygnes et les canards. Toute activité est suspendue tant que dure la morte-saison. Les vacanciers n'arriveront pas avant le printemps. Les vagues appartiennent aux oiseaux. Notre océan est modeste. Seuls naviguent ordinairement sur ses eaux quelques planches à voile et quelques pédalos. Le lac est entouré de versants rocheux et boisés qui, le soir, dessinent les contours d'un horizon bleuté. Sur les berges, chaque passant voit venir à lui la multitude bruyante et insistante des oiseaux en quête de nourriture. Quelques morceaux de pain sec sont le prix à payer. Attentive et sérieuse, Pauline veille à ce que la distribution se fasse dans la plus grande équité. Pour que le grand cygne ne s'adjuge pas chaque quignon jeté, pour que le canard gris ait sa part, il faut ruser avec la voracité des animaux les plus rapides, varier la taille et la trajectoire des morceaux lancés. Quand le sac est vide, Pauline disperse les dernières miettes au pied du ponton de bois. Les cris cessent vite. Cygnes et canards s'éloignent ou s'envolent. Je lève la tête pour suivre le passage calme de quelques ailes blanches à la verticale. Et je recompose de mémoire quelques vers de Yeats récités il y a longtemps lorsque Alice et moi étions de tout nouveaux amants : «De nombreux rivages, je les sais, où le Temps certainement nous oublierait, et la Peine jamais plus ne nous approcherait… Si seulement nous étions des oiseaux blancs, mon amour, portés sur l'écume des vents…»

Les souvenirs se confondent et déjà je suis incapable de dire combien de fois nous nous sommes promenés tous les trois sur ces berges. Je revois avec précision une nuit d'été. Nous avions pris la voiture très tard dans l'obscurité car nous voulions faire voir à Pauline le feu d'artifice qui serait tiré sur le lac. Mais elle était trop petite, presque un bébé, et je crois qu'elle ne remarquait rien dans le ciel, qu'elle somnolait dans mes bras. Il y eut aussi une matinée nette de soleil. Nous marchions dans les jardins qui longent en pente douce l'autre rive. L'eau était si extraordinairement claire et peu profonde qu'on voyait sans peine les gros poissons noirs qui tournaient entre l'herbe et les pierres. Je croyais encore que nous l'avions emmenée ensemble en barque et que nous avions traversé ainsi le lac mais il me semble plutôt que cette scène, en vérité, est bien plus ancienne.

Que je me rappelle avec tant de netteté cet après-midi de décembre tient, bien entendu, à l'importance que j'ai fini par accorder à tous les moments de l'hiver dernier. Nous allions ce soir-là fêter comme tout le monde la nouvelle année. Dans les rares magasins de la ville, nous faisions quelques courses en vue d'un réveillon presque improvisé. Les rues noircies offraient un étrange spectacle. Des mannequins vêtus de rouge et de blanc, Pères Noël inhabituellement minces, avaient été fixés aux murs des maisons, aux cheminées, posés sur les toits, accrochés aux balcons et aux fenêtres, mimant immobiles l'attitude démultipliée d'un saint Nicolas visitant simultanément tous les foyers. On aurait dit une armée de malfaiteurs prenant d'assaut la cité, cambrioleurs, assassins déguisés, s'apprêtant à pénétrer dans chaque immeuble pour détrousser les habitants, les égorger. Nous avions promis à Pauline de ne pas la coucher avant que sonnent les douze coups de minuit mais elle s'assoupirait avant le dessert.

Près du lac, alors que la nuit tombe et qu'il faut rentrer, tourne un manège et s'amusent des enfants. Ils font sonner les klaxons de leurs automobiles et de leurs avions, ils s'émerveillent du clignotement rythmé des ampoules de couleur. Avant de partir, Pauline réclame une des gaufres que réchauffe un marchand ambulant : fraîcheur suspecte, consistance de carton, nuage poussiéreux de sucre glace ruisselant sur les mains et sur les manches. Elle en goûte à peine une bouchée et court vers le lac pour faire encore venir à elle la parade affamée des oiseaux. Les lampadaires de la promenade viennent juste de s'allumer. La lumière du jour s'efface. Pour ce soir, le rideau horizontal du lac est tiré.

Pauline dort. Elle rêve. Elle rêve d'oiseaux blancs qui s'envolent, paisibles et satisfaits. Ils poussent des cris grotesques qu'on ne comprend pas et qui retentissent en un vacarme lointain. Ou n'est-ce pas plutôt que, cette nuit encore, entendant ses pleurs dans le noir, à demi éveillé, je rêve son rêve à mon tour. Elle se souvient de Hyde Park, des grandes allées ocre tracées dans le vert, des larges feuilles brûlées qui craquaient sous le pied, de la poussière que le trot des chevaux soulevait. On arrivait au bord du vaste plan d'eau et si l'on s'approchait de la berge, les oiseaux glissaient vers nous, escaladaient audacieux la rive en hurlant. Avec leur long cou, certains étaient plus grands que Pauline qui, à l'époque, marchait à peine et se réfugiait en riant derrière sa poussette, dans les bras de Maman. Rêvant son rêve, je prends Pauline par la main et l'emmène jusque dans les jardins de Kensington, un peu plus loin. Là où Peter, une nuit — c'était il y a longtemps —, est entré sous le regard étonné des fées, a traversé les pelouses, est passé au-delà du cours d'eau, là-bas, et a pénétré le domaine des oiseaux. Tout cela se passait bien avant qu'il ne s'élance en direction de la seconde étoile et qu'il ne s'envole tout droit jusqu'au matin.

Le Pays Imaginaire, cela est entendu, est une île mais il change de forme à la guise du rêveur qui se promène en lui. C'est pourquoi le lagon où chantent les sirènes, où se posent les oiseaux blancs, devient tout naturellement un lac de montagne, surplombé de roches et de sapins. Barrie explique comment apercevoir le lagon et tous les enfants, sans savoir toujours ce qui apparaissait ainsi pour eux, en ont fait l'expérience. Il n'est pas nécessaire d'être endormi. Il suffit de fermer les yeux et d'avoir un peu de chance. Des couleurs pâles surgissent, suspendues dans le noir. Si l'on presse ses paupières avec les doigts, les couleurs prennent forme et deviennent plus intenses. Appuyez plus fort et tout tourne au brasier devant vos yeux fermés. Alors apparaît le lagon aux sirènes, qui n'est autre, pour vous, que le lac aux oiseaux. Et la vision céleste s'efface car elle ne dure qu'un insaisissable moment. Si ce dernier se répétait, alors vous verriez la vague et entendriez le chant. Vous auriez rejoint le pays où l'on ne grandit pas. Vous joueriez à la balle avec les sirènes ou, prenant pied sur un rocher, vous dirigeriez le cerf-volant qu'escorteraient dans le vent les oiseaux. Et peut-être oublieriez-vous de rentrer. Vous sentiriez la marée montant près de vous. L'eau crisperait ses mains glacées autour de vos chevilles, de vos genoux, de vos hanches. Dans la nuit, il n'y aurait plus que le tambour hurlant de votre cœur et, derrière ce tam-tam, plus loin, le bruit léger de cloches que font entendre les sirènes lorsqu'elles poussent la porte de leur demeure sous la mer. Ainsi se réveille une enfant au milieu du cauchemar et elle s'agrippe aux plis blancs du drap comme aux ailes salvatrices d'un oiseau imaginaire.

6

Étrangement, j'ai su très vite que si elle s'écrivait, l'histoire commencerait par l'éblouissement blanc de ces images. Quatre mots forment une série d'où tout se déduit. La neige. Le gravier. L'écho. Le lac. J'ignorais encore tout de ce qui adviendrait. Je ne voyais rien de ce qui allait suivre. Mais je savais avec certitude qu'il y aurait d'abord ce décor lumineux de montagnes. Les éléments qui composaient la série semblaient arbitraires autant que les figures que l'on découvre sur quatre cartes tirées au hasard dans un paquet. Le lien qui, dans la réalité vécue, unissait ces images était extraordinairement ténu. Il n'existait que pour moi seul. L'ensemble était pourtant à mes yeux d'une présence irréfutable. Tout ce qui avait existé avant lui disparaissait dans sa clarté formidable. Il n'y avait rien eu avant. Je ne savais pas la signification de ces quatre mots assemblés. Mais dans la série, on ne pouvait ni introduire un terme nouveau ni même modifier l'ordre qui avait été fixé. Il y avait la neige, et le gravier, et l'écho, et le lac.

Il suffit de la fièvre triste du malheur et chaque événement se fait présage. La mémoire commence sa besogne de navette sur la trame. Je fais le compte des jours. J'ajoute, je retranche. Je ne raconte pas. Je dispose des images à plat sur la table de bois.

Une jeune fille pleure dans les bras de son amant. Ils sont couchés nus dans le grand lit de l'appartement parisien. Ils sont dans la lourde splendeur des premières nuits, le vertige de fatigue et de désir, la toupie des baisers et des caresses. Entre ses larmes, elle lui fait promettre que rien, jamais, ne leur arrivera. Et il promet parce que avec elle, il croit pouvoir toujours fermer les yeux sur la catastrophe du temps.

Et le temps tourne sur lui-même. Il n'est pas encore pris dans la gravitation inconcevable du chagrin. Il y a d'autres chambres et d'autres nuits. Un escalier de bois monte jusqu'au dernier étage du bâtiment. Le printemps vient et ils découvrent la magnificence discrète des terrasses de pierre d'où l'on surplombe la longue ville verte et ses jardins. Les eaux de la Cam glissent entre les façades grises des collèges, passent sous des ponts qui contrefont Venise, tracent une piste étroite pour l'envol stupéfiant des cygnes. Ils font en toute chose preuve de peu d'assiduité. Ils se lèvent tard, déjeunent dans un tea-shop, exécutent une ou deux corvées puis se promènent dans le long labyrinthe des cours dallées, suivent le dessin net des pelouses interdites aux visiteurs, poussent une porte de fer, s'asseyent sur un banc qu'ils choisissent pour le vert du gazon, le bleu du ciel, le rouge vif des parterres fleuris. Ils attendent la nuit prochaine en regardant les couleurs basculer en elles-mêmes.

La fenêtre suivante donne, au loin, sur la mer dont on entend la rumeur, les jours de tempête. Cette année-là, tout est pris pour eux dans l'obscurité perpétuelle du froid. La lumière ne brille que brièvement autour de midi. La nuit tombe si vite que chaque journée est une interminable soirée. La lune habite fixement la verticale d'Albany Park. Quelques marches dans le sable mènent hors de la résidence universitaire jusque vers la vaste plage vertigineusement vide dans la violence du vent. La ville est tracée selon deux rues parallèles qui aboutissent à la mer, passent parmi les ruines d'un château, d'une église, d'un cimetière, serpentant par paliers jusqu'au port. Lorsque l'été arrive, en quelques jours, l'équilibre de la lumière se renverse et la nuit cesse. On s'endort et s'éveille sous une clarté blanche et perpétuelle. Dans le petit jardin qui jouxte la jetée et trempe dans la rade loge une longue loutre, fourrure luisante fuyant un matin en tout sens parmi les promeneurs arrêtés.

En bas, maintenant, il y a le petit square d'herbe et de bitume où les enfants ne vont pas jouer. Aucun Français n'a habité cette ville depuis Céline dirigeant, exilé, son cacophonique orchestre de pantins. Aucun écrivain pour dire Willesden Green, Kilburn High Road ou Maïda Vale. Eux, ne logent pas à South Kensington. Ils ne fréquentent ni l'Institut ni l'ambassade où vont académiciens et journalistes, ne rêvent ni d'altesses ni de pop-stars. Ils poussent la porte de leur modeste maison victorienne et assistent au naufrage d'une nation sombrant dans la graisse et la crasse.

L'enfant grandit d'abord dans ce désordre de langues où ses parents l'entraînent. Elle est née une veille de Noël. Sa mauvaise volonté était évidente : deux semaines de retard sur le terme, un accouchement impossible à provoquer, et quand le monitoring enfin s'affole, la nécessité d'improviser une césarienne au milieu de la nuit. Le corps glisse entre deux lèvres de sang ouvertes au scalpel. Tout se passe derrière le théâtral rideau vert que tendent les chirurgiens sur le ventre des mères. Avec un enfant, on rentre dans l'irrémédiable. Abasourdi par la fatigue, on conçoit trop tard ce que la vie donnée a d'irréparable. Toute naissance a ainsi des allures de tendre désastre. Lorsque pour la première fois, il voit sa fille, on l'a placée dans un cube de verre qui la protège mais où, pour que puissent être réalisés les premiers examens sanguins, une infirmière l'incise au talon. L'enfant pleure, plissant les yeux sous la lumière et dépliant ses longs membres dans la clôture tiède du vaste aquarium. Il faut demander pardon à celle qu'imprudemment on a tirée du rien pour l'obliger à remplir son rôle de silhouette. Passagers, les vivants exigent des figurants pour leur théâtre d'ombres. C'est la règle. Absous-nous, petite fille, qui prend place dans notre monde de terreur et d'ennui.

La mémoire est ce tarot imaginaire dont je retourne mentalement les cartes. Chaque souvenir est un arcane. Le surgissement de l'impossible est lui-même calculable. Je reconsidère ma donne dans le temps. Entre les nénuphars et les reflets, je suis le chemin des pierres posées sur l'étang. En toute raison, je prophétise à l'envers, lisant déjà ce qui ne viendra qu'après.

La neige tombe enfin lorsque au matin il est temps de quitter le village et la vallée, de passer entre les versants et de rejoindre le réseau régulier des grandes routes qui filent vers Paris. Tous les volets sont fermés. J'ai vérifié plusieurs fois les compteurs vétustes et les serrures usées, rabattu la lourde plaque de métal qui, dessous le gravier, interdit l'entrée de la cave. Le pesant trousseau, avec ses clés inégales, est au fond de ma poche. Les valises sont chargées dans le coffre. L'heure est venue de l'au revoir habituel, du salut adressé aux éléments, au bois et à l'herbe, à l'air et à la pierre — sur elle, une dernière fois, je pose une main largement ouverte. Pauline court vers le pré qui longe le jardin muré, elle appuie ses doigts entre les étoiles de métal du fil de fer barbelé. Trois chevaux dévalent la pente de la colline, trottent d'un trot qui s'accélère. Ils hennissent et secouent leur crinière, laiteuse déjà de neige sur leur robe trempée. Leur tête se dresse et la vapeur sort des naseaux au-dessus des dents formidablement découvertes.

7

À Paris, la neige nous a rejoints. Elle a déjoué d'un coup la surveillance de tous les services météorologiques et en une nuit s'est abattue sur la ville. Mais le froid n'est pas assez vif. Tout vire au noir. Au bout de quelques heures, seuls les toits des immeubles conservent une blancheur de glacier quand la chaussée a depuis longtemps tourné au bourbier. Tout se défait dans la débâcle.

Nous devions reprendre le chemin ordinaire de la vie. Nous ne pouvions deviner quelle main de glace s'était crispée autour de notre poignet et comment nous serions entraînés vers un monde nouveau. Nous ne pouvions rien pressentir de la brutale précipitation des faits. Le lendemain, de bonne heure, Pauline retournerait à l'école. Le réveil sonnerait. Je monterais jusqu'à sa chambre. Je l'aiderais à mettre les habits propres préparés la veille. Nous prendrions ensemble un petit déjeuner bâclé puis nous nous précipiterions dans l'escalier. Elle aurait mis son anorak d'hiver — le bleu à fleurs rouges — et, pour la protéger du froid, la capuche serait relevée. Je la prendrais par la main. Nous serions en retard. Nous nous dépêcherions dans la cohue matinale. Puis nous passerions sous le porche et le drapeau. Je l'embrasserais puis la laisserais dans la cour à quelques pas de sa maîtresse et de ses amis retrouvés. Puis mon tour viendrait de reprendre le travail. Comme chaque semaine, je partirais pour Londres pour y faire cours deux journées puis je reviendrais. Alice, de son côté, irait à la faculté et s'occuperait seule de Pauline. Le soir, nous nous embrasserions longuement au téléphone.

Mais l'après-midi qui précéda la rentrée de janvier, alors que nous venions juste de rentrer de vacances, nous prîmes rendez-vous avec la pédiatre qui suivait notre fille depuis sa naissance. Dans notre esprit, il ne s'agissait que d'une consultation de routine un peu trop longtemps différée. Nous bavarderions, nous vérifierions l'échéance des prochains vaccins, des prochains rappels. Si elle se montrait plus loquace que d'ordinaire, Pauline raconterait à son docteur ses premières impressions d'école. Par acquit de conscience, nous signalerions qu'il lui arrivait quelquefois de se plaindre du bras gauche. Pour nous, il ne faisait pas de doute que cette discrète souffrance — qui, la nuit, l'avait quelquefois tenue éveillée — n'était rien d'autre qu'une compréhensible et passagère douleur de croissance. Pauline, depuis toujours, était en parfaite santé. La seule inquiétude que nous connaissions concernait la vitesse insensée à laquelle elle grandissait. Elle venait, je l'ai dit, de fêter son troisième anniversaire, elle aurait dû être encore presque un bébé, mais son corps et sa taille étaient ceux d'une fillette de cinq ou six ans : gracieuse, parfaitement proportionnée mais incompréhensiblement grande. La plus jeune de sa classe, elle dominait pourtant d'une tête tous les autres enfants. Alice avait voulu que Pauline, l'année précédente, soit examinée par une spécialiste de l'hôpital voisin qui traitait à Paris tous les cas semblables. Mais aucune anomalie n'avait pu être mise en évidence : ni déséquilibre hormonal, ni risque de puberté précoce. La pente de croissance selon laquelle se développait notre enfant était hautement inhabituelle, pour ne pas dire : exceptionnelle, mais ne présentait absolument pas de caractéristique pathologique. Cette belle et grande fillette deviendrait tout simplement une belle et grande jeune femme, nous avait-on dit.

Considérant le bras de Pauline, la pédiatre nous a déclaré que, pour en avoir le cœur net, le plus simple était de procéder à un examen radiologique. Et comme le travail reprenait le lendemain, comme nous souhaitions être délivrés de ce souci avant le début du nouveau trimestre, nous avons décidé de prendre immédiatement le chemin de la clinique la plus proche. Nous avons attendu longtemps. Puis un médecin est venu nous parler qui nous a simplement indiqué que le cliché obtenu mettait en évidence une légère anomalie ininterprétable en l'absence d'examens complémentaires qui restaient à définir. Il était tard dans l'après-midi. Nous étions fatigués tous les trois. J'ai pris Pauline sur mes épaules et Alice me tenait par le bras. Nous avons descendu la longue rue Blomet puis avons pris la rue Lecourbe jusqu'à la maison dans le noir pesant et le froid. Nous marchions, hallucinés un peu, et le rythme mécanique de nos pas nous portait vers l'avant, vers un avenir dont nous ne savions rien sinon que nous n'en voulions pas. Je ne me souviens pas très bien de la façon dont les choses se sont faites. Dans la soirée des coups de téléphone ont été donnés. Le lendemain matin, je n'ai pas emmené Pauline à l'école. On nous attendait tous les trois à l'hôpital, de l'autre côté du boulevard sur lequel la neige était brutalement tombée.

Depuis quelques jours, le point de douleur est aisément situable, assez intense pour être immédiatement localisable : sur la face externe du bras gauche, à mi-distance de l'épaule et du coude. Pratiquée par la pédiatre, la palpation n'a rien révélé d'anormal sinon cette précise et ponctuelle nervure de sensation nouvelle. La radiographie indique : trace légère de remaniement osseux, et suggère : ostéomyélite. Qu'est-ce qu'une ostéomyélite ? Un interne nous reçoit. Il manipule à nouveau le bras, demande à Pauline de faire devant lui quelques pas, observe longuement les clichés que nous avons apportés. Une ostéomyélite est une infection osseuse qui se traite à force d'antibiotiques administrés à haute dose au cours d'une hospitalisation de quelques semaines. Elle s'accompagne ordinairement d'une forte fièvre. On peut songer également à une légère fracture passée inaperçue. L'hypothèse de la tumeur — aussi improbable qu'elle soit — ne peut être a priori écartée. La salle d'attente du service de chirurgie orthopédique de l'hôpital a, au petit matin, les allures d'une nursery sinistre : sur quelques tables basses sont proposés aux enfants des jouets usés, des livres aux couvertures arrachées ; sur les murs carrelés on a fixé de vastes visages souriants et colorés, grossièrement tirés des dessins animés les plus populaires du moment. En attendant les résultats prochains des analyses, et pour faciliter la mise en œuvre des examens, le plus sage serait d'hospitaliser l'enfant. Est-ce nécessaire ? Disons : préférable. Et pour soulager d'éventuelles douleurs, on se contentera de quelques antalgiques. Le bras sera également immobilisé dans une légère attelle qui laissera libres la main et les doigts.

Au soir nous quittons pour la première fois Pauline. Nous la laissons dans sa chambre bleue. Puisque l'hypothèse avancée est celle d'une ostéomyélite, on l'a placée dans le secteur protégé où sont traités les cas infectieux. Elle accueille avec des sourires nos promesses répétées de retour. L'hôpital est tout proche, nous serons là au petit matin avant même qu'elle se soit réveillée. Et Pauline doit veiller sur la toute petite fille noire qui dort dans le berceau d'à côté. Elle est grande. Elle ne pleurera pas. Elle agite la main dans le noir. — *On sera là très tôt, ne t'inquiète pas mon bébé. — Oui, Maman, merci! Vous êtes très gentils. À demain!* Lorsque nous passons à l'envers le seuil de l'hôpital et que nous nous retrouvons à l'air libre dans l'ivresse froide de la nuit, tandis que nous parcourons les quelques dizaines de mètres qui nous séparent de la maison où Pauline ne dormira pas, nous nous taisons. Nous ne disons rien du calme et évident courage qui nous a surpris, qui a rendu si étrangement aisé ce premier départ. Nous pensons à la fausse gaieté flagrante de ces sourires, de ces au revoir, de ces remerciements répétés. Parce qu'elle ne veut pas leur faire de peine, une petite fille salue joyeusement ceux qui l'abandonnent dans ce monde inconnu d'effroi où elle ignore chaque visage. Et ce «merci» par lequel elle fait son possible pour les décharger du crime de la quitter sonne à leurs oreilles comme une remarque d'ironie terrible et cruelle.

Il y a une violence propre aux services de chirurgie orthopédique. Les malades sont presque tous rivés à leur lit ou à leur chaise roulante. La reconstruction de leurs membres est lente. Les corps ont été brisés par l'accident ou se sont lentement défaits sous l'empire de la maladie. La dure et rassurante architecture des os n'existe plus et chaque silhouette ploie sous l'inertie sans forme de la chair. Personne ne se tient debout, personne ne parcourt les couloirs d'un pas vif. Sous leur gaine de plâtre et de métal, les corps se résignent à rester longtemps sous le joug. Bras, jambes, vertèbres doivent être corsetés, étirés, comprimés, rectifiés. Un petit garçon de deux ans empile des cubes de couleur, les saisissant de ses deux mains mutilées, incroyablement retournées vers l'intérieur. La jeune fille qui partage désormais la chambre de Pauline serait aujourd'hui une ravissante adolescente calculant les stratagèmes sans fin de sa vie amoureuse. Mais au jour de sa naissance, il y a seize ans, l'obstétricien a trop tardé à la délivrer de l'enveloppe asphyxiante du ventre maternel. La césarienne a été trop longtemps différée et le cerveau est presque mort faute d'oxygène. Sur son visage est fixé un éternel sourire d'extase stupéfiée. Le corps tendre, contrarié dans sa maturation, a suivi des chemins de croissance imprévus, se ramifiant à rebours, se repliant, s'ankylosant dans des postures impossibles. Du même âge, dans la chambre voisine, une autre enfant évolue dans un cercle moins étroit de sensations. Arriérée, elle ne s'exprime pas mais comprend certains des mots qu'on lui adresse. Des ostéomyélites à répétition font craindre la nécessité d'une amputation de la jambe droite. Elle pleure ; de rage, elle mouille son lit tous les soirs et lacère les draps puis, armée de sa télécommande, elle fait, au milieu de la nuit, hurler ineptement le récepteur de télévision installé au mur de sa chambre. Autour du front de certains jeunes patients, on a passé un cercle étroit d'acier, couronne rigide traversée de pointes et reliée au sommet à un système de poids et de traction lui-même monté sur un cadre en bois doté de quatre roues. Le cou tendu, le buste contraint, pendus à leur potence mobile, les enfants-girafes passent avec une élégance dégingandée dans les couloirs du service.

Le matin est le moment des soins. La routine hospitalière est un spectacle suffisant pour les yeux des petits. Ils prennent leur petit déjeuner, ils observent le va-et-vient des infirmières qui se relayent à leur chevet. Ils doivent se lever quand on refait leur lit mais ne pas poser les pieds par terre tant que sèche le sol sur lequel une dame de service a longuement passé la serpillière. Ils peuvent aller jusqu'à la grande armoire de métal qui recèle un pauvre et mince trésor de livres et de jouets. On entend comme un grand branle-bas de combat et il faut vite regagner la chambre quand passent les docteurs. L'un d'entre eux fait un sourire, dit bonjour au nom de tous les autres, adresse une vague caresse. Puis nerveusement ils parlent entre eux, consultent des fiches, interrogent des dossiers, se donnent les uns aux autres des informations, des instructions codées. Ils sortent. Ensuite, il n'y a plus rien. Il faut traverser le long tunnel un peu écœurant des premières heures de l'après-midi. Même si aucun enfant ne dort, pèse sur chaque lit une insurmontable torpeur de sieste. Assez tôt, on entend un écho de vaisselle et de chariot qui annonce déjà le dîner. La plupart des parents — ceux qui n'ont pas pu ou pas voulu rester toute la journée auprès de leur enfant — arrivent alors. Ils ont apporté quelques jouets, livres ou friandises. Ils se font raconter les événements vides des heures qui précèdent. Ils demandent aux infirmières si les médecins se sont enfin prononcés et si l'on peut avoir une idée de la date à laquelle l'hospitalisation prendra fin. Puis ils allument tous la télévision tandis que les enfants, bien souvent, lassés de trop d'images et de sons, se retournent dans leur lit et plongent la tête sous les draps. Contents, ils assistent à la grande et douce routine de bêtise des sit-coms, des jeux télévisés. La vraie vie est là, n'est-ce pas, de l'autre côté de l'écran plutôt que dans la chambre réelle où résonnent les mélodies ineptes des génériques successifs. Quand les plateaux ont été débarrassés, quand les médicaments ont été distribués, la nuit commence. Les lumières s'éteignent. Les parents partent les uns après les autres. Mais si on le souhaite, on peut rester longtemps jusqu'à l'endormissement de l'enfant. Et l'on attend du lendemain la parole de certitude et de délivrance par laquelle l'existence recommencera.

8

Bien sûr, ils ne comprennent pas, perdus d'un coup parmi cette faune d'enfants impossibles. Bêtement, ils croient à une erreur, à un malentendu vite dissipé. D'ailleurs leur vie les appelle, chacun de son côté : intrigues, projets. La rentrée a eu lieu hier. Le travail reprend la semaine prochaine. Il faut interroger les médecins. La visite a donc lieu tous les jours en fin de matinée selon les façons militaires propres à l'Assistance publique. Une cohorte de blouses blanches débarque dans la chambre. Mais on leur dit d'attendre, d'être patients. Les examens nécessaires sont lourds et longs à mettre en place. Tant que les résultats n'en seront pas connus, toute hypothèse sur la nature du mal serait prématurée. Rien n'est exclu, du reste : ni le possible, ni l'impossible. Ostéomyélite ou fracture ? Fracture ou tumeur ? Chaque élément nouveau d'information permettra d'infirmer ou de confirmer telle ou telle supposition, l'ensemble venant constituer progressivement le tableau du diagnostic dont on déduira, en temps utile, les conclusions thérapeutiques. Tout cela est raisonnable.

L'hôpital — qu'ils découvrent tous trois — est un pays étrange où les lumières ne s'éteignent jamais. Tout baigne dans une clarté diffuse de néon. Le soleil ne se lève ni ne se couche. Les portes des chambres sont trouées d'une vitre par où l'on surveille le sommeil, surplombé de veilleuses, des enfants. Pauline apprend avec nous les règles de sa vie nouvelle. La neige n'a pas totalement fondu. Le froid relatif en maintient encore les traces sur Paris. Le matin, tôt, dans le noir, nous traversons le fleuve sale et épais du boulevard. Le chemin est bref et familier. Nous passons sous les arches grises du métro aérien, pris sans certitude dans la déroute glacée du malheur. Nous remontons la rue de Sèvres et pénétrons dans cette géométrie de cubes et de briques. Les hôpitaux sont des cités secrètes repliées sur elles-mêmes. On passe sans les voir car ils sont cachés comme la maladie et la mort le sont aux yeux des vivants. Ils s'entourent de grilles, de jardins, de remparts. Ils creusent autour d'eux un fossé abstrait qui les isole. Ou peut-être est-ce le monde qui symboliquement se protège ainsi de la contagion du mal ? Ils drainent dans les maisons voisines la foule de quelques malheureux inexplicablement choisis. On les convoque dans ce labyrinthe de bâtiments aux noms barbares, marqués de lettres et de chiffres. Sous le sol gisent les lourdes machines qui disent, qui mutilent, qui soignent et que sert tout un peuple en blanc. Cette cité est faite de cercles où, à votre entrée, on vous assigne une place. Personne ne peut songer à l'hôpital sans en revenir aux contes inquiets de l'enfance, aux histoires de mondes enfouis surgissant sous la clarté de la lune, de pactes signés avec le sang, de royaumes de terreur où il faut s'aventurer malgré soi. Tous ces récits sont aussi invraisemblables que la vérité. C'est pourquoi personne, tout simplement, ne peut croire à l'existence d'un hôpital. Pendant dix ans, j'ai habité de l'autre côté du boulevard. Et je devais penser que les bâtiments que j'apercevais de ma fenêtre, devant lesquels je passais quotidiennement, n'étaient qu'un mirage de pierre, une invérifiable hallucination où d'autres, sans doute, vivaient.

Il y a six mois, nous avions pourtant pris déjà le chemin de l'hôpital. Pauline avait fait une mauvaise chute dans la rue et son visage avait heurté le trottoir. Pour nous rassurer, un dentiste voisin l'avait examinée. Les mâchoires en avaient pris un coup mais il n'y avait rien d'alarmant. Au pire, les dents de lait noirciraient. Mais, pendant la nuit, Pauline avait fait une forte fièvre et ses lèvres avaient considérablement gonflé. Tôt, nous nous étions rendus aux urgences. Puis nous avions attendu. Quelques internes avaient vaguement considéré le visage de Pauline. Chaque fois, un médecin différent venait à nous et il fallait donner les mêmes explications. Personne ne semblait vraiment s'inquiéter de notre inquiétude. Nous étions de plus en plus agacés par cette indifférence, cette hostilité peut-être. Un instant l'idée m'a traversé l'esprit que les docteurs et les infirmières considéraient avec suspicion les lèvres tuméfiées de Pauline, qu'ils me soupçonnaient en réalité d'avoir frappé ma fille et inventé une pitoyable histoire de chute dans la rue. Dans mon imagination, l'aventure prenait un tour kafkaïen. Je me disais que si nous attendions si longtemps, c'est que les services sociaux de l'hôpital avaient été secrètement alertés, que l'on viendrait bientôt se saisir de notre enfant pour l'arracher aux griffes de ses bourreaux. Les internes n'avaient demandé aucun examen complémentaire et nous avaient seulement prescrit les médicaments banals contre la douleur et la fièvre que, de nous-mêmes, nous avions déjà donnés à Pauline. Nous étions très en colère. Nous aurions voulu pouvoir partir en claquant la porte. Nous étions semblables à ces parents qui, plus tard, nous feraient sourire d'irritation ou peut-être d'envie, qui pensent que la cheville foulée de leur fils est un drame qui leur donne tous les droits, qui ne voient rien du monde de douleur véritable où ils passent tandis que d'autres restent.

Ainsi, nous devions reprendre ce chemin. Escaliers, ascenseurs, couloirs... Au bas de la grande tour chirurgicale, nous nous arrêtons un instant pour un café délayé, versé par la machine. Nous sommes toujours à l'heure et il est rare que Pauline soit debout avant que l'un de nous n'ait tiré au-dessus d'elle les persiennes, révélant le blanc obstiné et à peine sali de fumée de la toiture de l'immeuble d'en face. Puisqu'il faut attendre, nous habiterons à notre façon tout le temps qui nous est laissé : ni les livres ni les jeux ne nous manquent. L'I.R.M. et la scintigraphie n'ont pas pu être programmées avant le surlendemain. Pauline apprend à jouer aux dominos. On distribue les cartes en comptant jusqu'à sept. On dispose la pioche à l'envers. Il faut pouvoir reconnaître les figures identiques et les marier. Ici, ce sont des petits lutins bleus. Pour la distraire, j'essaye d'enseigner à Pauline la langue étrange qu'ils parlent. L'un est habillé de rouge, les autres de blanc. Pour jouer, on peut facilement les distinguer : le premier va à la pêche, le deuxième joue au football, le troisième porte des lunettes, le quatrième souffle dans une trompette. Ils sont tout petits et habitent un village de champignons caché au milieu de la forêt. Lorsque la partie est bien avancée, cela fait sur la table roulante comme un dédale de petits personnages se poursuivant joyeusement. Ils courent les uns à la suite des autres dans leur couloir coloré de carton qui déroule sa spirale sur le plateau blanc. Le premier qui s'est débarrassé de toutes ses cartes a gagné. Alors, on revient aux livres. Celui apporté en cadeau aujourd'hui s'intitule : *Jour de neige*. Il raconte l'histoire d'un petit garçon et de son chien se promenant dans la campagne en hiver. Sur chaque page, un système de feuilles transparentes permet à l'enfant de transformer à sa guise le paysage représenté, soit en l'ensevelissant sous le blanc, soit en lui restituant les couleurs du printemps. La neige vient, elle s'en va. Elle crible de lourds flocons le ciel, elle recouvre les champs et les prés, elle maquille de sa pesante poudre le jardin. La neige tombe mais rien n'est dit, puisqu'il suffit d'une feuille de papier ôtée, pour que le soleil à son tour l'efface.

Au matin du quatrième jour, une ambulance nous emmène vers un hôpital, à l'autre bout de Paris, dont j'ignorais jusqu'au nom et à l'existence. Tout est ici en chantier. On détruit, on construit, on abat des bâtiments noircis, on jette les fondations de nouveaux immeubles. J'imagine les malades dans ce tintamarre de bétonnières, de marteaux-piqueurs, s'approchant de leur fenêtre pour se distraire au spectacle des ouvriers grimpant aux échafaudages dressés. Pauline pourrait marcher, bien sûr, mais elle préfère — c'est naturel — glisser sur son brancard, passer avec fracas les portes battantes. C'est un jeu nouveau. Nous sommes là seulement pour un examen mais celui-ci prendra toute la journée. La scintigraphie exige l'injection d'un produit radioactif auquel il faut plusieurs heures pour se fixer sur le squelette. Une infirmière pique Pauline qui pleure tandis qu'Alice l'embrasse et la console. Pour la première fois, on nous demande de revêtir les lourdes combinaisons bleues censées nous prémunir contre les effets du rayonnement. Nous nous sanglons dans ces uniformes sans rien dire. Le corps de notre fille est-il devenu vénéneux qu'il faille ainsi nous protéger de lui, ne prendre l'enfant sur nos genoux que séparés d'elle par cette cuirasse de tissus et de plomb ? Et alors qui la protégera, elle, du poison qui coule dans ses veines et se fixe sur ses os? Il faut attendre. D'autres patients tiennent compagnie à Pauline: une fillette de son âge, un grand adolescent mince au crâne chauve sous sa casquette de base-ball. Le futurisme des machines vers lesquelles on nous conduit enfin frappe dans ce décor de plâtre, de poussière, de peinture écaillée. C'est dans de tels lieux que l'œil dénude sans douleur la chair et révèle la vérité enfouie qu'elle recèle. Tandis que Pauline laisse glisser doucement sur elle le regard électrique, nous scrutons les moniteurs, nous tendons l'oreille aux propos échangés. Mais tout cela, bien entendu, n'a encore pour nous aucun sens. Nous interrogeons celle des personnes présentes dans la salle d'examen qui nous semble la plus compréhensive, la plus ouverte, la mieux disposée à notre égard. Mais elle ne dit rien. Oui, comme le montraient les clichés antérieurs, on voit bien apparaître un signe anormal sur l'humérus gauche. Quelle peut en être la nature? La réponse est réservée. Elle appartient aux méde-cins qui suivent le patient.

Que disent précisément les images? La simple poursuite des examens indique assez que les hypo-thèses les plus favorables ont déjà dû être écartées, que la vérité se situe désormais dans un impossible tel que les médecins repoussent à l'extrême le moment où il leur faudra livrer leur verdict. Le mal-heur fait toujours entendre la même mélodie mouillée, le même refrain répété de pauvres mots, la rengaine prévisible et écœurante du désespoir quand l'esprit s'arc-boute en vain contre le vrai: *Oh! ce n'est pas possible, dis-moi que cela n'est pas possible, n'est-ce pas, cela n'est pas possible, pro-mets-moi que cela n'est pas vrai, promets-moi que rien ne lui arrivera jamais…* Et d'autres phrases semblables chuchotées l'un à l'autre.

Le cinquième jour, un soir plus gris tombe sur Paris, un soir banal comme chaque fois que la ville s'assombrit ainsi. Le livre que nous lisons raconte l'aventure extraordinaire d'une grande panthère noire. L'animal dévore tout sur son passage. Il engloutit les lapins, les chèvres, les cochons. Il ne fait qu'une bouchée des buffles. Le grand chef indien s'exclame : «Alors là, ça ne va plus, mais alors là, plus du tout, du tout, du tout !»... Les villageois s'arment, ils entonnent leur terrible chant de guerre qui résonne dans la jungle : «Yawah, yawahwa ! Yawah, yawahwa !» La panthère, fuyant les chasseurs lancés à ses trousses, traverse le Tibet, l'Himalaya, la Grande Muraille de Chine et la Mongolie. Elle se perd enfin dans les glaces de la Sibérie et du grand Nord. La neige la recouvre, elle soustrait son pelage noir aux yeux des guerriers. Et, facétieuse, tranquille, la panthère reprend le chemin de son ancien territoire où poursuivre son paisible carnage. La neige est tombée encore et Pauline voudrait tant qu'elle fasse aussi sur elle un chaud manteau d'invisibilité, un drap paisiblement tiré. — *On se cache ?* — *Oui, on se cache...* La biopsie aura lieu le lendemain. Le jeune chef de clinique fait sa tournée du soir. Il ne veut rien dire non plus. Rien n'est acquis. Un faisceau de présomptions ne suffit pas à établir une certitude. Il faut attendre l'étude des lames, l'examen des cellules. Chacun sait ce qu'est une «biopsie». La nuit qui suit, je crois rêver de ce mot. Je lui invente une étymologie dans le sommeil. Il rime avec «autopsie». Le chirurgien prélève un peu de matière dans le noyau noir qui, grossissant, livrera le corps tout entier, froid et fini, à la lame du scalpel. *Oh ! Dis-moi que ce n'est pas possible !*

51

La douleur est un seuil sous lequel il faut enfin passer. Le matin, je cours de l'un à l'autre des magasins de jouets de la Rive Gauche tous en rupture de stock après la razzia de Noël. Sur le conseil d'Alice, j'achète pour Pauline Tommy, l'ours qui tient compagnie dans la nuit, celui dont les joues s'éclairent et qui chante une berceuse lorsque dans l'obscurité on prononce son nom. L'enfant que je retrouve est dévastée. Depuis deux heures, Alice essaye de son mieux de la calmer. Le départ pour le bloc, en raison d'impératifs techniques, a été retardé. La prémédication s'est avérée catastrophique. On nomme cela, paraît-il, l'effet paradoxal : destinées à détendre le patient, les drogues administrées l'ont à l'inverse plongée dans un état artificiel de surexcitation. Une petite fille se débat contre l'ivresse médicamenteuse qui libère d'un coup toute l'énergie mauvaise de ses angoisses. Elle s'écroule enfin de fatigue lorsque le brancardier vient la chercher. Quelques heures s'écoulent et allongé sur son lit, le petit corps revient, pleurant dans la souffrance nauséeuse du réveil, poinçonné délicatement par les aiguilles chirurgicales qui ont pénétré son bras, ses hanches.

9

Le mot CANCER n'est jamais prononcé. On parle
de «remaniement», puis de «lésion», de «grosseur»,
de «tumeur» enfin. Puis l'on passe aux termes plus
techniques : «sarcome osseux» se divisant encore en
«ostéosarcome» et en «sarcome d'Ewing». L'ap-
prentissage de la mort est une longue pédagogie
dont nous épelons ici les rudiments, le B.A. BA de
terreur. La technique rodée par les médecins est
simple. Elle consiste à ne rien dire sinon ce qui est
susceptible d'être entendu pour avoir déjà été
deviné. Lorsque le chef de clinique nous emmène
dans son bureau, nous sommes plus loin encore qu'il
ne le croit sur la voie de frayeur qu'il a progressivement ouverte devant nous. Il parle. Malheureusement, l'hypothèse de l'ostéomyélite a dû être écartée.
L'examen des lames effectué après la biopsie s'avère
relativement difficile. Le recours à une autre exper-
tise sera sans doute nécessaire. A priori nous sommes
en face d'un ostéosarcome. Ce qui est en général préférable au sarcome d'Ewing. Il est difficile cependant de s'avancer. Les annales médicales semblent
n'avoir enregistré aucun cas de ce type chez un si
jeune enfant. L'agressivité propre de la tumeur est
donc rigoureusement imprévisible. Les chiffres ne
signifient rien. Ordinairement, on compte sur un

taux de 70 % de guérisons. Les séquelles sont minimales. Elles dépendent de l'extension de la tumeur. L'os malade est remplacé par une prothèse. Le handicap qui s'ensuit est le plus souvent limité.

Tant que le diagnostic n'a pas été posé, j'ai préféré ne rien savoir du cancer. J'agissais par superstition. Dans la grande bibliothèque du salon, je n'allais pas chercher et ouvrir les volumes de l'encyclopédie. Je pensais que voir, noir sur blanc, apparaître les mots de la maladie serait une façon de trahir Pauline, de consentir à un destin auquel elle pouvait encore échapper, de reconnaître l'existence d'un mal dont il était possible de croire, après tout, qu'il n'était pas avéré. Et maintenant que la vérité est sue, je consulte les dictionnaires, je lis des livres dont certains sont terrifiants de bêtise ou de cruauté tandis que d'autres frappent par la justesse de leur ton. Tous échouent cependant à dire l'entière vérité où nous nous tenons. J'agis, je le sais, toujours par superstition. En lisant, je transfère l'expérience nue sur laquelle je ne peux rien dans l'univers plus familier de phrases et de pages qui est le mien. Je me donne l'illusion de pouvoir habiter le territoire inchangé de ma vie quand tout se joue si loin des mots. Je n'écris pas mais pour ne pas me perdre dans l'abîme vide de sens du réel, je fais déjà semblant de croire que la maladie est un récit.

Je lis, par exemple : «Les cancers de l'enfant présentent des caractéristiques spécifiques qui les distinguent de ceux de l'adulte. Ils sont cent fois moins fréquents, très divers, et donc rares (1 500 à 2 000 nouveaux cas par an en France), mais constituent la deuxième cause de décès de l'enfant, après les accidents, dans les pays développés. Les principales localisations sont le système hématopoïétique

(30 %), le système nerveux (18 %), les reins, les os et les tissus mous. Près de 40 % se développent avant l'âge de quatre ans. Ils touchent autant les garçons que les filles. Les tumeurs poussent vite, mais sont très sensibles aux radiations et aux chimiothérapies. L'essor de la chimiothérapie, souvent associée à la radiothérapie et à la chirurgie, a permis de faire passer en vingt ans le taux de guérison de un sur trois à deux sur trois. Certains cancers guérissent à 90 %, avec un traitement relativement léger, sans séquelles, particulièrement les néphroblastomes, la maladie de Hodgkin ou les lymphosarcomes. En général, un délai de deux ou trois ans sans tumeur décelable après le début du traitement permet de parler de guérison, même si la possibilité de seconde tumeur et de complications tardives reste une menace. Hormis les radiations atomiques et ionisantes postnatales, aucune cause environnementale n'a été trouvée. La classification des cancers de l'enfant est histologique et "histogénétique, fondée sur l'identification du type de tissus et de cellules reproduits par l'édification tumorale". Les oncopédiatres sont attentifs aux séquelles physiques et intellectuelles de la maladie et des traitements, à la notion de "qualité de vie" de l'enfant guéri, à l'environnement thérapeutique, à l'image et à la place de l'enfant cancéreux dans la société. Mais il reste encore beaucoup à faire. »

Les mots prononcés en fin de semaine sont presque les mêmes lorsque, dans les locaux de l'Institut, nous reçoit celui qui deviendra le docteur de Pauline. (Je ne ferai pas son portrait ni aucun autre. Ceux que Pauline a connus n'ont pas demandé à vivre dans ce livre. Ils sont libres de n'y figurer qu'en passant. Les mots, les gestes que je leur prête n'engagent rien de la vérité de leur être.) Le sens des mots pourtant a changé. La résonance d'effroi du diagnostic n'a pas cessé mais il s'agit désormais de laisser derrière soi cette découverte de fracas : se faire expliquer posément la situation, voir comment se déroulera le calendrier des cures prévues, quel protocole commandera la logique du traitement. L'avenir existe donc bien puisqu'on calcule en semaines et en mois la périodicité des séjours hospitaliers et le moment probable de l'intervention chirurgicale. Le médecin est rassurant. Si on lui pose directement la question, il admet que le pire n'est jamais exclu mais il insiste : *En oncologie pédiatrique, avec les acquis de la chimiothérapie, face à une tumeur osseuse, nous partons a priori gagnants*. Il y a un abîme dans cet *a priori* qui, bien entendu, ne nous échappe pas mais sur lequel on peut décider de faire provisoirement silence. Le docteur parle doucement à Pauline qui regarde ailleurs, fait semblant de ne pas écouter, escalade les marches de métal qui montent au lit où elle doit s'allonger, saute sur le matelas, s'y livre à des numéros d'acrobate, inaugure ce rituel de chahut discret qui est sa manière à elle, déjà inventée, de déserter gentiment l'hôpital. Elle entre dans un monde qu'il lui faut explorer. L'Institut, je crois, la ravit. Il la délivre du cauchemar des premières nuits. Il ressemble à une vaste et lumineuse école perchée sur les toits de Paris. Les terrasses touchent presque le ciel, bleu de nouveau avec le lourd et blanc passage en lui des grands nuages du beau temps. Elles surplombent la ville. Pour accéder au service de pédiatrie oncologique, il faut emprunter une sorte de pont suspendu, un long couloir transparent traversant en diagonale la cour intérieure de l'Institut. Se souvenant de Roissy, Pauline demande si on prend l'avion ici. L'ascenseur mène au dernier étage. On s'envole ! Les portes s'ouvrent et elle est dans l'excitation anxieuse de la découverte. Elle se précipite sur le toboggan de plastique. Elle enfourche un tricycle. Des infirmières, des médecins l'embrassent, se présentent à elle, lui sourient. Elle est surprise de découvrir qu'on l'attendait, qu'une place lui était réservée dans ce monde qu'elle ne connaît pas. On lui montre sa chambre et sur la porte, l'ardoise de plastique en forme de lapin blanc où son prénom a été inscrit. Puis elle découvre la grande salle de récréation où les jeux et les livres se comptent par centaines. Elle vérifie du coin de l'œil que nous sommes toujours près d'elle. Pour l'heure, elle observe le grand aquarium de la salle d'attente : des poissons de couleur glissent dans la transparence de l'eau, se poursuivent, s'effacent, se retrouvent au gré du cache-cache des rochers.

On nous explique à nouveau ce qui va se passer et, à notre tour, nous expliquons à Pauline ce que nous avons compris de ces explications. Le traitement va commencer sans tarder. Tous les examens doivent être faits à nouveau de manière à fournir aux médecins des bases fiables d'analyse et de comparaison. La première étape consiste dans la pose du cathéter, long tube de plastique perforant la poitrine, s'insérant dans la veine cave et par où voyageront vers le corps les drogues de la chimiothérapie. Sans surprise véritable, Pauline, au lendemain de sa nouvelle hospitalisation, se réveille munie de ce léger câble qui, replié sous un large pansement, s'enroulera désormais autour de son sein droit. Une procédure aléatoire — tirage au sort, sans doute — décide de la répartition des patients selon les différents types de protocole en cours d'expérimentation. Pile ou face ? À notre déception, nous apprenons que Pauline ne bénéficiera pas d'entrée des produits nouveaux dont les études les plus récentes visent à démontrer — sans y être encore parvenues totalement — l'efficacité accrue.

L'enfant dort, allongée sur son lit d'hôpital. À côté de son oreiller, au sommet du pied à perfusion, une infirmière vient d'accrocher une nouvelle et lourde outre de plastique. Le produit qu'elle contient frappe par son étrange coloration jaune vif. Il coule dans les fils ramifiés de la tubulure, transite par la pompe volumétrique qui en règle le débit, passe par le cathéter et commence ensuite dans les veines son parcours invisible. L'Institut se situe à Paris dans le Quartier latin, entre la Sorbonne et l'École normale supérieure, en un lieu de la ville familier mais où la mort, je le croyais, n'était jamais qu'argument de philosophe, métaphore de poète. Il neige encore. Le froid balaye le pays par vagues imprévisibles et chacun renonce à dire ce que sera le temps de demain. Portés par le vent, les flocons balayent les terrasses, recommencent, couvrant les toits, leur imperceptible besogne. Pauline dort d'un sommeil plus profond que tous les autres. La fatigue ne la rive pas au lit mais le travail empoisonné et salvateur des drogues luttant secrètement contre l'œuvre de mort. Son ventre est trop gonflé par les litres de liquide passant dans ses veines. Dormant, elle mouille son lit et l'urine, teintée des couleurs de la chimie, élargit sous elle un vaste disque aux allures rayonnantes de tournesol. Son corps fait comme un trait pâle coupant en deux le soleil mouillé de ses draps.

II

HISTOIRES
DANS LE NOIR

I don't know whether you have ever seen a map of a person's mind. Doctors sometimes draw maps of other parts of you, and your own map can become intensely interesting, but catch them trying to draw a map of a child's mind, which is not only confused, but keeps going round all the time. There are zig-zag lines on it, just like your temperature on a card, and these are probably roads in the island; for the Neverland is always more or less an island... On these magic shores children at play are for ever beaching their coracles. We too have been there; we can still hear the sound of the surf, though we shall land no more.

1

Au cœur exact de la nuit, on touche un point précis de clarté. C'est là que passe la ligne de partage des jours. L'hallucination du sommeil refusé lave le ciel de son encre ordinaire. Le blanc gît dessous le noir. Il en imbibe doucement la page. Et l'écluse du temps fait son travail silencieux, versant le sable des heures, de lendemain en lendemain. On n'a jamais été plus seul, n'est-ce pas? Quelqu'un pourtant veille. Ici, là, ailleurs... Mais en somme toujours dans l'ici de la nuit, vertical.

Pauline est rentrée avec nous à la maison, sa première cure est terminée. Elle est couchée là-haut. On accède à sa chambre par un escalier de bois peint de rouge, presque une échelle tant les marches en sont raides. Éclairée par un haut vasistas, la pièce se situe sous les toits, au dernier étage de l'immeuble. La chambre occupe l'espace laissé libre par la destruction de l'ancienne cage d'escalier de l'immeuble. D'où sa configuration verticale, son allure de puits ouvrant étroitement sur le ciel, s'insérant dans la spirale de bois disparue des marches et des paliers.

— *Tu as mal?* — *Un petit peu, Papa, mais pas très beaucoup, tu sais, ça va...* On vide l'armoire à pharmacie du peu qu'elle contient : Doliprane, Efferalgan… On est toujours impuissant à imaginer ce que souffre un autre. On ne sait pas les mots qui diraient les dents de douleur et leur travail patient sur les nerfs, leurs morsures et le bras qui enfle mentalement pour prendre des proportions d'agonie. Près du lit étroit, à même le sol, je me couche à côté d'elle, glisse mon bras sous sa tête. Les médecins nomment «position antalgique» l'attitude exacte du corps souffrant qui, par l'extension des muscles, la disposition des chairs, relativise la douleur. Tout se joue à quelques millimètres près pour la mise en jeu de cette quasi-anesthésie naturelle. Pauline a compris que pour ne pas avoir mal elle doit conserver le coude plié, la main légèrement tournée vers le ciel. — *Tu es dans la bonne position comme ça, mon bébé ?* — *Oui, Papa, là ça va, ça fait moins mal…* Pour que le bras reste ainsi levé, il ne faut pas dormir, prendre sa main dans la mienne et attendre l'hypothétique rémission des heures les plus noires de la nuit.

Le temps se creuse : heures, minutes, secondes… Pas de montre pour mesurer le passage arrêté de cette durée-là. La chambre ressemble à un radeau dérivant sous le ciel sans étoiles, tournant doucement dans le jeu des courants, prise dans le vertige salé de la détresse. La barque glisse et sur elle, je m'allonge près de toi. Fais-moi juste un peu de place dans le lit sous la couverture de fleurs. On s'embarque… L'obscurité a déjà effacé les murs de la chambre, en a absorbé les volumes dans sa géométrie renversée de clarté. Nous sommes dans l'espace neuf et sans attache de la nuit. Éveillés comme jamais… Passés de l'autre côté… Attentifs ensemble à ce paysage d'absence et à sa profondeur silencieuse. Sur elle il faut garder les yeux ouverts, écarquillés de fatigue, et lire, blanc sur blanc, le tournis lent des lettres, des figures.

Je parle pour que tu t'accroches à ma voix, oublies le mal et te laisses descendre avec moi dans l'improbable sommeil. Je te berce d'histoires et de comptines. Je te prends dans le rythme des fables. La lumière est éteinte. Pas de livres, il est trop tard... Je murmure de vieux récits dont je me souviens à demi. *Il était une fois trois ours. Papa Ours était le papa ours, Maman Ourse était la maman ourse et Bébé Ourse était la petite fille ourse. On reconnaissait Papa Ours à sa grosse voix* (j'imite la grosse voix, sans faire trop de bruit), *Maman Ourse portait une belle robe brodée, et Bébé Ourse de beaux rubans qu'elle nouait derrière ses oreilles. Ils vivaient dans une charmante chaumière, au milieu de la forêt, dans une clairière douce toujours éclairée de soleil...* — *C'est l'histoire de Boucle d'Or?* demande Pauline... — *C'est l'histoire que tu voudras... Toutes les histoires du monde parlent d'ours, de maisons, de clairières...* — *Mais les ours n'habitent pas dans des maisons! Ils habitent dans des grottes où il fait noir!* — *Je reprends si tu veux: Grand Ours était le grand ours et Petit Ours, le petit ours...* — *Ah! c'est l'histoire de l'ours qui ne veut pas dormir parce qu'il a peur du noir!* — *... Ils vivaient dans une grotte profonde et noire. Grand Ours avait couché Petit Ours et lisait dans son fauteuil une histoire d'ours. Mais Petit Ours avait beau essayer très très très fort, il ne parvenait pas à dormir. Grand Ours demandait: «Tu ne dors pas Petit Ours?» Et Petit Ours répondait: «J'ai peur, il fait trop noir.» «Mais je t'ai apporté une immense lanterne que j'ai posée à ton chevet!» répliquait Grand Ours. «Elle est toute petite, disait Petit Ours, beaucoup trop minuscule pour éclairer le noir de la nuit.» Et Grand Ours devait alors reconnaître* *que Petit Ours avait raison, il ne connaissait pas de lanterne assez grande pour illuminer l'obscurité du ciel. Il prit Petit Ours par la patte, le jucha sur ses épaules d'ours et passa la porte de bois qui dissimulait l'entrée de la grotte. Dehors, il faisait noir et froid. Petit Ours grelottait. Grand Ours leva la tête et dit : «N'aie pas peur, Petit Ours, regarde : je t'ai apporté la nuit, la lune et des milliers d'étoiles.»*

Pauline ne tremble pas. Elle n'a pas peur dans son lit mais elle ne dort pas, son bras fait un arc, les muscles sont tendus, la douleur dessine pour eux des frontières invisibles d'immobilité. Elle soupire souriante et demande une autre histoire d'ours tandis que la nuit avance, peu à peu, imperceptible. — *Si tu veux, mais alors on imagine ensemble...* — *C'est quoi, Papa, «imaginer»?* — *«Imaginer», c'est comme un rêve que l'on fait sans dormir, on ferme les yeux et on pense, et ce qu'on pense a beau être faux, cela devient la vérité...* — *La vérité?* — *Tu ne sais pas ce que c'est?* — *Si, bien sûr, la vérité, c'est ce qui n'est pas dans la télé. Pas comme dans les histoires fausses qui n'existent pas... C'est ça, hein, Papa?* — *Oui.* — *Mais tu sais, Papa, moi, j'aimerais bien entrer dans la télé. C'est bête qu'on peut pas!* — *Qu'est-ce que tu veux dire?* — *Entrer dans les dessins animés, retrouver tous les petits personnages!* — *Même dans les dessins animés avec des monstres horribles, des sorcières, des ogres?* — *Ah non! Ça serait beaucoup trop terrifiant. Je veux dire juste les dessins animés qui ne font pas peur.* — *D'accord...* — *Par exemple, les histoires de Père Castor. Parce que Père Castor est très gentil, il raconte toujours des histoires. Et je pourrais jouer avec Câline, Grignotte et Benjamin.* — *Tu ferais voler un cerf-volant haut dans le ciel, tu courrais avec les autres près de la rivière.* — *Et puis on irait goûter tous ensemble dans la petite cabane de bois!* — *Ça serait bien alors?* — *Oui*, murmure Pauline et elle se redresse un peu sur l'oreiller en laissant sa main dans la mienne. Et j'embrasse son front, je pose ma joue contre la sienne.

— Alors, on le fait, Papa? — Quoi? — On imagine? — D'accord, on joue au jeu de « On aurait dit... » Tu veux bien? — Mais seulement si ça parle d'ours! — Alors on aurait dit qu'on était deux ours polaires! — Comme Plume? — Exactement! On serait un peu gros bien sûr, avec un gros derrière surtout, une grande pelisse blanche, un beau museau et de gentils yeux brillants. On vivrait dans un pays où tout serait blanc, le sol couvert de glace et de neige, la mer avec sa banquise glissante et ses icebergs, le ciel où passeraient des nuages qui réfléchiraient encore la mer... — Ça serait beau! — Très! Le jour, on pêcherait des saumons, de bons gros saumons roses et frais qu'on attraperait avec nos pattes malhabiles et nos griffes. On les mangerait crus. Tu jouerais avec des pingouins, des oiseaux blancs, des morses sur la banquise. Et le soir, on se pelotonnerait les uns contre les autres, avec tous les ours, abrités derrière une petite montagne de neige qui nous protégerait du vent glacial qui souffle sur les pôles...

Ici le vent ne souffle pas mais la nuit s'immobilise et l'enfant ne peut pas dormir. La douleur est vaguement effacée mais elle guette. Elle interdit la plongée résolue du sommeil. Papa ne connaît plus d'histoire d'ours, il est incapable d'en inventer de nouvelles. Il promène depuis des heures la petite fille fiévreuse dans des paysages blancs d'oubli. Son imagination l'abandonne au creux de la nuit. Il compte encore sur sa mémoire. — *On pourrait réciter des poèmes? — C'est quoi? — Un poème, c'est une histoire qu'on raconte et quand on la dit, cela fait entendre comme une petite musique qu'on jouerait au piano… Les mots sont des notes, elles sonnent ensemble, elles composent une chanson. Par exemple : Ta-pa-ta-pa-ta-pa-ta-ta-pa-ta-padap ! — Mais, elles ne parlent pas ces chansons ? — Si bien sûr, je voulais juste te faire entendre d'abord la mélodie. Comme : Maî-tre-Cor-beau-sur-un-ar-bre-per-ché-te-nait… — Ah, tu veux dire : les* Fables *de La Fontaine !… — Oui, les* Fables *de La Fontaine : Le Renard et le Bouc, La Cigale et la Fourmi, Le Lion et le Rat…* Que sais-je encore de tout cela ? Qu'ai-je retenu de ces poésies ? Relues depuis mais jamais sues par cœur comme lorsque l'on est enfant… J'accroche des vers, je comble comme je peux les blancs, je fais vivre un petit univers d'insectes et de rongeurs, de plumes et de poils, de sagesse et de terreur. Je fais le loup, je fais l'agneau ; je rugis, je gémis ; j'ordonne et j'implore. Je suis celui qui énonce en musique la loi d'horreur du monde, qui la chuchote en douceur à l'oreille d'une petite fille, qui met dans les mots qu'il dit assez de bouffonnerie pour laisser croire qu'en vérité, jamais les loups ne dévorent les agneaux, sinon peut-être pour de faux… Quand La Fontaine me fait défaut et si je crois que Pauline laisse tomber ses paupières, que son bras s'affaisse sans que son visage se crispe de douleur, j'enchaîne avec un répertoire plus familier. Rimbaud, Hugo, Baudelaire, peu importe tant que résonne doucement le téléscripteur d'une voix familière, avec son crépitement doux de rimes, de rythmes, d'accents. Si elle ne dort pas, il y a des poèmes qu'elle saura comprendre… La vie qu'elle vit est une mélancolique invitation au voyage… Mon enfant, songe à la douceur d'aller là-bas… Aimer à loisir, aimer, mourir, au pays qui te ressemble…

La nuit n'est pas silence. Le boulevard est proche. Chaque bruit prend un relief inaccoutumé, crissant,

66

coupant dans l'obscurité. Il y a donc des gens qui veillent aussi. Une sirène rappelle la proximité de souffrance de l'hôpital. Une voiture passe en trombe. Un rire hystérique de jeune femme monte jusqu'ici. Elle veut que tout le quartier entende à quel point elle est désirée, jouissant d'être ramenée chez elle par l'homme indifférent dont elle se demande encore en gloussant jusqu'où elle le laissera aller. Ils sont quelques-uns à sortir des boîtes de nuit voisines, à respirer profondément l'air noir de la nuit après l'atmosphère enfumée d'alcool du dancing. Leur existence leur semble grande parce qu'ils sont debout pendant qu'autour d'eux le petit peuple des salariés dort profondément, refaisant ses forces, attendant la sonnerie trop matinale du réveil. Ils croient savoir ce qu'est la nuit. Ils croisent des voitures bariolées, leur cortège de drapeaux, d'écharpes, de klaxons. On a gagné, paraît-il. La nouvelle est si fabuleuse qu'elle exige apparemment que toute la ville en soit informée sans retard. Qui, on? Ne me demandez pas! C'est soir de championnat, de coupe de France, de match international... Chut! une enfant s'endort... Comment une petite lectrice de La Fontaine pourrait-elle disparaître quand survivront tant de lecteurs de *L'Équipe*?...

Mais Pauline ne dort pas. Si je glisse mon bras sur lequel repose sa tête, si j'espère descendre jusqu'à la chambre et me reposer une ou deux heures, elle ouvre les yeux doucement et demande: — *C'est le matin, Papa?* Le puits de sa chambre ouvre sur le ciel. Le bleu-noir de la nuit vire doucement au blanc. Cela fait pour l'instant comme une grande clarté masquée sur les toits. Je passe mes doigts sur son front. Je serre sa main encore dressée. J'embrasse la sueur suave de ses joues. Je fais glisser ma main droite sur les jambes, le ventre, les épaules. Je remonte sur nous deux la couverture de fleurs car l'aube prochaine est fraîche. *Il y a encore un peu de temps avant de se lever. Dors, mon bébé, dors... Repose-toi...*

Un oiseau chante. Il doit être tout proche, posé sur le zinc voisin à en croire la netteté de son chant. Il y a quelque chose d'un peu miraculeux dans cet appel sifflé. — *Tu entends, Papa?* — Oui, j'entends. Et je pense à l'oiseau imaginaire, à son vol calme sur le bleu du lac quand l'enfant qui ne grandira pas sent la marée froide monter jusqu'à lui. Pour accompagner Pauline jusqu'à la levée définitive du soleil, j'ai besoin de mots encore et je dis: — *Un oiseau est venu chanter pour toi. C'est ton oiseau. Il a volé longtemps. Il s'est posé sur le rebord de ta fenêtre. Il viendra chaque fois que tu seras triste et auras besoin de lui. Il parle le langage des oiseaux. Écoute, il dit: «Ne t'inquiète pas, Pauline, tout ira bien, d'autres moments de soleil viendront pour toi, tout s'arrangera, il y aura des jours meilleurs, ne t'inquiète pas, glisse dans le sommeil et tout ira bien, je serai là chaque fois pour te dire: ne t'inquiète pas, je te le promets, rien ne t'arrivera jamais...»*

2

La plus belle invention de l'homme? Incontestablement, la morphine. L'oubli, chimiquement garanti, de la chair lorsqu'elle crisse, grince et crie, l'endormissement offert dans la terreur de l'insomnie, le rideau blanc tiré sur la peine, quand on donnerait tout pour que cesse, un instant seulement, le travail d'horreur de la maladie.

Chez l'enfant, la souffrance a pris par surprise. Personne ne pensait qu'elle surviendrait ainsi, rapide, aiguë, tenace. L'ampleur de la tumeur était limitée. La maladie avait été saisie à un stade assez précoce. On nous avait dit: ordinairement, il suffit d'une cure de chimiothérapie pour que les antalgiques administrés cessent aussitôt d'être nécessaires. Rien n'est dit encore de l'issue de la maladie mais un phénomène mécanique de reflux s'amorce malgré tout. Un soulagement est sensible. La patiente respire.

Lorsque la première cure s'est achevée, cela faisait plus d'un mois — additionnant le temps passé à l'hôpital et celui passé à l'Institut — que Pauline n'avait pas dormi à la maison, qu'elle n'avait pas quitté la clôture nouvelle des services orthopédique et oncologique où elle était désormais traitée. Nous disposions de quelques jours seulement. Nous voulions sortir de Paris, respirer un peu. Nous pensions faire plaisir à Pauline en l'emmenant le plus loin qu'il nous était permis. Elle a dit oui. Elle voulait simplement s'enfuir, je crois. Nous avons pris la route de Normandie. Un déluge de pluie s'est abattu sur la région. Nous suivions les départementales qui filent dans la vallée de la Seine, contournent les falaises de craie ou plongent au-dessous d'elles. Nous nous sommes arrêtés pour déjeuner dans un restaurant dont la terrasse vitrée surplombait le fleuve. Mais Pauline n'a pas touché à ses plats et elle a demandé à s'allonger bientôt dans sa poussette dont Alice inclina le dossier à l'horizontale. Nous entendions le ram-dam dégoulinant que faisait l'averse sur les fenêtres. Pauline ne dormait pas. Elle ne disait rien. Elle ne se plaignait pas. Elle était littéralement prostrée. Nous ne l'avions jamais sentie si loin de nous. Ses yeux restaient ouverts. On aurait dit que le regard avait basculé vers l'intérieur, qu'il suivait halluciné un spectacle dont nous ne pouvions rien savoir. Nous avons eu honte de nos assiettes vides, des cigarettes allumées, des cafés. Nous ne comprenions pas. Nous avons pris peur. Nous sommes rentrés à Paris aussi vite que nous avons pu. Dans la soirée, Pauline s'est trouvée beaucoup mieux. Nous lui avions donné les médicaments dont nous disposions. La fièvre était tombée. Elle avait mangé un peu. Nous l'avons couchée. Elle était heureuse de retrouver sa chambre. Mais, cette nuit-là, aucun de nous trois n'a fermé l'œil.

Au matin, le médecin de l'Institut nous reçoit et nous dit qu'il faut se rendre à l'évidence. Sur le visage de notre fille est fixé un masque de souffrance aisément reconnaissable. Nous n'en sommes qu'à l'aube du traitement et il serait prématuré de tirer quelque conclusion que ce soit mais il est clair que les premières doses administrées de Méthotrexat n'ont pas eu raison de la douleur. À l'inverse, cette dernière s'est intensifiée de façon spectaculaire comme si le foyer du mal s'était brutalement mis à flamber. L'hypothèse est parfois avancée, nous apprendra-t-on par la suite, que la biopsie, en plongeant jusqu'au noyau de la tumeur, ouvre une brèche par où, dans les jours qui suivent, s'engouffre le cancer.

La morphine s'administre sous différentes formes. En intraveineuse lorsque le patient est hospitalisé et que de gros pousse-seringues électriques distillent imperceptiblement leur liqueur dans les fils qui courent jusqu'au cathéter. Quand le malade rentre chez lui, le suivi de sa douleur implique la prise de gélules, complétée éventuellement par l'absorption d'ampoules. L'effet de l'élixir est quasi instantané : le soulagement est immédiat mais bref. La couverture permanente de la douleur ne peut être obtenue que par l'ingestion des gélules dont le dosage et la répartition dans le temps doivent être calculés avec soin. Il n'y a pas d'accoutumance et les effets secondaires sont négligeables à moins d'une impossible et massive erreur de manipulation.

On lit dans les journaux que le grand scandale hospitalier de notre temps est «la non-prise en charge de la souffrance». Entendez qu'on laisse des patients hurler de douleur dans leur lit avec le sentiment de la chair défaite, mise à nue, retournée. Cette cruauté s'expliquerait, avancent certains, par des causes économiques. Les raisons sont religieuses, rétorquent d'autres. Il faudrait une impensable révolution pour que, dans l'esprit des gens, la peine et la maladie soient dissociées et qu'on reconnaisse que le plus naturel des droits est celui de ne jamais souffrir. Mais la vérité est que la bêtise commune épargne le plus souvent les services de pédiatrie oncologique. La prise de décision peut être un peu tardive lorsque le mal se développe avec une inhabituelle rapidité. Ce fut le cas de Pauline. Mais on ne perçoit aucune réticence à soulager la douleur. La prescription est soigneusement réglementée. Il faut que le médecin sorte son carnet rose à souches. Il faut qu'il soit extraordinairement attentif à la formulation de son ordonnance tant les règles sont précises et contraignantes. Le calcul des doses doit être exact, cohérent, sans ambiguïté. Tout doit être répété, signé, validé.

Une fois muni du précieux bon rose, il faut se rendre dans une pharmacie pour se procurer la morphine. Mais les pharmaciens, dans leur majorité, ont perdu l'habitude de la douleur. Ils vendent des crèmes, des fards, des shampooings, des savons. Ils conseillent leur clientèle vieillie quand celle-ci se plaint de constipation, de démangeaison, de rhumes, de toute forme de sécrétions inopportunes. Ils soignent leur clientèle féminine qui s'inquiète de ses rides, de ses vergetures, de ses pellicules, de la texture trop rêche ou trop huileuse de son épiderme. Vieillir, grossir… Les produits de régime, les substituts de repas, les thés-miracle, les vitamines chinoises constituent le vrai fonds de commerce de la profession. La morphine n'est pas une marchandise rentable. La marge bénéficiaire en est ridicule, sans doute, comparée à celle d'une boîte de Slim-Fast. Les malades qui souffrent ne sortent pas majestueusement leur carte de crédit, ils ne font pas bruire entre leurs doigts les grosses coupures. Embarrassés d'exister encore, ils déballent un dossier médical lourd d'ordonnances, de formulaires sur lesquels fixer des vignettes autocollantes. La Sécurité sociale les prend en charge à 100 % mais on les regarde avec la condescendance que méritent les vrais misérables. On les soupçonne d'être les agents de la bureaucratie kafkaïenne qui étouffera sous le papier le beau négoce des officines libérales.

Les infirmières de l'Institut nous avaient confié de quoi soulager Pauline dans l'urgence. Mais il n'est pas prévu que les laboratoires des hôpitaux alimentent trop longtemps en médicaments leurs patients. Le lendemain je me suis donc rendu à la pharmacie. Quand j'ai prononcé le mot «morphine», j'ai vu que le gérant — il mérite de se nommer M. Homais — tendait l'oreille et s'approchait. Il poussa de la main son employée et déclara à mon intention, bien fort et sur un ton théâtral : — *Attention, monsieur, vous savez que ce produit est inscrit au tableau des stupéfiants*. Il avait sous les yeux tous les documents de l'Institut. Autant dire qu'il ne pouvait rien ignorer de notre situation. Au fond de la boutique, Mme Homais ne manquait rien de la scène. Elle monta sur un escabeau, tira un long tiroir : — *De toute façon, la seule boîte qui nous reste est périmée. Nous pouvons, si vous le souhaitez, passer commande auprès de notre fournisseur mais il nous faudra peut-être quelques jours avant d'être livrés... Vous n'êtes pas pressé ?* M. Homais poussait de longs soupirs d'exaspération, penché sur le terminal de son ordinateur. Mme Homais comptait avec dégoût le nombre des formulaires qu'elle risquait de devoir remplir. La porte du magasin s'ouvrit et fournit l'occasion d'une diversion : — *Si vous voulez bien patienter un instant tandis que je sers ces Messieurs-Dames...* M. Homais avait chaussé de nouveau ses lunettes et vérifiait, sur sa calculette, l'exactitude des doses prescrites. Il éclata, triomphant : — *Mon-*

73

sieur, ce n'est pas sérieux. L'ordonnance n'est pas correcte. Elle n'est pas rédigée en accord avec les récentes circulaires. Vous savez, les prescriptions de cette nature sont très contrôlées. Je suis désolé mais il n'est pas possible de laisser passer cela. Après, vous comprenez, ça nous retombe dessus. Il faut que vous vous fassiez refaire cette ordonnance. Je devais avoir l'air assez énervé. Mais M. Homais sentait que sous l'œil de son épouse, il lui fallait être héroïque, sublime, intraitable. Il se redressa, bomba le torse, et déclara : — *Vous comprendrez qu'avec les méfaits de la toxicomanie, il est de notre responsabilité sociale d'être extraordinairement vigilants.*

Le lendemain, j'étais décidé à faire un esclandre. Il me fallait ces médicaments. Mais, souriantes et visiblement gênées de la scène à laquelle elles avaient assisté, les jeunes femmes en blouse blanche qui se tenaient de l'autre côté du comptoir m'apprirent que M. et Mme Homais avaient quitté le magasin. Ils avaient pris leur retraite ou avaient obtenu la gérance d'un drugstore plus lucratif. Peu importe, ils étaient au diable. Les pharmaciennes qui les remplaçaient désormais s'occuperaient de tout avec gentillesse. Elles obtinrent la morphine dans les heures qui suivirent.

Je suis rentré à la maison avec dans la pochette en plastique les boîtes de carton contenant les précieuses gélules jaunes : Skenan, vingt milligrammes. Trois fois par jour, toutes les huit heures : neuf heures, dix-sept heures, une heure du matin. L'horaire doit être scrupuleusement respecté. Tout retard dans l'absorption du médicament risquerait d'ouvrir une fenêtre au cours de laquelle la souffrance réapparaîtrait. Si la douleur malgré tout persiste, on peut administrer du Rivotril, à raison de huit gouttes prises de ce liquide âcre et brunâtre sous la langue.

Il a fallu quelques semaines avant que cet équilibre de drogue agisse, que l'insomnie cesse, que la douleur s'efface et qu'au matin seulement Pauline nous appelle de sa voix douce du réveil. Je me revois gravissant les marches rouges dans l'obscurité. Je tenais à la main les gélules et un verre de jus d'orange frais que je prenais soin de ne pas renverser. Sous la nuque de Pauline, je glissais mes doigts, je prenais garde à son bras, je lui redressais la tête et tentais de la réveiller le moins possible pour que, les médicaments pris, elle retourne à ses rêves. Mais souvent, elle appelait avant l'heure. Dans la nuit, la douleur nous avait pris de vitesse. Alice se précipitait dans la chambre et versait, goutte à goutte, un liquide qui, à mes yeux, semblait un bienfaisant élixir noir d'oubli. Nous restions dans le lit tous les trois jusqu'à ce que le sommeil revienne. Le bras de Pauline abritait une horloge cruelle. Son tic-tac comptait à rebours le temps jusqu'au moment où s'estompait le charme salvateur des drogues. Alors dans son corps brûlait de nouveau le feu fou des cellules. Aujourd'hui encore, je me réveille toutes les heures, je sursaute dans mon rêve, j'entends ses pleurs, depuis combien de temps gémit-elle ?, mais la nuit est compacte, sa voix se tait, je suis dans le noir, je me retourne dans mon lit, je voudrais m'en revenir vers l'oubli.

3

Pauline pense. Elle doit mettre de l'ordre dans sa tête, s'expliquer à elle-même la vie nouvelle qui commence avec les cures. La rentrée des classes n'a pas lieu. L'hôpital est une seconde école où les parents vous accompagnent et où maîtres et maîtresses portent des blouses blanches. Les activités qu'ils organisent pour les enfants sont souvent étranges. Elles prennent l'allure de jeu mais on sait que les grands ne jouent pas, qu'ils font seulement semblant. Tout se fait en souriant : on ausculte, on palpe, on fait briller dans la gorge et les oreilles de petits bâtons de lumière. Cela s'appelle : *examiner.* Un docteur entre dans la salle de jeu et demande : *Pauline, tu veux bien me laisser t'examiner maintenant.* Il faut laisser ses jouets, ses puzzles, retourner dans la chambre et s'allonger un moment sur le lit, se laisser chatouiller le ventre, montrer son bras. On s'inquiète beaucoup de ce que ressentent les enfants, on leur demande toujours de dire où ils ont mal. Chacun est muni d'un petit cathéter. C'est un tube de plastique qui pend sur la poitrine. Maman l'a expliqué, il sert un peu de robinet. On l'ouvre, on le ferme. On dit : on « *prélève* » ou on « *injecte* ». Une fois par semaine, on s'en occupe dans une petite pièce où les infirmières travaillent et rangent leur matériel. Il est très important d'en prendre soin. Il faut revêtir un drôle de déguisement bleu, mettre sur la tête un chapeau qui porte un nom de petite fille, passer des gants stériles, poser sur la bouche un masque à travers lequel Maman s'amuse à donner des baisers. Quand tout le monde est habillé comme ça, on retire le pansement, on nettoie le fil du cathéter et le trou sous la peau. On se sert d'un produit à la couleur marron un peu sale qui s'appelle: «*la bétadine*». Il faut encore rincer le cathéter ou l'«*hépariner*»: ça veut dire, avec une seringue, mettre dedans un produit comme de l'eau qu'on prend dans une ampoule. On utilise une seringue mais ça ne fait pas mal du tout puisque c'est dans le cathéter que l'on pique! Il faut faire très attention à ne pas mettre sur le K.T. des saletés, des «*microbes*», sans cela tout pourrait s'infecter. Il faut se tenir très sage, ne pas bouger, à peine respirer. L'infirmière ne doit surtout pas toucher avec ses gants stériles un objet interdit mais elle a le droit de s'aider avec beaucoup de compresses bétadinées. Quand tout est bien propre, on dessine avec le fil une belle spirale sur la poitrine, on la fixe avec des petits autocollants qui font la forme d'une étoile, puis on recouvre tout d'un pansement pas trop grand pour ne pas irriter la peau quand il faudra de nouveau l'enlever.

On arrive à l'hôpital, on dit bonjour à tout le monde, on attend beaucoup puis on passe dans la salle de soins où le cathéter est branché sur un fil transparent. Le fil passe dans une ou plusieurs pompes bleues fixées sur une grande barre en métal qu'on appelle le «*pied à perfusion*». Il faut faire attention à ne pas s'entortiller, ne jamais oublier que l'on est branché, prendre soin de ne pas tirer sur le fil. En haut du pied, les infirmières accrochent des sacs transparents remplis de liquide. Certains contiennent de l'eau, d'autres des «*médicaments forts*» qui soignent. C'est pour ça qu'il faut venir à l'hôpital. Quand le sac est vide, la pompe se met à sonner. Il faut appeler une infirmière et qu'elle accroche un nouveau produit. Sinon, du rouge remonte dans les fils. C'est un «*reflux*». Sur les pieds, il y a des roulettes et on peut les emmener partout avec soi. On peut même grimper dessus et, si Papa tire ou pousse, on roule comme avec un tricycle ou des patins. On traverse le couloir à toute vitesse.

Les jeux sont plus compliqués et moins nombreux qu'à l'école ou à la maison. Le but est important. Il faut guérir, et on a gagné; alors les parents sont contents. Guérir, c'est ne plus avoir mal. Dans le bras, il y a une boule qui grossit — quand les grands parlent entre eux, ils appellent la boule: «*tumeur*», «*sarcome*» ou «*cancer*». La boule fait mal. D'autres enfants ont leur «*boule*» ailleurs que dans le bras, dans le ventre, les yeux, les jambes, la tête. Les «*médicaments forts*» font diminuer les «*boules*» jusqu'à ce qu'elles disparaissent. Alors, on n'a plus mal, on est heureux et on peut rentrer chez soi, retourner dans sa vraie école. Mais on peut ne plus avoir mal, et ne pas être pour autant guéri. Des fois, la «*boule*» reste là mais on ne la sent plus, et on ne peut pas la voir puisqu'elle est à l'intérieur.

Pour savoir, il faut prendre des photos et cela fait un peu peur bien sûr — même aux parents, surtout aux parents. On rentre dans une pièce un peu obscure après s'être déshabillé. Il y a des énormes machines dont Papa explique qu'elles sont comme des appareils photo gigantesques. Il faut se coucher ou s'asseoir, s'appuyer sur une grande plaque froide ou quelquefois glisser dans la machine elle-même.

Si les parents veulent rester, ils doivent, quand on le leur dit, courir se cacher derrière une vitre. Ou alors, ils mettent de lourdes combinaisons bleues qu'ils ont du mal à attacher. Papa fredonne une petite chanson : *Mets ton habit, scaphandrier, descends dans les yeux de ta blonde...*

Il y a des «*petites photos*». La dame en blanc dit qu'aujourd'hui un «*cliché*» du bras et un autre du «*thorax*» suffiront. Il ne faut pas bouger du tout sinon la photo est ratée. «*Expirer*» veut dire : souffler très fort comme le grand méchant loup... Même les photos réussies ont l'air ratées : elles sont toutes noires, transparentes, trop grandes pour qu'on puisse les mettre dans un album. On les glisse dans une grosse enveloppe : «*le dossier*». Les docteurs les regardent soucieux en les accrochant sur un mur lumineux.

Mais il y a aussi les «*photos qui font du bruit*». L'appareil se trouve dans un autre hôpital vers lequel on va en ambulance. Il faut «*plancher*» les enfants pour être certains qu'ils ne bougeront pas du tout. On les couche sur un long morceau de bois inconfortable et on les entortille avec des bandes, on leur glisse un oreiller de mousse sous le cou. Seul le cathéter dépasse pour qu'on puisse injecter les produits qui vont mettre de la couleur sur les images. Maman couvre de baisers sa gentille petite momie sage et immobile. On porte la planche et l'enfant attaché jusque dans la pièce vide où se tient le gros appareil. Il ressemble à une gigantesque et mystérieuse machine à laver, un cube percé d'un trou cylindrique. On glisse l'enfant dans le tambour de la machine, des lumières tournent autour d'elle tandis que retentit un vacarme irrégulier de casseroles heurtées, de marteau-piqueur. Quand le bruit s'interrompt, on ne sait jamais si l'examen est terminé ou si se prépare une nouvelle série de clichés.

Les plus embêtantes sont les «*photos qui durent longtemps*». Il faut arriver à l'hôpital tôt le matin mais au lieu de prendre l'ascenseur jusqu'au dernier étage, on descend dans les sous-sols. Une infirmière injecte aussi un liquide dans le cathéter auquel il faut des heures pour agir. La matinée est libre pour des promenades au Luxembourg, puis un déjeuner au restaurant indien ou japonais. On mange du riz et des brochettes. À l'heure dite, il faut être revenus. Et comme on est fatigué de s'être levé si tôt, d'avoir couru dans les allées du Luxembourg, d'avoir joué à cache-cache derrière les arbres et les statues, on s'endort dès que l'on est couché sur la grande table raide de l'examen.

Papa pense. À lui aussi, il faut mettre de l'ordre dans le désordre de sa tête. Dans l'éternelle semi-clarté d'une salle d'examen des isotopes, l'enfant est allongée sur une grande et étroite table métallique. Un cube volumineux glisse à l'horizontale, parcourt à une imperceptible vitesse la surface du corps étendu. Il est monté sur une mécanique complexe et précise de rails et de balanciers qui lui permet, sa course parcourue, de basculer et de refaire à l'envers son parcours de lenteur. Sur l'écran du moniteur, à mesure que progresse l'examen, se dessine le tracé précis du squelette enfantin dans la posture même où s'est assoupie la petite fille vivante. La technique dévoile, patiente, la structure secrète des os : crâne percé d'orbites, bras, vertèbres, colonne, bassin, jambes. L'humérus gauche brille d'une incontestable lueur qui en signale la pathologie. Le produit injecté «*fixe*» sur les parties atteintes du squelette. Mais heureusement et comme on a fini par le comprendre, tout ce qui brille sur l'image n'est pas forcément malade : ainsi les articulations. Lorsque le tracé est achevé, sur l'écran, on voit la figure exacte et complète d'un petit squelette aux proportions d'enfant, ce qui reste d'un corps de trois ans lorsque la chair s'en est évaporée. L'image est extraordinairement troublante. Ce squelette n'est pas la mort abstraite des emblèmes, ce n'est pas le pur dessin anatomique des dictionnaires. Il mime la posture fixée mais vivante d'un être aimé. La tête penche vers la droite, le bras gauche est légèrement replié, les jambes s'écartent dans la disposition ordinaire du sommeil. Cette vision est incongrue, elle n'a pas de place dans le présent. Elle vient du futur, de la mort anticipée. Ou alors, elle participe d'un passé impensable. C'est comme si avait été brutalement ouvert pour la satisfaction des caméras le sarcophage d'une fillette depuis longtemps disparue.

Pauline se réveille, la photo est finie. Ce sont des médecins qui prennent les photos mais on ne les voit jamais, ils ne disent rien, ils sont dans l'ombre de leurs clichés et réservent à d'autres le soin d'annoncer le résultat de terreur de leurs investigations. On ne leur parle pas ou alors exceptionnellement quand on n'en peut plus de ne pas savoir tout de suite et qu'on prend le courage de forcer leur silence. Pauline l'a compris. Quelques semaines de traitement suffisent à un enfant pour assimiler avec une exactitude sans faille les règles non dites en vigueur dans un hôpital. Qui est qui ? Qui fait quoi ? Que peut-on demander à un tel ? Qu'est-il inutile d'espérer de tel autre ? Sans qu'on lui ait jamais rien expliqué, Pauline a tout compris de la subtile et rigide hiérarchie médicale. Elle distingue docteurs et internes, radiologues, chirurgiens et oncologues. Elle ne confond pas infirmières et auxiliaires de puériculture, aides soignantes, dames de service. Elle sait de qui elle dépend, qui s'occupera d'elle, à qui elle doit réserver les plus efficaces de ses sourires de séductrice. Être aimée est une question de survie. Ici plus qu'ailleurs. Se rendre désirable afin que ce soit à son chevet que la nuit, pour la consoler et la distraire, s'attardent les plus douces des infirmières.

Que sait-elle, dans son cerveau d'enfant, de la gravité exacte de la situation? Passé le choc des premiers jours et compte tenu de l'extraordinaire fatigue dont elle ne s'est pas encore délivrée, elle ne manifeste absolument aucun signe dépressif. Elle est vivante et charmante, attentive aux autres. Elle note mentalement leur tendresse ou leur indifférence. La maladie même la transforme de façon inattendue. Elle abandonne un peu de sa timidité de petite fille, et dans cet univers de chagrin, elle gagne en assurance, en gaieté, en sociabilité. Peut-être déguise-t-elle sa panique en audace, son désespoir en allégresse. Peut-être imite-t-elle ses parents, peut-être est-ce leur propre joie affectée qu'ils lisent, sans la reconnaître, sur ses traits. Son courage rend possible leur courage et, à son tour, se nourrit de lui. Dans la grande désolation du mal, elle ne les abandonne pas et eux ne l'abandonnent pas. C'est leur alliance tenue secrète. Maman ne passe pas ses journées à pleurer, Papa ne s'enfuit pas au travail ou au café. Ils ne battent pas le rappel téléphonique de leurs vieilles relations. Ils ne s'empressent pas de redevenir les tout petits enfants de leurs propres parents. Ils ne transforment pas leur situation en martyre socialement rétribué — ou alors juste un peu, de façon à garantir définitivement leur tranquillité. Pauline peut compter sur eux et ils peuvent compter sur elle, sage et gaie, résistant paisiblement à l'horreur nouvelle de sa vie, sans pleurs ni plaintes, ironique, souriant avec eux au destin.

Peut-être Pauline a-t-elle fait secrètement le pari suivant : sembler à tous la plus vivante des petites filles afin de mieux rendre sa mort improbable, impossible. Être aimée de manière que la protège du malheur toute cette somme d'affection autour d'elle. Les médecins l'impressionnent un peu, elle s'emploie à conquérir surtout les internes aussi jeunes que de jeunes parents et parfois aussi désarmés qu'eux. Avec les infirmières, elle joue son rôle aimable de gentille et discrète princesse, sur ses gardes pourtant. Elle réserve en conséquence l'essentiel de sa tendresse à d'autres qui travaillent à la périphérie du service : la sympathique psychologue avec laquelle il est possible de discuter des heures, éludant les questions, détournant les jeux, disputant une ironique partie de cache-cache verbal ; la douce et longue éducatrice qui veille sur la miraculeuse salle de jeu, son trésor de puzzles, de livres, de poupées ; les musiciens et les clowns qui viennent chaque semaine distraire les enfants de leur mal.

Maman pense. Elle considère sa fille qui grandit et qui change, si proche d'elle, qui lui ressemble, qui prend sur elle modèle. À sa suite, Pauline s'enquiert de tout ce qui concerne son traitement. Elle est d'une grande précision, mémorisant les gestes accomplis, s'inquiétant de leur nécessité, demandant à participer : elle aide au pansement de cathéter, répète sur ses poupées les soins, emprunte un stéthoscope pour s'assurer du battement régulier de son cœur. Elle et Maman exercent une surveillance discrète mais redoutable sur les soignants : toutes les règles d'asepsie ont-elles bien été respectées ? Le débit de la pompe est-il correct ? Les antalgiques ont-ils été administrés à l'heure juste ? Papa est visiblement perdu. Mais les filles, elles, ne laissent rien au hasard. Au fil des jours, elles acquièrent une maîtrise telle qu'elles sont bientôt en mesure de se dispenser presque entièrement de l'aide des infirmières. Sous l'œil approbateur et confiant de sa fille rassurée, Maman prend en charge la quasi-totalité des soins à la maison : elle prélève, elle panse, elle administre, elle soigne.

Pauline veut savoir ce qu'on lui fait. Elle interroge, se fait expliquer, conteste parfois. Mais sur l'essentiel, elle ne dit jamais rien. Elle voit, puis ce qu'elle voit, elle le met entre parenthèses, n'en parle pas. Elle prend comme une étrange évidence l'univers menaçant dans lequel elle est entrée. Elle épargne à ceux qui l'entourent l'expression de ses craintes. Elle voit des enfants dont les cheveux sont tombés. Certains sont aveugles, d'autres ont un trou à la place d'un œil et on ne sait jamais comment les regarder en face. De grands garçons sont immobiles dans leur lit, un membre leur manque ou bien ils sont plâtrés jusqu'à la taille. Il y a des enfants dont le ventre est démesurément gonflé. D'autres ont le visage invraisemblablement déformé. Pauline voit tout cela mais elle ne dit rien. L'extraordinaire est même la manière dont, dans la compagnie de ces enfants, ces questions-là ne se posent jamais. On voit... À trois ans ou à dix, on a les yeux grands ouverts. Mais on ne demande pas. La vie s'accepte telle quelle. De nouveaux malades arrivent, d'autres disparaissent. On ne sait pas ce qu'ils deviennent. On les espère silencieusement guéris. La rotation des cures et des traitements est si hétérogène selon les patients et les tumeurs, qu'on se croise plus qu'on ne se connaît. La petite troupe des garçons et des fillettes n'est jamais constituée des mêmes. Elle va à ses jouets, à ses statuettes de pâte à modeler, à ses cités de Lego, à ses goûters, à ses fêtes. Peinture, musique, pâtisserie, poterie... Ou bien les jeux de toujours : *on aurait dit qu'on serait des papas et des mamans et on aurait beaucoup de bébés qui seraient malades et qu'on emmènerait à l'hôpital pour leur donner des médicaments forts...*

Les musiciens visitent l'Institut. Avec les petits, ils improvisent un orchestre dans la salle de jeu. Ils accompagnent leurs comptines de quelques accords de guitare. Ils chantent les chansons de toujours remises au goût du jour : *Au clair de la lune, trois petits lapins, ont mangé des prunes, la pipe à la main.* Et dans la chambre des enfants les plus fatigués, ils entrent doucement. Dans un coin, ils s'asseyent sans bruit. Les rideaux sont baissés. La lumière est si grise qu'on pourrait en pleurer. Pauline est lasse et ne fait pas même attention aux nouveaux visiteurs. Ils lui demandent la permission de jouer pour elle mais elle ne répond pas. Elle écoute la berceuse qu'ils chantent à mi-voix. L'un d'eux pose sur son lit, pour qu'elle les accompagne, un long instrument de bois. C'est un bâton de pluie. Lorsqu'on le renverse ou qu'on l'agite résonne à l'intérieur du bambou un bruit de sable qui coule. Pauline tend la main et prend entre ses doigts la mystérieuse baguette. Cela fait dans la chambre comme une musique d'averse et d'oubli.

Le lendemain, les clowns sont là. Ils ont revêtu des blouses de médecin desquelles dépassent leurs chaussures rouges, leurs habits de parade. Ils vont de chambre en chambre, charriant les docteurs, les parents, les infirmières, répétant à chaque chevet les mêmes blagues. Pauline va beaucoup mieux. L'effet du mal semble mis entre parenthèses. Elle s'est levée de son lit et se joint à quelques autres enfants de son âge qui ne lâchent pas d'une semelle les Augustes et les Pierrots. Autour des chapeaux melons, des faux nez, des visages grimés, cela fait un étrange cortège de petits crânes nus, de pompes volumétriques, une longue traîne de tubulures, avec dans la périphérie de ce bazar quelques parents qui suivent le carnaval. La procession tapageuse va de chambre en chambre, elle envahit les couloirs, dérange la routine assoupie des traitements. Un petit cirque s'installe et dresse sa tente invisible dans le hall du service. Le cercle se forme. Tour à tour, chaque enfant en occupe le centre, vedette fière et éphémère du spectacle. Pauline n'en croit pas ses yeux. Elle veut participer à tous les jeux et que la fête ne cesse jamais. Elle se retourne souvent vers nous, nous sourit et nous prend à témoin de cet invraisemblable bordel. Son médecin s'est arrêté un instant. Il regarde Pauline. Je le regarde la regarder et je me dis que si je pouvais lire le sens de ce regard, je saurais ce qu'il sait de ce que deviendra l'enfant. Je saurais si le bonheur inattendu d'une petite fille faible et souffrante l'émeut parce qu'il pense cette enfant promise à la guérison ou promise à la mort.

La doctoresse clown a un accordéon. Son acolyte chante désespérément faux et cela fait s'esclaffer le public. Le répertoire est un peu limité mais il contient assez de mélodies pour faire danser. Le clown chante : *Ma petite est comme l'eau, elle est comme l'eau vive*. Les enfants reprennent en chœur en battant la mesure avec d'étranges instruments, klaxons, baguettes, maracas, castagnettes. Ils font la ronde. Je regarde Pauline tournant, glissant, courant au milieu de ce désordre joyeux, dans cette agitation comique.. Et je pense : Elle est comme l'eau, elle est comme l'eau vive. Jamais, jamais, vous ne la rattraperez...

4

Le protocole qui s'applique à l'enfant est tel que les premières cures se suivent selon une fréquence assez rapide. Quelques jours à l'hôpital, quelques jours à la maison... La première drogue est d'une agressivité relative. Il suffit de peu de temps à l'organisme pour surmonter ses effets. Les produits suivent leur chemin dans la chair. Ils sont censés détruire les cellules cancéreuses. Mais leur violence n'est pas spécifique. Ils ravagent l'organisme tout entier, le courbent en deux, l'hallucinent de nausées, mettent à bas toutes ses défenses, le plongent dans une vulnérabilité de torpeur. En principe, du moins... Car les réactions varient considérablement d'un individu à l'autre. La douleur est ce qui a raison de Pauline, non les drogues dont elle surmonte sans mal les effets. Elle est extraordinairement fatiguée, crispée par la souffrance malgré les prescriptions répétées de morphine. À l'Institut, elle s'abat sur son lit. Sa faiblesse est telle que les infirmières l'ont discrètement placée en observation, sous monitoring, les premiers jours. Puis elle a émergé de ce sommeil vaseux. Mais son organisme, visiblement, lutte pour circonscrire, ignorer le travail sans répit de la tumeur. Et cette lutte l'épuise. Le retour à la maison est un soulagement. Progressivement le corps semble redevenir maître de lui. Mais le ballon de chair qui gonfle au bras brûle ses ressources.

Tous les deux jours, il faut vérifier ce qu'il en est de la résistance de l'organisme. Une infirmière passe à la maison tôt le matin. Elle prélève un peu de sang. Le cathéter facilite infiniment les choses. Plus tard, un homme sonne à la porte. Il porte une lourde mallette de cuir où sont rangés tous les tubes à essais destinés au laboratoire. Dans l'après-midi, Alice téléphone pour s'enquérir des résultats : leucocytes ? polynucléaires ? hémoglobine ? plaquettes ? En dessous d'un certain seuil, c'est l'aplasie. Le corps est privé de tout moyen de se défendre contre une éventuelle infection. Il est à la merci d'un possible choc septique. On peut en mourir en quelques heures. Il faut surveiller la fièvre. Si cette dernière apparaît et persiste, il faut se précipiter à l'hôpital. L'injection massive d'antibiotiques par voie veineuse conjurera la menace

Par la poste, on reçoit le lendemain le détail chiffré des analyses. Les comptes rendus s'empilent par dizaines dans les dossiers médicaux. Cela fait une étrange météorologie intérieure. Importante sur le coup, dérisoire lorsque quelques jours ont passé. On peut prévoir en principe les grands mouvements sanguins soumis à l'action des drogues comme on calcule le jeu des anticyclones, des dépressions, des vents... Les défenses immunitaires varient selon leur mouvement de pics et de creux. Lorsque le corps s'est reconstitué, il reste un ou deux jours avant l'échéance de la nouvelle cure.

On passe les mains sur le front. Les cheveux ont acquis une texture nouvelle, sèche et cassante. Ils restent blonds mais leur couleur a vaguement changé. Le plus raisonnable était de prévenir l'enfant, de la préparer au moment qui viendrait. Pauline n'a rien dit, elle regarde ailleurs. Elle sait. Elle a vu les autres. Lorsque le temps est proche, Alice l'emmène chez le coiffeur, un grand coiffeur pour dames où l'on se fait belle et élégante. On ne lui a jamais encore coupé les cheveux. Elle regarde avec méfiance le grand évier, le haut fauteuil, la cuvette, échappe au shampooing mais ne pleure pas lorsque ses longues mèches jaunes tombent sur le carrelage. La coiffeuse semble vaguement savoir à qui elle a affaire. Chaque arrondissement de Paris est un village où vont vite les nouvelles de malheur. C'est du beau travail : une coupe très courte mais féminine, élégante. Pauline sera la petite fille la mieux coiffée du quartier. Pour quelques jours encore...

Un matin, elle appelle. Pas d'angoisse dans sa voix. Elle est simplement réveillée et demande l'autorisation de se lever, de descendre l'escalier, de prendre ses corn flakes. Je grimpe l'escalier de bois à sa rencontre. Quelque chose traîne sur les marches rouges. Je suis encore dans l'hallucination brisée du sommeil, en peignoir. Hébété, je mets quelques secondes à réaliser. Ce qui est à terre est un demi-scalp d'enfant tombé pendant la nuit. Pauline est debout. Elle me regarde. Je pose mon pied nu sur la masse blonde des cheveux, pour la cacher à ses yeux. Alopécie. À l'époque, je ne connaissais pas ce mot. Je ne l'ai appris que plus tard dans un livre où j'ai lu que la chute brutale des cheveux, les nausées étaient les signes qui annonçaient la mort chez les enfants irradiés d'Hiroshima.

Pauline ne dit rien encore. Elle se contemple à peine dans la glace. Toute la partie gauche de son crâne, en quelques heures, est devenue chauve. Le reste de la chevelure ne tardera pas à tomber à son tour. Alice a tout préparé : les chapeaux, les bérets, les foulards. Mais cela compte à peine. Une fois le diagnostic posé, l'approche de la calvitie devient souvent pour les parents le sujet principal d'inquiétude, la matière d'un débat sans fin. Faut-il ou non prévenir les enfants ? Que faire pour ceux qui, scolarisés, risquent de rencontrer les moqueries de leurs camarades ? Doit-on dissimuler la perte des cheveux ou, au contraire, l'assumer ? Cette angoisse nourrit des bavardages interminables et nécessaires où s'exprime à demi, sans se donner pour telle, la crainte inavouable de mutilations à venir, de la mort peut-être.

Si on dit à une petite fille qu'elle est la plus belle avec assez de conviction, elle le croit, donc elle l'est. Du reste, la calvitie n'enlaidit pas les enfants, elle fait ressortir la lumière de leurs traits. Bonnet pour l'hiver, mouchoir brodé pour l'été… — *Tu veux mettre quelque chose pour sortir ?* — *Non, ça n'est pas la peine, Papa…* Pauline est si petite qu'il est impossible de dire jusqu'à quel point elle a conscience du sens de ce qu'elle fait. Et peut-être est-il vrai que le sens de ses gestes c'est chez nous qu'elle le cherche. Pourtant on dirait bien qu'elle sait précisément ce qu'elle fait lorsque, dans la rue, elle marche la tête haute, insoucieuse de tous les regards posés sur elle. Lorsqu'elle décide tranquillement et sans y faire attention de ne pas se couvrir la tête, on jurerait qu'elle a choisi en toute conscience de braver la bêtise, de mépriser la morbide curiosité de ceux qui, sans pudeur ni pitié, la suivent des yeux. Je l'admire et, en somme, elle le sait. Elle marche devant moi et je lui donne la main.

La calvitie est la marque du mal, le signe qui voue à la mort. Avec ses cheveux, c'est son nom et son sexe que perd une petite fille pour devenir ce que les autres nomment «*un-enfant-cancéreux*». J'ai appris à détester ce dernier adjectif et à mépriser ceux qui l'emploient. Comme si la maladie qui frappe tel ou tel individu pouvait désormais le définir tout entier, comme si elle devenait son essence et que s'effaçait de son identité tout le reste. Un enfant qui a le cancer — aussi bien, un adulte — ne devrait jamais être considéré comme *cancéreux*. Mais je sais bien que la société ne pense pas ainsi. Il faut qu'elle trace des limites au-delà desquelles abandonner le peuple indifférencié de ceux qui vont mourir. Les yeux des vieilles femmes brillent à ce miracle : une enfant de trois ans les précède sur le chemin de la tombe. Quelques crétins cherchent à lier conversation. La compassion est de la sauvagerie déguisée. Deux à trois fois, Pauline sera visiblement blessée. À voix haute, de petites filles de son âge font remarquer :
— *Dis, tu as vu le petit garçon, le bébé, il n'a pas de cheveux !*

Je pense à ces lignes de James Barrie : «Tous les enfants sont atteints la première fois qu'on leur fait subir une injustice. La seule chose qu'exige un enfant quand il vient se livrer à quelqu'un est la loyauté... Personne ne se remet de la première injustice. Sauf Peter. Lui la rencontre souvent, mais il l'oublie chaque fois.» On regrette quelquefois d'être un grand garçon, gentil, gauche, bien élevé et de ne s'insurger qu'ironiquement devant la connerie humaine. On devrait profiter de son mètre quatre-vingts, de ses quatre-vingt-cinq kilos pour se faire un peu Hyde, prendre encore dix ou vingt kilos, se laisser pousser les cheveux, se vêtir de cuir, devenir un Depardieu sublime et hirsute afin de terroriser quelques vieilles, gifler quelques gringalets imbéciles, devenir ogre dans la marmaille jacassante des mijaurées. Mais Pauline, à vrai dire, n'a besoin de personne pour la protéger de la malveillance morbide des vivants. La maladie ne compte pas. Elle sait qui elle est. Elle va chercher un livre dans la bibliothèque. Elle l'ouvre sur ses genoux. Elle me demande si je veux qu'elle me raconte une histoire. Je l'écoute : — *C'est l'histoire d'un petit zèbre très gentil qui était triste. Il était triste parce qu'il était différent des autres. Il avait les raies blanches à la place des raies noires et les raies noires à la place des raies blanches. Et bien sûr, les autres zèbres — qui étaient un peu méchants — se moquaient de lui et ne voulaient jamais jouer avec lui. Ils disaient : «Vous avez vu les amis, il a les raies à l'envers.» Et le gentil zèbre était tout seul et il pleurait...* — *Mais c'est une histoire très triste et très injuste !* — *Ah oui, mais c'est comme ça...* — *Tu trouves ça normal que ces idiots se moquent du pauvre gentil zèbre ?* — *Attends, l'histoire n'est pas finie !* — *Ah bon !* — *Il y avait aussi un vieil oiseau très sage qui s'était approché du gentil zèbre. Il lui a dit : «Mais je trouve que tu es très élégant avec tes raies à l'envers.» Et le zèbre a séché ses larmes, il s'est regardé dans l'eau d'un lac et a dit : «Je suis très beau et très élégant avec mes raies à l'envers et, en plus, je suis différent des autres.» Et puis tous les animaux sont devenus ses amis, et il n'a plus jamais été triste et seul.* Pauline me regarde : — *Alors, qu'est-ce que tu penses de mon histoire ? Elle est bien ?* — *Je pense que c'est une très belle histoire.*

5

Les cheveux tombés ne sont pas source d'angoisse.
On sait que, le traitement fini, ils repousseront
comme avant. Mais c'est le corps tout entier qui
retentit des effets de la maladie. Il se creuse, s'évase,
pâlit, se défait. Le bras gauche où loge la tumeur est
l'objet de toutes les craintes. Il faut l'abriter désormais derrière une attelle de plastique qui l'immobilise. Mais l'attelle, elle-même, a dû être plusieurs fois
refaite, élargie. En quelques semaines, la partie supérieure du bras a littéralement doublé de volume : du
coude à l'épaule et l'épaule elle-même s'est mise à
gonfler. Cela fait une étrange protubérance sous
les vêtements. Il a fallu renoncer à certains habits,
détendre ou découdre les manches pour que le
membre puisse passer. La morphine annule à peu
près la douleur lancinante mais le bras doit être
manié avec la plus extrême précaution, les doigts
fonctionnent, la main peut vaguement se lever mais
le coude reste collé au corps. Pour prendre l'enfant
dans ses bras, il faut la saisir désormais par les
hanches ou sous les fesses, prendre garde à ne pas
toucher l'épaule, à ne pas la soulever par les aisselles.
Tout contact la ferait hurler de douleur. Les médecins suivent le travail de la tumeur. Ils mesurent la
circonférence croissante du bras et ne disent rien.

Le matin est le moment du bain. Avec d'infinies précautions, il faut déshabiller l'enfant, lui ôter son pyjama ou sa chemise de nuit, libérer d'abord le membre valide, faire glisser doucement le crâne nu par l'échancrure du col puis progressivement démailloter le bras gonflé. L'eau bouillonne dans la baignoire. On en fait couler juste un fond mousseux pour éviter que le cathéter ne trempe et ne s'infecte. Dans la piscine d'émail nagent autour des hanches quelques jouets, des requins de plastique, des canards mécaniques, des cubes, des gobelets. À tour de rôle, nous donnons le bain. Non pas qu'aider l'enfant à se laver soit une corvée. Mais le moment où, la chemise ôtée, le torse apparaît est un pur moment de nausée réprimée. La vérité du mal est là.

L'épaule est devenue un impensable ballon de chair. La peau est tendue à craquer, luisante, sourdement chauffée par la folie des cellules qui prolifèrent. Autour de ce noyau rayonnant, il n'est pas difficile d'imaginer comment la maladie se diffuse et sème ses germes dans l'organisme tout entier. L'inflammation fait saillir le réseau veineux jusque dans le cou, sur la poitrine et le ventre. De grandes lignes bleues, avec leurs méandres de cours d'eau, leurs sinuosités de ruisseaux, se dessinent sur le thorax pâle. Comme la carte tracée sur la poitrine d'un pays inexploré. Le dedans fiévreux du corps semble vouloir émerger, imprimer sa marque à l'envers sur l'épiderme blanc. Cette page-là laisse aisément lire ses hiéroglyphes de mort. Chaque matin, en cachette de certains médecins qui pensent qu'il vaut mieux en pareils cas que patients et parents ferment un peu les yeux sur le devenir de la maladie, nous mesurons la circonférence du bras avec un mètre à ruban de couturier. L'issue est calculable en millimètres quotidiennement gagnés.

Les images ne peuvent que confirmer l'échec absolu du traitement. Radiographie, scanner, I.R.M., nous entrons dans la grande féerie cruelle des machines et de leurs oracles. Il n'est pas besoin d'être médecin pour lire l'évidence de tels clichés. L'humérus ne ressemble plus à rien. Le long de l'axe se sont développés deux bulbes symétriques de matière osseuse. Ce volume nouveau bouscule et comprime toute l'organisation ordinaire des muscles, des nerfs, des veines. On se demande comment l'os n'a pas cédé sous la pression de ce bouleversement insensé. L'I.R.M. révèle une seule bonne nouvelle relative : si la tumeur gagne, elle a mystérieusement fait une sorte de demi-tour, ne progressant plus vers l'épaule mais à l'inverse en direction du coude, préservant ainsi les deux articulations dont dépend toute hypothétique reconstruction du membre.

Les décisions thérapeutiques sont prises au cours d'une réunion hebdomadaire qu'en franglais de carabin les médecins nomment le «staff». Les points de vue sont confrontés, les documents mis sur la table. On débat, on décide. Rien ne filtre de ces discussions. Mais aux remarques de l'un, aux réticences de l'autre, aux hésitations du troisième, on perçoit bien que les arrêts rendus ne sont pas unanimes. Les écoles s'affrontent. Les tempéraments pèsent sur les orientations choisies. La médecine n'est pas une science exacte. Personne, d'ailleurs, ne l'a jamais pensé. Elle repose sur un relatif savoir, un peu de logique, à peine plus de méthode et beaucoup de mémoire. Si telle drogue ainsi administrée a déjà guéri tels patients, on peut espérer raisonnablement que le miracle se reproduira. Mais le cas concerné est sans précédent. Les gigantesques bibliographies informatisées qui contiennent, de par le monde, tout le passé de l'oncologie ont été consultées. Les cas d'ostéosarcome du jeune enfant répertoriés se comptent sur les doigts des deux mains. Certains ont été soignés en Europe, d'autres en Amérique. Les protocoles appliqués n'ont jamais été les mêmes. On compte des guérisons et des décès. Le nombre des cas est si réduit qu'il est proprement impossible de tirer des leçons statistiques. La seule conclusion vague à laquelle il soit possible de parvenir est la suivante : la tumeur semble d'autant plus agressive que le patient est jeune. Pauline est le cas le plus précoce d'ostéosarcome enregistré dans les annales, nous dit-on. Si le traitement classique est impuissant à enrayer le développement spectaculaire du mal, il faut l'abandonner. Après quelques semaines, Pauline est retirée du protocole. La décision est prise de lui administrer en alternance les drogues ordinairement réservées aux récidives et aux cures de seconde ligne : au Méthotrexat, on substitue le VP16-Holoxan et le Cisplatine. La violence de ces produits est bien supérieure. On peut espérer que leur efficacité en sera d'autant accrue. Les cures doivent s'espacer pour que l'organisme soit en mesure d'encaisser le choc médicamenteux. *On peut rentrer à la maison alors ?* demande Pauline. Oui, les ordonnances sont signées, le prochain rendez-vous pris. Les prescriptions de morphine ont été renouvelées. Les consignes de sécurité sont sues. La voiture attend dans la cour de l'Institut. Une parenthèse de sommeil, de baisers, de jeux, de liberté va s'ouvrir pour quelques jours. À sa manière, la vie peut faire semblant de reprendre.

6

Depuis toujours, Maman et l'enfant font cause commune. Elles se savent dans le même camp et nourrissent gentiment la paranoïa paternelle. «Les filles ne se laissent pas faire», proclame Sailor Moon à la tête de ses guerrières de l'espace. *Les garçons sont bêtes*, fredonne Pauline avec insistance à mon intention. La longue guerre des cours de récréation ne se termine jamais. Et c'est bien ainsi.

Papa s'en va, Maman est là. Oh, Papa ne disparaît que deux ou trois jours par semaine. Mais cette nuit-là suffit à le rendre infidèle. — *Papa est à Londres, Maman?* — *Non, ma chérie, il est allé acheter le journal et des cigarettes.* — Ah... Au téléphone: — *Je rentre demain...* — *Alors, je pense à toi toute la nuit...* — *Moi aussi, ma grande fille...* Elles l'embrassent mais n'en pensent pas moins. Et elles ont bien raison. Papa fait de son mieux mais il n'est après tout qu'un garçon. Il est pris dans sa nasse d'argent et d'ennui, de vanité, de soucis.

Maman est là. — *Viens, mon amour, ce soir Papa n'est pas avec nous. Je te prends avec moi dans le long lit des câlins... Sans soucis et sans larmes...* — *Ne t'inquiète pas, maman, je n'ai plus mal du tout, tu*

sais . *Je vais bientôt guérir? - - Bien sûr, et les che-*
veux repousseront, on ôtera les fils... Ta chambre est
trop petite pour tous tes jouets... Il nous faudra une
nouvelle maison. — Comme la maison de Londres?
— Encore plus grande, plus belle, au soleil... — Je ne
veux pas qu'on vende la maison de Londres... — Mais
il le faut pour avoir l'argent de la nouvelle maison!
— Bon d'accord, mais alors avec un jardin et une
balançoire! — Et des fleurs? — Et des fleurs!...

Pas de scènes dans leur vie, jamais de caprices ou
d'éclats de voix, pas de bêtise, ni de punition. Pourquoi faudrait-il trépigner, hurler, pleurer, menacer,
gifler? Pourquoi les enfants et les parents ne savent-
ils le plus souvent que s'aimer à l'envers? Dans les
jardins publics ou même à l'Institut, Pauline assiste
quelquefois incrédule au psychodrame que les
autres jouent devant elle: — *Non, non, non, non!*
— Tu vas obéir, s'il te plaît! — Hè, hè, hè, hè! — Tu as
entendu ce que j'ai dit? — Hi, hi, hi, hi! — Tu vas
écouter ton père? — Je t'en prie ne t'en mêle pas! —
Ha, ha, ha, ha! — Cette fois, ça va mal aller, tu l'as
cherchée, tu vas l'avoir! Pan, pan! Bing, bing! —
Heuheuheuheu! — Mais tu es fou de la frapper
comme ça (Lalalala!). Tu ne vas pas passer tes nerfs
sur elle (Lalalalère!). Mon pauvre, il faudrait
apprendre à te contrôler (Lalalère!). Mon bébé!
Heuheuheuheu! (hé! hé!) — Ma chérie! — Heuheu-
heuheu! (hi! hi!) Laissons cela à d'autres, à ceux qui
ont le temps de perdre leur vie, de la défaire et de la
refaire en intrigues répétées, en mièvreries de haine.

Leur famille se compose de trois couples innocem-
ment incestueux. L'enfant accorde gentiment à ses
parents le droit de vivre leur vie comique d'adultes.
Elle n'ignore rien de ce qui se passe dans la chambre
du bas quand Papa se couche sur Maman, qu'il

ouvre le chemin de ses cuisses, laisse glisser ses doigts... Que voulez-vous ? Maman a vingt ans et Papa, trente. Il faut bien que vieillesse se passe... Au matin, elle se glisse dans le lit conjugal et réclame « *sa place* » sur le traversin. Puis quand elle a vérifié que l'espace pour elle était toujours là entre les deux grands corps chauds, elle se lève et entraîne Papa avec elle. Il s'occupe autant qu'il peut de sa fille. Et pour elle, il voudrait devenir l'amant de rêve idéal qu'elle ne connaîtra pas. Il n'oublie jamais de faire remarquer que son second prénom est celui du héros animé de *La Belle au bois dormant*. Mais Pauline est sage et lui fait remarquer que les Princes charmants n'existent que dans les contes. Sur un air de Tchaïkovski, elle se laisse pourtant inviter à valser avec lui. Chancelants et légers, ils tournent sur la moquette de l'appartement parisien. Puis ils vont faire des courses, lisent des livres, jouent à tel ou tel jeu de société. Mais les questions vraiment importantes relèvent de la compétence exclusive de Maman : vêtements, maquillage, bavardages, baisers. Et ce sont toujours Maman et l'enfant qui se retrouvent dans le grand lit, chacune dans les bras de l'autre. Et c'est bien ainsi. — *On est des filles, Maman ? — Oui, ma chérie. — On appelle Papa ? — D'accord, mais pas tout de suite ! — Il est jaloux ? — Bien sûr ! — On lui fait toujours des farces, hein ? — Oui*. Et sous le drap, il les rejoint enfin. — *On se cache ? — On se cache...*

Maman est là. Toujours... Où serait-elle sinon près de l'enfant ? Elle tient parole. À l'hôpital, elle a le privilège du premier et du dernier baiser, elle éveille, elle endort. Les rideaux sont baissés, la théorie des poupées est en place au pied du lit, on s'assure de la proximité de la tétine, du mana de tissus, de la sonnette. La chambre ne luit plus que du clignotement des pompes et des moniteurs, que de la vague rumeur de clarté du couloir où Papa, enfin, s'impatiente. Il est tard, tous les enfants sont couchés. Il faut dormir maintenant. — *Mais je n'ai pas sommeil, Maman... Tu peux rester encore un tout petit peu.* Elle détache les derniers mots : *un-tout-pe-tit-peu...* Rester avant la vaste plongée de nuit, la traversée solitaire de chaque endormissement, après la relève de l'équipe des infirmières quand de nouveaux visages, moins familiers, viendront faire leurs rondes régulières de marionnettes claires au chevet et que l'on entendra les cris d'angoisse des nourrissons dans leurs hauts berceaux blancs.

Maman reste encore un tout petit peu. L'heure des livres est passée. Elle chante à mi-voix et chaque refrain parle d'elles, parle d'eux. Lauriers, cailles, tourterelles sous la douce floraison de soleil... Dormir... Dans cette claire fontaine... L'eau est si belle que l'on voudrait s'y baigner, s'y noyer dans la paix lumineuse des arbres reflétés. Elle chante et elle rêve. Son chant est un rêve qui l'accompagne alors que l'enfant descend doucement les premières marches du sommeil. Elle voit les trois corps allongés ensemble dans la douce obscurité de nacre. Ils ont oublié les rendez-vous, les examens, les angoisses, les nausées, les insomnies, le ciel de plomb de Paris. Ils ont pris enfin leurs vacances promises d'oubli. Il y a si longtemps que je t'aime... — *Chante, Maman : Titi carabi, toto carabo, Guilleri...* — *Te lairas-tu, te lairas-tu mouri ?* Te laisseras-tu mourir, petite fille ?... — *Il n'est pas l'heure encore, Maman ?...* — *De quoi ? — De dormir !...* Alors : encore un peu de lumière gagnée sur la nuit. Et elle fredonne aussi : *Je ne vivrai pas sans souffrir un jour...*

Elle est là. Elle a vu sa vie brûler. Pas de regard jeté par-dessus l'épaule... Le temps presse. Il faut fuir. Les autres ne savent pas l'incendie où ils vivent, l'épaisse fumée qui asphyxie, les madriers-torches qui tombent des toits incandescents et s'abattent, le tapis brûlant de cendres, les remparts écroulés, le carnage silencieux dans la nuit. Elle emporte son enfant dans ses bras, seule, dans la catastrophe inavouée du temps. Leur histoire, aujourd'hui, leur apparaît comme celle d'un désastre pressenti : — *Il ne nous arrivera jamais rien, dis!*... Elle a dix-huit ans et elle veut cet homme. Un jour d'avril, l'île Saint-Louis est un bateau immobile à la proue duquel ils échangent un baiser. Une autre fois, ils regardent une nuit de printemps se coucher place Saint-Sulpice. Et plus tard, ils restent longuement assis à contempler le jeu fixe des étoiles autour du mât solitaire d'un grand arbre parisien. Comme toutes les autres, leur vie est cette succession d'images. Mais la pesanteur du temps y fait un gouffre autour de quoi tout tourbillonne et s'embrase. Ils ne savent pas au juste quoi mais ils fuient... La mort sans doute leur a fait signe et, croyant lui échapper, ils courent vers le lieu exact du rendez-vous qu'elle leur a fixé. Ils quittent leur pays, leurs familles, leurs amis et la naissance seule de l'enfant les ramène enfin à Paris pour repartir aussitôt. Dans la cour de la Sorbonne, sous le préau d'Assas, ses amies jouent encore à la marelle. À cloche-pied, elles gravissent les échelles de l'Université. Elle passe, elle aussi, ses examens et s'en désintéresse. S'il faut jouer un jeu que ce soit celui, sans masque, de la vie avec une enfant vraie pour partenaire.

L'hôpital est une cour de récréation exiguë. On y saute pourtant à la corde, on y joue à chat. 1, 2, 3, soleil, le premier qui bouge se retrouve en enfer. À cette marelle-là, on saute à cloche-pied jusqu'au ciel. Et sans le dire, elles jouent ensemble au jeu de ne pas mourir. On aurait dit que tout serait bientôt fini et qu'on rentrerait pour de vrai chez nous. On aurait dit qu'on n'aurait pas peur du tout, même pas un tout petit peu, ou alors juste assez pour que ça soit amusant mais pas plus. On aurait dit qu'on jouerait au jeu de ne pas souffrir — ou alors juste de temps en temps pour le plaisir de pleurer ensemble un instant. On aurait dit qu'on jouerait seulement au jeu d'être malade et, à tout moment, on pourrait dire «Pouce!» et il n'y aurait plus que le long sommeil rassuré de la maison. Et l'on continuerait seulement la partie pour ne pas décevoir les gens de l'Institut qui seraient tellement ennuyés de ne plus nous voir. On aurait dit que la maladie, en fait, on l'aurait imaginée à la façon d'un grand jeu terrible, compliqué et joyeux. — *On s'amuse bien?* — *Oui, on s'amuse bien…* On s'amuse bien dans l'atrocité calme des traitements, des examens, dans la routine de mort des drogues discrètement administrées. On joue le jeu. On ne dit rien. On passe dans les couloirs de l'Institut en disant des bêtises, en chantant. — *Tu vas voir, grande fille, tu vas voir…* — *Quoi?* — *Rien.* — *Mais quoi?* — *Tu sais bien…* — *Oui, je sais. Alors on joue?* — *Oui, on joue!*

7

Je cours, je ne m'arrête plus… Le marathon obligé
a repris. Du jour au lendemain, Alice a tout abandonné pour rester auprès de sa fille. Quant à moi,
dès le diagnostic posé, j'ai averti l'Université de
Londres où j'enseigne depuis quatre ans. J'ai faxé les
justificatifs habituels et me suis mis moi-même en
congé *sine die*. Mais les employés doivent répondre
même du drame de leur vie devant l'institution qui
les rémunère. Et la législation sociale britannique
est bien peu protectrice. Dans ma position, il n'est
pas trop difficile de susciter la compassion d'un
médecin qui me délivre un arrêt maladie de deux
mois. Déprimé, moi ? Allons, le mot est faible. D'un
naturel assez indolent, je n'aurais jamais cru qu'il y
avait en moi tant d'énergie froide et noire. Les deux
mois s'écoulent. L'arrêt maladie pourrait être renou-
velé comme c'est souvent le cas pour les fonction-
naires de l'Éducation nationale qui s'évanouissent
des collèges et des lycées dès que les saisit, au printemps, une vague angoisse métaphysique. Mais mes
employeurs ne l'entendent pas de cette oreille. Ils
menacent de suspendre mon traitement, de me sou-
mettre à une contre-expertise psychologique pour
vérifier mon aptitude à l'exercice de mes fonctions.
Une commission sera réunie. Les dépenses de pres-

tige, les investissements financiers ou immobiliers pèsent d'un poids trop lourd sur le budget de l'Université pour qu'elle puisse se permettre de rémunérer un chargé de cours en mon absence. Je comprends qu'il vaut mieux ruser, temporiser. Je réapparais à la fin du second trimestre, disparais avant la fin du troisième, et initie dans la coulisse les démarches qui devraient me permettre d'être nommé l'année prochaine en France.

J'ai obtenu que mes cours soient regroupés sur deux jours. Je suis à Roissy le mercredi en début d'après-midi. Je reviens de Heathrow le vendredi par le premier avion du matin. — On s'envole, alors ? Oui, on s'envole comme autrefois lorsque Alice et Pauline — elle avait un an — faisaient chaque fois le voyage avec moi et que Pauline, au moment du décollage, assistait par le hublot au spectacle de l'impossible, les yeux écarquillés, tandis que la terre ferme s'abîmait tout à coup, entraînant dans sa chute vertigineuse les maisons, les routes, les voitures et que la fin du monde ne comptait pas puisque nous riions de son étonnement et qu'après un instant, elle riait à son tour, portés tous les trois par le souffle, traversant le gris des nuages, surgissant dans le ciel, sous l'éclat calme, fidèle, aveuglant du soleil. Annonces ressassées dans l'aérogare. Anglais, français, allemand, japonais : ce gosier parle toutes les langues, tic-tac de Babel. Dans le terminal 4, les passagers sont priés de rejoindre la porte dont le numéro est indiqué sur leur boarding-pass. L'embarquement est imminent. Immediate check-in. Les passagers dont le numéro de siège est compris entre le 20 et le 36 peuvent se diriger vers la passerelle. Last call. Nous vous souhaitons un agréable voyage. We wish you a pleasant trip. Quelques touristes se sont attardés dans les duty-free et retardent le moment du départ. Suant et mal réveillés, ils courent tout chargés de sacs de papier, faisant tomber les cartouches de cigarettes, les foulards de soie, les cadeaux promotionnels. Sur le point d'emprunter la passerelle, je donne un rapide coup de fil à l'hôpital pour confirmer l'heure de mon arrivée. Le vol de ce matin n'a qu'une demi-heure de retard. Ce qui n'est pas si mal. Échange bref d'informations. J'embrasserai Pauline tout à l'heure. Alice veut me dire quelque chose. Elle n'est pas certaine tout à fait. Mais il semble que le bras ait vaguement changé de physionomie depuis hier.

L'avion quitte la piste de Heathrow. J'allonge les pieds sous la banquette. J'incline le siège. J'attends la traversée des nuages, espérant l'éblouissement familier. J'ai rendez-vous avec le bleu au-delà du blanc. Je suis déjà chez moi. Je n'y peux rien : j'ai toujours su que j'appartenais au ciel. Enfant, je devais certainement penser : mon père est au ciel. Rassurez-vous : bien vivant, commandant de bord à Air France, long-courriers, Boeing 747. Tout petit, je me disais certainement : dans quelle partie du globe aujourd'hui ? Au-dessus de quel océan, de quelle banquise, à quelle altitude, surplombant quel spectacle de pierres, de prairies, de glace ? Est-ce pour lui la nuit ou le jour ? Même revenu avec nous, sa montre donnait toujours l'heure en G.M.T. Et cette montre à son poignet était comme une boussole perpétuelle indiquant la direction d'« autre part ». Questions : qu'est-ce qu'« ici » ? quand est « maintenant » ? Là, pas là, ailleurs ? Mais toujours là pourtant dans l'absence ouverte pour lui par l'appel vertical de sa vie choisie. Latitudes, longitudes, fuseaux... Lignes tracées par d'autres, sues par cœur mais insoucieusement traversées comme si elles n'existaient pas... Liberté rêvée que ne retient aucun sol... Oui, on s'envole : pesanteur déjouée, relativité du temps et de l'espace, la meilleure leçon paternelle, celle qu'à mon tour je voudrais laisser à Pauline. L'avion creuse dans le vide son tunnel bruyant. Et Pauline m'attend avec Alice par-delà les images habituelles qui courent à l'envers en dessous de nous : le détroit gris écumeux, son ramdam inaudible de vagues, la frise arbitrairement découpée des rivages puis l'ennuyeux tapis de losanges strié des champs, des villes.

Sur Roissy, c'est une matinée froide de soleil. La neige a depuis longtemps cessé ses incursions irrégulières sur le ciel de la capitale. On ne se souvient plus même de l'épaisseur blanche soudaine sur les toits de l'hôpital, les terrasses de l'Institut. Le fleuve sale du boulevard, on ne le franchit plus. Désormais, on ouvre les portes-fenêtres, on tire une chaise au soleil, on allume une cigarette. On a oublié qu'il y avait d'autres visages que ceux croisés tous les jours dans les couloirs du service. Ceux qui vivent au-dehors n'existent plus qu'à la façon de fantômes. Ils ne franchissent jamais la grille de fer, ils ne prennent pas l'ascenseur, ils ne retrouvent pas au matin l'enfant qui dans la nuit les a attendus, ils ne l'embrassent pas le soir, ils ne comptent pas les heures de tendresse passées près de lui. Ils ne savent pas ou alors, s'ils ont su, c'était il y a si longtemps qu'ils ne s'en souviennent plus. Ils vivent dans le pays étrange que surplombent les terrasses de l'Institut. De celles-ci, on entend bien l'écho de la circulation mais l'on voit seulement le long passage lent des nuages et leur jeu derrière le sommet de quelques monuments parisiens : clochers, dômes, toitures de zinc... On voudrait croire, là aussi, qu'on est passés tout entiers, sans reste, dans le bleu, qu'il n'y aura jamais personne pour nous rappeler en bas. Les autres, nous ne les retrouverons pas. Nous serons patients encore quelques mois puis nous disparaîtrons tous les trois. L'opération aura eu lieu. Les cures seront terminées. Nous dirons adieu aux médecins, aux infirmières. Nous partirons. Nous changerons d'adresse. Nous sommes passés au-delà de la fatigue. On ne peut plus rien dire du temps qui a précédé l'hôpital ni de celui qui suivra. Derrière ou devant, il n'y a plus vraiment d'horizon perceptible sinon la ronde réglée des traitements et la banale certitude que, quoi qu'il arrive, rien ne sera jamais plus comme avant. Le choc de la maladie, le coup encaissé ont été d'une telle violence que, de cure en examen, d'aplasie en traitement, nous n'avons guère quitté l'Institut ces quatre derniers mois. Mais tout a changé doucement de couleur.

La décrue a bel et bien commencé. Deux semaines très précisément après que les nouvelles drogues ont été administrées, la peau a semblé perdre un peu de son éclat maladif. Les longues veines qui saillaient sous le derme se sont légèrement effacées. Le réseau bleu s'est fait plus pâle. Puis le bras s'est mis à désenfler aussi vite qu'il avait gonflé. Chaque jour, sa circonférence mesurée diminuait de quelques millimètres.

Le médecin de Pauline avait été absent quelques jours. À son retour, nous l'avons croisé dans les couloirs du service. C'était un dimanche après-midi. Tout était calme. Pauline terminait sa cure. Elle descendait de son tricycle qu'elle avait rangé à quelques pas de l'aquarium tropical, dans la salle d'attente vide. Le docteur s'est accroupi près de Pauline, il l'a embrassée sur le front. Le crâne était nu maintenant et seuls quelques cheveux étaient demeurés accrochés aux tempes. Il était content de voir Pauline souriante : — *Je suis en pleine forme, maintenant.* Il lui a demandé la permission de jeter un coup d'œil sur son bras qu'il a manié avec précaution. Puis il a levé les yeux vers nous : — *C'est très encourageant. La tumeur semble être en train de s'assécher.*

Le lendemain, il nous a fait venir dans son bureau pour que nous puissions parler de l'avenir de façon plus posée. Maintenant qu'un point important a été marqué contre la maladie, il exprime à haute voix les inquiétudes qu'il avait tues jusqu'alors : *Il faut reconnaître que le cas de Pauline nous cause un peu de souci.* Le bras a gonflé de façon véritablement spectaculaire, avec une rapidité inhabituelle dans le cas de l'ostéosarcome. Mais les données nouvelles de l'examen clinique sont indubitablement positives. Les signes de l'inflammation ont presque disparu. Ce qui permet de penser que la chimiothérapie — sous certaines de ses formes, tout du moins — n'est pas entièrement dépourvue d'efficacité. Il faut en conséquence réviser le programme thérapeutique antérieurement arrêté. La combinaison Cisplatine-VP16-Holoxan paraît prometteuse. La mise en œuvre d'un cycle nouveau de cures semble donc une option raisonnable. L'issue de la maladie dépend pour une large part de l'ampleur de la nécrose au moment de l'ablation de la tumeur. Plus le pourcentage de cellules mortes est important, plus grande sera la chance d'une guérison définitive.

L'intervention chirurgicale aura lieu en mai. Le nombre des cures postopératoires dépendra des examens effectués alors. Si la tumeur répond à ce cocktail nouveau de drogues, alors nous serons sur la bonne voie. Pauline va de mieux en mieux. Elle s'est établie avec fermeté dans l'univers impensable de sa vie. Le masque qui crispait son visage s'est dissipé. Par paliers, il a été possible de réduire les doses de morphine jusqu'à s'en dispenser entièrement. Nous commençons à parler à Pauline de l'opération. Elle dit : — *Attends, attends, je vais t'expliquer : d'abord on va dans l'autre hôpital et mes autres docteurs enlèvent la «boule», puis on revient ici pour remettre les fils et les médicaments forts. Ensuite, on est guéri : on enlève le cathéter, les cheveux repoussent, on retourne dans sa vraie école ! — Voilà, exactement comme cela.* Chaque jour passé à l'hôpital, Pauline se précipite dans la salle de jeu. Elle peint, elle construit de gigantesques villages de Lego où elle fait vivre de petits personnages de plastique. Elle attend avec impatience la venue des musiciens, des clowns. Elle joue avec ses amis : la joyeuse petite fille noire aveugle qui veut dessiner comme les autres enfants et à qui il faut dire la couleur des feutres qu'elle choisit à tâtons, le sens des formes qu'elle trace au hasard ; le grand garçon algérien, plâtré jusqu'aux hanches, rivé à son brancard, doux, gentil ; et puis les demoiselles de huit ou neuf ans qui font de Pauline leur petite sœur, lui prêtent leurs poupées qu'elles lui apprennent à peigner, à vêtir, à maquiller. Il y a de longs après-midi d'ennui mais souvent aussi, le soir vient vite et avec lui le moment des lectures, des baisers, des discussions tendres dans le noir : — *Dis, quand je serai guérie... — Oui ? — Non, rien. — Si, dis... — Mais quand je serai guérie... — Tu sais bien : les cheveux repoussent, on enlève le cathéter. — Mais d'abord il faut enlever la boule ! — Oui, d'abord il faut enlever la boule. — Quand ? — Bientôt, bientôt, tu verras. — Il faudra retourner dans l'autre hôpital ? — Oui. — Avec les autres docteurs ? — Ils sont très gentils, tu les connais déjà. — Mais tu sais c'est quoi le problème ? — Non. — Eh bien, je suis un peu timide... — Tu n'es pas timide. Tu es la plus sage et la plus souriante des petites filles. Toutes les infirmières, j'en suis sûr, te trouvent adorable. — Oui, mais je suis un peu timide quand même...*

La tumeur semble assoupie. Mais si elle sortait de ce sommeil précaire? Si le protocole nouveau n'avait entraîné qu'un mieux passager? Si le sarcome reconstituait en secret ses forces? Même s'il a perdu beaucoup de son volume, le bras reste gros et sensible. Personne n'a jamais scruté avec autant d'attention que nous quelques centimètres carrés de peau. Tel reflet dans la chair, telle vague protubérance émergeant peut-être sous la clavicule, telle auréole rouge faisant tache sur la face externe, telle lueur bleu pâle juste au-dessous du coude et la grande cartographie sinistre des veines filant vers le cou, jetant ses traits tremblés en travers du thorax. Lecture toujours recommencée: mieux ou pire qu'hier? identique? Seule l'intervention chirurgicale nous libérera de ce travail délirant d'interprétation répété chaque matin.

Les examens ont commencé qui doivent poser les bases de l'opération prochaine. Mais les images s'avèrent ambiguës, en retrait des espoirs nés de l'observation simple du bras. Il semble que ce sont les signes périphériques de la maladie qui se sont estompés. Mais le spectaculaire phénomène de reflux constaté n'induit pas une diminution proportionnelle de la masse cancéreuse elle-même. Le noyau noir de la tumeur, tel qu'il apparaît sur l'I.R.M., n'a pas sensiblement varié de volume. Ce sont ses franges seules qui se sont légèrement rétractées. On nous dit pourtant: la lecture des clichés peut s'avérer aussi trompeuse que l'interprétation des indices cliniques. Seules l'intervention chirurgicale, l'observation directe, puis l'analyse cytologique permettront de déterminer après coup le succès ou l'insuccès de la chimiothérapie préopératoire.

Puis ce fut à nouveau la brutale et asphyxiante précipitation des faits. C'est au cours de la quinzaine qui précéda la date arrêtée de l'intervention que Pauline se mit à faire de systématiques et fortes poussées de fièvre, se plaignant à nouveau de douleurs qui obligèrent à de nouvelles et importantes prises de morphine. En l'espace de deux semaines, le bras se remit à gonfler jusqu'à retrouver ses pires proportions.

8

La fièvre était devenue si forte, si persistante que nous avions dû prendre de toute urgence le chemin de l'Institut. Les antibiotiques n'avaient pas d'effet. Sur les fiches accrochées au mur de la chambre, la température dessinait ses courbes imperturbables, régulières. L'inflammation était visiblement liée au travail recommencé de la tumeur. Un scanner et une scintigraphie furent aussitôt programmés. Il fallait avant tout être en mesure d'évaluer l'ampleur exacte de cette nouvelle offensive du mal. Heureusement, il apparut que le cancer — malgré son agressivité — n'avait pas disséminé de traces visibles dans les poumons ou le reste du squelette. On pouvait raisonnablement estimer que le désastre restait local. Dans ces conditions, l'opération ne devait plus être différée — même si avec la fièvre, le gonflement de la chair, la faiblesse de l'enfant, elle se présentait sous les pires auspices. En quelques jours, tout fut organisé. Une ambulance nous emmena tous les trois de l'Institut à l'hôpital.

Concernant la nature de l'intervention chirurgicale à laquelle il devait être procédé, nous avions obtenu des réponses à toutes les questions que nous avions posées. Mais nous n'avions pas pensé à poser toutes les questions. Sans doute parce que certaines nous semblaient relever d'un cauchemar trop improbable pour être vrai. Mais passé un certain seuil, rien n'est exclu, et surtout pas le pire. Nous l'avons compris quand nous avons aperçu dans les couloirs du service un grand adolescent unijambiste dressé sur ses béquilles.

Le chirurgien nous explique que l'opération présente une particulière complexité. Le service orthopédique a l'expérience de ce type d'interventions. Mais la tumeur est massive. Rapporté à celui du bras, son volume est considérable. Elle englobe la presque totalité de l'humérus, une partie difficilement appréciable des muscles. Les images permettent de se faire une idée relative de l'extension de la lésion. Il semble que les articulations aient été préservées. Une marge de sécurité assez large est repérable du côté du coude. Les cartilages de croissance devraient, selon toute vraisemblance, être conservés. La situation de l'épaule est plus incertaine car tout se joue à quelques millimètres près. Il sera peut-être nécessaire de désarticuler l'enfant en ôtant la tête humérale. Le principe est le suivant : ne rien laisser de la tumeur, procéder à son ablation totale, prendre garde surtout à ce que les marges de la découpe soient absolument saines. En cours d'opération, des prélèvements sont effectués et immédiatement analysés de façon à se prémunir contre toute mauvaise surprise au lendemain de l'intervention. Si des colonies cancéreuses étaient oubliées à la périphérie, elles risqueraient de proliférer à nouveau, favorisant une récidive locale dont rien ne prouve que la chimiothérapie pourrait en avoir raison. L'os ôté est remplacé par une prothèse, une tige de métal ancrée dans le coude et dans l'épaule ou, si cette dernière devait également être enlevée, dans le dispositif fixe qui la remplacera. L'incertitude majeure tient à ce qu'on ignore de l'extension effective de la tumeur. Les images de l'I.R.M., de l'artériographie permettent bien de se faire une idée de la situation. Mais la précision de ces indications reste relative. Rien ne remplace la vision directe du chirurgien ouvrant la chair et évaluant *de visu* le volume exact de matière cancéreuse qu'il lui faudra ôter. L'inflammation nouvelle, le retour des douleurs disent bien que le sarcome est entré dans une période de développement rapide. Le mal n'est nullement enrayé dans sa progression. Rien n'interdit donc de penser qu'en profondeur les dégâts sont plus considérables qu'on ne l'avait précédemment pensé. Or, l'intervention n'a de justification thérapeutique que si elle se solde par le retrait de toute la masse tumorale. Quel qu'en soit alors le prix...

(Nous y venons doucement.) L'humérus sera donc ôté et probablement l'épaule qui perdra de ce fait toute mobilité. Il sera nécessaire de sacrifier également le nerf radial qui court le long de l'humérus. Une partie importante du volume musculaire disparaîtra. Si bien qu'à l'issue de l'opération, le membre aura perdu certaines de ses aptitudes normales. Sa physionomie aura changé. L'épaule ne bougera plus, le coude restera collé au corps ; autour de la prothèse, la chair restante se resserrera, donnant au membre une allure de sablier ; la main sera tombante. À ces réserves près, l'avant-bras et les doigts ne perdront rien de leur mobilité. Il faut cependant être averti du fait suivant...

(Nous y sommes.) Il n'est pas exclu qu'au cours de l'opération un geste non conservateur soit improvisé. («Geste non conservateur» est un euphémisme médical qui signifie : amputation.) Il y a quinze ans

114

encore, la pratique en était systématique. Puis l'on s'est aperçu que l'ablation automatique du membre malade ne prémunissait pas contre les risques de rechute. Avec les adultes, on est souvent amené à procéder encore ainsi. La politique des services de chirurgie pédiatrique est de n'avoir recours à une telle solution qu'en toute dernière extrémité. Encore une fois : l'amputation n'est pas programmée, elle n'est pas même probable, elle reste toutefois possible. Il faudrait s'y résoudre s'il s'avérait que l'artère, une part indispensable du réseau nerveux ou sanguin se trouvaient pris dans la gangue de la tumeur. Les éléments actuellement disponibles semblent montrer que dans le cas présent une marge de manœuvre — réduite mais réelle — existe. Il restera à le vérifier une fois le bras ouvert, conclut le chirurgien assis derrière son bureau.

Rationnellement, il n'exagère ni ne dissimule la gravité de la situation. Il présente les différentes issues pensables. Il s'occupe plus personnellement du cas de l'enfant. Il appartient à l'équipe qui a posé le diagnostic il y a six mois et qui d'ici une ou deux semaines procédera à l'intervention.

Le temps est long. Il faut que toutes les investigations nécessaires soient à nouveau accomplies pour que l'opération ait lieu dans les meilleures conditions : I.R.M., radiographie, analyses sanguines, artériographie, etc. La douleur ne laisse plus de répit à l'enfant. Les doses de morphine doivent être complétées par d'autres médicaments qui la plongent dans une semi-torpeur. On ne nous cache pas que ces drogues luttent contre la souffrance mais qu'elles visent aussi à abrutir un peu pour atténuer le choc de terreur, peut-être au réveil, à la découverte du membre manquant.

Pauline, aux yeux de tous, est marquée par l'horreur. Dans ce grand hôpital, comme dans tous les autres, il y a eu et il y aura des cas semblables. Les handicaps, les corps défaits, les anatomies devenues incompréhensibles à force de douleur font partie de la routine stupéfiée de ce métier. Des enfants meurent aussi : on devine les petits cadavres sous le drap des brancards dans le service de neuro-chirurgie pédiatrique. Mais il y a quelque chose de proprement insupportable dans l'affolement froid de l'amputation préméditée. D'où notre fébrilité mais aussi celle, masquée, des infirmières, des anesthésistes, des chirurgiens qui se succèdent dans la chambre de Pauline, tentent sans souvent y parvenir de trouver les mots qui la feraient sourire, qui nous rassureraient. Personne ne peut, en vérité, admettre ce qui pourtant sera peut-être et à quoi il faut rationnellement se résoudre. La science, l'astuce, la virtuosité, l'expérience ne serviront pas, cette fois, à rétablir miraculeusement le corps dans son intégrité. Elles deviendront, malgré elles, les outils barbares de la mutilation, du carnage accepté.

L'angoisse et la détresse font voir leur vrai visage. On peut jouer encore dans cette chambre nouvelle, s'étourdir d'histoires et de caresses. Mais tous les sourires qu'on donne ou qu'on reçoit ressemblent trop désormais à de courageux mensonges dont ni l'enfant ni ses parents ne sont dupes. — *Dis, qu'est-ce qu'on va me faire ?* — *Les docteurs vont t'enlever la « boule », tu sais bien…* — *Comment est-ce qu'ils vont faire ?* — *Ah, je ne sais pas, je ne suis pas docteur. Mais tu sais, ça ne fera pas mal du tout. Tu seras endormie… Et quand tu te réveilleras, tout sera fini. Il faudra retourner dans l'autre hôpital pour remettre*

les fils, et ensuite tu seras guérie. D'ailleurs, tu vois,
comme ça fait longtemps que tu n'as pas reçu de
médicaments forts, tes cheveux commencent déjà à
repousser! — Blonds, comme les cheveux de Maman!
— Oui! — Alors, il ne faut pas être inquiète? — Si,
c'est normal d'être un peu inquiète, mais il faut avoir
confiance. Ce qu'on ne sait pas encore, c'est s'il fau-
dra enlever avec la «boule» un petit bout ou un gros
bout du bras. On espère que ce sera seulement un petit
bout mais on n'est pas tout à fait certain... — Ah...
Le médecin de Pauline vient lui rendre visite un
soir. Il lui explique doucement ce qu'il est possible
de lui dire de l'intervention. Elle semble rassurée un
peu de l'entendre répéter, et confirmer ainsi, ce que
nous lui avons raconté. Avec lui, comme toujours,
elle se réfugie dans un gentil mutisme, élude les
questions, sourit, acquiesce, dit seulement: *Oui, je*
sais...

L'opération aura lieu demain. Une infirmière me
fait passer des formulaires afin que je les remplisse.
Oui, je suis en train de signer cette feuille des
dizaines de fois déjà photocopiée. Je stipule qu'en
tant que détenteur de l'autorité légale sur l'enfant,
j'autorise les docteurs X et Y à procéder, en cas de
nécessité thérapeutique, à l'amputation du bras
gauche de ma fille. J'ai du mal à comprendre les
mots que mes doigts tracent pourtant. Tout s'est
passé si vite comme lorsque survient un accident
bête. La main de l'enfant a été prise dans le grand
vide-ordures biologique de la vie. C'est un piège
sans issue qui se referme sur ses phalanges, son poignet, son coude, bientôt son épaule. Le membre tout
entier est prisonnier de la broyeuse. Les dents indif-
férentes de la machine ont commencé leur travail
de molaires et d'incisives. Il faut se dégager, tirer
fort en arrière, faire lâcher sa proie à la gueule de

métal. Mais la mort est tenace, elle est dure en affaires. Elle marchande avec d'autant plus d'assurance qu'elle se sait toujours gagnante. Combien de livres de chair faudra-t-il encore lui abandonner?

9

Le départ pour le bloc est toujours très matinal. Le patient est gardé à jeun. Toutes sortes de médicaments lui ont été administrés dans les jours précédant l'intervention. Il faut le temps de la toilette, de la préparation, de l'endormissement. À tout cela, il n'est pas possible d'assister. Alors, comme on vous l'a demandé, vous restez chez vous, assis silencieusement auprès du téléphone. Vous êtes dans l'horreur de l'attente. Vous dévalez immobile des marches de nausée. Le corps est infiniment lourd. Une impression inutile d'inertie vous habite des pieds à la tête. Il n'y a plus de mots pour dire ce que vous éprouvez et si les mots manquent, alors se dérobent avec eux les sentiments ordinaires que, dans la vie des autres, ils servent à nommer. Une part de vous-même n'existe plus. Elle vous précède dans l'abîme lourd et froid de la catastrophe. Vous êtes livide. Seule la pâleur de votre face vous trahit. Il n'y a plus personne à qui vous puissiez parler. Il n'y a plus rien que vous puissiez dire. Vous essayez de voir en esprit ce qui, vous l'espérez, ne sera jamais. Vous pensez qu'imaginer les choses est une façon de les conjurer. Vous cherchez dans votre tête les mots avec lesquels vous expliquerez à l'enfant le bras manquant. Vous vous voyez cherchant des doigts la main que vous ne serrerez plus. Vous assistez, avec une précision si cruelle, au retrait du lourd pansement chirurgical, révélant, les dernières bandes ôtées, le flanc vide et le moignon couturé. Depuis quelques jours, quelqu'un, à l'intérieur de vous, observe tous vos gestes, vous épuise de remarques continuelles chaque fois que vous vous aidez de votre main gauche pour accomplir telle ou telle besogne insignifiante. Vous vous dites : demain, peut-être, cela ne lui sera plus possible. Les autres qui vous voient vous diraient calme et maître de vous. Mais dans votre tête tourne un disque blanc, une sorte de comptine folle et rudimentaire par laquelle vous espérez lasser le sort, le convaincre de renoncer à son gage sanglant de chair. Vous n'aurez pas la force. Vous ne saurez pas convaincre l'enfant de l'insignifiance de cette mutilation, et qu'il faut malgré tout poursuivre le traitement, considérer l'avenir, guérir pour pouvoir vivre une vie qui sera, en dépit de tout, une vie heureuse. Vous ne pourrez pas même contempler la plaie propre qu'auront laissée les chirurgiens, la forme nouvelle du buste, son impensable déséquilibre, son asymétrie d'horreur. Ou peut-être le pourrez-vous comme vous avez pu, après tout, endurer tout ce qui a précédé. Car vous ne savez rien de ce qui reste encore à venir, de l'obstination cruelle, de la vengeance impersonnelle de cette force sans nom qui s'est saisie au hasard de votre enfant pour que dans le temps resplendisse sa splendeur noire.

Mais vous vous raisonnez... Cela ne sera pas... Le téléphone va sonner tard dans la matinée et l'on vous dira que tout s'est déroulé comme prévu. Si le téléphone n'a pas sonné à onze heures, c'est que tout est gagné. À onze heures, le téléphone ne sonne pas. Mais vous pensez que cela ne prouve rien, après tout. Il faut attendre encore. Midi sera

120

l'échéance véritable. Et à midi le téléphone ne sonne pas.

Plus l'opération dure, plus il est probable que l'amputation n'aura pas lieu. Car couper un bras, si cela s'avère nécessaire une fois la tumeur découverte de sa gaine de chair, est bien plus rapide que d'inciser précautionneusement os, muscles, nerfs... Bien entendu, les chirurgiens feront tout ce qui est humainement possible. Ils s'acharneront à sauver le membre malade. Et peut-être est-ce seulement au bout de douze heures d'efforts vains dépensés dans la clôture de plus en plus pesante du bloc qu'ils devront renoncer. Ils contempleront sur la table le carnage de chair, la fleur noire épanouie de la tumeur, ils verront les sillons sanglants qu'ils auront tracés à la lame autour d'elle. Ils suivront des yeux le réseau contrarié, défait des veines et des nerfs, reconsidéreront mentalement l'insoluble problème qui depuis le matin les tient en échec. Ils envisageront une dernière fois toutes les techniques qui permettent en pareil cas de ruser avec l'impossible. Mais ils constateront encore que tout cela est sans espoir. Alors le chirurgien en charge de l'intervention, après avoir consulté des yeux ses assistants, fera un pas en arrière et, épuisé, leur abandonnera la charge d'amputer le bras à hauteur de l'épaule.

Le temps qui passe ne signifie rien. Il faudrait téléphoner puisqu'on ne vous appelle pas. Mais peut-être est-il encore trop tôt. L'infirmier en chef qui vous a laissé son numéro direct pour que vous puissiez le joindre doit être encore en train de déjeuner. Il n'y a sûrement personne dans son bureau. Vous voulez vous réserver de le harceler plus tard dans la journée quand la probabilité d'une nouvelle remontant du bloc sera plus élevée. À deux heures et demie, vous téléphonerez. À deux heures dix, vous saisissez le combiné. L'homme vous répond d'une voix neutre. Il n'a encore été informé de rien. Rappelez de demi-heure en demi-heure. À seize heures, la voix a changé, elle vous fait part d'une «nouvelle sympathique»: le bras a pu être conservé, tout s'est passé comme prévu. Est-il possible de voir l'enfant? Il faut attendre. Il reste encore à recoudre, à panser. Elle ne remontera pas du bloc avant plusieurs heures. Vous accourez à l'hôpital. Un soleil doux et chaud brille sur Paris et ses jardins. Vous apercevez au loin certains des chirurgiens assis à la terrasse d'un café, buvant une bière fraîche, ne parlant pas, les yeux dans le vague, épuisés sans doute par l'effort et la tension nerveuse. Ils ne vous ont pas vu. Vous hésitez à aller les saluer, les remercier. Mais vous vous dites qu'il y a des gratitudes telles qu'il n'est pas possible de les exprimer, qu'un simple «merci» n'aurait tout simplement pas de sens au regard de l'enjeu qu'ils connaissent autant que vous.

Sitôt sortie du bloc, l'enfant a ouvert les yeux. Elle a passé à peine une demi-heure en salle de réveil. Elle remonte en brancard par le lourd ascenseur qui, depuis le sous-sol, gravit un à un les étages de la tour hospitalière. Elle est dans l'empâtement de la demi-conscience. Des images vagues tournent devant ses yeux. Des souvenirs lourds et insensés peinent à traverser l'écran de sa mémoire. Il y a des figures qui lui viennent dont elle ne sait si elles sont de rêve ou de réalité. Des hommes blancs et bleus se penchent sur elle. Ils sont masqués et leur face est éclairée à l'envers par un grand soleil livide et puissant, pendu au plafond d'une chambre dallée de blanc. On étend sur elle un drap. Elle entend des phrases qu'elle ne comprend pas. Elle croit reconnaître certaines voix. Elle voudrait demander s'il y a derrière l'un des masques quelqu un qu'elle connaît. Ses parents ne peuvent pas être loin. Ils sont toujours auprès d'elle. Pourquoi s'être déguisés ainsi? Ça n'est pas très drôle. Elle voudrait parler. Mais elle ne peut pas. Elle est immobile. À l'intérieur d'elle, il y a quelqu'un qui respire à sa place. Elle sent résonner le battement de son cœur. Elle est comme à l'intérieur d'un rêve. Mais ce rêve ne ressemble à aucun autre. Car les rêves d'habitude sont faits avec les morceaux mélangés de ce que l'on a vécu. Ici, tout est différent. Les hommes masqués sont peut-être des anges, des clowns blancs, de grands oiseaux immobiles et concentrés qui veillent sur elle et s'affairent avec leurs griffes et leurs becs sur un morceau de chair dont elle ne sait pas très bien ce qu'il est. Tout change si vite. Les images basculent, se renversent, elles se creusent, se divisent par le milieu; elles sont comme les pages feuilletées très vite d'un livre qu'il n'aurait pas fallu ouvrir, un livre de grands tiré de la bibliothèque où des illustrations compliquées se commentent avec des mots inconnus. Les oiseaux blancs se sont envolés dans un bruissement d'ailes paisible et satisfait. C'est la nuit puisque le grand soleil surplombant s'est éteint et que tout brille désormais d'une clarté de veilleuse. Au-dessus d'elle, un visage nu et renfrogné est fixé à l'envers. Des mains sont posées de chaque côté de sa tête. Elle est couchée sur une planche étroite dans l'appareillage ordinaire de tubes et de poches. Les murs blancs ont viré au brun. La maison tout entière semble sauter lourdement à pieds joints. Cela fait une rumeur régulière de vibrations. Lorsque le tremblement cesse, une fissure verticale de lumière s'ouvre dans la façade. Elle s'élargit et se transforme en large rectangle de clarté par lequel passe le brancard où elle est étendue. La conscience revient. Maman l'attend là. Pauline soupire et ses gémissements veulent dire :

— *Alors, Maman, est-ce qu'on a enlevé un petit ou un gros bout du bras?* — *Un petit, ma chérie, un petit seulement. Tout va bien. Je suis là. Repose-toi... Endors-toi...*

Le pansement est lourd, énorme, s'enroule autour du thorax tout entier passant sur l'épaule et le ventre pour garantir l'immobilité absolue du bras. Les doigts dépassent du bandage et l'on peut vérifier qu'ils fonctionnent normalement. Ce nouvel habit de laine est chaud par ces premières journées d'été et doit être entièrement refait tous les deux jours. Lorsque tout le tissu a été ôté et que la petite momie a retrouvé le confort de la nudité, on peut observer le bras opéré. Dans sa partie supérieure, le bras s'est légèrement aminci, rétracté. La perte du volume musculaire est visible. Une longue cicatrice suit le tracé vertical de l'humérus et s'enroule sur l'épaule absente. Tout cela compte si peu maintenant que l'essentiel a été préservé. Dans la plaie sont fixés deux drains qui aspirent sang, sécrétions ou impuretés, les évacuant le long de deux tubes en plastique guidant à deux bouteilles nommées redons. Le rétablissement de l'enfant est rapide. Elle marche bientôt, se nourrit. La fièvre est tombée, les douleurs s'évanouissent. Les semaines de convalescence semblent longues tant la vie a vite repris le dessus et l'on voudrait pouvoir oublier, partir. On se distrait de visites, de promenades dans les petits jardins de l'hôpital. Tenant de sa main valide les flacons transparents qui pendent de son flanc, Pauline peut aller jusqu'à la cafétéria prendre un jus d'orange, acheter au kiosque un livre, un journal, un petit jouet, s'asseoir au soleil sur l'un des bancs de pierre de la cour carrée. Au centre de cette minuscule géométrie d'arbres et de plates-bandes est creusé le disque peu profond d'un bassin où tournent quelques poissons. Pauline escalade les marches et les margelles. Elle contemple le travail d'un jardinier tondant les pelouses, taillant les haies, arrosant les fleurs. Comme nous, elle respire à pleins poumons la fraîche odeur d'enfance que l'herbe coupée fait au soleil.

III

DANS LE BOIS
DU TEMPS

The way you got the time on the island was to find the crocodile, and then stay near him till the clock struck.

1

À Paris, avec l'été sont venues de dures journées de soleil. Des allées du parc monte, dans la chaleur sèche, l'asphyxiant nuage de poussière que soulèvent les pas des passants.

Le jardin des Plantes nous plaît. Il est plus éloigné de l'Institut que le Luxembourg. Sous une gigantesque verrière pousse une forêt vierge qui abrite en son cœur un minuscule étang surplombé de rochers. Des tortues dorment dans une petite rivière serpentant sous la serre. Il faut prendre garde à ne pas tomber dans l'eau et à sauter de pierre en pierre. Ce pays étrange baigne dans une calme et étouffante buée. On prend un ticket à l'entrée. Sans rien voir, on se promène sous les frondaisons de cette forêt rangée : bananiers, palmes, lianes, frangipaniers. On passe dans cette végétation d'aquarium disproportionné. On n'a jamais vu tant de fleurs, de plantes rassemblées dans si peu d'espace, comme pris entre les humides et transparentes pages feuilletées d'un herbier vivant de verre.

Mais le plus important reste, bien entendu, la visite du zoo. De grands loups, tristes et las, grimpent leur promontoire d'herbe pour voir passer, assourdissantes, les automobiles qui filent le long de la Seine. Chameaux ou dromadaires, derrière les grilles… Les lamas crachent-ils ? Un lourd orang-outan s'ennuie. Dans les yeux des panthères, tournant dans leur cage, se lit la folie. On se penche, avec prudence, sur les larges fosses où de gros ours bruns, d'une patte sur l'autre, se dandinent et attrapent au vol les quignons de pain que leur lancent les plus grands enfants. Un manège tourne plus loin.

L'une des ailes du grand bâtiment abrite une exposition temporaire consacrée à la préhistoire. Obscur, silencieux, le musée a pris, pour l'occasion, des allures de caverne. Des vitrines présentent au visiteur l'insignifiante monnaie du temps : harpons et peignes d'ivoire, os sculptés, silex, statuettes… Sur l'un des murs, on a reproduit la plus ancienne des œuvres d'art connues : des mains de couleur soufflées sur la pierre. Qui ouvre la paume et tend les doigts ? Qui salue l'impensable futur ? Qui fait au temps le legs chiffré de ce salut ? Pauline s'arrête, elle lève son bras droit et approche à son tour la main. C'est son « coucou » des cavernes, retourné dans le noir.

Comme tous les enfants, elle a d'abord appris à dessiner le tracé de ses doigts, posant sa main gauche sur le papier blanc, faisant glisser autour de celle-ci un feutre de couleur qui, maladroit, hachure les ongles et la peau de traits rouges, jaunes ou bleus. Sur sa marque, elle veut quelquefois que je pose la mienne, dessinant à mon tour une main plus large qui entoure la sienne. Du jardin d'enfants, l'année précédente, elle a ramené, très fière, à Alice, son premier cadeau de fête des Mères. La maîtresse avait découpé dans la pâte à sel de vastes cœurs blancs où les petits laissaient leur main. L'empreinte était peinte ensuite de couleur vive, de rose ou de violet.

2

Un roman est une entaille faite dans le bois du temps.

À mon tour, je refais le geste le plus ancien. J'adresse à personne le salut vide de sens de ma seule main ouverte. Je pose ce chiffre vain sur l'écran noirci des jours. J'étais là… C'est tout… Chaque inscription est une épitaphe, disant le passage de celui qui la trace. Les signes laissés se chevauchent, se recouvrent, s'effacent. Ils ne composent plus qu'un brouillon illisible de lettres et de chiffres. Mais toute marque, pourtant, conserve, en elle-même, le souvenir irrécusable de l'instant où elle fut laissée. J'écris au couteau dans l'écorce d'un arbre, l'épaisseur d'une pierre. Je dessine du doigt dans la poussière, le sable, la cendre. Des initiales, une forme, une date, un cœur, une flèche, que sais-je ? Rien de plus.

Un roman est une victoire — secrète, inutile, déri-soire — dans le temps, un miracle sans gloire. Une encoche est ouverte, solitaire, dans l'épaisseur amnésique de la durée. Pour rien ni personne sinon celui qui s'obstine à retrouver les mots de ce qui fut sa vie. Le roman dit le vrai, le beau, l'éternel ? Il réplique ainsi à la laide et corruptrice falsification de la mort? Sans doute, mais le Jugement dernier n'a lieu que dans l'instant. Toute trace se perd sinon pour celui qui habite, confiant, le moment pensé de son geste. Pas de postérité… Comme il est dur le désir de durer quand on sait qu'aucun nom n'aborde aux époques lointaines. Les mots comme les êtres sont en partance pour le néant qui les guette. Notre existence est déjà une pure hypothèse. Toute survie est un rêve. Je trace dans le bois. Quelqu'un peut-être passera ses doigts sur le signe que je laisse. Mais il ne saura rien de moi. Je ne serai plus. J'aurai été. Tous les livres s'écrivent au futur antérieur et disent: j'aurai été. Sous ce ciel-là et cette lumière, dans cette ombre, avec cette main dans la mienne et cette autre. Je me serai tenu un instant dans l'ombre avaleuse de chair et j'aurai passé ma main sur ce corps, dans ces cheveux, sur ce front. Mes yeux auront vu ces yeux avant qu'ils ne se ferment. Ma voix aura dit ces mots vibrant dans le vide. J'écris avec modestie et suffisance, science et naïveté, à la manière des enfants qui, à l'école, se confient au bois de leur pupitre, exténuent de tags et de graffitis les murs bientôt ravalés de leur ville, posent leur petite main aux doigts écartés dans le plâtre ou l'argile.

Je n'aurais jamais écrit. Je ne rêvais pas de le faire. Lecteur? Oui. Auteur? Non. J'aimais des textes célèbres ou singuliers, j'éprouvais le sentiment banal qu'ils me parlaient à moi, que ma vie était tissée de leurs signes, que depuis toujours je respirais à l'intérieur de leurs pages. Je me laissais aller à cette hallucination, de l'esprit à la lettre. Les phrases se détachaient des livres, résonnaient dans l'espace, vibraient les unes avec les autres en écho. Je me penchais sur ce puits blanc de mots et je voyais ce que d'autres n'avaient pas vu, j'entendais ce qu'ils n'avaient pas entendu. Du moins, je le croyais. Dans le tout petit milieu des amateurs, une vague rumeur d'injures et de compliments me suivait depuis mes premiers livres. Parfois, trouvant naturel qu'un essayiste se rêve en secret écrivain, on me demandait : *Quand publiez-vous votre premier roman?* Mais je ne préparais pas de roman. La vérité était autre. Je travaillais très vite : à raison de deux heures par jour à ma table, il me suffisait d'une semaine pour boucler un texte. Lorsque cela était fait, je ne restais pas dans la solitude de ma chambre, je ne me penchais pas douloureusement sur le vide papier que sa blancheur défend. J'éteignais mon ordinateur, je rejoignais au salon Alice et Pauline. Je ne brûlais pas de récrire Flaubert, Proust ou Joyce mais je jouais avec elles, le plus souvent aux 7 familles ou encore au mistigri : — *Dans la famille «Babar aux sports d'hiver» je voudrais… Céleste!* — *Pioche!* — *Hé! hé! Bonne pioche!… et Famille!* — *Oh, non! encore une famille, mais alors c'est Pauline qui a gagné ou quoi?* — *Ben oui, mais c'est normal puisque je suis la championne des 7 familles.*

Je connaissais parfaitement mes limites et elles définissaient pour moi un territoire de mots bien suffisant. L'ambition littéraire m'était inconnue. Je me savais inapte au roman, incapable d'imaginer ou d'observer. Mon seul talent, je l'exerçais en lisant. Si je racontais, tout tournait aussitôt à l'abstraction la plus indéchiffrable : l'événement le plus simple prenait des proportions hiératiques d'emblème. J'aurais pu passer pour poète, bien sûr. Rien n'est plus facile aujourd'hui. Il suffit de connaître quelques astuces et de prendre l'air impénétrable de qui, chaque jour, contemple face à face le mystère. Les poètes vivants que j'estimais se comptaient sur les doigts des deux mains. Tout le reste me faisait ricaner. Par prudence, je n'en avouais rien. Je me délectais intérieurement des anthologies, des gloses et surtout des textes choisis que publient les hebdomadaires ou qu'un énarque retient pour qu'ils soient collés sur les murs du métro par des employés analphabètes qui en rient de bon cœur. Et ils ont bien raison. Pour peu qu'on ait imprimé à son nom assez de recueils et de plaquettes, un vieux moussaillon passera pour un capitaine au long cours, naviguant sur les flots tumultueux de l'inspiration. Et il se trouvera un confrère assez complaisant pour dire de lui qu'il est le Hugo et le Baudelaire de notre temps. Nous en sommes là.

4

Je ne pensais donc jamais écrire. Je n'avais pas de raison de le faire puisque, je vous l'ai dit, je ne savais pas. Car, de quelque façon essentielle, un livre ne devrait exister que s'il se fait malgré son auteur, en dépit de lui, contre lui, l'obligeant à toucher le point même de sa vie où son être, irrémédiablement, se défait. Rien ne vaut sinon cette vérité-là. De texte en texte, la littérature est cette longue fiction mauvaise où un jour, un homme, une femme, s'éveille et découvre, incrédule, que s'écrivait depuis toujours le livre vénéneux de sa vie et qu'il lui faudra désormais en recopier un a un les chapitres. Romantisme ? Nihilisme ?... Je ne crois pas... Il ne s'agit pas de mesurer une œuvre à la somme explicite de souffrance qu'elle exprime. L'art ouvre un paysage proprement enchanté de lumière et de promenades. On n'est pas condamné à hanter hébété les cimetières en se frappant la poitrine. On peut déplier la nappe sur l'herbe, fermer les yeux au soleil, se remplir les poumons de la fraîcheur de l'herbe. Le chevalet dressé dans l'ombre mouillée appelle à lui tout un horizon de splendeurs. Cependant, le souci joyeux de cette clarté fixée suppose le vertige entrevu du temps. C'est parce qu'il fuit que l'instant doit être saisi. Le merveilleux est intangible sans l'expérience jumelle de l'abject. Il faut cette gravité pour susciter dans un tableau d'idylle des profondeurs moelleuses de verdure et que s'y fasse entendre le chant clair d'un source.

Le nœud de certitude se situe bien là pour chacun. Aussi, comme on l'a souvent dit, tous les écrivains, à travers les âges, n'en sont-ils qu'un, confronté avec ses mots — sublimes ou misérables, grandioses ou médiocres — à l'unique et écrasante révélation du Temps. On nous répète depuis toujours que nous sommes mortels, que la vie est aussi brève qu'un jour, que nous serons chacun touchés dans notre affection la plus chère, que le dernier acte, inéluctablement, est sanglant quelle que soit la comédie jouée... Mais qui le croit ? Personne, jusqu'au moment exact — insignifiant parfois en son apparence — où se trouve aperçu ce point vide de vérité.

Et si le roman est bien une entaille ouverte dans le bois du temps, il oblige chacun à considérer en face le vertige de durée où il passe. La vision prophétique brute est toujours à l'horizon du récit vrai. Ce dernier, par nécessité, dit ce qu'on nomme avec emphase : la condition humaine. Le lecteur ici sourit. Mais il ne faut pas toujours reculer devant l'emphase car, lorsque l'inessentiel est la loi, lorsque le mensonge règne par l'ironie et l'intimidation, lorsque le bon goût sert à proscrire le souci de la pensée, les questions fondamentales n'en demandent pas moins à être posées. Elles le sont d'ailleurs toujours car la réalité ignore le bon goût et sur elle ni l'ironie ni l'intimidation n'ont de prise. Ou plutôt : elle a son ironie propre, plus cinglante, plus froide que celle qui a cours dans la société distinguée des vivants. Elle consiste à réserver quelquefois les plus sordides et pathétiques péripéties à ceux-là mêmes qui rêvaient que leur existence ne serait qu'une longue soirée de fête, de bons mots, d'esprit, de plaisir. Une grande femme vêtue de noir pénètre dans la haute salle du château où se déroule le plus exquis des bals : musique, rire, vins, danse, couples enlacés, poésie subtile et propos spirituels. Elle ôte son masque et laisse voir les orbites vides de son crâne. Un à un, les convives sont frappés, leur chair se flétrit, leur force les abandonne, leur corps se corrompt, ils périssent dans d'intolérables souffrances auxquelles s'ajoute l'horreur de ce spectacle d'agonie. Le lecteur sourit encore. Il s'impatiente de ces platitudes doctement débitées. Mais il a tort. Le grand guignol des contes, le macabre facile des légendes ne dit rien d'autre que la vérité. On peut juger la vérité déplaisante, vulgaire, grotesque. On peut la farder, la transposer, l'insulter, l'oublier. Elle n'en reste pas moins la vérité. Le lecteur en a assez, décidément. Il attend la tendre ration de viande crue qui lui a été promise. Il a trop longtemps salivé. Il lit pour être rassasié de sang. Les dissertations l'ennuient. Elles conviennent mal à son appétit de carnassier. Il considère l'auteur d'un œil agacé et condescendant. Votre théorie du roman est bien faible, vous n'avez rien de plus subtil à nous proposer, nous espérions mieux de vous, jeune homme... Croyez-moi, je suis le premier étonné. Je ne pensais pas que la vérité fût si simple, et que tout, essentiellement, était semblable au dessin que laisseraient sur la pierre les cinq doigts d'une enfant.

Le roman n'est pas la vérité. Mais il n'est pas sans elle. Il s'écrit d'elle et non contre elle. Il suppose le Jugement dernier et son roulement d'agonie dans les siècles. Il peut être tout et n'importe quoi comme le prouve assez son hétéroclite et fastueuse histoire, mais son être changeant n'a de sens que rapporté au grand carnage lumineux du temps où il laisse sa marque vaine de mémoire. Le moindre mot posé, la moindre histoire esquissée supposent, même tue, une telle exigence pensée. Il y a un relief noir creusé dans le temps que la parole habite, qu'elle suscite. Cette vision ne précède pas le roman, elle se confond avec lui. Elle est ce qui le rend possible et ce qu'il accomplit. Ce d'où il vient et vers quoi il s'achemine.

Le roman est révélation du Temps, dans le Temps. Je suis, j'aurai été... Le présent vécu s'habite par le détour de langue d'un futur antérieur inventé. Dans le temps, naître, vivre, mourir... La pointe la plus aiguë du sensible touche l'instant. Ce dernier, le texte doit le dire de son mieux et si possible le faire vibrer comme un cristal. Et de proche en proche, tout résonne dans l'air. D'où une certaine posture obligée dans l'histoire et son tohu-bohu de sociétés. D'où aussi une conscience claire de sa place marquée dans la chaîne de chair, de sang, de sperme, de souffle que déroulent, l'une après l'autre, les générations vivantes.

Pour cette raison, le roman est toujours enquête menée sur la modalité biologique propre de notre surgissement bref dans le temps. Car ce dernier, nous ne le percevons pas d'abord dans son abstraction blanche de concept ou dans la grâce offerte de l'instant. Il vient à nous sous la forme d'un devenir lourd d'organes. Un corps grandit dans la matrice impensable d'un ventre. Un jour, il fait surface dans la durée commune puis il vit sa vie de corps, jour après jour. Un autre jour vient, on lui ferme les yeux, on le descend dans la terre dont on nous dit que silencieusement elle accomplit son travail à l'envers, défaisant les chairs, libérant les os, soufflant enfin toute cette poussière d'être. Les deux événements font la rime. La mort est ce par quoi nous découvrons le temps. L'anticipation de cet instant est ce par quoi prend forme sous nos yeux la conscience que nous avons d'exister. Alors, nous nous retournons et nous comprenons que c'est par la naissance que la mort est entrée déjà dans notre vie.

6

Le roman nous prend par la main et nous guide jusque dans la proximité de ce point qui aveugle. La question posée de la fin renvoie à l'énigme scrutée de l'origine. Je suis né de la rencontre de deux corps et mon corps rencontrant un autre corps, un nouveau corps est né qui, le premier, est descendu dans la terre, précédant tous les autres. La chaîne de chair s'est défaite, le maillon le plus tendre a cédé. Nous pensions transmettre la vie que nous avions reçue et c'est la mort que nous avons donnée. Chaque roman désigne ce nœud de souffle et de sang par où l'individu naît à la vérité du temps. Paternité ou maternité : l'expérience cruciale est celle de la vie reçue, de la vie donnée.

L'ambition vraie du roman doit être d'explorer cette expérience dans toutes ses dimensions simultanées. L'individu habite un point de savoir qui rayonne à la fois vers toutes les postures de la parenté. Il parcourt les quatre sommets du carré familial de base et voit tourner autour de lui la ronde plus lointaine de la tribu sociale tout entière. L'exercice est difficile car il implique l'arrachement vécu et pensé à tout ce qu'on a été : ne plus se vouloir seulement fils ou fille mais encore père ou mère, surplomber ainsi la place que l'on ne cesse pourtant pas d'occuper, garder les yeux ouverts sur le secret d'où l'on vient, où l'on va, fixer en face ce cycle de mort et de vie. Grandissant, vieillissant, chaque individu — qu'il ait connu ou non l'expérience de l'enfantement — touche en principe un moment de sa vie où l'horizon généalogique bascule autour de lui, où il a l'impression d'être devenu le père, la mère de ses propres parents.

Combien d'entre nous restent pourtant jusqu'à la décrépitude de petits enfants pleurant dans le noir ? Particulièrement, les écrivains. Ils pensent que l'immaturité est leur condition même. Pères ou mères de familles nombreuses, ils n'ont jamais atteint l'âge mental de la puberté. Turbulents ou appliqués, ils jouent dans la cour de récréation de l'école ou le jardin provincial de leurs grands-parents. Les garçons rêvent d'épouser leur maîtresse, ils troquent leurs billes, s'acharnent à conquérir le premier prix de rédaction. Les filles jouent à la marelle, comparent la longueur de leurs tresses, la couleur de leur barrette, elles sautent à la corde en faisant voler les volants de leur robe de dentelle. Tous, ils répètent à satiété le mot célèbre de Baudelaire : le génie, c'est l'enfance retrouvée à volonté. Mais pour que l'enfance puisse être retrouvée, encore faut-il qu'elle ait d'abord été quittée un jour.

Ainsi, la question de la paternité, celle de la maternité sont-elles dans le roman singulièrement intouchées. La pensée et la littérature sont souvent entreprises de célibataire : texte vierge consommant avec lui-même un pur hymen de mots. Par dérision peut-être, certains écrivains comparent la préparation d'un livre à la grossesse. Mais la gestation symbolique n'a rien à voir avec la gestation biologique.

Elle en est peut-être le négatif. Le gribouillage complaisant est ainsi vécu comme une forme sacrée de la parthénogenèse, refuge préservant de la hasardeuse et violente rencontre des sexes.

Parce que les romans sont écrits par des filles ou des fils, la moitié de l'expérience humaine est passée sous silence. Nous pensons avec naturel qu'un individu reste à jamais la somme de ceux qui l'ont conçu. Son passé le fixe. Scène primitive, image manquante, nudités enfouies, tout tourne au creux de ce cercle et chaque existence reproduit, mécanique, le scénario acquis. Je suis ce qu'étaient mon père et ma mère, unis inexplicablement dans la nuit. Mais que se passerait-il si on posait une fois l'époustouflante hypothèse que les enfants grandissent ? Qu'arrive-t-il lorsque se trouve franchi le gué du temps ? Qu'advient-il d'un fils qui à son tour devient père ? Qui sait s'il reste identique à lui-même et si les cartes de sa vie ne lui sont pas distribuées à nouveau ? Donner la vie n'est pas une expérience plus insignifiante que l'avoir reçue. Kierkegaard, paraît-il, déclare quelque part qu'il n'est pas d'entreprise plus hasardeuse au regard de l'Éternel car à partir de deux chairs — qui mourront — surgit de nulle part une âme qui elle, peut-être, ne disparaîtra pas tout entière. Le risque de l'irrémédiable est pris. Je suis né de ma fille autant que de mes parents, par elle j'ai appris ce que signifiait ma vie et, dans ce cauchemar tendre, tout a été engendré à nouveau.

Dans une vie, nous avons appris à suivre le fil évident qui nous conduit, d'indice en indice, jusque vers quelque origine obscure. Tout s'est joué en une scène première, nous dit-on, qui se décalque, variée et identique, d'année en année. Mais nous ignorons tout de ce qui fait la réversibilité dans le temps de l'expérience. Le passé pèse certainement sur le présent mais le présent vient ensuite modifier la figure même du passé. La vérité d'un homme est-elle dans ce qu'il a été ou dans ce qu'il est devenu ? La question biographique n'est jamais posée dans son amplitude réelle de vérité. Particulièrement lorsque l'on évoque les poètes. On nous a tout dit des mères de Baudelaire et de Rimbaud mais que savons-nous des enfants de Verlaine, de Mallarmé, de Claudel, de Breton ? Qui peut affirmer que les seconds furent moins importants que les premières ? A-t-on jamais prêté attention à la décision prise par tel écrivain ou tel autre d'avoir ou de ne pas avoir d'enfant ?

Je pense à Breton et j'essaye, sans avoir le document sous les yeux, de me représenter la superbe photo qui le montre, sa fille dans ses bras. Il est dans toute la beauté de son âge mûr, les traits de son visage se sont défaits de la pâte un peu lourde de ses vingt ans. Il porte un blouson d'aviateur. L'enfant est charmante, elle a sept ou huit ans, les cheveux longs. Elle sourit et porte une robe blanche. Est-ce pour elle que Breton écrivit le dernier chapitre de *L'Amour fou* ? Compta-t-elle moins dans sa vie que les improbables parents dont Breton n'écrivit jamais une ligne ? Si elle vit encore, cette petite fille est une dame aujourd'hui. Je fais le vœu inutile qu'elle ait été follement aimée comme le lui souhaitait son père. Follement aimée, elle l'a été, ne serait-ce que par lui...

7

Il y a une exception majestueuse dans le siècle. Elle se nomme : Joyce. La question parentale est à l'horizon de toute grande œuvre mais il est le seul, à ma connaissance, à l'avoir ainsi cadrée de face et selon toutes ses dimensions dans la matière massive de ses deux gros romans : Père, Mère, Fille, Fils et pour faire bonne mesure le duel des frères, James et Stanislaus, Shem et Shaun, le tout dédoublé à nouveau dans l'espace des vivants et dans celui des morts.

Père et Fils ? Ulysse et Télémaque se croisent mais ne se reconnaissent pas. Stephen rêve encore du grand artificier mythique planant dans le ciel. Bloom, veuf de son père et de son enfant, cherche l'homme qui aurait ses yeux et sa voix. Tout est dit dans la grande scène de la Bibliothèque nationale lorsque le jeune Dedalus livre sa vision de Hamlet. Les œuvres littéraires ne sont pas les purs symboles que rêve la poésie. Un homme y dit sa vie, le nœud coulant trivial passé autour de son cou. On n'a jamais vu réfutation plus nette de tout l'idéalisme critique, celui-là même qui s'autorise d'*Ulysse* pour affirmer que les textes vrais congédient la vérité, qu'ils sont un pur spectacle solitaire de vide et de néant. Les signes sublimes de l'art, explique au contraire Joyce, n'existent pas dans un monde différent de celui où nous vivons : il n'y est question que d'argent, de sexe, de mort, de tromperie, de comptes sordides à régler. Chaque individu doit se sauver lui-même dans la perpétuelle guerre généalogique du temps. Stephen explique : « Lorsque Shakespeare écrivit *Hamlet*, il n'était pas seulement le père de son propre fils, mais n'étant plus un fils il était et se savait être le père de toute sa race, le père de son propre grand-père, le père de son petit-fils à naître. » *Hamlet* est la pièce d'un double deuil. Shakespeare a vu mourir son père, John, et son fils, Hamnet. Il est seul. Autour de lui, tous les liens de la parenté ont été tranchés. Au milieu du chemin de sa vie, il a franchi malgré lui le gué du temps et doit prendre sur ses épaules le fardeau que d'ordinaire les hommes se partagent. L'acteur Shakespeare William se distribue lui-même dans le rôle du spectre et non dans celui d'Hamlet qu'il abandonne au jeune Burbage. Le monde des vivants et celui des morts ne sont séparés que par un miroir de givre. L'auteur se fait fantôme pour que son fils revienne à la vie. Ils échangent leur place un instant. Sur les remparts de l'improbable Elseneur, dans le froid, la nuit et le vent, un homme donne rendez-vous à l'enfant qu'il a perdu. Il lui confie à l'oreille le terrible secret maternel qui résonne, chiffré, dans toute son œuvre. Borges a souvent écrit que Dante n'avait écrit *La Divine Comédie* que pour retrouver au Paradis sa fiancée fictive, Béatrice. Joyce suggère que Shakespeare n'a composé *Hamlet* qu'afin de faire de son fils défunt le témoin de la vérité de sa vie : « C'est à un fils qu'il parle, le fils de son âme, le prince, le jeune Hamlet, et au fils de sa chair, Hamnet Shakespeare, qui est mort à Stratford afin que vécût à jamais celui qui portait son nom. »

Père et fille ? Voilà la question ultime telle que la posent les dernières pages de *Finnegans Wake*. Le rire de Joyce n'est pas compréhensible sans le drame de sa fille, Lucia, s'enfonçant dans la folie. J'entends par bribes le français où se mêle l'anglais qui reparaît. Dans un bruit de vagues et d'écumes, le livre s'achève sur un autre dialogue de spectres. Une fille qui est aussi un fleuve retourne vers son père qui est aussi l'Océan. Elle parle : «Oh, ma chambre bleue. L'air si calme. Un nuage, à peine. Dans la paix et le silence. J'aurais pu rester là à jamais... Si seulement... Mais il y a ce quelque chose qui nous manque... Nous aimons, puis nous tombons. Qu'il pleuve maintenant puisque mon heure est venue, qu'il pleuve, Papa... Tu n'es pas grand-chose, je sais, mais je viens vers toi, triste et lasse, lasse et triste, comme au temps jadis. Ce matin est si doux, c'est le nôtre. Rappelle-toi, tu m'emmenais à la fête, tu déployais tes ailes et je me blottissais dans tes bras. Vieux père fou, vieux père froid... Sauve-moi de ce seuil cruel où je passe. Toutes mes feuilles sont tombées... Sauf une !... Je la porterai pour toi. J'entends ces cris d'oiseaux lointains. Une mouette, des mouettes... Jusqu'à ce que... » La beauté de ces lignes sues par cœur : «My great blue bedroom. The air so quiet. Scarce a cloud. In peace and silence. I could have stayed up there for always. Only. It's something fails us. First we feel. Then we fall. » Quelle fille parle ainsi à son père et se glisse dans le grand lit bleu déchirant de la fin ? Quelle voix dans l'extraordinaire voix ventriloque de Joyce, haut perchée, parasitée dans le temps, musicale, déroulant dans l'air sa mélodie flûtée, liquide au caillouteux accent irlandais. Leçon de ténèbres ? Si l'on veut. Une fille dit à son père le doux secret qu'elle tient de lui. Le roman est cette confidence scellée, offerte. Et tout retourne à la nuit sauf cette grande parole. Disons : d'amour.

8

Après Joyce? Il n'y a plus de roman qui puisse rivaliser avec cette monumentalité-là. Sur elle, la littérature a depuis tourné la page. Mais l'histoire se poursuit. L'expérience du temps n'est pas close. Le rêve a été rêvé mais l'humanité, ici ou là, persévère dans son travail de songes: un homme penché sur sa page, un autre... L'énigme sensible de l'être ne finira pas de solliciter ceux qui gardent les yeux ouverts sur la nuit. Les coordonnées ont seulement changé. On ne peut exiger des livres vivants qu'ils s'écrivent dans une langue morte. À titre d'hypothèse de travail, par reconnaissance et par honnêteté, je pose mentalement sur mon bureau quatre ouvrages récents, publiés au cours de la dernière décennie. Ils m'ont appris que l'expérience nue que je vivais, une langue romanesque existait aujourd'hui pour la dire: à mes risques et périls, dans la frontière tracée de mes faibles limites et de mes pauvres moyens, seul comme on l'est toujours en de pareils cas. Je pense au vers de Auden dont l'un de ces écrivains a fait un titre: «O, teach us how to outgrow our madness!»

La littérature est une étrange opération de contrebande, malgré tout. Quelque chose en elle déjoue toute volonté de surveillance exercée sur le langage. Quelques livres passent les frontières, traversent les langues. À la douane, on inspecte seulement leur apparence d'intrigue. Personne n'a l'idée de fouiller la valise à double fond des mots, de scruter la cache de sensation des phrases. Rien à déclarer? Si vous saviez... La littérature vraie émet désormais sur ondes courtes. Quel tohu-bohu de voix, quel capharnaüm d'accents! La censure n'a plus même besoin de s'exercer, il suffit de laisser faire le chaos des fréquences. Les programmes se chevauchent, se brouillent les uns les autres. Un homme parle donc. Il lance sa voix autour du globe, n'utilisant qu'un dérisoire matériel de radio-amateur... Peut-être pédale-t-il lui-même pour alimenter la dynamo, que sais-je? Il émet depuis Londres, Sidney, Madrid, New York, Tokyo ou Paris. Les vivants parlent aux vivants... Ils sont si peu nombreux désormais dans la grande amnésie de la nuit qui coule de fuseau en fuseau, qui danse sa longue ronde d'oubli, de pays en pays. Je répète: les vivants parlent aux vivants... Ce programme est très étrange, on n'y relève que des messages codés, des vers, des fragments de romans, des langues inventées... Quelqu'un parle, donc. Très loin, très près, on ne sait jamais. Et une oreille se dresse. Quelqu'un — quelque part, ailleurs, très loin, très près, on ne sait jamais —, quelqu'un donc dresse l'oreille, et prend en note très vite ce qu'il perçoit des mots qui lui sont dits, entre le crissement de scie, le tap-tap de marteau de son poste radio. Auteur, lecteur, la vérité, quelquefois, passe ainsi, brouillée, dans la nuit. Il ne faut pas la taire.

Mais je m'égare, je vagabonde, je divague. Je ne vous ai pas parlé des quatre romans posés sur mon bureau. Ils s'intitulent donc *Les Folies françaises*, *Le Secret*, *Lettre aux années de nostalgie*, *Une existence tranquille*. Un romancier français passe avec sa fille un été à Paris, il l'embrasse longuement dans le cou, lui mordille la nuque, lui parle de Molière et de Versailles. Sur une île de l'Atlantique, il a de longues conversations avec son petit garçon, ils vont ensemble voir en vélo s'envoler les oiseaux. Sur une île du Pacifique qu'étrangement il compare à celle du Purgatoire, un romancier japonais fait le point sur sa vie passée aux côtés de son fils. À Tokyo, sa fille tient le journal de son absence, texte où sera gardée la mémoire perdue de son nom.

Le romancier japonais avait songé à intituler *Re-Joyce* la série de ses tout derniers romans. Je crois que l'hypothèse aurait intéressé également le romancier français.

Mais moi, je l'ai dit, je ne pensais à rien de tout cela, je jouais seulement avec Pauline. Je m'installais près d'elle à même la grande moquette bleue du salon et nous disputions alors une nouvelle partie de 7 familles. Quelquefois nous mélangeons des cartes prises dans différents paquets puis nous inventons des règles nouvelles que nous modifions sans cesse. Pauline aime tout particulièrement ce que nous nommons ensemble le «*jeu des indices*», vaguement inspiré de celui du portrait. Nous nous répartissons les cartes représentant les principaux personnages des dessins animés de Walt Disney. Chaque joueur doit deviner les cartes que l'adversaire a tirées en s'aidant d'un indice. Ne souriez pas! Et d'abord savez-vous à quoi l'on reconnaît Tic de Tac? Quel est le prénom du fiancé d'Arielle? Qu'est-ce qu'un «*skat-cat*»? Dans quelle rue de Londres Basile habite-t-il? J'annonce mon premier indice: — *Tic-tac, tic-tac* (j'imite le bruit d'une pendule). Question: — *Est-ce que ton personnage, par hasard, n'aurait pas avalé un réveil? — Tu as deviné? — Fastoche, c'est le crocodile.* Ou encore, autre indice: — *Mon personnage a les oreilles pointues et porte un bonnet vert! — Est-ce que, par hasard, ton personnage n'habiterait pas au Pays Imaginaire?* Mais tous les personnages que je fais deviner à Pauline habitent le Pays Imaginaire. Je triche, bien sûr. Lorsqu'une carte est découverte, elle passe à l'adversaire qui la pose devant lui. Et lorsque les sept cartes d'une série sont réunies dans la même main, on crie très fort: *Famille!* Je sais que le grand plaisir de Pauline est d'aligner dans l'ordre: Peter — Clochette — Wendy — Michel — Mouche — Le crocodile — Crochet.

Après, le jeu perd de son intérêt et tout est vite fini. Mais il recommence car on a beau multiplier les indices, on ne sait jamais qui est Peter. On peut dire qu'il ressemble au mistigri car il n'est jamais possible de le faire passer définitivement dans son jeu. Il ne se marie avec aucune autre carte. Souvent, le soir, à la maison ou à l'Institut, Pauline nous demande, à Alice ou à moi, de lui parler du Pays Imaginaire. Elle nous demande de lui redire encore l'histoire de Peter. Nous inventons de nouveaux récits mais nous avons du mal à lui faire le portrait de l'enfant qui ne grandit pas. Dans le livre de Barrie, à Crochet qui l'interroge, Peter répond qu'il n'est ni un végétal, ni un minéral, ni un animal; pas même un homme, un garçon sans doute, mais un garçon merveilleux. Il se cache derrière un rocher. Pour deviner son nom, il faut donner sa langue au chat et Peter pousse alors un «Cocorico!» de victoire. Il dit qu'il est la jeunesse et la joie, qu'il est un petit oiseau sorti de l'œuf mais ce ne sont que des bêtises pour exaspérer son vieil ennemi car Peter, en vérité, ne sait pas qui il est. Il est le premier des enfants perdus, celui qui exulte et qui désespère, que ses cauchemars parfois tirent du sommeil mais qui transforme l'univers en un rêve perpétuel. Il est le grand ravisseur joyeux de la nuit, celui qui dans le ciel entraîne à sa suite les petites filles songeuses et douces, le grand rival puéril et cruel des pères, la terreur des mères. Il est l'ogre ailé et souriant, le petit joueur de flûte qui vide les chambres et les maisons. Il est celui qui barrerait volontiers à Wendy le chemin du retour mais qui finalement l'abandonne à la vie. L'éternité lui fournira d'autres victimes tant que les enfants seront gais, innocents et sans cœur. Je crois que Pauline songe à tout cela en contemplant les images disposées devant elle sur la moquette bleue.

Je l'ai dit : je n'écris pas un roman. Je retourne mentalement les cartes d'un tarot imaginaire, prophétisant maintenant ce qui viendra après. Je pose ces cartes à plat sur la table du temps. À l'aide de leurs figures, j'improvise un récit. Je le murmure à l'oreille d'une petite fille perdue. Mon histoire est le leurre que je lui tends. Pour qu'elle ne nous quitte pas, je la prends au piège où, par un autre, elle fut prise autrefois. L'histoire est faite de toutes nos aventures. Ce conte de terreur et de tendresse parle de géants et de fées, de pirates et d'Indiens, de lièvres et de lutins, de loups et de fillettes. Il contient en lui tous les livres que nous lisons. J'écris. L'enfant a laissé son ombre dans ma chambre. Je l'ai rangée dans le tiroir où dort le manuscrit que je sors à la nuit tombée. Elle quitte le Pays Imaginaire et vole jusqu'à moi. Une fée la guide et elle s'approche de la fenêtre laissée ouverte. Elle tend l'oreille, elle jette un œil dans l'obscurité. Elle ne peut résister à ce récit qui parle d'elle. Elle ne me dispute pas son ombre laissée en gage. Elle se penche par-dessus mon épaule tandis que je trace ces lignes. Elle lit.

Demain, nous partons en vacances. Alice boucle les valises. Pauline choisit les livres et les jouets qu'elle emportera. Son bras ne la fait plus souffrir et elle parvient maintenant même à se dispenser de l'attelle. Les cures postopératoires sont assez espacées pour que nous puissions prendre le large quelques semaines. Le grand soleil de juillet brille. Nous irons dans la maison de Vendée avec son grand jardin de fleurs, puis à Versailles. Nous tenons enfin notre liberté depuis longtemps promise.

IV

LE JARDIN

None of them knew. Perhaps it was best not to know. Their ignorance gave them one more glad hour; and as it was to be their last hour on the island, let us rejoice that there were sixty glad minutes in it.

1

Comment entre-t-on dans le jardin? Une femme
en montre le chemin. Elle le désigne du doigt. Elle
marche sous les signes errants du ciel, sur la mer
porteuse de vaisseaux et foule les terres fertiles en
moissons. Elle fait s'enfuir les vents et se dissiper les
nuages. Par elle, le ciel apaisé resplendit de lumière.
La guerre du temps, un instant, se suspend. Et le premier des hommes en armes renverse sa nuque ronde
sur le suave lit de ses cuisses. Le sang ne coule plus.
On ne mène plus la jeune vierge à l'autel pour
contenter les dieux. On n'enroule plus autour de sa
coiffure le bandeau dont les rubans égaux roulent le
long des joues. La lame ne s'abat plus.

Par elle sourient les plaines des mers et, sous ses
pas, la terre industrieuse jette ses fleurs les plus
douces. Le jardin est ouvert. Le temps jaloux s'enfuit. Il dit dans le vent : cueille le jour, sans te soucier
du lendemain. Tous, une même nuit nous attend.
Mais le soleil n'est pas encore couché. Commande
qu'on t'apporte les vins, les parfums, les fleurs trop
brèves de l'aimable rosier. La mort viendra mais elle
n'est rien pour nous. Ce qui est dissous est privé de
sensibilité, et ce qui est privé de sensibilité n'est rien
pour nous. Le temps infini ne contient pas davantage

de plaisir que le temps fini. La durée plus grande de notre vie ne retranche rien du temps réservé à la mort. L'existence la plus courte, si l'on en jouit, est une coupe débordante de fruits, de grappes. Elle enivre de parfums calmes, elle rassasie de saveurs.

2

Il est temps d'apprendre le temps. Nous savons qu'il nous en reste si peu. Le temps immobile de l'été, l'heure arrêtée de midi...

Le grand jardin dessine ses quatre côtés réguliers parmi les losanges inégaux des prés. Autour de lui rayonne le réseau tournant des chemins et des haies. Et sur le tapis d'herbe brûlée qui crisse un peu sous le pied passent les grandes manœuvres du ciel. Les nuages se précipitent sous le vent. Le soleil se laisse prendre dans leur épaisse poche ouverte pour que luise un instant un brasier blanc de buée. Mais tout s'en va déjà plus loin.

L'espace est un carré. Le temps est un cercle. Le secret consiste à unir l'une à l'autre ces deux figures : habiter le point jamais touché d'où se calculent au compas ces tracés de clarté. L'horizon-clepsydre verse en bleu son goutte-à-goutte de durée. Le jardin devient un cadran. Les chiffres des heures s'y distribuent. Autour de chaque arbre, l'ombre droite du tronc tourne, croît, décroît, danse sa ronde réglée d'enfant. La grande aiguille accomplit chaque jour sa révolution. Cela fait sur le sol sec un grand tic-tac de lumière, depuis la pendule du prunier jusqu'à la grande horloge du tilleul et au cliquetis confus des rosiers blancs serrés. Ce grand atelier précis et paisible fait résonner la succession indifférente des jours.

Papa s'accroche à ses anciennes habitudes. Il veut savoir chaque matin de quoi la journée sera faite. Il veut connaître ce qu'entre eux, ils nomment le PROGRAMME. Poussée par Maman qui sourit, Pauline se moque gentiment : — *Tu sais, Papa, j'ai une bonne idée de programme… — Ah, c'est bien, c'est quoi ? — Il n'y a pas de programme !* L'ordinateur est débranché. Son horloge interne ne fonctionne plus. Entrez la nouvelle date ! Jour, mois, année… Mais quel siècle sommes-nous, déjà ? Les années ne se distinguent plus. Les mois rentrent dans l'enveloppe des semaines. Les semaines réintègrent le logis des jours. Les jours se tiennent en équilibre sur la pointe de l'heure sonnant au clocher voisin. Le temps est devenu un grand pliage japonais. Les feuilles du calendrier ont servi à composer un nénuphar de papier blanc posé sur le rebord de la fenêtre sud.

Calcinée par l'été, la pelouse est une jungle d'insectes, un grand terrain d'aventure où se débattent de minuscules monstres. Dans le buis, l'araignée tisse sa toile. Sur le soir, le soleil rasant tire de l'invisible le réseau tendu. Elle dort au centre de son labyrinthe soudain révélé, vertical, dans l'air, cordage immobile dans la voilure des tiges. À chaque pas posé dans l'herbe surgissent, par trois ou quatre, les gigantesques sauterelles qui sont les véritables prédateurs de ce domaine. Sans mal, on les saisit dans la main et quand la paume s'ouvre, quand les doigts s'écartent, elles bondissent jusqu'au sol. Mais la guerre véritable nous oppose aux adversaires volants, aux guêpes, aux moustiques. Le jardin est un royaume de paix et de terreur. On en invente les légendes d'épouvante. Au pied des trois arbres dorment les trois crapauds qui, la nuit, appellent dans le noir. La lumière du soleil les désarme de leurs sortilèges. Ils logent dans les longs conduits de plastique blanc qui plongent profond dans la terre parmi la ramure inversée des racines. Le jeu consiste à inonder le sol assoiffé où se tient l'arbre jusqu'au moment où, du fond de son tunnel, surgit le crâne minuscule de la bête précédé de ses pattes bouffies qui tirent avec elles le corps luisant. Et alors, il faut courir le plus vite possible sans se retourner. *Vite, Papa, vite!*

Le temps défait ne nous désœuvre pas. La tâche à accomplir est immense. Il s'agit d'inventorier le jour, de parcourir sa durée d'herbe et de gravier, de contempler son sablier de nuages et de vent. Les frontières du domaine exigent chaque matin d'être inspectées. On part en vélo et Pauline choisit si elle montera derrière Maman ou derrière Papa. La maison habite le point le plus haut de ce pays de vignes et de douces collines. On prend à gauche après avoir franchi le lourd portail branlant de bois blanc. On passe à l'ombre du grand calvaire. On laisse le cimetière sur la droite et on dévale la longue pente de bitume qui, de hameau en hameau, tourne entre les maisons éparses. Le vent agace les joues. Le soleil ne frappe pas encore avec trop de force. On longe les hautes haies de charmilles qui bordent les prés. La promenade s'interrompt près du château d'eau quand, au sommet de la pente, surgit le grand champignon de béton. Les vélos sont couchés dans l'herbe du fossé et, fatigués de l'effort, on se saoule d'eau fraîche à grandes lampées. Sur ces routes, aucune voiture ne passe. Pauline explore les environs. Elle fait sa récolte de mûres et quelquefois de fraises sauvages, de feuilles et de fleurs. Le bouquet est destiné à Maman qui doit s'extasier sur sa beauté et son parfum, pencher avec ivresse son nez sur la plus chétive pâquerette fleurie par accident à quelques centimètres de la pierre et du bitume. — *Ça sent bon, hein?, Maman.* — *Délicieux...* — *C'est pour toi mais il faudra mettre le bouquet tout de suite dans un vase quand on rentrera à la maison...* — *Bien sûr...* — *Pour pas que les fleurs se fanent...* Nos ambitions sont également scientifiques. Les spécimens rapportés sont glissés dans un grand cahier que l'on comprime sous des piles de livres et de magazines. Marguerites, jonquilles, brins d'herbe... La valeur botanique de notre herbier est hautement douteuse. C'est notre mémorial séché.

3

Une grande allée de gravier coupe le jardin en deux, elle creuse son lit de pierre entre les berges d'herbe jaune, s'enroule autour de la maison, tourne derrière elle et finit en estuaire entre la véranda et le hangar de bois. Un chemin plus étroit bifurque, se sépare de la large courbe et, entre les fleurs, trace son passage rectiligne jusqu'à la terrasse de béton. Notre vie de sieste et de réveils est vouée au soleil, à la poursuite de son lent mouvement tournant d'ombre et de lumière qui, selon les volumes de pierre de la demeure, les frondaisons voisines, délimite pour chaque heure de la journée les zones de fraîcheur habitables. Nous nous préparons à notre avenir de fleurs. Nous avons secrètement décidé de notre sort. Après notre mort, quand nous renaîtrons, nous serons tournesols. Nous savons qu'il existe des fleurs plus belles, plus vivaces, d'autres plus nobles et distinguées. On nous coupera et on écrasera, avec des milliers d'autres, notre dépouille de fibre mais d'ici là nous aurons poussé haut, vite et droit et jamais un instant notre visage ne se sera laissé distraire du soleil.

Et quand celui-ci commence à baisser sur l'horizon, quand son martèlement de lumière devient à nouveau supportable, tandis que Maman prolonge sa sieste, lit ou cuisine, Pauline et moi, nous nous mettons à notre véritable travail. Le jardin brûle d'une terrible soif. Fin août, la splendeur verte du printemps n'est plus qu'un vestige. Il faut dérouler le long tuyau de plastique et procéder avec méthode pour n'oublier aucun massif. Pauline se réserve l'exclusivité des fleurs mais m'abandonne, non sans arrière-pensées, les arbres. Avec prudence, elle se tient en retrait lorsque je m'approche de l'acacia ou du châtaignier, sachant bien le repaire monstrueux qu'abrite le dédale des profondes racines. — *Tu vois quelque chose, Papa? — Non, ne crains rien, le crapaud n'est pas là... — Tu es sûr? — Oui. — Alors, c'est moi qui arrose!*

On ne sait plus voir les fleurs parce qu'on a oublié leurs noms. La magie se défait et il ne reste plus qu'un fouillis de couleurs et de formes, enfoui dans le vert. Faute de mots, la figure du monde s'en va, brouillée de myopie. On passe parmi le plus odoriférant jardin et l'on se croit au milieu des bouquets de céramiques qui ornent les tombes. Vivants? Je ne dis pas. Mais les parfums ne font plus frissonner la narine. On dort dans le soleil... Nous, c'est éveillés que nous passons dans l'herbe et que nous nous penchons sur chaque parterre. Nous visitons le pays des merveilles où l'on prend des proportions de papillon. Dahlias et bégonias nous surplombent: collerettes colorées, pétales blancs ourlés de rose, pompons jaunes en nids d'abeilles, fleurs ciselées d'un rouge flamboyant ou descendant en cascades. Notre préférence va aux lys: certains ont la bouche délicatement tachée de noir, d'autres poussent en épis. Les hampes gracieuses des ismènes les font ressembler à des trompettes de nacre. D'autres fleurs blanches ont un calice de pourpre et de longs rameaux souples. Les gaillardes ressemblent à de brillantes cocardes et les ancolies se distinguent par leurs grands éperons. Bientôt viendra le temps des asters dont certains ressemblent à la neige. Pauline préfère les roses. Elle soigne le grand massif fleuri de blanc qui jouxte la clôture effondrée. Quand il est temps et que les pétales, tachés de brun, déjà se froissent, on coupe un bouquet apporté à Maman. On y joint, suant son jus de sucre, une framboise mûrie tout près, parmi les ronces.

Puis le soir vient. On ouvre sur la terrasse un grand parasol couleur crème. Papa s'assied et se verse un grand whisky qu'il prétend bien mérité. Il fait encore assez chaud et Pauline, nue, joue dans l'eau de sa piscine gonflable tandis que Maman renverse la tête aux derniers rayons du jour. On dîne de melon et de vin, de jambon et de fraises. Le spectacle du ciel s'achève mais sollicite encore les rappels. — *Où vont les nuages, Papa? — On les dirait pressés, n'est-ce pas?* Le soleil n'est plus qu'une mandarine, lointaine et phosphorescente. Il se fixe dans l'axe exact de la terrasse où, tous trois, assis sur les marches, dans la fraîcheur naissante, nous attendons son au revoir de clarté. En un instant, il pâlit et bascule de l'autre côté de l'horizon. Nous savons notre leçon. Nous avons appris le temps tournant du jour et de la nuit. Bientôt descendra sur la maison l'obscurité vaguement tachée d'étoiles.

Il est temps d'apprendre le temps de la vie, celui qui va de la naissance à la mort.

— Dis, Papa, quand je serai grande, est-ce que toi tu seras petit? — Non, je serai vieux. Petit, on devient grand mais l'inverse n'est jamais possible. — Tu seras un grand-père, alors. C'est triste... — Non, pourquoi? — Tu n'auras plus de cheveux... Je passe ma main sur mes tempes déjà dégarnies et je réponds: *— Probablement... — Mais moi mes cheveux auront repoussé? — Bien sûr, d'abord, ils auront la taille des miens puis grandiront comme ceux de Maman, de la même couleur blonde. Et si tu veux, ils seront longs comme ceux de Raiponse, d'Herbe d'amour quand elle les laisse couler du haut de sa tour... — Je serai une maman? — Oui. — Mais, Maman, quand je serai une maman, est-ce je serai encore avec vous? — Pas vraiment; mais nous ne nous quitterons jamais. Tu auras ta vie, tes enfants, ta maison et tu n'oublieras pas de venir me voir... — Mes bébés seront dans mon ventre? — Oui. — Mais, moi, quand j'étais dans ton ventre, comment est-ce que je faisais pour manger? — Mon sang coulait dans ton sang et je te nourrissais ainsi. — Je comprends: comme avec les perfusions et le cathéter... — Exactement, mais alors nous n'avions*

pas besoin de cathéter. Je passais directement en toi. Nous étions l'une dans l'autre. — Comme serrées dans le même lit ? — Voilà !

Ils pensent tous trois aux photographies de l'album, à l'ample chemise de soie aux couleurs rayonnantes de soleil couchant et au ventre rond. — *Mais, après ?* demande Pauline. — *Après ? — Quand on est vieux, on meurt ? — Un jour, oui. — On ferme les yeux et tout le monde pleure et les autres sont tristes dans la forêt, sous la neige au milieu des arbres… ? — Un peu comme cela…*

C'était le temps d'autres vacances. Pauline avait deux ans. Nous passions quelques jours dans la maison de l'île de Ré. En vélo, le matin, nous traversions le Fier, passant par les pistes qui serpentent dans le marais, guettant les oiseaux invisibles, suivant quelquefois leur envol. Le vent soufflait fort et, sur le port d'Ars, nous nous réchauffions d'un chocolat avant d'enfourcher à nouveau les bicyclettes et de prendre la route du retour. L'île était déserte comme elle l'est la moitié de l'année. L'après-midi, il pleuvait. Sur le magnétoscope du salon, Pauline regardait des cassettes vidéo qu'elle découvrait car à l'époque nous n'avions pas encore fait l'acquisition d'un appareil. Dessins animés : *Les Trois Petits Cochons*, *Mickey*, *Bambi*. Parfois, elle quittait brusquement le fauteuil où elle était assise, nous rejoignait dans l'autre pièce et attendait que soit passée telle ou telle séquence qu'elle jugeait trop terrifiante : le moment par exemple où s'effondrent la maison de paille, la maison de bois. Mais, à notre étonnement, elle suivait sans mot dire la scène la plus bouleversante : le bébé faon et sa mère s'avancent dans une prairie étrangement déserte et silencieuse, puis tout à coup la biche dresse la tête, ordonne à son fils de se mettre à couvert, de courir sans se retourner, deux détonations éclatent, l'enfant-cerf a franchi la lisière du bois, il se retourne mais sa mère n'est plus auprès de lui, il ne comprend pas, il erre longtemps sous les voûtes sombres de la forêt, il appelle d'une voix claire et douce puis la neige tombe enfin sur lui.

Quelques semaines passées, nous étions de retour à Paris. J'étais allé chercher Pauline chez sa nourrice. Nous descendions la rue Lecourbe. Je marchais devant et, à un moment, je m'aperçus que Pauline n'était plus près de moi. Elle m'avait laissé prendre sur le trottoir une vingtaine de mètres d'avance. Elle jouait à se perdre dans la foule mobile et indifférente des passants qui la masquaient à mes yeux, dans cette forêt dense de jambes, de bras, de visages. À intervalles réguliers, sans que personne ne prête attention à elle, elle criait calmement: «MAAAA-MAAAAN!», en laissant s'allonger démesurément chaque syllabe, donnant à sa voix une sorte de vibrato semblable à celui de l'écho. Puis elle m'a rejoint et elle a souri. Elle se préparait — pour de faux — au drame prévu de l'absence.

— Et tout le monde meurt? — Oui, parce que tout le monde grandit... — Sauf Peter Pan! — Sauf Peter Pan... — Et les Garçons perdus! — Oui... — Maman, je voudrais mieux aller au Pays Imaginaire! — Sans nous? — Peter Pan, Wendy, Clochette seraient avec moi! — Tu voudrais vraiment cela? — C'est facile, tu sais: on pense une pensée joyeuse, on ferme les yeux et on s'envole, et l'on ne revient pas... — Oui? — Oui, mais sans jamais te quitter Maman...

5

Ici, nous avons tout notre temps pour parler.
Le temps est aussi affaire de langue. Lecteur, vous
ne croyez guère, je le sens, à la vraisemblance des
dialogues qui vous sont rapportés. Mais la vérité
est qu'entre son troisième et son quatrième anniversaire, Pauline acquiert la maîtrise presque parfaite
de ses mots. Ceux-ci ne conservent plus d'enfantin
que leur simplicité de tournure et l'accent avec
lequel elle les prononce. La voix donne un air de
naïveté et de grâce même aux paroles les plus
sombres. Tout se passe du jour au lendemain et
le phénomène prend du coup des airs imprévisibles
de miracle. La syntaxe est juste et même les néga-
tions et les adverbes y tombent au bon endroit.
Des expressions savantes surgissent dont on se
demande où elles ont été entendues. Pauline commence doucement, lorsqu'elle s'adresse aux autres,
à savoir jouer alternativement du tutoiement et
du vouvoiement, et à faire passer dans le camp du
«vous» ceux que, pour une raison ou pour une
autre, elle juge préférable de tenir à distance.
Mêmes les fautes de conjugaison démontrent que
la logique du système a été perçue: pourquoi à
l'imparfait du verbe être, la troisième personne du
pluriel ne serait-elle pas «sontaient» plutôt que

«étaient»? C'est une irrégularité. Le mûrissement mental a préparé en silence la machine à parler dont l'enfant, tout à coup, surpris lui-même, se découvre en mesure de jouer.

Je n'ai pas la bêtise de croire que Pauline a parlé mieux et plus précocement que toute autre petite fille éduquée dans les mêmes conditions — je veux dire : toute autre petite fille à qui on a parlé longuement avec exigence et amour. Sa langue se nourrit de la nôtre. Elle se sert de nos phrases qui deviennent les siennes. Certaines des expressions familières dont j'abuse lui appartiennent désormais. Lorsque je les prononce, j'ai l'impression étrange d'entendre sa voix à l'intérieur de la mienne. Je contrefais malgré moi son accent. Je la cite m'imitant. Je l'imite me citant. À notre tour, nous nous réapproprions un peu de ce qu'elle a pris et transformé dans les propos que nous lui tenions. Dans sa langue d'adulte au timbre d'enfant subsistent des mots-fossiles datant de l'époque pas si lointaine où tout ne pouvait se dire qu'en deux ou trois syllabes : les «corn flakes» sont encore des «*kékés*», les «infirmières» des «*fermières*», les «ordinateurs» des «*radiateurs*». Nous sommes des parents irresponsables et nous encourageons notre fille à ne pas se corriger. Son parler d'enfant nourrit notre parler d'adulte. Elle est une enfant qui parle la langue de deux adultes. Nous sommes deux adultes parlant la langue d'une enfant. Cela fait un jargon étrange et tendre pour chiffrer nos messages, une langue intermédiaire que seuls, tous trois, nous puissions partager.

Je sais qu'il en va ainsi dans toutes les familles où vit un petit enfant. Je pense cependant que la conscience de sa maladie n'est pas étrangère à la correction avec laquelle Pauline utilise les temps

170

grammaticaux et manie leur concordance. D'instinct, elle est précise. Une enfant qui se sait le temps compté ne confond pas passé, présent, futur. «Ce qui est» n'est plus «ce qui a été» et nul ne sait «ce qui sera». Elle connaît même les sous-entendus du conditionnel, le précipice discret qui sépare «ce qui sera» de «ce qui serait». Elle est capable d'imaginer «ce qui aurait été». Quant au subjonctif, comment en ignorerait-elle les règles alors qu'il exprime les peurs et les souhaits? Premier subjonctif (trois ans): *Je ne crois pas que la salle de jeu soit fermée*. Après «craindre» ou «désirer», par exemple, «je guéris» se dit «que je guérisse», à utiliser à la forme affirmative ou négative, selon les cas.

L'ordinateur de la langue programme ce qui peut être saisi de la vérité du temps, de la ramification des existences possibles qui s'excluent les unes les autres. Pauline parle. Elle est désormais dans le jardin de verbes où les sentiers bifurquent et rayonnent autour d'elle dans toutes les directions du pensable. Tout cela qui est aurait pu ne pas être. Alors: où et qui serions-nous?

Joyce, encore: «Ici il médite des choses qui ne furent pas: ce que César aurait pu accomplir encore s'il avait écouté l'augure; ce qui aurait pu être; possibilités du possible en tant que possible; choses non connues: quel nom portait Achille quand il vivait parmi les femmes?» Nous ne connaîtrons jamais le chant que chantaient les Sirènes.

Il y a encore un mot étrange qui n'appartient qu'à elle, un adverbe inventé dont nous n'avons jamais pu établir avec certitude ce qu'il signifiait. «*Entement*», dit Pauline, chaque fois qu'elle utilise le conditionnel, qu'elle évoque ce qui pourrait être:

171

Entement, ça serait bien si... Je crois que ce mot avait deux sens ordinairement distincts mais qui, pour elle, confusément, n'en faisaient qu'un. Il voulait dire à la fois : heureusement et autrement.

6

Ce qui aurait pu être : possibilités du possible en tant que possible.

— *Et vous, vous avez aussi un Papa et une Maman ?*
— *Bien sûr, ce sont tes grands-pères et grand-mères. Et leurs autres enfants sont nos frères et nos sœurs qui, pour toi, sont tes oncles et tes tantes...* — *Moi aussi, j'ai une sœur !* — *Ah non, tu aurais une sœur si je décidais d'avoir un autre bébé. Tu voudrais ?* — *Mais c'est pas la peine, j'ai déjà une sœur, c'est l'enfant de mon autre papa et de mon autre maman...* — *Tu as d'autres parents ?* — *Oui, ils sont très gentils, ils ne grondent jamais et ils habitent en Espagne !* — *Mais, nous ne les avons jamais rencontrés...* — *Bien sûr puisque je vous ai expliqué qu'ils habitaient en Espagne.*

Avouons-le : là, elle nous a eus, stupéfaits d'abord puis bientôt légèrement agacés sans vouloir le reconnaître. De jour en jour, la fantaisie prend corps. Sa sœur se nomme Adela du nom de l'une de ses camarades d'école. Elles jouent toujours ensemble à des jeux merveilleux dont la cour de récréation est le décor. Une guerre secrète les oppose à l'armée des garçons. Elles sont dotées de pouvoirs fantastiques qui leur permettent de voler dans les airs. Pour de faux? Pour de vrai? Nul ne sait. Leurs parents habitent une grande maison avec un jardin au bord de la mer. L'Espagne est un pays vague et fabuleux. On peut en indiquer approximativement la direction: — *C'est très loin puis après on tourne à gauche et encore très loin puis par là et on est arrivé.* L'Espagne existe bien — et donc ses autres parents — puisque, surprise et ravie, elle entend quelquefois ce nom prononcé aux informations ou à la météo. Il y a toujours un soleil brillant sur son autre maison. La réalité télévisuelle vérifie ainsi son rêve. Rayonnante, elle triomphe: *Eh oui, je vous l'avais bien dit que j'avais d'autres parents en Espagne.* Croit-elle en cette existence inventée? Elle n'en démord pas en tout cas. Notre ironie ou notre irritation la confortent dans sa fiction. Lorsque, à ses yeux, nous ne sommes visiblement pas à la hauteur, elle évoque ses autres parents d'un air pincé et évasif qui en dit long.

Relativité du temps et de l'espace: ce qui a lieu ici aurait pu avoir lieu ailleurs, dans un autre temps; ce qui a été aurait pu ne pas être. Nous aurions porté d'autres noms, parlé d'autres langues, connu d'autres aventures. Chacun aurait pu vivre ainsi mille vies, pires ou meilleures, destins indécidables tirés au sort.

Plusieurs semaines passent et un matin, sans rime ni raison, Pauline me confie: — *Tu sais, Papa, en fait, ça n'était pas vrai...* — *Quoi donc, ma grande fille?* — *Eh bien, ce n'était pas vrai: je n'avais pas d'autres parents.* Il est tellement amer le cadeau de cet aveu fait tout à coup sans que personne puisse dire pourquoi. Je ne réponds rien. Je voudrais la voir ne pas quitter son rêve. En secret, je lui souhaite à mon tour, parmi les possibilités du possible inaccompli, d'autres parents au soleil, s'occupant d'elle mieux que nous avons su le faire. Nous ne nous serions pas connus. Le temps lui aurait été offert. Elle aurait habité cette vraie vie lointaine. Peut-être, entre deux promenades sur une plage d'Espagne, aurait-elle fait parfois le rêve d'autres parents habitant une terre improbable nommée la France. Nous, devenus ses autres parents, nous l'aurions aimée du fond d'une détresse que, dans son insouciance d'enfant, elle n'aurait pu que vaguement comprendre. Nous serions passés avec joie dans ses songes. Nous aurions disparu avec eux dans ce temps irréel qui l'aurait à jamais préservée du malheur.

7

Possibilités du possible il y a longtemps accompli? On nomme cela l'histoire, celle d'autrefois et des fables d'images.

J'aime que Pauline aime celui des livres qu'il y a longtemps je préférais. Dans *Caroline à travers les âges*, les mêmes petits personnages — chien, chat ou léopard — passent d'époque en époque. De page en page, ils changent de vêtements, de chapeaux, de pays. Hier, les noms dont on nommait les choses étaient étranges et différents. Les éléphants s'appelaient des «*mammouths*», ils avaient une grosse bosse sur la tête, de longs poils et leurs défenses étaient courbées. Les bateaux étaient tantôt des «*drakkars*», tantôt des «*caravelles*». Pour entrer dans un château, il fallait passer le «*pont-levis*» et que se lève la «*herse*», les archers grimpaient aux remparts et, embusqués derrière les «*créneaux*», décochaient leurs flèches sur les assaillants. Le chevalier portait une armure et avant le tournoi on l'aidait à fixer sur sa tête un «*heaume*». Pauline s'amuse de cette traversée de temps où Pouf, Boum et Youpi sont tour à tour gaulois, grecs ou vikings, indiens, marquis ou légionnaires. — *Dis, Papa, il est un peu bizarre, ce livre! Tu as déjà vu un chat sur un*

*cheval avec une épée? — Non, mon bébé, surtout
dans l'armée impériale lors de la retraite de Russie...
— C'est rigolo, hein?*

Pauline a une nette prédilection pour ceux qu'elle
nomme les «*hommes historiques*». Ceux-ci jouis-
saient de quelques privilèges. Ainsi, ils pouvaient
dessiner des bisons et des bonshommes sur les murs
de leur chambre. Ce qui lui est, à elle, strictement
interdit. On leur manifestait même de l'admiration
pour cette «*grosse bêtise*». Ils ne dessinaient guère
mieux qu'elle mais, au lieu de les gronder, on les
considérait comme des artistes. Pourtant, leur vie,
dans l'ensemble, n'était pas très drôle. Avec des
cailloux et de la ficelle, ils bricolaient des sortes de
tomahawks et partaient chasser des animaux hauts
comme des montagnes. Ils se vêtaient de peaux de
bêtes, de couvertures poilues qu'ils nouaient tant
bien que mal sur leurs épaules. Le feu était leur souci
principal. Il n'y avait pas de radiateurs et les bri-
quets, même les allumettes, n'existaient pas. Il fallait
frotter longuement des bouts de bois ou des silex. La
nuit, il faisait noir et froid.

Et avant les hommes historiques? Là, les choses se
compliquent. Mon Dieu, j'ai fait ce que j'ai pu mais
le souffle prophétique n'est pas descendu sur moi.
J'ouvre la Bible illustrée dont j'ai fait secrètement
l'acquisition à La Procure : *Au début, il n'y avait rien*
(ça commence bien!). *Dieu...* — ... — *Dieu, c'est
quelqu'un dont on ne sait pas s'il existe ou s'il n'existe
pas... — On ne sait pas, peut-être il existe, peut-être il
existe pas?* (tu parles d'un personnage! Alors, on ne
peut même pas le dessiner! Même pas en petit chien,
en petit ours, en petit chat) — *Dieu donc fit la
lumière* (mais comment il a fait la lumière s'il n'y
avait rien?)... — *Il créa le ciel et la terre, la mer et les*

étoiles (je vois Pauline se mettre à feuilleter discrètement un autre livre à sa portée). *Mais tu sais, il y a
d'autres histoires plus intéressantes dans le livre...
Par exemple : Abraham* (passons sur Isaac). *Voilà : il
vit dans le désert, il a des chameaux* (comme Ali Baba
mais où sont les voleurs ?), *alors trois anges descen-
dent du ciel, il les invite sous sa tente, il leur offre
à manger et à boire* (et après ? ben après, c'est
tout...). *Ou Moïse ! Ça c'est une bonne histoire, ses
parents l'abandonnent bébé dans un berceau qui flotte
sur la rivière* (ah oui, comme Mowgli, et puis il est
recueilli par Akela, il rencontre Baloo dans la
jungle...). Non, seule l'histoire de Noé me permet
d'échapper au bide intégral. Qu'il soit nécessaire de
créer le monde ne viendrait pas à l'esprit de Pauline
mais qu'il faille le détruire lui semble déjà une idée
beaucoup plus raisonnable : — *Les hommes étaient
devenus méchants donc Dieu* (on ne sait pas s'il existe
ou pas ?) *décida de les faire disparaître* (normal ! rien
à dire !). *Mais comme Noé était un homme bon* (juste
un peu alcoolique comme Papa !), *Dieu l'avertit de la
catastrophe et lui ordonna de construire une arche
pour sauver les vivants qui embarqueraient avec lui*
(mais qui ? Les voisins ? Tu rigoles ! Les amis ? Oh, la
barbe ! Plutôt : les lapins, les hamsters, les ours, les
chats...). *Il prit un couple de chaque espèce et fit monter les animaux dans son arche. La pluie tomba et
bientôt couvrit toute la terre... — Dis, Papa, si on
lisait plutôt* Caroline à travers les âges.

Les hommes historiques vivaient donc il y a longtemps. Mais quand longtemps ? — *Quand tu étais
petit ? — Non, bien avant. Disons : du temps des
grands-pères des grands-pères des grands-pères de
tes grands-pères... — Ah...* Pourtant aux yeux de
Pauline, j'ai l'impression, avec mes trente ans, de
rester une sorte d'homme historique, un gentil Cro-

Magnon à peine dégrossi. D'ailleurs Maman est beaucoup plus jeune; on la sent déjà plus civilisée. Pour Pauline, toute histoire est un peu préhistoire. Mon enfance à moi se perd dans des temps de terreur, dans la grande frayeur un peu pitoyable du passé. Pensez donc, j'ai vécu des âges de ténèbres. Quand j'étais petit, Canal J n'avait pas encore été créé. On était loin du compte puisque la télévision ne proposait que deux chaînes dont une seulement était en couleurs. Le mercredi soir, nous regardions *La Piste aux étoiles*, on était fatigués de voir tourner des chevaux blancs, voler des assiettes et se balancer des trapèzes mais on n'osait rien dire de peur d'aller au lit. Il n'y avait pas une seule cassette vidéo à la maison pour la bonne et simple raison que les magnétoscopes n'avaient pas encore été inventés. Une fois l'an, l'O.R.T.F. faisait péter l'audimat — qui lui non plus n'existait pas — en diffusant *L'Ami public numéro 1*, des extraits toujours identiques des grands dessins animés de Walt Disney. C'est avec Pauline que j'ai vu pour la première fois *Bambi*, *Peter Pan* et *Blanche-Neige* en entier. Nous étions très fiers de posséder un jeu vidéo rapporté d'Amérique par Grand-Père. Sega ou Nintendo? Streetfighter II? Super Mario Bros? Non... Space Invaders? Pac-Man? Pas même... Sur l'écran noir deux petits rectangles blancs, manœuvrables verticalement, figuraient deux raquettes entre lesquelles pingpongait une tache de lumière. — *Mais alors, à quoi est-ce que vous jouiez, Papa? — Aux jeux auxquels nous jouons ensemble tous les trois: Grand-Mère me lisait* Caroline *et parfois Grand-Père nous prenait sur ses genoux pour nous raconter* Le Livre de la jungle... — *Ah, de Walt Disney! — Non, de Rudyard Kipling. — Mais quoi d'autre? — La même chose, je te dis...* Pauline considère songeuse l'énigme de mon enfance. Je la rassure: — *Il y avait quand même le soir:* Bonne nuit les petits! *Et bien plus tard:* L'Île aux enfants. Elle est consolée un peu de la peine éprouvée pour le petit garçon que j'étais. L'arrivée de Casimir a fait briller sur ma vie une vague lumière de civilisation. Elle retourne à son livre, l'ouvre à la première page et me raconte à nouveau le malheur des hommes historiques: — *Ils vivaient dans des cavernes où ils avaient froid et le soir de Noël on les forçait à manger du boudin noir...*

8

Quelques pages plus loin, Caroline est devenue marquise. Elle voyage en chaise à porteurs. Mousquetaires, Pouf et Noiraud s'affrontent en duel. Un dentiste en perruque, armé d'une pince terrifiante, arrache à Youpi une molaire. Un musicien des rues joue pour couvrir les hurlements de douleur du petit chien. Nous sommes à Versailles sous le règne du Roi-Soleil.

Or Pauline connaît Versailles. Revenus de Vendée, nous y passons tous trois quelques semaines d'été, habitant une autre maison dotée d'un jardin à quelques centaines de mètres du grand parc. Il faut éclaircir pour Pauline cette énigme. Quel est le vrai Versailles ? Qu'est-il advenu de ce monde de plumes, de fleurets et de dentelles ? — *Aujourd'hui, on va visiter le grand château ! — Alors, on va voir des princesses et des rois ! — Ah non, tu sais, c'était il y a très longtemps. Aujourd'hui, les rois n'existent plus... — Mais qu'est-ce qui leur est arrivé ?* Pris au dépourvu, je réponds : — *On leur a coupé la tête il y a deux siècles.* Pauline est un peu estomaquée par le raccourci de mes synthèses historiques. Dans le plus terrifiant de ses contes, elle n'a jamais rien lu d'aussi brutal et d'aussi cruel. — *Mais pourquoi on leur a fait ça? — Disons qu'on les trouvait méchants. — Ah, ils prenaient l'argent des pauvres comme le Prince Jean...* Pourquoi pas, après tout! L'histoire inspire des contes. Puis ce sont les contes qui permettent de dire l'histoire et de la comprendre. Imaginons : il était une fois un royaume ; tous les Français détestaient le shérif de Nottingham parce que les taxes prélevées étaient trop lourdes ; alors Robin et ses fidèles compagnons ont pris la Bastille, ils ont libéré tous les prisonniers puis ils ont dressé un échafaud dans la forêt de Sherwood et c'est là qu'ils ont guillotiné le Prince Jean. Toute l'histoire commence à prendre sens. Il suffit de suivre à l'envers le fil des récits, de se promener au soleil parmi les légendes inventées du temps donnant des noms nouveaux aux statues, leur attribuant des vies plus gaies que celles qu'elles ont connues. La vérité nous appartient et nous puiserons parmi des siècles de bruit et de fureur de quoi faire la matière de quelques joyeux contes idiots.

Nous entrons dans le parc en passant par une majestueuse grille latérale. La vaste fontaine sèche est entourée de gradins. Majestueux et sévère, un monarque tient un trident et chevauche des hippocampes de pierre dans le tumulte fixe de l'océan. Il s'agit, m'explique Pauline, du papa terrifiant d'Arielle, la petite sirène (*Il fait un peu peur parce qu'il est sévère : il gronde*). Plus loin derrière des allées de poussière, le château étouffe sous la folie ordinaire du tourisme : shorts, bobs et Caméscopes, tour-operators surveillant la rotation minutée de leurs contingents d'Américains, d'Espagnols, d'Australiens. Nous nous faufilons de salle en salle. Le roi en perruque et en cuirasse dont on rencontre partout le buste a fait construire cette maison. Son nom était Louis XIV mais on l'appelait aussi le Roi-Soleil. Il était très puissant. Celui dont le chapeau est de travers, toujours entouré de soldats à cheval, était empereur mais il a vécu bien longtemps après l'autre. — *Il voulait aussi qu'on l'appelle : Soleil ? — Non, lui se prenait pour un aigle ou quelquefois pour une abeille.* Pourquoi pas ? Dans la galerie des Glaces, je prends, pour lui parler, Pauline dans mes bras et la protège de trois vagues successives d'Italiens. De jeunes Allemands sont vautrés à même le parquet, riant niaisement des nus mythologiques du plafond. Les Japonais s'ennuient et sont les seuls à conserver quelque tenue. Dans la grande cour s'allongent encore les files de touristes. Le château, c'est sûr, va exploser. Pourtant, il suffit de faire, dans le parc, trois pas de côté pour se retrouver seuls, suivre un chemin de traverse, s'asseoir sur un banc dans une clairière silencieuse. Je déclame à mi-voix : « *Versailles est un lieu sublime, / Où le faune, un pied dans l'eau, / Offre à Molière la rime, / Étonnement de Boileau.* » Un faune est un monstre joyeux, joueur de flûte et coureur de nymphes. Molière et Boileau écrivaient au temps de Louis XIV et de La Fontaine. Nous aurions pu alors les croiser dans ce jardin. Ils ne vivent plus depuis bien longtemps, devenus des mots sur la musique que récitent ceux qui s'aiment en se promenant ici à leur tour.

Pauline veut que nous prenions le petit train qui épargne aux visiteurs fatigués la demi-heure de marche jusqu'au Grand Trianon. Elle a vu assez de tableaux et de statues. Elle regarde les fleurs, escalade les marches de marbre rose, suit en équilibre le tracé des bordures. Un peu de barque, encore, sur le Grand Canal… Pauline veut ramer seule de son unique bras valide et notre embarcation tourne sur elle-même en cercles lents et erratiques qui perturbent singulièrement la navigation, irritant les jeunes Américains las de culture qui croyaient le moment venu de pratiquer un peu sérieusement l'aviron. Il faut rentrer. On suit l'allée qui ramène à la maison. Le soir, au téléphone, à sa Grand-Mère : — *On a visité le château de Versailles. Louis XIV l'a fait construire. Mais on peut dire aussi : Le Roi-Soleil. Il était méchant. C'est pour ça qu'on lui a coupé la tête avec des ciseaux !*

9

En si peu de jours, nous aurons vu tant de choses, ouvert notre étroite existence à tous les vents du temps. Les églises et les musées sont aussi des jardins. Avec Maman, un jour noir de l'hiver suivant, Pauline visite à Londres la National Gallery. Alice me raconte qu'elle proteste bruyamment quand on oublie de placer sa poussette dans l'axe exact de la toile. Toute petite, elle est au pied d'un gigantesque Rubens, sous son saccage de jaune et de rouge, son orgie de paille et de vin, d'or et de sang. Elle se repose et s'absorbe dans la profondeur plate d'un Cézanne. Elle glisse parmi les bleus d'un Tiepolo, entre les masques et les barques, les robes et les guitares. Le même hiver, à Paris, j'emmène Pauline dans le froid vif. Elle chausse ses patins à roulettes ou préfère grimper dans la poussette qui nous attend au pied de l'escalier. Il faut se vêtir chaudement. Nous poussons jusqu'au musée Rodin où se pressent les touristes et les amants. Le jardin est splendide dans la nudité de décembre. Nous passons entre les géants de pierre ou de métal dont je lui murmure chaque fois l'histoire. Ce patriarche blanc dévêtu derrière les vitres est celui dont elle connaît les poèmes, apportant en cachette les confitures interdites à la petite fille grondée dans le cabinet noir. Sur quoi ouvrent ces deux grands volets noirs dressés contre le mur d'enceinte ? Sur rien, mon enfant. Nous n'entrons pas encore ici et l'espérance ne nous abandonne pas. Il faut seulement s'approcher, regarder le grand tourbillon des corps perdus, voir comment la forme naît de la matière, s'extrait de l'épaisseur d'abîme du bronze, tourne immobile sur elle-même. L'homme est assis, il tient son crâne posé sur le revers de son poing. Il surplombe ici le double vitrail opaque de sa vie. De l'autre côté de l'allée de gravier, derrière le rideau cérémoniel des haies, il a grandi. Il habite une chair corrodée de vert mais si sa tête semble levée sur les promeneurs, elle est tout à son énigme propre. Pardelà la haute demeure, le parc prolonge les perspectives géométriques de ses tracés. Le bassin est gelé. Qui est le vieillard à quatre pattes qu'entoure la glace ? Non, pas cette histoire... Ici, les pères ne dévorent pas leurs fils. Ils embrassent les joues pleines de leur fille par un après-midi de givre.

Vous ne diriez pas que les petits enfants ne s'intéressent pas à l'art si vous saviez le leur montrer, en jouir doucement avec eux, loin du tapage puéril de vos commentaires. Oubliez votre prétendu savoir. Ne posez pas au maître. Il n'est pas l'heure de partir pour l'école, de charger le cartable, de songer aux bons points. Laissez les Poussin se raconter, les Watteau, les Rembrandt... Vous vous promenez sous les pourpres et les ors d'un sous-bois enchanté. Chaque tableau est un miroir magique ouvrant sur la merveilleuse forêt d'une autre vie rêvée. Passez dans ce pays de beauté où le voyage est infini.

Ainsi, pour nous, les grilles du Luxembourg ne se fermeront jamais. L'été peut bien s'achever. Le paysage est immobile où l'enfant se tient près de moi,

186

sa main dans la mienne. L'heure des marionnettes est passée. Pauline a monté Diane et Jason, ses poneys préférés. Elle est fatiguée du manège et des balançoires. Nous nous asseyons sur un banc noir sali de poussière. On entend le tap-tap des balles de tennis rebondissant sur la surface d'un court voisin. Il faut s'en aller. Mais nous resterons là sous le regard blanc des dames mélancoliques posées sur leur piédestal de pierre. Je pense encore à la fontaine sombre qu'elle aimait. Le terrible géant jaloux du temps va tuer ceux qui s'aiment et qui, sur la berge, restent encore enlacés un instant. Sous l'eau noire et tachée de feuilles filent les flèches rouges de quelques poissons songeurs.

V

ANATOLE
ET LÉOPOLDINE

Wendy was crying, for it was the first tragedy she had seen. Peter had seen many tragedies, but he had forgotten them all.

1

Des livres sur la mort, il en paraît par dizaines tous les mois. Rien n'est plus commun. Le deuil oblige à dire. Auteur ou lecteur, on cherche des mots car ils sont pour le disparu la seule obole pensable. Les critiques vous le diront tous : on reconnaît un écrivain distingué à ce que, affrontant un sujet aussi grave, il évite par-dessus tout l'écueil du pathos. Sourdine mise, pleurs retenus... Les grandes douleurs sont muettes... Ainsi, l'intensité de l'émotion se mesurera-t-elle à l'épaisseur du bâillon posé sur la bouche... Le récit se réduit à quelques images d'adieu tendues de blanc. Tout passe dans le pur lointain d'une fable. Les corps sont déjà vapeur, ils n'existent plus que par leur élégante aura de souvenir... Ont-ils souffert ? Ont-ils vécu ? Le texte les fait de toute éternité fantômes. Tout cela a eu lieu il y a si longtemps... C'était avant que ne descende l'écran d'oubli... Il faut souhaiter aux morts le repos, ne plus les agacer de pleurs. Chaque page écrite est un nouvel et immaculé linceul...

Ou alors : le cadrage net du cadavre, le gros plan d'effroi. La viande crue du vivant est saignée à l'étal. Avec application, le narrateur vide la poche de fiel d'une mère stomisée, il toilette le corps inerte d'un

191

père ahuri de drogues. Le roman est une leçon d'anatomie. Mais l'émotion s'absente encore dans l'horreur racontée. Le doigt suit dans la chair aimée le relief nouveau tracé au scalpel. Il désigne la plaie. Le texte dit les couleurs — rouge, rose, blanc — du thorax écorché. Il fait de la déchéance calculée du malade un conte de terreur, expulsant le vivant de son secret d'agonie. Mais celui qui raconte met un point d'honneur à ne pas laisser trembler sa voix, à laisser courir sa main sur le papier avec la froideur chirurgicale de celui qui, dans le blanc du bloc, opère, ampute et suture.

Le mot d'ordre est : Pas de pathos ! Mais qu'advient-il alors de la vérité et de son insupportable nœud vécu d'angoisse et de chagrin ? Trop vulgaire, n'est-ce pas ?

Je crains de décevoir. Question de dette contractée à l'égard de celle qui, hors de la page, a réellement connu la souffrance dont d'autres font les livres. L'écueil du pathos ? Je vais où le vent de la vie me pousse. Je mets le cap sur les récifs.

2

Dans la vraie vie, les enfants meurent rarement. Dans les livres, l'événement est plus improbable encore. Les écrivains reculent devant ce qui leur semble n'appeler que le silence, ils ne se sentent jamais de taille à forcer les frontières de cet indicible-là. Ce scandale fait taire toute métaphysique. En comparaison, tout drame prend des allures de pirouette savante. Tout fait vite toc et chiqué : spleen, angoisse phénoménologique, expérience intérieure, chagrin d'amour, ambition brisée... Même la plus cultivée et la plus sensible des femmes, vous aurez du mal à l'émouvoir si elle est une mère touchée dans la personne de son enfant. Toute la comédie humaine prend des airs de bouffonnerie affectée. Et la ménagerie romantique peut aller se rhabiller sous les sifflets. Les enchères montent. Il faut un long détour de talent pour rejoindre de telles lectrices jusqu'au point extrême de douleur où la réalité les a parfois menées.

J'ai tout oublié des romans de Dostoïevski lus d'une traite lorsque j'avais quinze ou seize ans. *Karamazov* : Dieu n'existe pas et tout est permis ; si les Innocents, Dieu permettait qu'ils meurent et ne connaissent point son paradis, je partagerais leur enfer... *Les Possédés* : j'aime les enfants, donc j'aime la vie et si peut-être, un jour, je me brûle la cervelle, je n'en croirais pas moins à la seule vie éternelle qui soit, celle qui précède la mort et habite l'instant...

Je me revois en classe de quatrième ouvrant mon nouveau manuel de littérature, celui par lequel, dans toutes les écoles de France, on découvre les classiques et la vraie poésie après les textes récités du primaire. Avec une précision sans faille, je me souviens du premier extrait étudié... Malherbe... Ai-je jamais relu Malherbe depuis? *Consolation*... «Ta douleur, Du Perier, sera donc éternelle?... Le malheur de ta fille au tombeau descendue, | Par un commun trépas, | Est-ce quelque dédale où ta raison perdue, | Ne se retrouve pas? | Je sais de quels appâts son enfance était pleine, | Et n'ai pas entrepris, | Injurieux ami, de soulager ta peine, | Avecque son mépris. | Mais elle était du monde, où les plus belles choses, | Ont le pire destin, | Et rose elle a vécu ce que vivent les roses, | L'espace d'un matin. »

Je ne pensais jamais à tout cela. Pourtant, je me revois... Sur le point de quitter cette même école où j'ai passé, à deux pas du Luxembourg, toute mon enfance... Mon professeur d'alors semblait croire que le XXᵉ siècle n'avait jamais commencé... Le dernier roman lisible, Zola l'avait signé... Il racontait l'histoire d'un peintre fixant sur sa toile la figure sur le point de s'en aller de son enfant défunt: vert, jaune, ocre... «Un instant, ils restèrent béants au-dessus du lit. Le pauvre être, sur le dos, avec sa tête trop grosse d'enfant du génie, exagérée jusqu'à l'enflure des crétins, ne paraissait pas avoir bougé depuis la veille; seulement, sa bouche élargie, décolorée, ne soufflait plus, et ses yeux vides s'étaient ouverts. Le père le toucha, le trouva d'un froid de glace. Et leur stupeur était telle, qu'un instant encore ils demeurèrent les yeux secs, uniquement frappés de la brutalité de l'aventure, qu'ils jugeaient incroyable. » Le peintre se met au travail. Une obsession l'habite dont il lui faut se délivrer. Il résiste puis cède devant le spectacle dont le vertige le fait proprement renaître : « ... bientôt, il n'y eut plus là son fils glacé, il n'y eut qu'un modèle, un sujet dont l'étrange intérêt le passionna. Ce dessin exagéré de la tête, ce ton de cire des chairs, ces yeux pareils à des trous sur le vide, tout l'excitait, le chauffait d'une flamme. Il se reculait, se complaisait, souriait vaguement à son œuvre. » La douleur de la mère sert de contrepoint visible à la folie du père. Elle dit la vérité que recouvrent les couleurs sur la toile. L'enfant est mort de trop de sagesse et d'obéissance. On exigeait de lui qu'il reste calme pour ne pas déranger le travail de démence de son père. Il ne bougera plus. Il sera le plus immobile des modèles. Il abandonne son cadavre à son père qui s'en saisit avec une joie presque carnassière. Survenant à la veille du Salon, la mort du petit garçon est providentielle. Elle alimente l'appétit de formes du peintre à qui l'inspiration manquait. Au Palais, on pourra exposer cette toile : « ... un chef-d'œuvre de clarté et de puissance, avec une immense tristesse en plus, la fin de tout, la vie mourant de la mort de cet enfant. »

3

Que pouvais-je bien comprendre à tout cela?... Comment aurais-je pu lire tous ces signes en avance, tellement, sur ma vie?

Au même âge, je lisais Camus. *Caligula* : «Les hommes meurent et ne sont pas heureux.» Il suffit du deuil d'une femme aimée et le monde tout entier bascule dans l'ignoble grimaçant, cela ne compte pas... L'été qui suivit la naissance de Pauline, nous l'avons passé dans une villa louée du Sud-Ouest, à quelques kilomètres du château de Born, fantôme rencontré chez Dante, cadavre tenant son crâne par les cheveux comme une lanterne... La maison était cernée d'une asphyxie véritable de fleurs aux couleurs incroyables, éclatantes dans la lumière. Il fallait attendre le soir pour que se fassent moins lourds les rayons du soleil et qu'il soit possible enfin de profiter du rectangle bleu ciel de la longue piscine. Pauline marchait tout juste à quatre pattes, elle rampait plutôt. Fixé sur son landau, un parasol la protégeait de son ombre tandis que nous faisions quelques brasses. Dans l'eau, je la prenais parfois dans mes bras et nous barbotions tous les trois. Quand la nuit tombait, jusqu'à ce que l'obscurité se fasse trop épaisse, sous ses yeux amusés, je jouais avec Alice d'imbéciles et délirantes parties de badminton. Un éditeur de mes amis m'avait commandé un essai consacré à Camus que je rédigeais à l'heure de la sieste. Je retrouvais avec bonheur ces textes jamais ouverts depuis quinze ans parce qu'ils me semblaient aujourd'hui aussi indiscutables qu'ils l'avaient été hier pour l'adolescent que j'étais. Camus ? Parmi mes connaissances, peu d'écrivains entendent ce nom sans sourire : trop simple, trop droit, trop clair, trop moral... Vraiment ? Je revenais aux *Justes* et à leur dilemme de sang : faut-il laisser vivre un tyran si un enfant se tient à ses côtés ? La saison ne se prêtait guère à de telles méditations. C'était le déluge ordinaire de la connerie sportive et télévisuelle. Aux Jeux olympiques, les nations se livraient leurs guerres de médailles et de tribunes. Un peu plus loin, dans un pays autrefois réputé pour son football et son volley, d'autres combats plus tangibles faisaient rage. Mais on en parlait peu. Défaite de la pensée ? Nivellement des valeurs ? Absolument pas. La société moderne sait très précisément ce qui compte pour elle. Elle a établi une très exacte hiérarchie de ses priorités que reflète l'ordre des titres au *Journal* de vingt heures : le drame le plus sanglant passe loin derrière une finale remportée du 400 mètres haies. Ce soir-là quand fut connu le palmarès d'or, d'argent, de bronze, on signala qu'en Bosnie, un tireur embusqué avait fait feu à dessein sur un car de ramassage scolaire. Quelques enfants gisaient dans le sang et le verre éclaté, parmi les banquettes trouées sur lesquelles de vieilles femmes étaient venues pleurer. Le lendemain — c'était le jour de la natation ou de l'haltérophilie —, on enterrait ces enfants et un autre sniper — le même ? — fit feu sur les familles penchées sur les tombes ouvertes. La coïncidence de ces faits n'existait sans doute que pour moi, lisant *Les Justes* ce jour-là. Au début du siècle, un terroriste russe retient son bras pour épargner la vie d'un enfant. À la fin du même siècle, un assassin serbe prend pour cible un autre enfant et ne l'épargne pas. L'histoire change vite, elle se plaît à insister dans l'horreur. Ils sont lointains, les meurtriers délicats dont Camus faisait ses héros. Je pense à tout cela bouclant mon chapitre, tandis qu'une petite fille de six mois se réveille doucement dans son berceau, attendant l'heure promise de la baignade.

Deux semaines plus tard, c'est septembre et nous logeons ailleurs, sur les côtes de la Manche. Les vacanciers sont partis. Une ultime journée de soleil et je nage seul dans la mer. Le vent souffle bientôt sur les longues plages désertes et dessine dans le sable d'invraisemblables dédales de rides. Le livre n'est pas encore fini. Je relis *La Peste* et le chapitre célèbre dans lequel Camus conte la longue agonie d'un petit : « L'enfant, comme mordu à l'estomac, se pliait à nouveau, avec un gémissement grêle. Il restait creusé ainsi pendant de longues secondes, secoué de frissons et de tremblements convulsifs, comme si sa frêle carcasse pliait sous le vent furieux de la peste et craquait sous les souffles répétés de la fièvre. » Rien ne m'a frappé alors, je crois, lisant ces lignes. Mais je me dis aujourd'hui que cet enfant qui meurt n'a en réalité jamais vécu. Il est depuis toujours dans la terreur muette de la mort, défiguré, bâillonné par le mal : icône noire de désespérance. Il s'en va dans le silence et n'aura été qu'une énigme insupportable adressée aux vivants. Un cri inintelligible : « Au creux de son visage maintenant figé dans une argile grise, la bouche s'ouvrit et, presque aussitôt, il en sortit un seul cri continu, que la respiration nuançait à peine, et qui emplit soudain la salle d'une protestation monotone, discorde, et si peu humaine qu'elle semblait venir de tous les hommes à la fois. »

Pauline s'est pour la première fois dressée dans son parc et nous sommes fiers de ses exploits. Le sable et l'humidité pénètrent dans la maison. Demain, nous visitons le Mont-Saint-Michel. Nous gravissons les marches de pierre dans la cohue des passants qui tous s'arrêtent à mi-chemin. Les crêperies, les vendeurs de bière, de souvenirs ou de cartes postales ne manquent pas... Le sommet de l'îlot est presque désert quand nous l'atteignons, je porte Pauline sur mon dos. Une baie vitrée ouvre sur la mer. Le cloître est un jardin tendu dans l'air et le vent. Je n'ai jamais vu Alice aussi émerveillée par l'énigme d'un lieu. Je ne sais pas à quoi répond pour elle la somme érigée de ces chapelles, de ces voûtes, de ces couloirs. Je me souviens du vent, de la pluie, du soir tombant. Au-dessus des remparts circulaires, nous montrons à Pauline le mouvement régulier du flux et les moutons grignotant là-bas leur herbe de sel.

4

Je ne crois pas que Pauline ait conservé aucun souvenir de cette journée passée au Mont-Saint-Michel dans la cohue chaude et pluvieuse des touristes. Elle était trop petite. Elle passait son bras autour de mon cou, chevauchait mes épaules, grimpait avec nous cette spirale glissante d'escaliers, de pierres, de remparts. Il a fallu attendre encore un peu pour l'entraîner dans le calme froid des églises, éclairer un cierge pour la Vierge et son enfant, murmurer les mots d'une prière. Nous usions du monde et de ses merveilles, mais avec discrétion. Nous pensions encore que le temps nous appartenait, qu'il y aurait toujours un jour où revenir sur nos pas. Le soir venu, nous avons mis longtemps à retrouver la voiture rangée parmi des centaines d'autres sur la surface découverte de la baie. Nous avons longé la mer avant de nous enfoncer dans la campagne selon les routes tournantes de la prairie normande. D'autres aventures nous étaient réservées. Nous le pensions.

Il y aura eu tant de lieux, pourtant, où nous ne serons pas allés. À chaque fois que nous lui rendions visite à Louviers, le père d'Alice tenait à nous emmener à Villequier. Nous différions cette promenade. Il y avait autour de nous tant d'autres endroits où se promener et nous parcourions encore une fois les épaisses forêts régulières trouées d'allées rectilignes. À l'égard de Hugo, j'ai longtemps partagé le préjugé commun : le plus grand poète, hélas ! Trop vulgaire, trop lisible, trop sentimental... J'ai fini par lire Hugo à Pauline qui l'adorait parce qu'il parlait en musique de petites filles, d'oiseaux, de confitures, de doigts blessés. Et c'est en le lui lisant que je l'ai découvert. Mais nous n'aurons jamais vu le cimetière de Villequier que j'imagine — à tort, sans doute — surplombant la Seine ou quelque paisible et immense plan d'eau protégé du temps. Ma réticence, je le crois maintenant, n'était pas littéraire. Par superstition vaine, je ne voulais pas lui expliquer l'histoire de cette tombe, lui dire quoi que ce soit de celle qui était couchée sous la dalle, l'amener à penser qu'une petite fille peut mourir un jour et laisser ses parents à jamais la pleurer. Ma prudence aura été sans objet. Le récit demandait à être conté.

L'histoire est connue. Le drame a lieu le 4 septembre 1843 — si impensable que seule une page vierge au milieu d'un livre peut en rendre l'horreur blanche. Hugo est loin, en voyage en Espagne avec Juliette Drouet. Inexplicablement agité, il note ce jour même ces quelques vers : « Ô Mort ! mystère obscur ! sombre nécessité ! / Quoi ! partir sans retour ! s'en aller comme une ombre !... » Il n'apprendra la nouvelle qu'en la découvrant rapportée dans un journal, le 9 septembre. Léopoldine, toute jeune épouse de dix-neuf ans, et son mari Charles ont trouvé la mort accidentellement. Le vent a retourné d'un coup la barque qui les menait de Caudebec à Villequier. La jeune femme a coulé. Son mari s'est laissé mourir auprès d'elle.

Je crois qu'alors Hugo devient fou. Littéralement fou, mais d'une folie secrète, invisible, si radicale et entière qu'elle ne parvient pas même, d'abord, à informer ses mots ou ses gestes. Il est comme un homme égaré qui suit, mécanique, son chemin d'habitude. Il tourne toujours dans sa roue mentale. Son corps le porte vers d'autres aventures qu'il ne comprend plus. Il souhaiterait reprendre le chemin à l'envers, n'avoir jamais été ce qu'il est devenu. Hugo écrira plus tard qu'il aurait tout donné de sa vie pour n'avoir été qu'«un homme qui passe tenant son enfant par sa main». Je crois qu'il n'y a pas de note plus sincère dans son œuvre. Il n'est pas d'homme ou de femme qui soit à la mesure de cette expérience-là. Hugo a vu ce que toujours on dissimule : l'absurde mat et brut sur lequel toute existence bute, l'écran infranchissable de l'autre côté duquel il n'est rien : «Oh! l'herbe épaisse où sont les morts!»

La politique ne suffit pas à expliquer l'engagement et l'exil largement choisi. Hugo est à la recherche du pire. À Jersey, Guernesey, il se campe sur son rocher de brume et convoque les spectres de l'histoire. Mais le véritable rendez-vous a été fixé à un fantôme plus tendre. Des visions l'assaillent. Cela fait à l'intérieur de lui comme un grand ramdam de voix, un glissement perpétuel de corps et de présences, une hallucination de siècles. Hugo est fou comme Artaud le sera plus tard. Mais sa folie à lui ne s'enferme pas, elle sait être plus rusée que la raison qui l'entoure. Hugo ne peut se permettre la démence brute où s'enfoncera Adèle, son autre fille. Ce naufrage de la volonté lui interdirait de mener à bien son travail véritable de démence.

Hugo est fou, cela est entendu, mais il n'est pas dupe. Ésotérisme ? Occultisme ? Dialogue solennel avec les morts et la création tout entière ? Dans l'ennui de l'exil, Hugo et ses proches se mettent à interroger les tables par où parlent les esprits. La maison de Jersey retentit d'un grandiose vacarme d'ombres. Le rocher de Jersey devient la bouche nouvelle de l'Europe ouverte sur l'Hadès. Les preuves sont là : comptes rendus précis, procès-verbaux de l'au-delà. Jusqu'où va la démence froide de Hugo ? Quelle est en elle la part de la crédulité et du jeu ? Dans quelle mesure un poète comme lui, issu des Lumières, nourri de Voltaire, peut-il verser dans cet impossible de fables qui est la négation même de l'impensable qu'il scrute ? Je pense que Hugo a compris que pour laisser une chance historique à sa folie, il fallait lui donner une apparence conforme à la religion de son temps, celle des spectres et des goules, des tables tournantes et de la métempsycose. À Jersey, toute la ménagerie des siècles défile, tournoie, donne de la voix. Marine-Terrace est une demeure de mort. Les pièces froides y ont des fenêtres tendues de linceuls. Le paysage d'enfer est noyé de brume, face à un océan avaleur d'épaves, accoté à une terre où les racines nues des arbres ressemblent à des os, des tibias, des rotules. La « maison d'exil », écrit Hugo, est « mêlée aux catacombes ». La poésie prend en elle le bazar bruyant des mythes, le bric-à-brac sonore des légendes, le radotage édenté des superstitions. Mais orchestrant toute cette rumeur d'épopée, je suis certain que Hugo n'a en tête que le souci de rester fidèle à sa folie propre. Dans le toc-toc halluciné des tables, tendant l'oreille, il cherche à discerner le tap-tap plus intime que ferait un écho persistant de pas. Le brouillard d'artifice que font lever les Sibylles, il veut le percer pour susciter en lui le dessin s'effaçant d'un visage vrai. Le 4 septembre 1852, Hugo est à Jersey et il écrit :

«Il me semblait que tout n'était qu'un affreux rêve,
Qu'elle ne pouvait pas m'avoir ainsi quitté,
Que je l'entendais rire en la chambre à côté,
Que c'était impossible enfin qu'elle fût morte,
Et que j'allais la voir entrer par cette porte!

Oh! que de fois j'ai dit: Silence! elle a parlé!
Tenez! voici le bruit de sa main sur la clé!
Attendez! elle vient! laissez-moi, que j'écoute!
Car elle est quelque part dans la maison sans
                                        [doute!»

5

En février 1859, un lycéen impertinent, s'ennuyant sur son banc, dédie un bref poème au grand homme que proscrit l'Empire. Il signe « Quelques vers écrits sur un exemplaire des *Contemplations* ». Mais le formidable exilé est d'abord pour lui « la voix du luth qui pleure un ange au ciel ravi ». La verve des *Châtiments* compte peu. La poésie dit d'abord le deuil délicat des femmes disparues — avec ce qu'il faut de sanglots dans la voix, de pleurs répandus, d'anges envolés. Le jeune écrivain rêve Hugo avec les mots de Rossetti. Ophélie, des fleurs dans les cheveux, commence à peine sa douce descente le long du fleuve du siècle.

Stéphane Mallarmé a d'évidentes raisons personnelles pour se laisser émouvoir par l'image d'une jeune fille trop tôt disparue. En 1847, âgé de cinq ans, il perd sa mère emportée par la tuberculose et c'est la tuberculose, encore, qui, dix ans plus tard, terrasse Maria sa sœur cadette. Le premier amour du poète est une jeune Anglaise du nom de Harriet dont on découvre au cours de l'été 1859 qu'elle est condamnée par le même mal. Toute la poésie de jeunesse de Mallarmé tourne en vers précieux autour de l'image d'une triple fosse. Langoureuse, la question de violence est posée comme chez Hugo :

« Pourquoi montrer ces cœurs, ô Dieu qui les pro-
[tèges,
Pourquoi les faire aimer, si, comme pour les neiges
C'est assez d'un rayon... pour fermer leur cercueil ? »

L'image de l'enfant mort — fille, fils ou fiancée, ravis au seuil de l'existence — habite toute la sensibilité du siècle passé. Elle nous est devenue insupportable car la civilisation où nous vivons a fini presque son inutile travail de dénégation : les enfants ne meurent plus, n'est-ce pas ?, ou alors de la faim et de la guerre dans des pays lointains, chez nous, la science fait son travail !... Mais le XIXᵉ siècle n'a pas encore fermé les yeux sur la mort. Elle lui est objet d'excitation macabre, de délire pieux, d'affabulation ésotérique, de questionnement poétique. La pensée se perd en chemin, elle se revêt d'atours douteux, elle s'égare et divague mais ne se dérobe pas devant l'énigme noire dont plus personne aujourd'hui, sinon des charlatans, n'est en mesure de répondre. L'enfant mort est l'antithèse romantique par excellence, le point de grâce où par anticipation se rejoignent et s'unissent toutes les contradictions : la vie et la mort, la beauté et la laideur, l'inachevé et le définitif.

L'étonnant n'est donc pas que Hugo et Mallarmé aient, avec leurs contemporains, rêvé cette image de grâce et d'horreur. Le vertige vient de cette vérité : ironique et implacable, la vie a vérifié leur rêve. Ce qu'ils avaient désiré et craint, il leur a fallu le connaître, hors des mots, et dans l'expérience nue de leur affection réelle. Leur songe avait creusé le vide où ils allaient effectivement se perdre.

206

Anatole Mallarmé naît le 16 juillet 1871 à Sens. Il est le second enfant du poète. Adorable, comme le sont tous ceux qui sont aimés... Les photographies ne disent rien à ceux qui n'ont jamais vu vivants ceux qu'elles représentent... Anatole a le visage ordinaire, asymétrique, vaguement espiègle d'un doux petit garçon de neuf ans. L'un des amis de Mallarmé lui voue une affection particulière et le décrit dans ses Mémoires comme un petit faune au singulier et attrayant visage complété d'oreilles pointues. Il s'agit de Robert de Montesquiou, le dandy et précieux poète décadent dont on dit qu'il fut notamment le modèle de Des Esseintes et de Charlus. Les œuvres et les vies se croisent. Il y a un espace de rêve où de nouvelles pages s'écrivent et où les personnages, échappant à leurs créateurs, connaissent des aventures imprévues. Des Esseintes quitte sa retraite d'esthète, rend visite au poète d'«Hérodiade» qu'il admire et laisse grimper sur ses genoux un petit enfant dont il caresse le front. Charlus, le dos encore brûlant du fouet reçu, prend le même chemin, il apporte au garçon le cadeau promis d'une perruche des îles.

En mars 1879, Anatole tombe gravement malade. On diagnostique : rhumatisme articulaire. Ce sont les complications cardiaques qui, quelques mois plus tard, s'avéreront fatales. La douleur est immense et les médecins sont impuissants à la soulager. Elle se fixe selon les moments en des points variables du squelette : les pieds, les genoux puis les coudes, les épaules, les poignets. L'enfant ne peut plus se tenir debout, il devra renoncer à écrire, à dessiner. L'agonie le fixe dans une torpeur d'immobilité. On l'emmène à Valvins, espérant que l'air de la campagne, la nourriture saine l'aideront à se rétablir. L'issue macabre n'est pas encore certaine. L'affection, en soi, n'est pas donnée comme incurable. Mais de semaine en semaine, la maladie semble l'emporter, gagner du terrain. Dans une lettre du 22 août, Mallarmé écrit à son ami Roujon : « Mon bon ami, je n'ose point donner de nouvelles parce qu'il y a des minutes, dans ce combat entre la vie et la mort que soutient notre pauvre petit adoré, où j'espère, et me repens d'une lettre trop triste écrite l'instant d'avant, comme de quelque courrier du malheur par moi-même dépêché. Je ne sais plus, et ne vois plus rien, du reste, tant j'ai observé avec des émotions contraires. Le médecin, tout en suivant le traitement de Paris, parait agir comme avec un malade condamné qu'on soulage ; et s'obstine, quand je le poursuis au départ, à ne pas laisser une lueur d'espoir... Le mal, le terrible mal lui-même semble s'installer irrémissiblement. Si l'on soulève la couverture, on voit un ventre enflé à ne pouvoir le regarder. Voilà. Je ne vous parle pas de ma douleur ; de quelque côté que je mène ma pensée, cette douleur recule de se voir pire ! Mais qu'importe de souffrir, même comme cela : l'horrible, c'est, toute abstraction faite de nous, le malheur en soi que ce petit être ne soit plus, si pareil sort est le sien. J'avoue là que je faiblis et ne puis affronter cette idée. »

On décide d'un retour à Paris pour que l'enfant puisse être mieux suivi par un spécialiste cardiologue. Le 6 octobre, Mallarmé confie à Montesquiou : « Oui, je suis bien hors de moi, et pareil à quelqu'un sur qui souffle un vent terrible et prolongé. Veilles, émotions contradictoires de l'espoir et de la crainte soudaine, ont supplanté toute pensée de repos là-bas, mais ne sont rien à côté du combat si multiple qu'il va me falloir soutenir, ici, contre mille soucis. Pas de travail de longtemps ! Je ne croyais pas cette flèche terrible dirigée sur moi de quelque coin d'ombre indiscernable. » Le jour même où cette lettre est adressée, Anatole meurt ; « malade au printemps mort en automne », notera Mallarmé.

La folie de Mallarmé n'est pas moindre que celle de Hugo, plus secrète et plus froide encore de n'avoir pas été exprimée comme elle le fut dans *Les Contemplations*. Le père d'Anatole laissera inachevé — à l'état de notes préparatoires — le tombeau poétique qu'il avait songé ériger pour son enfant. Les lettres aux amis proches disent assez la détresse inouïe dans laquelle s'enfoncent le père et la mère de ce garçon mourant. La mort n'a pas la forme d'éclair qui emporte Léopoldine. Par la maladie, elle s'installe dans le temps, devient le temps. L'issue acquise, les longs mois passés oublient leur alternance d'espoir et de crainte. Tout prend rétrospectivement la cohérence tragique d'une agonie pressentie. Le passé, le présent, l'avenir n'ont jamais existé qu'à raison de l'instant de marbre de la mort.

Les notes poétiques de Mallarmé approchent ce temps nouveau que fait éclore le deuil : « — mais / libre, enfant / éternel, et partout / à la fois ». L'enfant qui meurt est éternel, le chagrin de la pensée infinitise le bref espace de jours qui annonce la fin. La poésie de la maladie allonge cette durée de peine puisque tout se réduit à elle : « l'on profite de ces heures, où mort — frappé — il vit — encore, et — est encore à nous ». Ou : « maladie à laquelle on se rattache, désirant qu'elle dure, pour l'avoir, lui plus longtemps ». L'enfant est proche encore mais déjà il jouit du prestige de distance qui n'appartient qu'aux morts. Il est lui et, déjà, n'est plus lui. Le deuil le transforme qui, paradoxalement, précède la mise en bière effective. L'amour qu'on lui porte va à un vivant, à un corps tendre répondant aux caresses mais ce corps est chéri dans l'éloignement imminent que le sort lui prépare.

Il n'y a nulle complaisance dans le regard que ce père porte sur son fils. Il faut seulement garder les yeux ouverts jusqu'au bout. Et ce devoir crée à l'égard de l'enfant une dette inacquittable, même en larmes, même en mots redoublant des larmes. Le spectacle de la mort est celui d'une lente et implacable métamorphose. «L'enfant familier », écrit Mallarmé, si on ne peut plus le prendre sur ses genoux comme autrefois, devient «le jeune dieu, héros, sacré par mort». Dans les livres, les enfants qui meurent sont toujours héroïques, ils fascinent par leur courage et leur obstination à vivre, la force avec laquelle ils contemplent, calmes, le précipice où ils basculent. La réalité ressemble quelquefois aux livres.

C'est comme si un dessein obscur et scandaleux menait l'enfant vers une fin choisie. Mallarmé note encore : «le but suprême n'eût été que partir pur de la vie — tu l'as accompli d'avance en souffrant assez — doux enfant pour que cela te soit compté pour ta vie perdue». La dernière image est la suivante : Anatole gît sur son lit de mort… On l'a revêtu de son habituel petit costume marin… Pour quel naufrage ?… Ou pour quelle traversée ?…

Mallarmé ne s'exile pas moins que Hugo. Son rocher sacrifie moins au pittoresque, brumeux et venteux. Il disparaît dans le confort bourgeois d'un appartement parisien où, entre esthètes de second rang, entre gens du monde, on discute musique et versification, modes et idées. On décore des éventails, on se répond avec des politesses de présents, on s'enchante de bons mots tandis que le Maître en secret travaille au Grand Œuvre, qui ne sera pas. Fou d'une douleur tue, Mallarmé ruse, après Hugo, sacrifiant à l'autre religion éternelle du siècle : la frivolité. On ne jacasse pas moins dans les salons que chez les esprits... Les tables à thé sont des toupies... Son vers se complique comme jamais en révérences de rien, en entourloupettes de néant. Quelle mélancolie dans cette grâce !... Où nous mènent tant d'ennui et de plaisir vain ? Pas un mot... Silence sur cette tombe...

Le drame intérieur de Mallarmé n'a pas les contours carrés qu'on trouve chez Hugo. Tout se subtilise en spirales, en volutes et se dit en détours de syntaxe contrariée. La grande crise d'où naît la poésie moderne, Mallarmé la vit en 1866 comme le répètent à juste titre toutes les histoires de la littérature contemporaine. Mallarmé creuse le vers, et sous le vers, il trouve le Néant. Le « vieux plumage » — entendez : Dieu — est mort. Avec *Zarathoustra*, la nouvelle de ce décès finira par s'ébruiter, les fairepart circuleront dans toute la bonne société pensante de l'Europe... Mais cette mort est d'abord affaire de styliste, de grammairien ; elle est découverte de versificateur, ajustant ses rimes, comptant ses syllabes, calculant ses accents. Alors, Mallarmé note : « La destruction fut ma Béatrice... »

Que sera, treize ans après cette découverte, la mort d'un enfant ? La crise muette de 1879 redouble celle, bavarde, de 1866, elle en confirme l'intuition. Le « vent de rien » qui souffle sur sa vie, Mallarmé écrit alors qu'il est la figure même du « néant moderne ». Un autre guide que Béatrice l'entraîne vers l'Hadès. Si le « vieux plumage » est soufflé en duvet tombant sur la chaussée, de quoi seront faites les ailes avec lesquelles volent les anges ? Mallarmé contemple, je crois, le chemin de rien qu'il a suivi. Les mots qu'ils prononçaient autrefois étaient lestés d'un sens qu'il ne soupçonnait pas. Pour moi, le plus pathétique des feuillets du *Tombeau* médité *d'Anatole* porte le numéro 192. Un poète comprend alors le sens d'effroi des vers abstraits qu'autrefois, comme par jeu, il avait écrits : « Quoi, ce que je dis est vrai — ce n'est pas seulement musique… »

6

On veut que l'art, si la religion manque, offre à l'homme la chance d'une possible rédemption. Par la conscience qu'il a de sa mort, l'individu nie le destin commun, en triomphe. Et l'artiste fixe ce refus dans la forme. Ainsi il atteint une éternité figurée où l'humanité tout entière participe à travers lui. Cela n'est pas vrai.

L'art est l'énigme noire méditée. Le nihilisme est tout ce qui s'en détourne par incapacité à penser en face le néant. Il n'y a aucun salut proposé de l'autre côté du mal, aucune valeur sinon celle qui naît de cette expérience même.

On peint souvent Hugo en géant héroïque guidant le monde vers un Évangile encore nouveau et incertain. L'homme se hausse jusqu'au poète et le poète se sublime en penseur. Tout ce qui était affliction vécue se métamorphose. Le germe seulement est fourni d'où sortira la vision d'une création enfin réconciliée avec elle-même. L'obscurité se convertit en lumière, elle se perce d'étoiles, les anges quittent leurs chrysalides de gargouilles. De rime en rime, de texte en texte, emporté par la majestueuse précipitation d'une formidable éloquence, le lecteur a l'illusion de lire une vaste saga métaphysique disant la vérité enfin révélée de l'Être.

Mais on oublie que le dernier mot posé n'appartient pas à la «bouche d'ombre». Hugo repousse ensemble et le doute et la foi, l'athéisme et la religion. Il ne veut d'aucun catéchisme de certitude — négatif ou positif. Son travail de poète, il le répète assez, consiste à scruter l'obscur : non pour y retrouver le dessin attendu des formes apprises, mais pour suivre le mouvement d'infini par où l'ombre naît de l'ombre. Hugo peint noir sur noir et fait se creuser dans l'espace des profondeurs inexplorées encore. Il égale alors en virtuosité Dante. Ses meilleurs poèmes sont comme l'image en négatif des chants du *Paradis*. Je pense au mot de Claudel : «Personne n'a tiré tant de choses de cette ombre que fait l'absence de Dieu.»

La conclusion des *Contemplations* est plus que dubitative et relativise toutes les certitudes risquées dans le recueil. Elle est un appel à la paix, au sommeil, à l'oubli. Observant le ciel, Hugo médite encore sur l'algèbre impossible de l'Être, longe des murailles d'airain, se penche au puits des grands vertiges. Il ne perçoit, pensif, qu'un vague scintillement de sens parmi les énormes fumées du gouffre monstrueux au bord duquel il se tient. Le dernier poème du livre est daté du 2 novembre 1855, jour des Morts. Depuis Guernesey, il est dédié à celle qui est restée en France, sa fille, Léopoldine.

On veut que Hugo, robuste, massif, sain, incarne le génie nommant enfin le vrai. Mais on tait la folie qui le suit et sans laquelle serait creuse et vaine l'affirmation même de son œuvre. Lorsque Léopoldine meurt, Hugo devient fou. Rien ne le distraira de cette folie. La vie confirmera son délire. Il accompagnera à la tombe tous ses enfants — sinon Adèle. On veut que Hugo soit sorti vite de ce gouffre ouvert sous ses pas. La poésie fut son deuil accompli, dit-on. Et l'on cite volontiers «À Villequier», poème dans lequel un Hugo apaisé s'en revient vers Dieu dont il dit accepter la loi. Mais comment ne voit-on pas que ce texte est tout entier un formidable blasphème persifleur et voltairien ? Tout est à entendre sur le mode de l'antiphrase : «Je sais que vous avez bien autre chose à faire, | Que de nous plaindre tous, | Et qu'un enfant qui meurt, désespoir de sa mère, | Ne vous fait rien, à vous ! » Oui, la loi est sue : «Il faut que l'herbe pousse et que les enfants meurent.» On ne s'est jamais adressé au Très-Haut avec autant d'impertinence et Dieu, sans doute, ne s'y est pas trompé qui a plus le sens de l'ironie que bien des lecteurs. Sisyphe se déguise en Job pour narguer celui qui l'accable ; insolent, il feint de prier pour dire sa haine du ciel.

La poésie ne fut pas un deuil accompli. De ce deuil, Hugo n'a jamais voulu sortir. Et écrire fut pour lui donner forme à ce refus, le perpétuer, le rendre visible. L'oubli, dira-t-il, est une lâcheté. La vie y voue doucement si l'on n'y prend pas garde. La pensée doit être vigilante dans le cours des années. La poésie est le courage chiffré de la mémoire. Le temps est un calendrier perpétuel d'affliction où l'on inscrit des vers qui commémorent tous l'instant de la perte. Les textes explicitement voués au souvenir de Léopoldine sont nombreux mais c'est chaque œuvre en réalité qu'on dirait désormais gorgée de l'eau noire de Villequier. Jusqu'au tout dernier poème des *Contemplations* par lequel rien ne s'achève.

Hugo est dans l'exil de Guernesey. Le pèlerinage jusqu'à la tombe de sa fille lui est devenu impossible. Le cimetière s'est transformé en un paysage d'idylle regretté. Hugo imagine Léopoldine sous la dalle s'inquiétant de son absence, guettant l'écho de son pas sur le gravier de l'allée, comptant les heures à une horloge d'ombre. Jésus fit se dresser Lazare d'entre les morts mais ce qu'un dieu fit, un père ne le peut pas. Ni l'amour ni la poésie ne triomphent de la mort. Ils font seulement un chemin de paroles ramenant toujours au cercueil scellé.

7

Dans le désespoir et la folie, Mallarmé, lorsque l'irrémédiable devient probable, rêve aussi de miracle. Son fils ne sera pas sauvé. Il faut donc lui réserver la possibilité d'une autre rédemption que la vie conservée. On doit imaginer le poète au chevet de son enfant dans les dernières semaines de la maladie, se raccrochant à ce qui lui reste de pensée, fixant en notes mentales chaotiques la matière encore incertaine du «Tombeau» qu'il médite. Les feuillets conservés de l'œuvre disent dans la forme la plus condensée ce débat cruel d'un homme avec l'impossible qui investit sa vie. Mallarmé se sait mort autant que le sera bientôt son fils. Son existence s'achève et il faudra le coucher également dans la tombe. Il y attendra l'heure effective de sa fin biologique. Son esprit est comme calciné par le surgissement macabre du vrai. Seul y subsiste encore le rêve vague de la toute-puissance poétique. Et si la partie perdue dans le réel, il était possible de la gagner ailleurs? Si une revanche n'était pas vaine? Une «vengeance», rêve Mallarmé: «lutte d'un génie et de la mort». La pensée suit alors son chemin de zigzags. Elle se heurte au mur sombre de l'évidence: «il n'est que des consolations, pensées — baume». Ou encore: «ce qui est fait est fait — on ne peut revenir sur l'absolu contenu en mort». Mais ce mur, songe à mi-voix Mallarmé, il doit bien être malgré tout une façon de le contourner, de le surplomber, de conserver vivant sous une forme ou l'autre ce qui irrésistiblement meurt : «— et cependant montrer que si, abstraction faite de vie, de bonheur d'être ensemble, etc. — cette consolation a son tour, son fonds — sa base — absolus — en ce que si nous voulons par exemple qu'un être mort vive en nous, pensée — c'est son être, sa pensée en effet — ce qu'il a de meilleur qui arrive, par notre amour et le soin que nous prenons à l'être». Et la séquence se conclut sur cette note passagère de victoire : «il y a là un au-delà magnifique».

Une brèche est ouverte ainsi à partir de laquelle peut se penser le triomphe de la poésie sur le sort. Les perspectives se renversent. Ce qui était scandale absolu finit par se laisser comprendre. Pour Mallarmé, tout ce qui est doit se faire signe. L'Œuvre depuis toujours rêvée attendait le moment de douleur qui la rendrait possible, elle absorbe dans son plan de rêve l'agonie d'un enfant. Le fils par sa mort, le père par sa survie de paroles écriront ensemble le Livre auquel tout au monde doit aboutir : «tu peux, avec tes petites mains, m'entraîner dans ta tombe — tu en as le droit — moi-même qui te suis moi, je me laisse aller — mais si tu veux, à nous deux, faisons une alliance un hymen, superbe — et la vie restant en moi je m'en servirai pour… ».

Sur le feuillet 40, cette dernière phrase reste inachevée. Car le tombeau d'Anatole ne s'écrit pas. Il tourne sans cesse autour du rêve de sa propre possibilité, s'érigeant tout en conjurant sa propre réalité. Entre le père et le fils, l'hymen rêvé est un pacte de mort plus atroce peut-être que la mort elle-même car il suppose l'acquiescement au néant. Anatole meurt sans le savoir. Mallarmé est fou à l'idée que son fils puisse pressentir l'issue de son mal, il veut le protéger de ce désespoir et qu'il s'en aille sans presque s'en soucier. Cette ignorance est nécessaire au sauvetage d'écriture que veut désormais Mallarmé. Une mort non sue n'est pas une mort véritable. Il appartiendra au poète de prendre en lui cette pensée qui n'a pas été pensée. L'écriture de la mort est un rapt de trépas.

La disparition de l'enfant devient alors le drame qu'agence le poète, désormais «complice de mort». Un certain seuil de douleur passé, la mort perd son caractère d'inintelligibilité et trouve sa place dans l'ordre nouveau du sens. Il faut que l'enfant meure dans sa chair pour que son corps inventé de parole lui gagne, ainsi qu'à son père, l'éternité. Le poète refait le geste d'Abraham penché sur Isaac. L'écriture est sa lame. Mais quelque chose retient son bras. Une voix retentit dans le poème qui parle avec les accents de la mère et qui interdit que ne s'assouvisse sur le corps de l'enfant la folie paternelle : «Ce n'est pas tout cela je le veux, lui — et non moi.» L'enfant recréé par le verbe est un fantôme que l'écriture ne suscite qu'afin de mieux se célébrer elle-même. Tout en lui est perdu de ce qu'il était. Devenue religion, la poésie justifie la mort et l'efface quand elle devrait garder les yeux ouverts dans le noir. La poésie ne sauve pas. Elle tue quand elle prétend sauver. Elle fait mourir à nouveau l'enfant quand elle consent à son cadavre, prétendant pouvoir le ressusciter sur la page. Les mots n'ont de pouvoir véritable qu'à condition de mettre à nu leur fondamentale impuissance à réparer quoi que ce soit du désastre du monde. La poésie est un deuil perpétué. La grandeur lucide du *Tombeau d'Anatole* est d'être une incessante consolation refusée : «Oh! tu sais bien que si je consens à vivre — à paraître t'oublier — c'est pour nourrir ma douleur — et que cet oubli apparent jaillisse plus vif en larmes, à un moment quelconque, au milieu de cette vie, quand tu m'y apparais.»

Mallarmé, comme Hugo, se trace à lui-même un chemin de mots menant vers la tombe : «cimetière, nécessaire d'y aller pour renouveler déchirure, douleur... / quand l'illusion trop forte de l'avoir toujours avec soi / non, tu n'es pas un mort — tu ne seras pas parmi les morts, toujours en nous / devient une jouissance (point assez amère) pour nous — et injuste pour celui qui reste là-bas, et est en réalité privé de tout ce à quoi nous l'associons.» Le livre peut s'écrire ou ne pas s'écrire. Son volume de papier ne comblera jamais le trou ouvert dans le réel par la disparition de l'enfant. Ses mots sont voués au vide qui les prend et leur donne leur sens vrai d'affirmation. L'exemplaire des *Contemplations* que Hugo offre à Léopoldine, le poète le décrit ainsi : blanchissant, il s'évanouit, flotte, disparaît, semblable à un feu qui s'éteint, une lueur passant dans le soir, le vague tourbillon de feu d'un encensoir ; ses pages s'en vont dans l'ombre, en étoiles...

Dans sa préface aux *Contemplations*, Hugo s'explique. Son livre aurait pu s'intituler : *Mémoires d'une âme*. Il dit son existence propre. Mais c'est la vie de chacun dont la boucle se trouve rapportée : de «l'énigme du berceau» à «l'énigme du tombeau». Le lecteur est l'auteur. Leurs visages apparaissent ensemble. Le drame est universel. Devant l'essentiel, la poésie ne jouit d'aucun privilège. Elle est seulement une modalité chiffrée de la pensée, autrement manipulable, se prêtant plus aisément au tressage des images et des souvenirs, à leurs oblitérations de songes. La même vérité est formulée de façon inverse par Mallarmé : penser est écrire sans accessoires. De la poésie à la pensée, un instrument seulement manque induisant un défaut de densité, une négligence de style. L'ordinateur de la langue permet de traiter en des opérations d'une plus grande complexité logique le même matériau commun de détresse.

Le poète se sauve par la grâce de son art ? Non, il fixe sur sa toile de sens le sort, partagé, irrésolu. La note de certitude qui résonne dans tout grand texte ne garantit rien hors de la page. Nerval franchit l'Achéron, deux fois vainqueur et il se pend. Sa fin n'invalide ou n'authentifie rien, concernant la vérité de son odyssée souterraine.

Devant la mort, la poésie habite le même espace impossible que la pensée. L'écrivain n'est pas sauf davantage que n'importe quel autre affligé. Ce qu'il vit, il le transfère dans un monde de mots médités. L'opération transforme les conditions du drame mais n'en modifie en rien l'issue. Je suis toi, dit le texte, dans son apparat de signes, souffrant autant que toi, cherchant comme toi, traçant ma voie de rien au sein de l'impossible.

8

L'oubli est aisé, étrangement aisé. On dit : le travail du deuil. Mais le deuil n'est pas un travail. Plutôt
un automatisme de léthargie, un somnambulisme
d'instinct, une pente de sommeil dévalée. La vie y
pousse, encouragée par les habitudes de rites. Un
être meurt. Son corps disparaît. On ferme les yeux
sur son devenir de poussière. Le nom n'est plus
jamais prononcé. Les neurones poursuivent leur
besogne, tressant les sensations, les idées, les
images. Tout ce maillage nouveau de mots refait perpétuellement un monde dont la figure se suffit à elle-
même. Il n'y a en elle aucun vide mais l'ordinaire
disposition des couleurs, des formes, des sons. Rien
qui indique la place autrefois occupée par celle
qu'on aimait. Le dessin de sa silhouette effacée, le
visible l'investit, se glisse dans ce contour d'absence.
Ainsi finit par s'évanouir la trace même qui signalait
la part désormais dérobée de l'être. Le corps commence son existence de fantôme. Le linceul blanc
des légendes dit l'effacement pâle du visage. Les
traits blanchissent sous le masque posé, ils perdent
de leur netteté. La voix s'évanouit plus vite encore.
L'existence passée n'est plus qu'une somme improbable d'anecdotes, de récits invérifiables qui fluc-
tuent selon la mémoire de ceux qui, quelquefois, se

souviennent encore. Le passé le plus proche se trouve projeté dans le lointain vertigineux des fables. Tout ce qui fut vie vécue n'est guère plus avéré qu'un conte trop de fois raconté. Le phénomène est d'une rapidité féroce. Le vivant est sans pitié pour tout ce qui témoigne de son destin obligé d'oubli. Il collabore ainsi avec ce qui le nie et déguise sa défaite en victoire. Il recouvre, il efface, il censure, il dresse ses décors indifférents sur les lieux du crime, soudoie les témoins, corrige les chroniques. Pour que rien de ce qui a été ne soit plus et pour que personne ne sache jamais ce qu'il adviendra de chacun. À force d'efforts, un jour, on convoque encore en esprit une attitude, une intonation. On croit tenir l'image revenue de l'être aimé, dans sa bouleversante et incontestable vérité de présence. Puis l'on réalise que l'image qu'on tient n'est qu'une réminiscence de fiction, l'une des photographies mille fois regardées dans un album. La mémoire s'est rétractée pour devenir la suite discontinue des clichés conservés, en deux dimensions, dans leur éclat faux de papier. Il ne reste rien. Tout juste le souvenir d'un souvenir...

C'est la loi, ressasse-t-on. Il faut que la vie continue et laisser aux morts le soin d'enterrer les morts. On dit des rites qu'ils sont un hommage d'amour adressé aux disparus. On ne veux pas voir leur violence de crime répété : le corps abandonné dans le froid, trafiqué par des illusionnistes qui le peignent, le vident, le dégonflent pour lui donner l'apparence rassurante d'un sommeil d'hiver, puis le corps encore dans son cocon de dentelle et de soie comme un insecte fixé dans le formol de sa boîte, et la boîte qui descend dans la terre ou glisse sur sa rampe de brûleurs à gaz. On dispose l'urne ou le cercueil, on scelle la capsule de béton. D'autres viendront dresser le marbre, répandre le gravier. Sur le cadavre de chair on jette quelques cadavres de fleurs. Et l'on s'en va, murmurant entre soi que cela fut une belle cérémonie.

Le rite, le silence, l'agitation maintenue de l'existence enfoncent dans la mort celui qui était vivant. On se prémunit ainsi contre ce que signifie sa présence d'effroi. Ceux qui disparaissent meurent deux fois dans la violence. Lorsque leur souffle cesse, une agonie invisible se poursuit et la société les assassine encore. À celle ou à celui qui pleure, on va répétant qu'un devoir moral s'impose : conserver la mémoire de celui qui a été perdu mais sous une forme non menaçante pour soi-même et la ligue des vivants. Cela s'appelle : faire son deuil. L'expression est tellement ressassée qu'on n'entend plus ce qui, en elle, sonne d'étrange. Faire son deuil, comme on fait son lit, sa toilette, ses courses, comme en prison, on fait son temps ; comme on s'acquitte d'une besogne routinière et fastidieuse dont l'accomplissement est inéluctablement inscrit dans l'ordre des choses. Il faut être raisonnable, n'est-ce pas ?, ne pas s'insurger bêtement contre ce qui a été, accepter l'irrémédiable, surmonter le chagrin, oublier la peine, laisser le temps faire son œuvre de paix... La dette que nous avons à l'égard des morts, rien n'interdit de l'acquitter avec la fausse monnaie d'une tristesse passagère. Et dans la bouche du cadavre, on glisse seulement une obole de cuivre.

La raison, la morale, le bon sens, l'affection même commandent l'oubli. Cela fait dans l'oreille un bourdonnement de bonnes résolutions à rendre fou. Et cette sauvagerie de survie souvent l'emporte car elle a pour elle la raison de l'instinct, l'automatisme de l'intérêt, tout cela justifié par l'immémoriale habitude des générations portant en terre la chair de ceux dont elles sont nées. Mais si la question prend un tour plus abrupt, ne fera-t-elle pas voler en éclats tous ces impitoyables mensonges ? L'entreprise générale de liquidation apparaît sous son visage grotesque. Comment consentir à ce cadavre-là ? Non pas la mort dans son abstraction acceptable d'emblème... Mais ce corps précis avec son épaisseur de chair hier caressée, embrassée, avec ce visage dont le doigt pouvait suivre le dessin, avec autour de lui comme un écho persistant de mots, de rires, de promesses. Comment le laisser s'en aller ? Et vers où ? Vers quelle impossible dissolution ? Dans quelle solitude ?

Ce n'est pas le deuil, se faisant de lui-même, qui est un travail. Le vrai travail mental se fait à rebours de celui-là, empêchant que tout ce qui a été ne disparaisse dans le gel nauséeux de l'oubli. Il n'y a pas de grandeur dans la douleur surmontée mais dans la corrosion perpétuellement reconduite du souvenir sous sa forme la plus acide. Comment ne pas laisser disparaître l'enfant dont on a accompagné jusqu'au bout la vie d'agonie, dont on n'a abandonné à la machine funéraire que l'apparence vide ?

Se tuer ? Pour mourir innocent de ce crime ? Pour expier la faute inexistante, la honte de survivre ? Il n'est pas possible de ne pas y penser, de ne pas voir les flacons vides au chevet, les corps hallucinés sur le lit dans leur sommeil progressif de plomb puis les trois noms réunis sur la dalle. Mais la mort ne réunit jamais ceux qui se sont aimés. Elle disperse, elle tranche, elle sépare. À chaque cadavre ajouté, elle poursuit son travail mécanique de broyeuse. Elle persévère à la façon d'une machine poursuivant sa besogne indifférente de machine. Se tuer est l'autoriser à investir avant l'heure un autre carré de chair.

La mort n'est pas dialectique. Il n'y a pas de pas à franchir, de seuil négatif au-delà duquel s'accomplirait la totalisation heureuse de l'être, de la vie à la mort puis à la vie encore. Tout s'efface un peu plus vite seulement.

Le corps aimé disparaît. Quelques minutes passent et l'on ne peut plus rien faire de cette lourde poupée de gel qui usurpe l'apparence de l'enfant. L'être qui nous a quitté ne sera pas conservé sous sa forme passée. En une fois, le temps l'a emporté. La distance croît d'instant en instant. On voudrait désespérément s'accrocher à lui. Mais le corps parti, l'image s'évanouit, brusque ou insidieuse. Jusqu'à ce que le sable ait tout entier coulé entre les doigts. Comment ne pas lâcher prise sur ce qui fuit ainsi? Comment ne pas se dessaisir de ce qui s'évapore? Comment conserver en vie ce qui se perd déjà?

Toute opération mentale est trahison, transposition, traduction. Le vivant devient être de fiction, simulacre que l'on fait vivre parce qu'il retient en lui la forme hallucinée de celui qui a été. Sur lui, la pensée commence son œuvre qui doit être, non d'accomplir, mais de différer, de saboter, voire d'interdire le travail du deuil. Ceux qui survivent fabriquent des rituels d'illusion. Par eux, ils invoquent les morts, les rappellent vaguement au monde pour qu'ils les accompagnent sans fin de leur ombre.

L'écriture est l'un de ces rituels de dérision. Par elle, l'on veut que ne se referme pas le fossé ouvert sous ses pieds. Autant qu'une autre manie de mélancolie, ni plus ni moins, écrire a sa relative dignité. La condition, toutefois, est qu'à la mort soit conservé son caractère de vérité non dialectique. L'événement doit rester irrécupérable quelle que soit la rhétorique qui s'en empare. La page n'est pas l'au-delà où se joue l'apothéose vide des vivants et des morts. Chaque phrase est un refus. Le cadavre appelle la révolte. Le deuil ne se transformera pas en épopée vide de consolation. Écrire est un travail modeste, un sauvetage inutile dans le désastre du temps : conserver l'épave d'un instant, d'un geste, d'un mot... Ne pas rêver de nécromancie héroïque, de résurrection triomphale... Garder les yeux ouverts sur l'obscur inscrutable que le temps assombrit et y voir passer à jamais le visage aimé, oblitéré de noir...

9

Celui qui écrit n'est pas celui qui meurt. Il n'habite pas la cervelle d'une enfant de trois ans qui, avec ses mots, se réveille dans l'énigme d'une chambre blanche, et doit s'expliquer à elle-même la logique d'effroi de sa vie nouvelle. Il n'émerge pas du sommeil cotonneux de l'anesthésie pour faire le compte anxieux de ses membres. Il n'interroge pas au réveil des yeux anonymes pour lire en eux la masse de chair qu'il a fallu abandonner à la lame des chirurgiens. Celui qui écrit peut sombrer dans la vase d'un désespoir prévisible. Il peut perdre le sommeil et l'appétit. Mais l'alcool lui est un somnifère suffisant. Il n'est pas pris dans la perpétuelle nausée de toupie des drogues. Son front se dégarnit doucement mais ses cheveux ne tombent pas par poignées. Celui qui écrit peut veiller l'enfant et passer sur son front sa main. Il peut l'accompagner de baisers et de mots jusqu'au bout. Les portes de la mort ne se referment pas sur lui. L'ombre de la dalle ne tombe pas sur son visage. Quand l'enfant s'endort, il parcourt à l'envers les couloirs du service puis prend l'ascenseur. Il franchit les grilles de fer de l'Institut, allume une cigarette, et, si c'est l'été, renverse la tête au soleil.

Écrire est une magie vaine, un impuissant rituel d'encre. Écrire ne rend pas la vie aux morts, ne les fait pas se dresser hors des tombes ouvertes. Écrire n'écarte pas les mâchoires scellées sans souffle ni voix. Le corps n'est plus qu'un fantôme de papier, une rigide poupée de sons. Écrire ne hâte ni ne précède l'hypothétique Jugement dernier où les os se couvriront de chair. Écrire ne conserve rien que puisse considérer l'improbable futur. Les livres seront oubliés et deux fois oubliés ceux dont ils auront tenté en vain de conserver la mémoire. Écrire n'ouvre à personne la voie de ce que vous avez vécu. La douleur — quelle qu'elle soit — est impensable, impartageable. De conscience en conscience, elle se monnaye en fable sentimentale. Écrire ne guérit pas même celui qui reconstruit sa vie en mots. Avec chaque phrase, il creuse le même sillon de souffrance intact. Écrire ajoute encore un peu à la honte d'être resté vivant.

Une enfant meurt et, un jour, son corps sombre. Il n'en reste rien. L'eau le recouvre en un instant. Il a plongé si profond que son apparence même ne parvient plus jusqu'à la surface. Les reflets du monde l'effacent, s'imprimant sur le miroir de l'étang. Les cercles concentriques de la chute heurtent doucement les berges où ils vibrent et se figent. La vie reprend : bateaux, baigneurs, oiseaux et d'année en année, le jeu répété des saisons. Je n'écris pour personne sinon pour nous trois. Mélancolique, je me tiens sur la rive, Alice à côté de moi. Je passe mon temps à jeter des cailloux dans l'étang pour susciter à nouveau ce dessin d'ondes qui rappelle la plongée dernière du petit corps et pour que lui parvienne, parmi les herbes et les poissons, dans la vase du néant, l'écho sourd de notre amour inconsolé.

VI

MANGA

— It's an awfully good story.

— They flew away, Wendy continued, to the Neverland, where the lost children are.

— I just thought they did. I don't know how it is, but I just thought they did... I am in a story. Hurrah, I am in a story...

— Now I want you to consider the feelings of the unhappy parents with all their children flown away.

— Oo! they all moaned, though they were not really considering the feelings of the unhappy parents one jot.

— Think of the empty beds!

— Oo! It's awfully sad, they said cheerfully. We don't see how it can have a happy ending!

1

La longue année où mourut notre fille fut la plus belle de ma vie. Il n'y en aura jamais de semblable. Quoi que réserve l'avenir, nous ne serons plus ensemble tous les trois. Et même l'angoissante routine des traitements, la terreur répétée des examens, nous ne la connaîtrons plus. Cette douceur dans l'horreur nous sera ôtée. Nous n'avions de cesse de fuir l'Institut mais nous ne pourrons plus passer devant ses grilles sans éprouver le désir violent de presser le pas, de courir jusqu'au dernier étage, d'entrer dans la chambre où Pauline, depuis trop longtemps, nous attend sans doute. Puis, tout à coup, nous nous arrêterons, nous nous dirons seulement : *C'est vrai*, sans pouvoir le croire et nous tournerons lentement au coin de la rue.

Le matin, les jours de cure, nous nous levions tôt. Nous prenions la voiture garée sur le boulevard, nous filions parmi la circulation inexistante : Montparnasse, Port-Royal, Val-de-Grâce, Panthéon. Je cherchais longtemps une place où laisser l'auto, rue d'Ulm ou rue Gay-Lussac. Je sentais battre près de moi le cœur d'Alice. Elle n'en pouvait plus d'attendre. Malgré elle, ses pas la portaient toujours plus vite, elle courait presque dans la cour de l'Institut. Elle s'impatientait de la lenteur de l'ascenseur. Parfois, Pauline dormait encore et Alice se glissait doucement près d'elle dans le lit, et pour la réveiller gentiment, elle posait ses lèvres sur sa peau. Mais le plus souvent, Pauline nous attendait dans la salle à manger où son petit déjeuner avait été préparé. Ou encore : sage, patiente, elle s'était postée dans le couloir et nous guettait, le pied à perfusion dressé près d'elle. Dès qu'Alice l'apercevait, elle se précipitait vers sa fille, la couvrait de baisers en riant, lui demandait si sa nuit loin de nous s'était à peu près bien passée.

De tout cela, de tout ce qui suivit, je peux seulement me souvenir : il y eut les interminables semaines de l'été, l'instant touché du temps arrêté qui, pour nous, durera éternellement. Et lorsque les cures nous obligeaient à rester à Paris, nous vivions une douce vie de jeux, de siestes, de livres. Pauline parfois était trop fatiguée. Elle s'installait dans le grand canapé bleu du salon et regardait avec nous la télévision. C'est là qu'elle passera ses dernières nuits quand la faiblesse de son corps sera telle que nous n'oserons plus la faire dormir dans sa chambre et que les difficultés respiratoires nous obligeront à maintenir toujours disponible le lourd système d'alimentation en oxygène. Mais pour l'instant, chut !, c'est l'heure du premier dessin animé. Ça va commencer...

2

Nous avons nos programmes. Tard le soir Papa et Maman regardent leurs feuilletons. Ils ont des titres compliqués que Pauline a du mal à retenir. *Dream On*, par exemple, est l'histoire d'un monsieur qui s'appelle Martin Tupper et qui ressemble un peu à Papa : il a presque le même âge, il est très gentil et un peu bête et quand on le voit tout nu, on s'aperçoit qu'il est tout blanc, pas très musclé et qu'il a un petit bidon. Il est souvent tout nu car il adore enlever ses habits, se mettre à plat ventre sur des dames en riant doucement comme un idiot. C'est toujours à ce moment-là d'ailleurs qu'il est l'heure pour les enfants d'aller au lit.

Les films des parents sont toujours en anglais avec des petites lettres qui changent très vite au bas de l'écran et qui obligent Papa à aller chercher ses lunettes. L'anglais est un jeu pas très amusant. On met un mot à la place d'un autre mais le plus souvent cela ne signifie rien. Quelqu'un dit une phrase en faisant semblant que cela veut dire quelque chose. Quelqu'un d'autre l'écoute en faisant semblant de comprendre. Cela peut durer assez longtemps. À Londres — où les gens sont un peu bizarres —, tout le monde joue à ce jeu-là. Pauline, elle aussi, peut parler anglais. Elle va jusqu'à la bibliothèque et prend l'un des livres de Papa. Elle dit : *Je veux bien te lire un poème mais je te préviens, c'est en anglais. Tink, tonk, tink, tacatinktonk, tacatink...* Elle a une prédilection pour mes exemplaires de *La Divine Comédie* à cause des images de monstres et d'anges. Elle déclame. Dans sa traduction à elle, les vers du « Purgatoire » font entendre une musique un peu répétitive mais extraordinairement chantante qui, pour moi, rend mieux que toute autre le rythme originel de la *terza rima*.

À l'heure du dîner, Pauline et Maman ne manquent jamais *Loïs et Clark* — « *Crac* » comme elle disait bébé. Les épisodes ont même été enregistrés et on peut les regarder aussi souvent qu'on veut. Le feuilleton est excellent. Maman s'enchante de ce formidable marivaudage hollywoodien remis au goût du jour. Pauline ne se lasse pas de voir Clark revêtir ses collants bleus, passer sa cape rouge et s'élancer dans le ciel. *Comme il est fort et beau*, soupire Maman en regardant du coin de l'œil Papa se servir son premier whisky de la soirée. Loïs est tombée entre les mains de l'ignoble Luthor tandis qu'un missile nucléaire menace Métropolis. La kryptonite verte suffoque Superman, privé tout à coup de ses super-pouvoirs. Pauline s'inquiète : — *Mais Maman, comment est-ce qu'il va faire pour la sauver ?* — *Ne t'inquiète pas, tu sais que ça se termine toujours bien...* Pauline est très intriguée par la question de la double identité : — *On peut dire Clark Kent mais on peut dire aussi Superman !* Et comme sa culture est vaste, elle ajoute : — *Et Bruce Wayne, on peut dire aussi Batman. Ou Duncan McLeod, on peut dire : Highlander.* Cela ne concerne pas que les super-héros d'ailleurs : — *Maman, on peut dire Alice, Papa, on peut dire Félix. Et Pauline ? — Pauline, on peut*

*dire selon les cas : Migroune, Grouny, Bébé, Grande
Fille, bébé-calinos ou bébé péniblous...* On a plusieurs
noms comme on parle plusieurs langues. Quand on
est en Angleterre, les gens appellent Papa «*doctor*»,
même s'il n'est pas du tout médecin. En France, c'est
Papa qui appelle «*docteur*» les monsieurs de l'hôpital. Ils portent tous une blouse blanche. C'est leur
costume. Comme la cape rouge pour Superman. Ils
ont une identité secrète quand ils rentrent dans leur
maison et jouent avec leurs propres enfants. Ils semblent être invulnérables à la kryptonite mais on n'est
pas tout à fait certain qu'ils aient vraiment des
super-pouvoirs. Un autre nom ? On est le même et
différent. On mène une infinité de vies simultanées.
On change de visage selon le nom qu'on vous donne.
Il suffit d'abandonner son prénom pour devenir un
être de légende.

Vingt heures est le moment crucial. Papa tient
à regarder ses «*formations*». Maman et Pauline
conspirent : *Oh, la barbe, les formations !* Elles
veulent FR3 et le grand jeu musical alternatif : *Fa Si
La Chanter.* Elles font remarquer à Papa avec un
brin d'ironie que, de toute façon, avec ou sans lui,
le monde continuera à tourner avec son cortège
de fausses et de mauvaises nouvelles. Papa proteste
mais il est en minorité, il se laisse assez vite
convaincre. Il a toujours prétendu que s'il avait suivi
sa véritable vocation, il serait devenu star de music-
hall. Le présentateur-vedette chante indiscutable-
ment mieux que lui — *Plus en mesure...* insiste
Maman — mais il a exactement le même âge — voir
plus haut la description donnée de Martin Tupper —,
il partage avec Papa la même mémoire de rengaines du temps de leurs quinze ans. La chose ne
doit pas s'ébruiter car elle ruinerait d'un coup sa fra-
gile et laborieuse réputation d'universitaire mais

Papa connaît par cœur, outre les répertoires de Ferré et de Brel (ah !), ceux d'Aznavour, de Reggiani (oh !!), et même de Lama ou de Sardou (hein !!!). Quand il s'agit de reconnaître les grands tubes d'hier, il est imbattable. Nourrie de New-Wave, Maman proteste devant le choix de ces mélodies ringardes. Mais le jeu est le jeu, elle doit s'incliner. Papa a encore gagné. À vingt heures trente, il a cependant le triomphe modeste. Le téléviseur éteint, il se met au piano. Pauline veut jouer à son tour. Papa s'exécute. Il est l'animateur et l'orchestre. Elle est la candidate. Mais Papa a peu d'oreille — *et aucun sens du rythme*, insiste Maman… Il sait jouer tout juste une demi-douzaine de musiques susceptibles d'être reconnues par sa fille. — *Note numéro 3 !* — *Un indice : cette chanson fut créée par un dinosaure orange ; je répète : cet-te-chan-son-fut-cré-ée-par-un-di-no-sau-re-o-ran-ge. Combien de notes ? — Six. — Pas mieux. Je laisse. — Do-Ré-Mi-Fa-La-Do… — L'Île aux Enfants ! — Bravo !* (Le public exulte composé d'une seule Maman.) — *Mademoiselle Pauline vient encore une fois de remporter notre grand prix.* (Salut discret et gracieux à la foule en délire.)

Puis c'est l'heure de dormir. *Allez, au lit, la Migroune.* Maman donne une petite tape affectueuse sur les fesses de Pauline tandis que celle-ci escalade les marches de bois rouge. Il faut s'installer pour la nuit sous la couverture de fleurs, et choisir d'abord parmi les dizaines de peluches celles qui auront le privilège de partager ce soir le lit de l'enfant. Elles sont si nombreuses, les peluches, qu'Alice a confectionné — avec l'assistance technique des grand-mères — un vaste panneau de tissus, accroché au mur, divisé en poches dont chacune contient l'un des «petits amis» de Pauline : ours, lapin, souris, renard, chiot. Il y a les peluches récemment achetées et qui jouissent du prestige de la nouveauté : Mickey, Dumbo et le nain Timide... Il y a les plus anciennes, celles de toujours, vers qui l'on revient, à qui l'on est forcément fidèle, déjà présentes à Londres, accompagnant chaque nuit d'hôpital : Boulgom, la douce poupée de mousse. Où est passée la tétine ? Tombée sous le matelas, glissée sous un meuble, entortillée dans les draps ? Même le long « *mana* » de coton blanc noué autour ne permet pas toujours de repérer avec facilité le talisman de plastique. — *Mais où est encore passée la tétine ?* C'est presque un jeu : cache-cache, furet, elle est passée par ici, elle repassera par là. — *Félix, tu n'as pas vu la tétine ?* Pauline profite de l'occasion pour redescendre de sa chambre et faire mine de fouiller entre les coussins du canapé. — *Papa, on a encore perdu la tétine !*

Depuis qu'elle est toute petite, Pauline a besoin pour s'endormir de ce viatique de caoutchouc. Elle serait en âge de s'en passer ? Sans doute mais pourquoi se passer de ce qui fait plaisir, pourquoi se priver d'un anneau magique si celui-ci a le pouvoir de disperser les fantômes de la nuit, d'appeler sur soi la grande paix calme du soir ? Nous ne sommes pas des parents acharnés au dressage des enfants. Et depuis que Pauline est malade, elle a eu mille fois l'occasion — mieux qu'en abandonnant ce petit objet nocturne — de faire la preuve d'une maturité à laquelle beaucoup d'adultes ne parviennent jamais. Donc, elle garde la sucette de plastique.

Alice lui a acheté un nouveau livre qu'elle lui lit le soir : — *C'est l'histoire d'un bébé dragon qui devient tout doucement un grand garçon dragon. Mais il refuse de se séparer de ses tétines. Ses parents le grondent : « Tu ne veux pas sucer toute ta vie cette tétine ! » Ses petits camarades se moquent de lui à l'école :*

«*Regardez ce bébé, il suce encore sa tétine!*» *Dans tous les endroits les plus inimaginables de la maison, il cache ses tétines mais on les lui confisque toutes. À la fin, il ne lui en reste plus qu'une, vieille, usée, au goût un peu passé. Il l'enterre dans le jardin. Très digne, il va trouver sa Maman et lui déclare d'une voix solennelle:* «*Je suis un grand dragon désormais, j'ai jeté ma dernière tétine.*» *Et la Maman s'exclame:* «*Comme je suis fière de toi!*» Mais la dernière page du livre représente, dans le jardin, un grand arbre poussé à l'endroit même où la sucette de plastique avait été enterrée. En guise de fleurs ou de fruits, il porte dans ses branches des tétines écloses. Un sourire malicieux sur les lèvres, le petit dragon achève sa récolte, un panier plein de ces beaux fruits de caoutchouc. Les livres les meilleurs sont ceux qui donnent le dernier mot aux enfants. Ils ont l'ambiguïté des fables vraies. Ils ne catéchisent pas, ils n'éduquent pas — ou alors d'une autre manière —, ils n'expliquent pas qu'il faut se laver les mains, manger sa soupe, obéir aux adultes, ils ne les pressent pas de devenir grands mais leur donnent simplement raison d'être ce qu'ils sont.

— *Hum! Ça fait du bien, une bonne tétine avant de faire dodo! Tu me la prêtes, tu me laisses sniffer un petit coup de doudou!* demande Maman en taquinant. Pauline remue la tête en souriant, elle veut bien partager mais, en retour, elle exige la lecture d'un dernier livre. — *On pourrait lire* Martine? — *Ah oui, bonne idée.* (Bonne idée parce que Papa, toujours dogmatique, refuse systématiquement de lire les *Martine* sous prétexte que ce sont des livres de filles.) Il y a *Martine petite maman*: elle s'occupe de son frère, un bébé qu'elle lange et promène dans une poussette. Il y a *Martine en avion*: elle vole dans une caravelle, contemple les nuages par le hublot, une hôtesse de l'air lui offre des coloriages, des jouets. Il y a *Martine est malade* : elle a joué dans la neige et a attrapé froid, la fièvre lui donne des rêves étranges où elle danse avec un lourd bonhomme de glace, elle doit prendre ses médicaments et rester au lit, le médecin vient la voir et lui dit qu'il faut être prudent tant qu'elle est convalescente. — *C'est quoi, Maman, « convalescente » ? — Convalescente, c'est quand on a été malade et qu'on doit encore se reposer pour être tout à fait guérie. — Et moi, je suis convalescente ? — Oui. — Mais après, on est guérie. — Oui, ma chérie, après on est guérie…* Elles s'embrassent encore une fois : bisous-féroces, bisous-dévoreurs, bisous-câlins, bisous-caresses. Et puis, la nuit.

3

Tôt ou tard, dans la matinée, le temps d'émerger du sommeil, on allume encore la télé. Le vrai programme est diffusé dans la journée. Non-stop sur Canal J, la chaîne des enfants dont l'«*adorable*» présentateur — *non, lui, est beaucoup plus jeune que Papa*, précise Maman... — fait rêver Pauline. Mais le premier rendez-vous du matin est fixé par Dorothée sur TF1. Sailor Moon — on peut dire aussi Bunny — est une charmante petite Japonaise blonde (et alors?). Lycéenne sentimentale, son chéri se nomme Bourdu — on peut dire aussi: L'Homme masqué. Elle a pour ami un chat qui parle. En fait, elle a des super-pouvoirs. Lorsque les forces des ténèbres menacent la terre, elle danse dans les airs une danse d'acrobate et, grâce au prisme lunaire qui lui sert également de poudrier, elle se transforme en guerrière de l'espace. Avec ses amies, elle irradie les monstres les plus terrifiants sous un faisceau de cœurs et de roses qui manifestent le pouvoir triomphal de l'amour. Elle est la grande combattante modeste et charmante luttant pour le salut de la terre. Aucun des ennemis de notre planète n'est en mesure de lui résister. Ce jour-là, en contemplant le défilé continuel des ambulances qui emmènent à l'hôpital les survivants de l'explosion du R.E.R. Saint-Michel, je me dis que nous aurions bien besoin d'elle quelquefois. Avec sa jupette d'écolière et ses pouvoirs magiques, Sailor Moon réussit sans mal à être à la fois plus sexy, plus convaincante et plus efficace que le ministre gris qui balbutie, d'attentat en attentat, que la force de la démocratie l'emportera sur la conspiration noire du terrorisme.

Comment? Vous ne connaissez pas Sailor Moon? Je sais: vous partez au travail tôt le matin, vous rentrez tard le soir. Vous êtes trop grands et n'avez plus droit aux congés du mercredi. Le dimanche matin, vous jouez au golf ou au tennis. Et l'après-midi, à l'heure de la sieste, le devoir conjugal, quelquefois, vous appelle. Des enfants, vous en avez dont on s'occupe pour vous. Vous devez d'abord vérifier les carnets de correspondance, les livrets de notes. Il ne faut pas oublier non plus de régler par chèque les petits cours de danse, de judo, de tennis, de latin, d'anglais. Comment trouveriez-vous le temps de regarder un dessin animé japonais? Et pourquoi? Vous avez lu dans *Télérama* que ces émissions exerçaient une influence particulièrement néfaste sur la jeunesse, l'accoutumant à des images d'une insupportable violence. Et tout cela est d'une vulgarité si aisément décryptable, n'est-ce pas? On lit facilement la psyché d'un peuple au miroir de sa culture populaire: classique sentiment de frustration sexuelle se renversant en fantaisie de toute-puissance et nourrissant une dangereuse idéologie nationale de nature expansionniste. Cela confirme d'ailleurs ce que vous avez toujours pensé de ce peuple de fourmis, de ces samouraïs du business dont les banzaï ont jusque dans un passé récent menacé la survie de votre entreprise et de votre emploi. Dorothée et ses semblables sont démasqués, ils corrompent vos enfants, les font passer dans le camp de l'ennemi et sournoisement vous poussent vers la préretraite et l'A.N.P.E. Raciste, vous? Non, bien sûr, puisque le racisme, vous le dénoncez rituellement, superstitieusement, automatiquement autour de vous. Mais vous pensez malgré tout qu'Hiroshima fut un indispensable coup d'arrêt porté à l'impérialisme nippon et qu'au fond d'elles-mêmes, les civilisations extra-européennes, où la notion d'individu n'existe pas, restent étrangères à la grande idée démocratique, propriété exclusive de l'Occident. Vous avez incontestablement raison (nous en parlerons une autre fois, s'il vous plaît, les publicités s'achèvent et les dessins animés reprennent).

Mais nous, que voulez-vous, nous avons rallié sans état d'âme le parti de l'adversaire, nous sommes à fond et systématiquement pour les Japonais: Sailor Moon et Candy, Yakitori pour les petits, Sashimi pour les grands, Oé pour Papa, Sosêki pour Maman! (Oé, holà, et c'est qui Sosêki? dites-vous... Non, vraiment, s'il vous plaît, une autre fois...)

Vous voudriez pourtant garder les yeux ouverts sur le monde dans lequel grandiront vos fils et vos filles. Vous êtes un grand lecteur d'essais mais ni Alain Minc ni Luc Ferry ne vous ont dit que penser de *Dragon Ball Z*. Quant aux écrivains d'aujourd'hui, parlez-leur bande dessinée, ils vous répondront *Tintin* sous prétexte que la pure amitié du chaste reporter à la houppette et du petit Chinois du *Lotus d'Or* a suscité il y a bien longtemps leur première érection d'enfant... Mais bien sûr, pour ne pas avoir l'air trop bête, ils vous la joueront au second degré, phénoménologisant Milou, psychanalysant Haddock... *Tintin!* Pourquoi pas *Bibi Fricotin*, *Les Pieds Nickelés*, *Pim Pam Poum*, *Bécassine*! Sautez, s'il vous plaît, au moins vingt ans dans le siècle et vivez les aventures nouvelles de Batman, celles de l'Homme Araignée, du Surfer d'argent, des X-men... Les vieux surréalistes, en somme, étaient moins timorés. Musidora, la Sailor Moon de son temps, la vamp en collant noir, les excitait quand personne ne songeait qu'elle finirait dans les ciné-clubs. Dans leurs premiers romans, ils affublaient Paul Valéry de la cape de Fantomas, ils lançaient Nick Carter à la poursuite de Max Jacob et de Jean Cocteau, ils faisaient se croiser Charlot et Rimbaud... Si un romancier d'aujourd'hui seulement osait...

— *Sailor Moon commence, Papa, c'est le générique, vite !* — *J'arrive, mon bébé !*... Je rejoins Pauline sur le grand canapé bleu. J'ai mal dormi cette nuit et je m'affale un peu. Je rêvasse à côté d'elle tandis que Bunny songe à son prochain rendez-vous avec Bourdu. Cet épisode est bien étrange... Un monstre tricéphale ravage Tokyo. De chacune de ses bouches sort un liquide nauséabond et vénéneux. Il renverse les buildings, retourne les chaussées. La bête est née à Paris quai Conti. En quelques pas, elle a traversé les océans. Je crois reconnaître ses visages d'effroi, je n'ose les nommer. Le monstre est vert comme il se doit. Il éructe et vomit, il jette ses lourdes pattes griffues sur les toits des immeubles voisins. Mi-King Kong, mi-Godzilla, il fait siffler sa langue de reptile sur les foules en fuite. C'est la panique dans la ville. Les héros de l'espace se sont dressés sur son chemin mais les forces du Bien connaissent la déroute. Leurs soucoupes volantes gisent abîmées sur la chaussée. Deux formes s'extraient titubantes de la carlingue calcinée. Alkor et Arctarus ont été défaits... Je me frotte les yeux... Le premier a la barbe de Robbe-Grillet, et le second le crâne lustré de Claude Simon... Ils ont courageusement combattu mais des lianes givreuses se sont emparées d'eux... Ils sont à la merci du monstre qui approche ses dents fétides

des héros vaincus. Mais un autre engin spatial tourne dans le ciel et se porte à la rencontre de la bête. Aux commandes du Golgoth de combat, c'est bien Duras qui vole à leur secours... Elle est étrangement sexy dans sa tenue de guerrière de l'espace... Astéro-hache!... Fulguro-poing!... Le monstre est sans merci... Du revers acéré de sa queue, il tranche en deux dans le sens de la longueur l'engin de Goldoduras qui ajuste le temps d'actionner son siège éjectable. Il n'y a plus de temps à perdre.... L'alerte générale doit être donnée. C'est le sort de l'univers tout entier qui est en jeu. Que faire? Non? Si! Rue Jacob, dans leur base secrète, les membres du comité de rédaction de *Tel Quel* revêtent leurs tenues de Power Rangers... Force rouge!... La Révolution est au bout du fusil-laser... Une étincelle met le feu à la galaxie tout entière... Quel tonnerre d'éclair, quel vacarme de rayons! Je reçois un grand coup de pied dans les côtes. — *Papa, tu ronfles trop fort, je n'entends plus rien à ma super-série du Club Dorothée...*

Et ça n'est pas fini! Il faut rejouer l'épisode maintenant. C'est tout un métier, croyez-moi! Je suis bien entendu le monstre ignoble et visqueux aux tentacules insidieux, je soigne ma démarche de bête, mes grondements rauques. Pauline est armée depuis qu'elle a trouvé sous le sapin de Noël sa panoplie d'héroïne japonaise. Elle ouvre son prisme lunaire et se transforme en combattante stellaire. De son bras valide, elle dresse dans le ciel sa baguette de Sailor Moon, bâton de majorette, sceptre de princesse, couronnée d'un cœur lumineux et musical. Je suis eu!... Je m'écroule sur la moquette, terrassé par le pouvoir de l'amour, redoublant de jappements grotesques jusqu'au hoquet final... Bien fait pour moi!...

4

Si Papa s'endort ainsi devant les dessins animés du matin, c'est qu'il dort mal la nuit. Le whisky ne l'abrutit pas assez. Il plonge dans le sommeil assez vite. Puis au bout de quelques heures, quelque chose le rappelle avec insistance vers la surface. Il rêve et s'égare dans le noir entre songe et réalité. Il ne sait plus de quel côté se tiennent les cauchemars. Des pleurs de petite fille lui parviennent à l'oreille. Mais il les a peut-être inventés. Il faut se lever. Il nage dans la sueur bête de ses rêves qu'encombrent par dizaines des visages indifférents. Ceux qu'il croise ainsi intervertissent leurs noms et leurs faces. La machine inconsciente débite ses intrigues codées qui le ramènent dans des paysages d'enfance depuis longtemps oubliés. L'ancienne maison de campagne des bords de l'Yonne jouxte désormais la Sorbonne. Dans le jardin où se déroule une compétition d'escrime à laquelle il prend part, il rencontre d'anciens camarades de classe, s'entretient avec des personnages inexistants, se trouve confronté à des problèmes de travail, d'argent. On lui annonce qu'il doit passer à nouveau des examens obtenus il y a plus de dix ans. Il doit faire une conférence et réalise que ses notes sont rédigées dans une langue qu'il ne comprend pas. Il s'embrouille en public dans la savante exégèse d'un poème sumérien dont on semble trouver tout naturel qu'il en fournisse sur-le-champ la traduction. Puis il marche nu dans la rue et s'en trouve fort embarrassé. Il y a d'autres corps nus, d'hommes et de femmes, aux sexes bien visibles mais il ne sait plus lequel de ces corps est le sien. C'est trop bête d'avoir ainsi égaré sa peau! Des cadavres sont pendus aux crocs d'une boucherie. On lui demande de les identifier. Un homme à la blouse blanche tachée de rouge le réprimande et lui demande si son corps à lui est bien consigné. On exige de lui qu'il produise un ticket, un reçu, une fiche de garantie où figurerait le numéro de fabrique. Il fouille ses poches inexistantes. Plus loin, on commence à débiter les viandes à la tronçonneuse. Cela fait un vaste amas grotesque de membres. Il a l'impression d'être un acteur interprétant un rôle dans le deux cent cinquante-septième épisode d'un invraisemblable feuilleton gore. On s'adresse à lui. Il doit donner la réplique, accomplir tel ou tel geste mais personne n'a pris la peine de lui expliquer l'histoire embrouillée où il doit intervenir. C'est toujours le même matériau stupide dont les songes sont faits. L'étoffe de nos vies? Oui, la même rumination hallucinée de craintes médiocres, d'embarras dérisoires, d'atrocités rentrées... Le récit qu'il suit dans la nuit s'émiette, s'incurve, se ramifie, se disperse. Les péripéties se multiplient. Cela fait des dizaines d'histoires à la fois, sans queue ni tête, sans rime ni raison, sanglantes et niaises. L'étonnant est qu'il sait très bien où le mènent toutes ces aventures de désordre. Derrière le rêveur, un autre veille qui tient le compte des jours. Les paysages finissent toujours par s'effacer. Une eau froide l'entoure. Elle grimpe autour de ses jambes, entoure ses hanches. La mer monte. Il réalise qu'il tient dans ses bras le corps doux et inerte d'une petite fille. Avec elle, il ne parviendra pas à nager. Ses chevilles sont prises dans le gel de la vase. Il tente de l'abriter contre son épaule. Elle dort à poings fermés et pourtant elle pleure, elle gémit. Il se réveille en sursaut. Il faut se lever. Mais c'est la nuit. Et tout est noir et silencieux.

Papa se réveille donc quand tout le monde dort et allume doucement la télévision. Avec le câble, le flot des images ne tarit jamais. Les talk-shows l'amusent, surtout les plus sérieux. Depuis quelque temps, il a une prédilection pour les sujets de société, les émissions littéraires ou médicales. Il faut entendre tout cela... Les occasions de rire sont si peu nombreuses... Plus c'est mauvais, meilleur c'est... On n'en croit plus ni ses yeux ni ses oreilles...

Un ex-romancier rassemble sur son plateau toutes les vedettes de la pensée. Une salope notoire à mise en plis bouffonne plastronne et fait son piètre numéro de clown. Ce grand intellectuel n'a jamais su se mettre une idée à la suite de l'autre. Depuis vingt ans, grassement rémunéré par tous les pouvoirs, il sert sa clientèle en clichés réactionnaires. Il déclare avec assurance : *C'est l'évidence : Marx n'a jamais été qu'un exécrable philosophe ! Tout à fait minable, je vous assure... Il faut en finir avec toutes ces fausses gloires de la pensée que l'idéologie nous a imposées.* Venu promouvoir son catéchisme laïc, un philosophe moustachu émet une vague protestation et devient imprévisiblement sympathique : *Il y a malgré tout...* Mais autour de lui, on sourit avec complaisance. Oh ! oh ! nous sommes sur la bonne voie ! À quand Bigard corrigeant Heidegger, Timsit retouchant Parménide ?...

Mais depuis que sa fille est tombée malade, Papa se lasse vite de la littérature, de la politique, de la philosophie. Il ne peut se soustraire, par contre, à la fascination des émissions médicales. Il a fini pourtant par en avoir assez du cirque-SIDA, de ses clowns, de ses jongleurs, de ses acrobates, de la branlette caoutchoutée des vedettes qui, en prime time, essuient une larme et, entre deux campagnes de promotion, distribuent sans risque leurs baisers aux lépreux. Il zappe.

En faisant le tour des chaînes à une heure assez tardive, il est toujours possible de tomber sur une émission qui soit consacrée à la douleur, à la maladie. Le cancer? Bien souvent. Un journaliste rassemble sur son plateau malades et médecins. Les témoignages alternent avec les explications scientifiques. Un homme explique comment il n'a jamais baissé les bras, comment, avec l'aide des médecins, il a lutté contre la maladie et comment, encore, après trois semaines héroïques de cure chimiothérapique, il a appris que sa volonté, son envie de vivre avaient été récompensées et que la tumeur avait fondu comme neige au soleil. On interroge son médecin qui renchérit, explique comment le savoir-faire moderne dont disposent des services de pointe comme le sien a permis d'obtenir des résultats hier encore impensables. C'est une belle leçon de vie et d'espoir.

Le problème avec ce genre d'émission — quelles qu'en soient parfois les bonnes intentions —, c'est qu'on n'y interroge jamais que les survivants. Toutes les histoires racontées sont des success-stories qui permettent à l'animateur d'amener calmement sa morale conviviale et d'envoyer, rassurés, les téléspectateurs au lit. Et la déontologie? Et le souci d'objectivité qui oblige à équilibrer le pour et le contre sur les plateaux de la balance d'images? J'ai mon idée là-dessus. Il faudrait donner à tout le monde la parole : interroger les morts et introduire à la télévision «les tables rondes tournantes». Je fais breveter le concept. Pradel et Dumas se l'arrachent. Je deviens richissime. Seuls quelques petits détails techniques restent encore à régler : — *Nous sommes en duplex avec l'au-delà… Vous nous recevez ? — …* — *Monsieur, je lis sur ma fiche que vous êtes décédé des suites d'une longue et douloureuse maladie. Est-ce que vous pourriez nous préciser un peu les conditions dans lesquelles tout cela s'est passé ?… — … — Je crois que nous avons un petit problème technique. La liaison va être rétablie d'un moment à l'autre… — …* — *Peut-être un message d'espoir adressé de là où vous êtes à nos téléspectateurs ?… — … — On me signale en régie qu'il va être malheureusement impossible de vous faire entendre ce témoignage… Nous vous prions de nous excuser… Ce sont les aléas du direct dans une émission telle que la nôtre… Nous allons rendre la parole à Monsieur le Professeur, sommité que le monde nous envie… Monsieur Le Professeur ? — En conclusion, je dirais que nous sommes indiscutable-ment sur la bonne voie… J'ai été particulièrement ému par les témoignages bouleversants que vous nous avez proposés… C'est un formidable exemple de courage et d'humanité que les malades nous donnent chaque jour… Les efforts en faveur de la recherche doivent encore s'intensifier… Mais je tenais à dire que vous pouvez compter sur nous et que les médecins, les soi-gnants, les savants ne connaîtront pas de repos tant que la maladie n'aura pas été vaincue !* L'animateur enchaîne. C'est bon, lancez le générique !

5

La vie, la mort… The show must go on! Lorsque le tragique à l'état pur surgit dans une existence, tous les autres problèmes s'effacent. On vous fiche royalement la paix… Disons : le temps de quelques semaines. Car la grande guéguerre des postes et des places ne cesse pas pour autant et on compte beaucoup sur votre vulnérabilité nouvelle. Dans le jeu de l'oie social, il ne fait pas bon sauter trop souvent son tour. À Londres, on considère tout naturellement que les absents ont toujours tort. Et comme je suis toujours absent, j'ai toujours tort. Du coup, on croit juste d'en profiter : emplois du temps modifiés, charges de cours discrètement alourdies, programmes pédagogiques refusés, congés promis et promesses non tenues. Je simule sans trop de peine une dépression auprès d'un médecin compréhensif : deux mois d'arrêt de travail. Mais après ? Il faut ruser, tenir jusqu'aux vacances, préparer en secret un plan d'évasion, limer les barreaux, préparer la corde à nœuds, creuser le tunnel sous la paillasse, montrer qu'on existe pour faire oublier que si souvent on s'éclipse. La vie est un manga : terrible et tendre, désespérant et bouffon, farce de violence, comédie d'effroi.

Je reprends donc mes cours l'espace de quelques semaines. J'étais fait pour apprendre plutôt que pour enseigner, je crois... «A learner rather than a teacher», explique Dedalus au directeur d'école qui l'emploie. Mais on ne gagne pas sa vie à apprendre : pas de salaire, pas de situation, pas de Sécurité sociale. Il faut donc monnayer son ignorance tout en travaillant à la réduire. Pound a donné la meilleure définition d'un professeur : «c'est quelqu'un qui doit parler pendant une heure». D'où l'histrionisme obligé des gens du métier qui, dans le silence des amphithéâtres ou le chahut des classes, font leur numéro maigrement rémunéré, obsédés par l'image d'eux-mêmes qui se constitue dans la conscience des trente, cinquante ou deux cents paires d'yeux qui les fixent. Comment parler lorsqu'on ne songe qu'à se taire, quand on a l'esprit plein d'une crainte si large qu'elle absorbe tous les mots? Que dire? Et à qui? Maître Eckhart conseille : «prêche pour l'arbre, prêche pour la pierre, prêche pour l'oiseau». Je fais cours aux nuages, aux plafonds, aux rainures du parquet, aux bâtons de craie. Je passe dans le délire à peu près maîtrisé de ma propre parole, dans le monologue un peu fou d'un savoir parasité d'angoisse. Je pense que tout cela reste à peu près invisible de l'extérieur. Je professe en fonctionnaire efficace des lettres. Mais je ne peux plus approcher la littérature sans y trouver l'occasion d'un écho résonnant pour moi seul avec ce que je vis. Pour parler, et trouver la force de parler, je me raconte à moi-même des histoires. Je crypte à mon intention des confidences. Puis le cours s'achève. L'amphithéâtre se vide. Je boucle ma sacoche et je m'en vais.

Papa court, papa vole. Papa est à Londres. Le moins souvent possible, le moins longtemps possible... Depuis les années thatchériennes, l'univer-

sité britannique a pris l'américaine pour modèle.
Collèges et collègues y sont en constante compétition. Tout se décide à couteaux tirés : promotions
et distinctions, emplois du temps, charges de cours.
Les couloirs résonnent d'un bruit incessant de
conspirations et de compromissions. Publish or
Perish !... Régulièrement, une commission de sages
se réunit, censée dépouiller ouvrages, périodiques,
rapports, tirés à part. Elle évalue l'excellence en
matière de recherche de tous les établissements
d'enseignement supérieur du royaume. Comme aux
restaurants, on attribue aux universités des étoiles.
Aux plus cotées va la manne des crédits d'État. Les
autres sont contraintes à accueillir, pour équilibrer leur budget, un nombre croissant d'étudiants, à
restructurer, à licencier. Les plus productifs ou les
plus habiles des professeurs accumulent les congés
sabbatiques, font financer leurs vacances à coups
de bourses de recherche. Pratiquement dispensés
d'enseignement, ils méditent dans leur villégiature
ensoleillée du sud de la France quelques articles
abscons qui, publiés dans la juste revue, rendront
légitime aux yeux de la direction leur éloignement
subventionné. Avec une rare maladresse, j'intrigue
à mon tour pour monnayer ce que je publie. Le
caractère direct de mes démarches est tel que je
passe vite pour un voyou. L'administration est habi-
tuée à ce qu'on la sollicite en des démarches plus
subtiles et obséquieuses. Mais j'ai peu de temps. On
m'attend ce soir à Paris.

— *Nous connaissons tout à fait le caractère difficile de votre situation personnelle mais nous avons
une mission à remplir. J'irai même jusqu'à dire
un devoir moral à l'égard de nos étudiants. Notre
charge d'enseignement doit être équitablement répar-
tie. Vous avez été informé du programme prévisionnel*

de recherche qui a été établi lors de la dernière réunion du comité — où vous étiez une nouvelle fois absent. Je suis moi-même engagé dans un travail d'écriture assez complexe dont certains n'ont pas manqué de souligner l'importance. J'ai passé près de six mois sur ce grand article de dix pages dont je vous avais parlé...

— «*Orthodiégèse et Hétérodiégèse dans l'œuvre de Robert Pinget*»... *Certains éditeurs, dont je dois encore taire les noms, me proposent de rassembler mes études. Je songeais à ce titre:* Le Texte insoumis: Un regard postmoderne sur le Nouveau Roman. *Qu'en pensez-vous? Pas mal, non?*

— *Quant à notre estimée collègue, vous savez qu'après dix années de labeur acharné, elle met la dernière main à son grand œuvre...*

— *Oui, notre secrétaire m'a dit les nuits blanches qu'elle passe à taper le manuscrit...*

— *De la langue au sexe:* fellation et cunnilinctus. Éléments pour une théorie de la sexualité textuelle. *Elle renouvelle vraiment de manière décisive notre lecture de Lacan. Dans une perspective féministe, bien entendu... Le chapitre sur Saint-John Perse que j'ai récemment entendu en colloque est proprement admirable... Sur une base théorique telle et avec les* reviews *qu'elle obtiendra aux États-Unis, nous ne devrions avoir aucun mal à obtenir les crédits nécessaires au lancement de notre nouveau programme de Ph. D!*

— *Pardon.*

— *Vous n'êtes pas au courant?* «Textuality and Sexuality: Post-Structuralism and Beyond».

— *Êtes-vous certain que nos enseignants, spécialistes de Corneille et de La Fontaine, soient à même de participer à ce programme?*

— *Ils se recycleront ou prendront leur retraite... On ne peut pas aller contre la marche de la modernité.*

L'Université a assez longtemps vécu cette période de ténèbres...

— Je ne vous comprends pas! Vous avez les meilleurs spécialistes de Scève, de Montaigne, de Rabelais, et vous les écartez pour promouvoir massivement une opération d'escroquerie généralisée...

— Mesurez vos propos! J'espérais une position moins réactionnaire de votre part. Quand nous vous avons élu, nous pensions que vous participeriez à cette grande opération de rajeunissement de la pensée universitaire. Il est vrai que votre courageux article du Monde *sur les méfaits de la déconstruction aurait dû nous alerter...*

— Courageux sonne dans votre bouche comme un synonyme de suicidaire...

— La traduction immédiate de ce texte dans le Guardian *ne vous a pas fait que des amis dans la hiérarchie... Mais vous deviez vous y attendre. Rien n'est perdu cependant. Je suis prêt à vous aider. Vous devriez participer à notre séminaire de recherche. Je suis sûr que vous auriez des choses passionnantes à nous apprendre. Et puis cela pourrait vous être utile...*

— Certainement... Je suis désolé... Je prends l'Eurostar...

— Ne pouvez-vous pas retarder votre départ d'un jour?

— Je ne veux pas manquer Casimir....

— Vous êtes un incorrigible Parisien! Ne vous étonnez pas de ne pas faire carrière ici! Ce Casimir, encore un de ces écrivains de Tel Quel *avec qui vous avez rendez-vous à la Closerie des Lilas! Ne pourrait-il au moins venir faire une petite conférence impromptu ici? Nous ne pourrions lui rembourser ses frais mais nous le ferions volontiers docteur honoris causa...*

— Vous savez: il ne s'intéresse qu'au Gloubi-Boulga...

— Au quoi?... Un nouveau concept théorique, c'est

ça ?... Laissez-moi deviner : le dernier livre de Der-rida ?

— *Dans le mille !... C'est la suite : Babil-bis pour Glas...*

— *C'est un créneau... Dites-m'en plus !*

— *... Mais mon train !...*

— *Vous voulez l'exclusivité, mon salaud... J'ap-pelle Random. On signe ensemble... Je connais quel-qu'un. Nous serons dans les temps pour le prochain Research Assessment Exercice. À l'automne :* An Intro-duction to Gloubi-Boulga : New Trends in French Poetics. *Je reprends mes vieilles notes de cours de Swansea :* The Scenic Gloubi-Boulga : French Lite-rary Theory and the Works of Adamov, Ionesco and Beckett. *Et puis la routine : colloques, revues, etc.*

— *Mon train !... Et puis Casimir ne déconstruit rien du tout... C'est un dinosaure orange à pois verts, le monstre gentil de* L'Île aux enfants *!*

— *I beg your pardon !*

— *Notre Oui-Oui, notre Pollux à nous. Vous connaissez le générique : «Voici venu le temps des rires et des chants. Dans l'île aux enfants...»*

— *You are pulling my leg !*

— *Peut-être pas après tout. Écoutez-moi... Vous voulez un créneau ? En voilà un ! Les* Casimirus — *devrai-je dire :* Casimiri... — *raffolent de Gloubi-Boulga. C'est un plat immonde qu'ils préfèrent à tous les autres — quoiqu'ils ne détestent pas les dragées au poivre. La recette est fameuse. Tous les enfants la connaissent. On mélange des anchois et de la glace à la fraise, des saucisses de Strasbourg et de la gelée de groseille. Le tout est servi tiède...*

— *On peut mettre de la menthe à la place de la gro-seille ?*

— *Vous avez lu les* Éléments de sémiologie *?*

— *N'oubliez pas que j'ai été l'un des premiers à défendre Barthes en Grande-Bretagne quand vos*

257

Picard et vos mandarins de la Sorbonne ne lui auraient pas même confié une classe de collège !

— *Eh bien Barthes, analysant le langage gastronomique, met en évidence les oppositions signifiantes suivantes : sucré/salé, cru/cuit, froid/chaud. Vous me suivez ?*

— *Je vous en prie, c'est le B.A. BA.*

— *Alors, j'énonce la thèse centrale : le Gloubi-Boulga est à la gastronomie ce que le scriptible est à la littérature. Transgression des codes, texte en réseau de saveurs, goûts d'oxymore... Toutes les hiérarchies signifiantes du «se nourrir» sont renversées — et avec elles, l'idéologie qui les fonde. Tout se joue en une expérience limite qui libère les potentialités sémiotiques archaïques de l'être revivant le contact premier avec le flux maternel.*

— *Est-ce que cela ne contredit pas la thèse d'Irigaray qui...*

— *À partir de là, vous connaissez le topo, vous développez... Vous enchaînez avec Bakhtine, le Gloubi-Boulga comme nœud intertextuel de pratiques culinaires. D'où sa dimension dialogique... La télévision enfantine est notre carnaval moderne, le lieu de liberté où les valeurs se renversent, où le faible devient fort... Casimir comme figure christique de subversion, laissant venir à lui les petits enfants... Le Gloubi-Boulga est son eucharistie. L'ensemble prend les allures d'une parabole évangélique... La portée révolutionnaire est claire... Le Gloubi-Boulga est métissage de saveurs, infraction des codes bourgeois de la cuisine érigée en instrument de distinction.*

— *Au sens bourdieusien du terme ?...*

— *J'allais le dire !*

— *Vous croyez ?*

— *J'en suis sûr et ce n'est rien. À partir de là, vous construisez une sémiotique gastronomique générale. Toute la culture française lue au miroir de ses plats et*

258

de ses vins. Vous pouvez même faire un best-seller. Un jeune philosophe est devenu célèbre chez nous en publiant chaque année un livre qui mêle métaphysique et gastronomie. Les lecteurs, les critiques, les restaurateurs sont enthousiastes. Il est sur tous les plateaux de télévision, dans tous les magazines, et se rince la dalle gratis dans les «Relais et Châteaux» de France et de Navarre.

— «Se rince la dalle», je ne connais pas cette expression...

— C'est le Jean-Pierre Coffe de la philosophie, je vous dis!

— Coffe? Un autre dinosaure orange à pois verts?

— Laissez tomber! Vous allez révolutionner les «Cultural Studies». Regardez les succès de l'année dernière: Super-Id: Superman, the Fate of an American Hero; Ma(ra)donna, football, pop music and the Virgin Mary; Babar, a French Icon: racism and popular culture in the thirties. Je vous offre Casimir. C'est la chaire à Oxford à coup sûr. Soignez votre look d'Anglais excentrique et vous évincez Zeldin, vous rachetez à Mayle son mas provençal. Vous êtes de toutes les télés, vous devenez l'Anglais idéal tel que le rêvent les Français...

— Vous pourriez me faire une petite note résumant tout cela...

— Elle sera sur votre bureau dès que mon cours du lundi aura été déplacé au mercredi après-midi.

6

Je me revois dans le bureau de D.R. au cours des semaines qui précédèrent la maladie de Pauline. On m'annonce que, pour d'obscures raisons juridico-stratégiques, il faudra retarder de plusieurs mois la sortie de mon prochain essai sur l'avant-garde littéraire. Cela est contrariant. Mais comment en vouloir à D.R. pour un délai d'une poignée de semaines ? Poète célébré dans toutes les anthologies, il diffère lui-même d'année en année la parution de ses rares ouvrages. Je l'admire et me le représente comme un ascète ayant atteint le dernier stade de la sagesse, gérant la vie de livres inutiles — le mien compris — qui l'affligent ou l'ennuient profondément. La vraie poésie se rit de la poésie... Sur le pas de la porte, au sommet de la quasi-échelle qui mène à son bureau, je déclare à D.R. : *Tout cela n'est pas très grave, il y a des choses plus dramatiques dans la vie !* Je ne croyais pas si bien dire.

Le manuscrit vit sans moi sa vie de manuscrit tandis que je passe avec Alice mes journées au chevet de Pauline. Mais vient un temps où il n'est plus possible de différer davantage les grandes manœuvres littéraires. L'opération débute à Londres avec un grand colloque franco-anglais : «The avant-garde and after?» La troupe des telqueliens débarque : Heathrow pour les uns, Waterloo pour les autres. De sages et compétents universitaires britanniques attendent de pied ferme les austères rédacteurs de *Théorie d'ensemble*, et comptent bien les interroger sur tel point obscur, tel autre discutable de leur «matérialisme sémantique». Ils voient arriver à eux des écrivains français bien vivants et sympathiques, une bande de quinquagénaires chahuteurs et mauvais esprits. Je sers de guide et d'interprète, d'introducteur et de contradicteur. Entre J. H. et J.-L. H., je fais mon numéro clownesque — désormais bien rodé — de Jeune Turc dénonçant la décadence des Lettres françaises. Ph. S. parle le soir. Un Français évoque Joyce à Londres, lisant en extraits la traduction de *Finnegans Wake*. Pourquoi pas ? Ici Londres… Message codé : «riverrun past Eve and Adam's…» Destiné à qui dans la salle ?… Le message est reçu, je crois.

Plus rien n'a d'importance. Nous rentrons à Paris. Nous lisons chaque jour sur le bras de Pauline le progrès de la maladie. Le livre paraît. Sur le chemin de l'hôpital, tous les matins, je découvre les critiques que le service de presse me fait parvenir. Quel ramdam ! Toute la presse s'y met. Je suis comme tous les auteurs. Mais mon délire paranoïaque élémentaire à moi est rendu plus aigu par la fatigue et l'angoisse… Même les comptes-rendus les plus favorables au livre ne se dispensent pas d'une ou deux insultes à mon endroit. Qu'est-ce qui m'a pris ? Il ne tenait qu'à moi de passer pour respectable. Il me suffisait de commenter savamment Bonnefoy ou Jaccottet, voire Le Clézio ou Pinget ou même n'importe quel poète de terroir, n'importe quel romancier provincial homologué par le Goncourt… De vrais auteurs, distingués, typiques, mémorables… Que voulez-vous ?

Heureusement, je suis parti, je suis loin... Une petite fille m'attend à huit heures du matin dans sa chambre d'hôpital. Il faut la faire petit-déjeuner, lui faire prendre son bain. Et puis, nous retournerons à la console, nous devons battre notre record d'hier, pénétrer dans le monde suivant, celui des piques souterraines et des boules de feu : Sonic, Mégadrive, Sega...

Mais j'ai peur que cette rumeur d'insulte, ce tohu-bohu de soupçons ne me rattrape jusque dans la clôture de l'hôpital. Dans les quotidiens et les magazines laissés à la disposition des parents, sur les tables basses de la salle d'attente, figurent au moins trois ou quatre des articles vengeurs qui démasquent avec vigueur l'imposture de mon propos. Vais-je être confondu sous les yeux de ma propre fille ? Me forcera-t-on à abjurer publiquement ? Que faire ? Dois-je profiter d'un moment d'inattention, faire disparaître discrètement les revues, en arracher au moins les pages où je suis nommé ? Mais personne ne semble lire le journal ici. J'ai eu chaud. Je reste anonyme. Écrivain, moi ? Non, vous devez confondre... Vous savez bien, je suis le papa de Pauline.

Tout de même... Quel cirque ! Un critique sévit dans un torchon hebdomadaire où tour à tour, il me traite d'exégète «prostatique» et de commentateur «priapique». La littérature à l'estomac ? Nous sommes largement en dessous de la ceinture désormais. Puis un grand poète, dans un essai d'une hallucinante médiocrité, me prend à partie, me dénonçant comme «hagiographe stalinien». Je remarque à cette occasion que l'épithète «stalinien» revient avec une fréquence inhabituelle sous la plume des poètes dont la carrière s'est développée autrefois sous l'aile protectrice du P.C.F., publiant dans ses revues et ses collections, tenant le crachoir vieillissant d'Aragon, Eluard ou Guillevic, se faisant une clientèle et une réputation dans les bibliothèques ou les maisons de la culture de la banlieue rouge. Je me garde à gauche, je me garde à droite. Dans un ex-quotidien respectable de la capitale devenu organe crypto-fasciste, citant Daudet, on me cloue carrément au pilori : je suis l'incarnation même de la corruption de la jeune pensée française, je cite (resic) un « sodo-misé mental ». Ben voyons ! Valet, crétin, courtisan, coupeur de cheveux en quatre, dinosaure, naïf irres-ponsable !... C'est de moi, semble-t-il, qu'on parle... Comme il en coûte de dire simplement le juste et le vrai !

Quel cirque vous dis-je ! On me convoque à la radio. À l'heure de la sieste, je m'absente en catas-trophe de l'hôpital. J'embrasse Pauline. Je saute dans un taxi. Je m'égare dans les couloirs. Je m'as-sieds derrière un micro. Une lumière rouge s'allume. *Permettez-moi de vous le dire, cher Monsieur, votre essai relève pour moi du pur charabia hagiographique !* Je suis fait, démasqué, pris au piège. Trop tard, je reconnais les trois visages qui m'entourent. Ce sont ceux de mon précédent cauchemar... À moi, Goldo-rak ! À l'aide, Sailor Moon ! J'ai oublié mon prisme lunaire ! Je balbutie quelques explications... Je bats en retraite... Je disparais... L'ex-romancier sur le plateau duquel on règle leurs comptes à Marx et Heidegger veut à tout prix que j'apparaisse dans son émission. Il a du mal à comprendre qu'on puisse ne pas vouloir absolument passer à la télévision. Si je me dérobe, je m'exposerai aux plus atroces repré-sailles : je serai définitivement brisé, mon livre finira dans les décors, ses pages seront rageusement déchirées ou noyées de jus d'orange. Je résiste à cette vision d'horreur. Je ne puis de toute façon me

263

libérer. L'émission est enregistrée le mardi, jour des clowns et des musiciens, à l'Institut.

Quel cirque ! Tout cela serait sans grande importance si je ne creusais mon tunnel artisanal sous la Manche. Mon absentéisme systématique est tel que je ne suis plus guère en odeur de sainteté à Londres. Si le traitement de Pauline doit se prolonger au-delà de l'été, il est indispensable que je trouve un point de chute professionnel moins éloigné de l'hôpital. Je me porte candidat auprès des universités françaises. Mon dossier en vaut un autre. Mais tout ce vacarme de casseroles derrière moi est bien embarrassant et fait peu pour ma respectabilité de chercheur. J'ai beau mettre en avant mes travaux les plus présentables, les plus austères — Rodenbach, Maeterlinck et Renan —, on ne me prend pas au sérieux une minute. Les journalistes me tenaient pour un universitaire, les universitaires ont tendance à me considérer comme un journaliste, compromis dans l'inessentiel, trempant dans de louches intrigues de salles de rédaction. Je ne publie pas chez des éditeurs assez obscurs et je n'ai pas même l'agrégation. On me voit quasi quotidiennement près d'Ulm mais malheureusement jamais du bon côté de la rue.

C'est le printemps, le bras de Pauline s'est mis de nouveau à gonfler inexorablement. Le spectre ignoble de l'amputation ne nous quitte pas. Je parcours la province française en T.G.V., allant de jury universitaire en jury universitaire. Les auditions se ressemblent toutes. On m'observe, on m'interroge, on me fait parler, parfois avec sympathie, parfois dans un silence glacial de méfiance. Je fais mon numéro de jeune enseignant conscient de ses responsabilités pédagogiques et scientifiques. L'enjeu tu est énorme. Dans une nausée permanente de détresse, j'aperçois l'image fixe du bras veiné de bleu, des doses de nouveau croissantes de morphine. Mais les jeux sont déjà joués... Puis, *in extremis*, le miracle a lieu, organisé selon toute probabilité dans la coulisse, rendu possible par la bienveillance de quelques-uns... La dernière audition est la bonne, on me repêche, par le jeu des désistements, et me voilà maître de conférences pas trop loin de Paris, pas trop loin de Pauline, c'est tout ce que je souhaitais.

Ouf, je retrouve Alice et Pauline! Je cours, je vole. Manga, vous dis-je, où les héroïnes affrontent des monstres terrifiants mais où elles n'en continuent pas moins à vivre dans le monde ordinaire des farces et des fables. Les cures s'espaçaient dans le temps de l'été, de l'automne. La maladie absorbait tous les jours, toutes les semaines dans son épaisseur propre de durée. Le mal s'effaçait-il progressivement sous l'effet des chimiothérapies répétées? Rassemblait-il ses forces en secret? Tandis que s'achevait le traitement de Pauline, le monde tournait. Et le tournis qu'il nous donnait était tel que nous n'avions plus vraiment le cœur de regarder davantage les «*formations*». Nous le laissions tourner à sa guise. La maladie durait depuis tant de mois que nous vivions désormais dans un autre temps, bien à nous, préservé des autres et de leurs soucis. Le malheur faisait de nous des exilés, intouchés, invulnérables, invisibles.

7

Car ceux qui vont mourir, on ne les salue plus. Le
malheur crée autour d'eux un salutaire précipice
social. Ils sont peu nombreux ceux qui osent encore
franchir ce fossé qu'autour de vous les larmes ont
creusé.

Dans les premiers temps de la maladie, les témoignages de sympathie affluent. La boîte aux lettres
ne désemplit pas. Des gens que vous connaissez à
peine vous harcèlent au téléphone, vous demandent
des nouvelles de l'enfant, vous conjurent de prendre
soin de vous. Certains, même, débarquent à l'im-
proviste dans la chambre d'hôpital, ils ont apporté
quelques livres, quelques jouets et croient acheter
ainsi le droit inouï d'être là. Vous êtes marqués par
la mort, donc vous n'êtes plus rien, plus misérables
que les plus misérables que porte la terre. On ne
vous demande pas votre avis. Les signes les plus
médiocres de la compassion, vous êtes censés, dans
votre détresse, les accueillir avec une gratitude
émue. Vous êtes là pour qu'au chevet de votre fille,
d'oisives et malsaines bourgeoises puissent faire
œuvre de charité, jouer les mères Teresa en Chanel
juste avant l'heure du thé. Donc, vous vous proté-
gez. Vous effacez les témoignages de votre pré-

sence. Vous n'êtes plus là. Vous achetez un répondeur que vous laissez branché tout au long des journées passées à l'hôpital. Vous ne répondez pas plus aux messages qu'aux lettres. Autour de vous, chacun se sent investi de l'héroïque mission d'être sublime. Il est doux de céder à la contagion des pleurs. Il est grand de regarder en face le visage du malheur.

La mort d'un enfant est un spectacle rare. Vous faites salle comble. Vous jouez à guichets fermés. On se bouscule au parterre, on se bouscule au balcon. Dans la coulisse, le régisseur frappe les trois coups. Le rideau se lève et vous surprend. Vous n'en croyez pas vos yeux. Il a suffi d'un clin d'œil et la comédie est devenue tragédie. Les acteurs ont à peine eu le temps de changer de costume. Colombine a passé sur ses épaules la toge d'Antigone, elle chausse les cothurnes d'Andromaque. Mais l'on aperçoit encore, lorsqu'elle marche, les dentelles qui dépassent de sa robe de tragédienne. Pierrot se perd dans le dédale de son texte. Scapin délaisse son bâton de farce et porte les armes d'Hector. Géronte s'est affublé de la barbe postiche de Priam. Dorinne se couvre le sein qu'elle frappe en poussant de déchirants soupirs. Trissotin répand des cendres sur sa perruque poudrée. Il déclame l'immortel sonnet qu'il intitule «Tombeau de Pauline». Il veut que vous fondiez en larmes, que vous l'embrassiez.

Pourtant, vous n'êtes pas dans la tragédie. Vous êtes dans la vie et ce sont les autres qui nomment votre vie : tragédie. Le désastre que vous vivez est au-delà des mots. Il n'y a rien à en dire. Il ne se décompose pas en actes, en scènes. Euripide et Sophocle y ont moins de place que Caroline et Sailor Moon. Ce désastre a un goût perpétuel de nausée, mais il déborde aussi de tendresse, de baisers. Vous prenez désormais les événements tels qu'ils viennent. Vous êtes au bord d'un gouffre immonde mais vous pouvez encore aimer, sourire, renverser la tête au soleil, vous passez auprès de l'enfant de merveilleuses journées de bonheur. Vous badinez, vous plaisantez, vous vous amusez ensemble.

Visiblement, vous n'avez guère le souci de votre personnage, de sa cohérence dramatique, de sa vraisemblance psychologique. Ce sont les autres maintenant qui, pour un peu, vous rappelleraient au sérieux de votre rôle. Dans les loges ou les coulisses, ils murmurent et complotent. Ils tombent d'accord : vous n'êtes pas à la hauteur, quel metteur en scène imbécile s'est chargé de la distribution ? Si les choses prennent cette tournure, vous allez tout gâcher, vous allez les priver des applaudissements qu'ils méritent plus que vous, vous allez saboter leur monologue, les frustrer de leur grande scène. Des acteurs fardés vous entraînent avec eux. Ils exigent que vous leur donniez la réplique, que vous mettiez un peu plus de conviction dans votre diction, que votre voix résonne en accents graves jusqu'au balcon. Vous ouvrez la bouche, vous levez le bras, déplaçant les nobles plis pourpres de votre costume. Vous vous entendez un peu surpris. Voilà que vous parlez malgré vous en hexamètres, en alexandrins. Vous vous étiez endormi dans Molière, vous vous réveillez chez Racine. Le souffleur résume à votre intention l'argument de la pièce. Pour que les vaisseaux achéens filent vers Ilion, Iphigénie doit être sacrifiée. Médée égorge ses enfants au-dessus de la bassine bouillonnante qui attend leurs membres dépecés. Vous êtes Agamemnon ou Jason. Vous levez les yeux au ciel. Vous implorez les dieux. Vous maudissez le jour qui vous a vu naître et le ventre qui vous a porté. De dignes larmes roulent le long de vos joues et votre maquillage fait de longues traînées de cendre sous vos yeux. Allons bon! Vous vous imaginiez Figaro, vous rêviez de bonheur et votre couvert a été mis à la table des Atrides. Toute la mythologie vous tombe dessus. On veut que vous fassiez l'Orphée, que vous descendiez aux Enfers, que l'assistance s'extasie de la douceur musicale de vos soupirs, et qu'enfin les Ménades se disputent votre peau, que le rideau tombe sur votre tête chantante.

Mais le rideau ne tombe pas. Faites un effort! La représentation s'éternise. Dans la salle, on commence à siffler. Bientôt, on vous hue. Vos partenaires vous abandonnent. Ils en ont assez. Ils ont trop chaud sous leurs perruques. Leurs sandales leur blessent les pieds. Ils transpirent sous leur toge. La pièce attend son dénouement de sang. Qu'attendez-vous donc pour prononcer la dernière réplique, quelque sentence sombre et que le reste est silence! Écroulez-vous sur les planches et laissez les machinistes emporter les dépouilles!

8

Ceux qui vont mourir, on ne les salue plus. Le téléphone ne sonne pas, la boîte aux lettres est vide, le répondeur ne clignote plus. Vos coordonnées étaient écrites à l'encre sympathique dans tous les agendas. L'encre bleue s'est doucement effacée. Vous êtes illisible, oublié. Hors du cercle familial, ceux qui, de loin en loin, ont encore le courage de s'enquérir de l'enfant se comptent sur les doigts de la main. Passé un certain seuil, vous vous retrouvez absolument seuls, tous les trois. Et après tout, vous êtes enfin tranquilles, vous pensez que c'est mieux ainsi.

Vous entendez autour de vous un long bourdonnement de stupéfaction et d'agacement. On murmure : *la maladie a trop duré, cet acharnement est-il bien raisonnable ? Avez-vous des nouvelles récentes ? Je n'ose plus appeler. Savez-vous si elle vit encore ? À la fin, c'est énervant. Qu'on sache enfin à quoi s'en tenir !*

Lorsqu'ils vous croisent par hasard dans la rue, lorsqu'une obligation sociale ou professionnelle les force à vous adresser malgré tout la parole, les gens même les mieux intentionnés sont assez embarrassés. Ils ne savent pas quoi dire. Et c'est la raison pour laquelle, très souvent, ils disent n'importe quoi.

Une femme de quarante-cinq ans qui a fait du refus de la maternité un choix moral et militant me souffle à l'oreille : — *Ah, les enfants, quel drame !*... Elle veut dire : vous voyez comme j'ai eu bien raison de ne pas en avoir, vous voilà bien puni d'avoir procréé, vous n'avez après tout que ce que vous méritez, de quoi vous plaignez-vous ? Et elle demande : — *Mais ce cancer, n'est-ce pas ?, n'a pas d'origine génétique ?* — *Non, je ne pense pas...* — *Donc vous pourrez sans risque avoir un autre enfant !*... Comme je suis bête de n'y avoir pas pensé moi-même ! Vite, à la trappe, la petite fille défectueuse ! Puis-je encore l'échanger ? Était-elle sous garantie ? Serai-je remboursé ? Tous les enfants se valent, on les distingue à peine. L'un remplace l'autre...

Un jeune père de famille me prend par le bras, il est bouleversé, ses yeux sont humides de larmes : — *J'ai un petit garçon qui a exactement le même âge que votre fille. Je sais très précisément ce que vous ressentez...* Je compatis à sa souffrance, je m'apprête à le consoler de mon mieux. C'est fou le nombre de personnes que j'aurai été obligé de consoler de ce qui nous arrivait ! Le sensible père de famille continue : — *Dieu merci, mon petit garçon à moi est en parfaite santé...* Et voilà ce jeune père délicat qui, réprimant un sanglot, sort son portefeuille, produit une demi-douzaine de photos de vacances, me les fourre littéralement sous le nez... Et me voilà en train de m'extasier poliment devant la bonne mine de cet enfant indifférent.

Souvent on me loue pour mon courage. C'est-à-dire qu'on m'en veut férocement de ne pas éclater en sanglots sur-le-champ, de ne pas mouiller de mes larmes l'épaule paternelle ou maternelle qui m'est si obligeamment tendue. Un ami me déclare : — *Sous mes apparences robustes, j'aurais été beaucoup moins brave que toi et j'aurais depuis longtemps craqué s'il m'avait fallu traverser toutes ces épreuves...* Ce que je traduis ainsi : Je suis un être d'une sensibilité exquise et rare. Mais toi, tu dois quand même être une sacrée brute pour être encore debout après tout ce que tu as vécu !...

Depuis un an, tout le monde me prédit l'internement psychiatrique prochain : *il n'est pas humain de réprimer ses sentiments, il n'est pas normal d'interdire à autrui l'accès de sa conscience. Nous voulons voir ! Nous voulons savoir ! Nous voulons nous émouvoir ! Nous en avons le droit après tout !* Le grand chœur de la rumination sociale hurle à nos oreilles, nous poursuit, les voilà les Euménides véritables de la tragédie ! Elles crient et agitent leurs chevelures de serpents, elles sifflent et demandent des pleurs et du sang ! Nous fuyons devant elles tous les trois. Nous ne nous retournons pas. Nous ne voulons pas que le rideau tombe encore. Nous ne voulons pas de l'apothéose que le public et les dieux réclament. Nous voulons vivre ensemble. Encore un moment, Messieurs les bourreaux ! Un jour, une semaine, un mois, un an, le répit le plus long.

Dans les faire-part de décès, le cancer est désigné par un euphémisme codé. Le disparu a été emporté par «une longue et cruelle maladie». Qu'on survive ou qu'on succombe, une maladie est toujours cruelle. Quant à savoir si elle est longue ! Ce sont les survivants qui rédigent les faire-part. À eux, la maladie semble souvent trop longue, interminable. Les adjectifs qu'ils choisissent trahissent maladroitement leur impatience, leur propre désir d'en finir, leur conviction féroce que les agonisants usurpent trop d'un temps qui pourrait être mieux employé auprès des vivants. Mais quel est l'avis des morts? Ont-ils trouvé leur maladie trop longue? C'est l'opinion sans doute de ceux qui ont dû aller au-delà d'un certain point de douleur ou de déchéance. Mais toutes les maladies mortelles ne s'accompagnent pas de la dégradation du corps ou de l'esprit. Et l'on dispose heureusement des moyens d'effacer la douleur. La maladie de Pauline a été d'une extrême cruauté. Elle n'a pas été longue. Elle a eu la brièveté d'un éclair. Nous l'aurions souhaitée interminable et qu'elle dure un siècle ou deux au moins.

9

La vie est un manga, c'est certain. Le sublime
n'y va jamais sans le grotesque. On passe sans cesse
du tragique au bouffon. La grande guerre stellaire
de l'Ombre et de la Lumière, de la Mort et de la Vie,
ce sont des personnages de comédie qui la livrent.
J'entends Pauline qui, seule, dans sa chambre, joue.
Elle est Sailor Moon, transformée par le pouvoir
de son prisme lunaire. L'appartement tout entier
résonne d'un vacarme d'éclairs, de laser, de fanfare.
Elle appelle à la rescousse ses amies invisibles.
Ensemble, elles doivent conjuguer leurs forces
magiques pour repousser le monstre dans son univers d'effroi. Par le pouvoir de l'amour, il faut libérer la planète. Mais Pauline se sait seule dans son
rêve. Elle sent descendre sur elle la grande menace
enveloppante du Mal, s'épaissir sur ses épaules les
ténèbres froides de la Nuit. Le monde sera-t-il
sauvé ? Personne, sauf elle, ne connaît l'enjeu secret
de cette bataille galactique. Ses poupées et ses
peluches en sont les seuls témoins. La grande guerrière stellaire est aussi une toute petite fille. Nul ne
sait celle qui se cache sous son identité secrète
et qui, le soir venu, combat au nom du Bien. Elle
tombe à la renverse, brûlée par le rayon visqueux
qui sort des yeux de la bête. Elle se redresse,

réplique, assenant au monstre un éclair lumineux lancé par son sceptre musical. Elle rassemble ses forces et prononce, solennelle, la formule magique d'où lui vient son pouvoir. Autour d'elle, il y a le désastre d'un monde en ruine, et plus haut dans le ciel tourne un carnage d'étoiles et de galaxies. Le duel décisif se livre ici, entre le Bien et le Mal, et la victoire est incertaine. Qui l'emportera ? On ne sait pas, il y a toujours un prochain épisode à suivre mais on peut faire confiance à la fillette qui se tient debout dans le vacarme noir du ciel. Si elles ne triomphent pas à chaque fois, les héroïnes de manga ne sont jamais vraiment vaincues. Elles ne renoncent pas au combat.

VII

LE DÛ DES MORTS

As they lay side by side a mermaid caught Wendy by the feet, and began pulling her softly into the water. Peter, feeling her slip from him, woke with a start, and was just in time to draw her back. But he had to tell her the truth.

— We are on the rock, Wendy, he said, but it is growing smaller. Soon the water will be over it.

She did not understand even now.

— We must go, she said, almost brightly.

— Yes, he answered faintly.

— Shall we swim or fly, Peter?

He had to tell her...

— I can't help you, Wendy. Hook wounded me. I can neither fly nor swim.

— Do you mean we shall both be drowned?

— Look how the water is rising.

They put their hands on their eyes to shut out the sight. They thought they would soon be no more.

1

Le froid avait saisi la ville. Noël approchait. Le pays tout entier était immobilisé par les grandes grèves qui, cet hiver-là, firent la une de l'actualité : plus de trains, plus de poste, plus de transports en commun, plus de service public et, de loin en loin, toute activité économique paralysée. Les universités connaissaient un véritable état de siège. Des piquets en interdisaient l'accès. Certains locaux avaient été mis à sac, d'autres étaient vidés de tout leur mobilier. On ne pouvait plus se frayer de chemin dans les couloirs encombrés de chaises, de tables, entassés en de branlantes et menaçantes pyramides. Cela faisait un paysage d'après la tempête. Les murs étaient couverts de graffitis qui appelaient à la tenue d'assemblées générales quotidiennes. Personne ne songeait véritablement à reprendre le travail. Les vacances approchaient. On aviserait lorsque l'année nouvelle serait arrivée.

Tout cela faisait plutôt mon affaire. Je restais à Paris avec Alice et Pauline. Nous quittions à peine l'appartement sinon pour de longues promenades dans le froid. Nous entendions passer sous nos fenêtres les grands cortèges des manifestations. Dans les rues soudain peuplées, nous croisions des gens qui, un plan à la main, cherchaient vaguement le chemin de leur bureau. Les notions de ponctualité, d'horaire, de retard n'avaient plus cours. Chacun avait désormais le droit de prendre son temps. La télévision devenait de plus en plus comique. Des politiciens, des journalistes, des hommes d'affaires, gagnés par l'énervement, stigmatisaient des postiers, des cheminots qui gagnaient parfois le centième de leur salaire. Ces privilégiés allaient, par leur conduite irresponsable, mettre le pays sur la paille. L'État, bientôt, se retrouverait en cessation de paiement. La Bourse allait, de source sûre, s'effondrer. On agitait le spectre de la banqueroute, de la guerre civile. Nous étions de plus en plus nombreux à bien nous amuser.

Le traitement de Pauline était terminé. Le cycle des six cures postopératoires avait été bouclé. Les radios et les scanners ne laissaient apparaître aucun signe de récidive, ni locale ni pulmonaire. En conséquence, le cathéter avait été ôté. Le crâne était resté nu encore quelques semaines puis, en l'espace de cinq ou six jours, une spirale blonde s'était d'un coup dessinée, s'enroulant autour de l'occiput. L'enfant ressemblait à un doux petit bagnard dont les cheveux auraient été coupés très ras. Des consultations et des examens étaient prévus tous les deux mois. Au terme de la dernière hospitalisation, les infirmières et les internes avaient félicité Pauline pour sa guérison, lui disant adieu, remarquant l'absence de son cathéter, lui faisant promettre de revenir les voir, les embrasser bientôt. Mais cet adieu joyeux sonnait un peu faux dans toutes les bouches. Nous savions qu'au vu des faibles résultats de la chimiothérapie, le risque de rechute était élevé. Avant même que le diagnostic ait été posé, plus encore lorsque la maladie avait connu de violentes phases

280

d'expansion, des cellules cancéreuses avaient inévitablement disséminé dans l'ensemble de l'organisme, se fixant prioritairement dans certains sites plus exposés tels que le squelette ou l'appareil respiratoire. À son premier stade, le travail microscopique du cancer est lent, il faut des mois pour que les zones malignes s'agrègent et accomplissent leur œuvre de floraison noire. Tout cela reste longtemps invisible à l'œil du scanner le plus puissant ou le plus précis. L'organisme semble sain tandis que se prépare en lui le reflux médité et violent de la maladie.

Nous étions libres. Pour la première fois depuis toujours. Les médicaments inutiles avaient été rangés dans une boîte à chaussures reléguée dans l'un des placards de la salle de bains. Les examens sanguins n'avaient plus lieu d'être. La sortie d'aplasie était définitive. La numération s'était stabilisée. Seul le kinésithérapeute continuerait ses visites régulières, imposant à l'enfant de petits exercices, faisant fonctionner le bras handicapé, lui conservant sa souplesse en vue de la reconstruction chirurgicale qui serait effectuée d'ici trois ou quatre ans.

En janvier, Pauline retournerait à l'école. D'ici là, elle aurait retrouvé les forces qui lui faisaient encore un peu défaut, ses cheveux auraient assez repoussé pour ne pas l'exposer aux questions ou aux moqueries éventuelles. Elle retrouverait ses camarades. Tout au long de sa maladie, elle n'avait cessé de penser à eux, gaie ou soucieuse. Son seul trimestre d'école avait laissé en elle une empreinte bouleversée. De loin en loin, lui revenaient des noms, des anecdotes, des souvenirs de brouilles et de réconciliations, de conflits enfantins de cour d'école. Elle conservait une mémoire extraordinairement précise de choses apprises, de chansons, de dessins, de spectacles. La vie à l'école avait fini par se transformer en un passé légendaire dont elle nous prenait à témoin. Mais nous n'avions pas les clés pour comprendre les récits confus auxquels elle s'accrochait au plus noir de la maladie. Que lui avait fait tel garçon ? Et à quoi jouait-elle avec telle fille ? Que lui avait dit la maîtresse à tel ou tel propos ? Lorsque la fièvre, la morphine, la douleur ou l'angoisse pesaient sur son esprit avec la violence la plus extrême, Pauline ne se plaignait jamais de la maladie, elle ne réclamait jamais d'être guérie. Elle se laissait aller à un petit discours de délire dont le décor était toujours un préau, une salle de classe. On s'y aimait ou on s'y haïssait, on nouait ou dénouait des alliances, on vivait parmi des règles obscures tracées par les adultes et l'on ne savait jamais trop comment bien faire. L'école était un univers fantastique d'angoisse et de joie, de cruauté et de tendresse. Les parents étaient loin, on se précipiterait vers eux lorsque sonnerait la cloche, mais d'ici là on était livré à l'aventure exaltante et terrifiante de vivre. Guérir serait retourner vers cette vie.

Nous avons téléphoné à la directrice et, un matin, nous sommes retournés avec Pauline jusqu'à son école. Avant la rentrée véritable, nous souhaitions qu'elle reprenne contact avec tous ceux que, depuis un an, elle n'avait pas revus. Nous avons suivi le chemin familier que nous évitions depuis la maladie. Nous sommes passés devant la boulangerie où, en sortant, nous achetions le croissant ou le sablé du goûter. Nous nous sommes frayé un chemin parmi les cartables d'adolescents et les grappes d'enfants dévalant les trottoirs. Nous sommes passés sous l'arche et sous son drapeau balancé doucement par le vent. Nous sommes rentrés dans la vaste cour. Pauline a reconnu les arbres, les jeux, les toboggans, les grandes constructions de plastique et de métal qui habitent le territoire des petits. *C'est mon école!* a-t-elle dit. Tout était désert car l'heure avait sonné depuis longtemps. La directrice nous a brièvement reçus. Nous lui avons expliqué qu'à la réserve près de son bras invalide, Pauline pourrait reprendre sa place normalement auprès des autres. Elle nous a indiqué où serait sa nouvelle classe, qui serait sa nouvelle maîtresse. Pauline pourrait passer une ou deux heures avec ses camarades. Nous l'attendrions assis dans un coin de la classe. Nous avons monté l'escalier, nous avons frappé à la porte. Nous sommes rentrés dans une vaste salle décorée de peintures vives, meublée d'un mobilier aux proportions lilliputiennes, les étagères étaient encombrées de livres, de cartons, de jouets. Les enfants s'amusaient en petits groupes. Avec la maîtresse, nous avons échangé quelques mots puis nous nous sommes installés à l'écart. Nous avons laissé Pauline prendre place dans le cercle. Elle était souriante et stupéfaite. Elle retrouvait des amis en l'existence desquels peut-être elle ne croyait plus qu'à moitié. Ils étaient presque tous là et leurs noms lui revenaient un à un. Elle allait vers eux mais ne savait pas vraiment avec quels mots les aborder. Elle était un peu intimidée visiblement. Incrédule plutôt à l'idée que ceux de ces compagnons de rêve qui depuis un an l'accompagnaient puissent être aussi des enfants de chair et d'os. Ainsi, l'école avait vraiment existé et les garçons et les filles y avaient continué leur vie d'enfants tandis qu'elle pénétrait, elle, dans l'univers réel et cruel des drogues, des pointes et des lames. Lequel de ces mondes était le moins tangible? Elle ne le savait plus.

Les autres enfants ne disaient rien. Ils n'étaient ni hostiles ni accueillants. D'une voix unanime et inexpressive, ils dirent bonjour à Pauline comme le leur demandait la maîtresse. Ils semblaient indifférents, comme pris dans leur propre rêve quotidiennement répété. Ils regardaient sans surprise la petite fille coiffée d'un élégant béret bleu qui venait d'entrer dans leur classe, suivie de ses parents assis dans le lointain. Ses traits, peut-être, leur rappelaient vaguement un visage. Et peut-être tel ou telle conservait le souvenir presque effacé de la camarade blonde qui, lors de leur première rentrée, était toujours vêtue d'un bel anorak bleu fleuri de roses pourpres. Mais l'une de ces fillettes ne pouvait raisonnablement être l'autre. De la première à la seconde, tant de temps avait passé. Il y avait eu tant d'amitiés, de brouilles, de réconciliations, tant de guerres livrées, gagnées, perdues dans la cour de récréation, tant de complots d'affection ; tant d'événements dérisoires et décisifs étaient venus remplir la coque vide des matinées et des après-midi. Le temps de l'enfance est si lent, si généreusement ouvert à la lourde poussière du présent. Une semaine y est un siècle ; une année est une éternité où s'efface tout souvenir.

J'en étais certain, Pauline retrouverait vite sa place parmi ses camarades. Mais elle n'habitait visiblement plus tout à fait le même monde. Elle était passée dans une autre dimension. La maladie l'avait mûrie. Elle l'avait fait passer à travers une somme inconcevable d'expériences surmontées. Ces dernières auraient été impensables pour la plus éveillée des petites cervelles protégées qui la contemplaient. Projetée dans le futur intouchable de la mort, elle logeait désormais dans un lointain troublant où elle ne cessait pourtant pas d'être aussi une toute petite fille. Plus loin que ses camarades, plus loin que l'institutrice et la directrice, plus loin que ceux qui l'avaient soignée, plus loin que ceux qui lui avaient donné le jour... Et quelque chose lui manquait qui la tenait à l'écart des autres petits. Elle n'avait pas partagé leur vie des derniers mois. Elle n'avait fêté en leur compagnie ni son troisième ni son quatrième anniversaire. Elle n'avait pas grandi comme elle aurait dû grandir avec eux. Une année d'enfance lui avait été dérobée. Il n'y avait personne à qui elle aurait pu réclamer cette année perdue. Quel que soit l'avenir, ce creux resterait dans le temps de son passé. Il lui interdirait de connaître l'addition uniforme des jours par laquelle les autres vieillissent. Elle resterait toujours l'enfant à qui manque une année.

Pauline avait pris part aux jeux, elle tournait dans la ronde et chantait. Le préau était gris, les enfants semblaient tristes, dansant sur commande et obéissant mécaniquement aux ordres que leur donnait la maîtresse. Pour tout dire, je ne me sentais pas très bien. J'étais passé dans une sorte d'hallucination calme et nauséeuse. Je voyais ces garçons et ces filles et je les imaginais tels qu'ils deviendraient dans dix ans, dans vingt ans, dans trente ans, lorsqu'ils auraient mon âge et qu'à leur tour, ils accompagneraient leurs enfants à l'école, passant sous l'arche et le drapeau, guettant dans cette même cour leur fils, leur fille dans la troupe bruyante et lasse des écoliers. Tous les enfants, sauf un, grandissent. Ils entrent déjà dans l'autre temps, la vie. Ils nouent leur cravate et elles attachent leurs bas. Ils se pressent, ils courent, se bousculent. Ils ne regardent pas par-dessus leur épaule. Quelque chose les presse dont ils ne savent rien. Dans les couples et les entreprises, ils perpétuent leurs querelles de cours de récréation. Ils s'usent, se lassent, se blessent. Ils passent à tâtons le témoin à d'autres, plus jeunes, qui referont leurs gestes sans savoir davantage ce que ceux-ci signifiaient. Qui les voit ? L'un des garçons perdus est devenu lord, l'autre juge. Michel est ingénieur. Jean porte la barbe et a oublié toutes les histoires qu'il pourrait raconter à ses fils. Wendy a une fille à son tour qui se nomme Jane.

La ronde est terminée. Dociles, les enfants se mettent en rang deux par deux. Ils doivent retourner dans la classe, se préparer pour la cantine et la sieste, les jeux de l'après-midi. À la demande de la maîtresse, ils disent au revoir à Pauline, lui donnent rendez-vous à la rentrée. Ils agitent leur main puis se retournent et grimpent ensemble les marches dallées de l'escalier. Envieuse, triste, résignée, elle les contemple partir pour le précipice bruyant et coloré de la vie où elle ne les accompagnera pas.

2

Mais nous étions libres. Pour Noël, nous partirions en Suisse. Haut, dans la montagne, nous trouverions la neige qui nous avait fuis autrefois. La promesse faite serait finalement tenue. Tous les soirs, Pauline me demandait de lui lire *Caroline aux sports d'hiver*. Elle aussi, n'est-ce pas?, ferait du ski et de la luge, et du patin à glace aussi. Elle éviterait les sapins sur la piste, ne se coucherait pas dans la poudreuse, se dresserait bien droite sur ses patins. Nous lui tiendrions tous les deux la main et nous glisserions ensemble sur la grande plaque dure et givrée où les danseuses tracent leurs sillons légers d'arabesques. Nous construirions un gigantesque bonhomme de neige avec une carotte dans le nez, de gros boutons noirs à la place des yeux, un drôle de chapeau haut de forme déniché dans un grenier. La neige, Pauline ne la connaissait que sous sa forme apprivoisée, lorsqu'elle se pose et s'efface aussitôt sur les trottoirs noirs et qu'il est à peine possible de rassembler de quoi faire une boule sale qu'on envoie en riant dans les jambes de Maman. Nous serions bientôt dans cette grande clarté blanche percée de sapins, striée de pistes, de câbles, de poteaux. Le ciel serait bleu et dégagé, il s'ouvrirait pour que monte en lui la masse glacée des sommets.

Le pays était toujours paralysé par les grèves. Je disposais de l'excuse rêvée pour me mettre en congé. La seule des grandes lignes ferroviaires à fonctionner de manière sporadique reliait Londres et Paris. Quelques Eurostars roulaient encore quotidiennement. Nous sommes donc partis deux semaines, ranger l'appartement qui avait été mis en vente, préparer l'éventuel déménagement, s'assurer auprès des agences et des avocats que le nécessaire avait été fait. Ce fut notre adieu à Londres. Depuis quatre ans, la ville m'était devenue insupportable. Mais Alice et Pauline gardaient pour elle une profonde affection. C'est là qu'elles avaient vécu leur autre vie. Avant le chagrin et l'angoisse. Nous habitions le premier étage d'une maison victorienne du quartier irlandais. L'appartement surplombait un petit parc désert où l'on pouvait faire de la balançoire et du toboggan. Le soir, on dînait dans des restaurants indiens. La ville s'enfonçait tout entière dans la misère. Les magasins fermaient les uns après les autres. Cela ne comptait pas. Maintenant qu'elles étaient à nouveau avec moi, je pouvais redécouvrir la cité que depuis des mois j'avais l'obsession de fuir. Les Anglais n'avaient déjà plus qu'une préoccupation : fêter Noël. Les rues brillaient de leur splendeur de guirlandes et de lumière. Sur les trottoirs d'Oxford Street, des sapins clignotants avaient poussé en l'espace d'une nuit. Les grands magasins de jouets devenaient des cavernes de trésors. Nous sommes allés une dernière fois visiter le grand zoo, dire au revoir aux girafes, aux singes, aux tortues, aux tigres tournant derrière leur grille de verre. Nous n'avons pas été plus chanceux que lors des fois précédentes et le grand panda est resté invisible.

Quand nous sommes rentrés de Londres, la grève donnait des signes d'essoufflement. La reprise des cours n'était toujours pas annoncée mais la Poste se remettait au travail. Le courrier circulait à nouveau. Nous nous apprêtions à prendre la route des sports d'hiver lorsqu'une lettre est arrivée. Elle avait été envoyée par le service de pédiatrie oncologique de l'Institut trois semaines auparavant. Elle fixait au surlendemain un rendez-vous. Un nouveau scanner thoracique devait être réalisé. Aucun commentaire n'accompagnait le message. On pouvait supposer qu'une erreur administrative avait été commise, ou que pour toute autre raison la date de la prochaine consultation de routine avait été avancée. On pouvait également imaginer bien pire... Il fallut plusieurs coups de téléphone pour connaître la vérité. Nous n'avions pas été avertis car on nous pensait à l'étranger pour longtemps et de ce fait injoignables. Il s'avérait que le scanner réalisé en fin de cure révélait une anomalie. Cette anomalie était trop légère pour avoir été aperçue à la première lecture. Et c'est pourquoi on nous avait d'abord déclaré que les examens étaient satisfaisants. Mais une observation plus poussée avait mis en évidence une minuscule tache sur le poumon droit dont il était encore impossible de préciser la nature. En conséquence, il était plus sage de procéder à une vérification.

À partir de ce moment, tout a été très vite. Le scanner thoracique du surlendemain a confirmé toutes les craintes que nous pouvions avoir. La tache était certes de taille réduite mais elle gagnait vite en ampleur. On ne pouvait plus en douter : il s'agissait bien d'une métastase. Nous avons rencontré à plusieurs reprises le docteur qui s'occupait de Pauline. Il se montrait confiant. Étant donné la virulence de la tumeur rencontrée, il n'était pas étonnant que surviennent de telles complications. Mais, en soi, le devenir métastatique de la maladie ne commandait pas une issue fatale. Les options thérapeutiques étaient encore ouvertes. On pouvait soit procéder à l'intervention chirurgicale immédiate, soit reprendre le traitement chimiothérapique. L'opération pouvait sembler préférable car la lésion était limitée et localisée mais on courait le risque, dans le mois qui suivrait, de voir apparaître de nouvelles taches disséminées dans toute la masse des poumons. Et tout serait à recommencer. À l'inverse, la chimiothérapie — éventuellement sous une forme intensifiée — se montrerait peut-être en mesure de donner un coup d'arrêt plus global à la maladie avant que l'opération n'intervienne. Mais il est vrai que l'expérience des cures précédentes jetait quelques doutes sur la sensibilité de cette tumeur aux drogues. La décision serait prise dans les jours prochains. Quant aux vacances prévues, le plus sage était de les oublier. Nous expliquerions à Pauline qu'une petite «*boule*» était apparue à nouveau qu'il était impératif de soigner.

La décision fut sans doute difficile à prendre car, dans les jours qui suivirent, nous parvinrent des échos assez contradictoires. Les médecins hésitaient sur la conduite à tenir. On apprit finalement à quelques jours de Noël que l'intervention chirurgicale serait différée. Il faudrait reprendre le chemin de l'Institut. Un cocktail renforcé des trois produits auxquels la tumeur paraissait sensible serait administré à l'enfant dès que possible. Une ou deux cures de chimiothérapie intensive en secteur stérile seraient organisées pour la suite. Il faudrait aviser à l'issue du prochain scanner.

Ce scanner fut catastrophique. La lésion restait localisée mais elle gagnait en ampleur à une rapidité folle. Une tache suspecte était apparue sur l'autre poumon. Un samedi après-midi, le docteur vint nous trouver dans la chambre de Pauline. Il nous entraîna à sa suite dans l'un des bureaux du service. Il était inhabituellement vêtu de sombre comme s'il revenait de funérailles. Il nous exposa la situation comme il en avait l'habitude. Il parlait doucement et l'on sentait qu'il connaissait le poids des mots qu'il prononçait. Il disait l'essentiel puis se taisait. Si nous lui posions des questions directes, il ne se dérobait pas. Mais jamais il ne précédait ces questions, nous laissant le choix de la part exacte de vérité que nous souhaitions connaître. Les chances de guérison étaient désormais extraordinairement limitées. Rien ne semblait en mesure de suspendre la croissance des métastases. Quelles étaient les échéances ? À ce rythme, tout se comptait en mois, peut-être en semaines. Les cures intensives de chimiothérapie étaient la dernière carte disponible. Le protocole était expérimental. On l'appliquait dans les cas de sarcomes osseux métastasés. Dix enfants, seulement, à cette date, avaient bénéficié du traitement. Cinq semblaient guéris, cinq étaient morts. Une chance sur deux ? Au point où nous en étions, c'était un pourcentage acceptable…

3

À l'hôpital, les comportements ont changé. Il y a des regards qu'il est plus difficile de croiser. On vient moins volontiers vers vous. Ceux des médecins qui acceptent de vous annoncer de vive voix tel ou tel résultat d'analyse, on les sent courbés sous le poids de leur surmoi professionnel : il leur en coûte mais ils accomplissent ce qu'ils savent être leur devoir. Invisible, Hippocrate les pousse vers vous. Les infirmières ne sont pas informées du détail des dossiers médicaux mais elles en savent assez pour ne plus se presser comme avant autour du lit de l'enfant. D'autres charmants petits malades arrivent chaque mois et on peut espérer qu'ils se montreront moins décevants : ils guériront, eux !... Les médecins se déchargent de plus en plus sur les internes, jeunes gens et jeunes filles un peu plus âgés qu'Alice, que la mort d'un enfant bouleverse encore, que le manque d'expérience pratique empêche de mesurer toute la gravité de la situation médicale et qui en conséquence peuvent, en toute bonne foi, partager avec enfants et parents l'illusion d'une guérison possible. Pauline s'aperçoit-elle de tout cela ? Elle conserve son affection à chacun. Elle a ses préférés : deux ou trois infirmières, une interne, l'éducatrice, la psychologue, les clowns... Voit-elle le signe invisible tracé sur son front ? Elle le voit, je crois, et ne dit rien.

Les soins, les attentions restent les mêmes mais un grand halo noir entoure l'enfant condamné lorsqu'il passe dans les couloirs du service. Sur son visage, une croix a déjà été tracée. *Le prochain scanner sera riche d'enseignements. Le protocole expérimental n'enrayera pas la maladie, mais on peut espérer raisonnablement qu'il en retardera le développement. L'enfant aura gagné quelques mois. Et puis même s'il n'y avait qu'une chance sur mille, il faudrait ne pas la laisser passer... Personne ne pourra prétendre que nous n'avons pas tout tenté...* Ainsi raisonne le docteur, consultant une dernière fois le lourd dossier médical, refaisant en esprit l'histoire de la maladie, s'assurant que chacune des décisions prises était la meilleure possible, se disant à lui-même que quelles qu'aient été les options thérapeutiques, rien n'aurait pu sauver l'enfant. En ce samedi soir, une lumière glauque d'hiver entoure l'Institut. Il faut allumer la lampe sur la table et ses reflets se réverbèrent sur la surface glacée des derniers clichés thoraciques éparpillés. Le docteur est triste et las. Il se sent vieux. Il en a vaguement assez. Il va faire un dernier tour dans le service puis il rentrera chez lui.

On perçoit que mentalement, une page a déjà été tournée. Un sentiment immense de pitié habite indubitablement tous ceux qui depuis un an ont approché l'enfant et la voient s'en aller inexorablement. Mais la pitié est dangereuse, elle se mue lentement en détresse, puis avant qu'on y ait pris garde, elle est devenue un bloc noir de désespoir. Ce bloc pèse sur les épaules, il écrase le corps déjà fatigué de tout son poids d'« à quoi bon ? ». L'impression est familière. Il ne faut pas laisser se refermer sur sa nuque ces doigts de tristesse, il ne faut pas laisser couler dans les yeux toute cette poussière d'abandon. Si on glisse dans ce creux de nausée, des semaines entières sont nécessaires pour en sortir à nouveau. En trente ans de carrière, combien d'enfants a-t-il vu mourir? Il ne peut se souvenir de chaque nom et de chaque visage. Beaucoup de choses se sont effacées. Sa mémoire collabore avec l'oubli. Ainsi, elle parvient à tenir à distance certains des doux fantômes qui tournent autour de son crâne, frissonnant d'agonie et murmurant leurs «pourquoi?». Mais certains souvenirs sont moins dociles. On ne sait pourquoi ceux-là subsistent quand tant d'autres s'évanouissent. Il ne s'agit pas toujours des enfants les plus mémorables, des cas les plus marquants. Certaines images, inexplicablement, demeurent et elles conservent leur force d'énigmes: tel geste, telle fillette, telle consultation, tel après-midi gris, telle matinée bleue. Il a fermé les yeux à tant d'enfants. Il a vu tant de parents se débattre entre la révolte et la résignation, continuer à espérer quand tout était déjà joué et qu'il aurait été trop cruel de les détromper encore. La nature humaine est si limitée devant l'essentiel. Ils vivaient un drame à chaque fois unique et, à chaque fois, les mots qu'ils prononçaient étaient les mêmes. On aurait dit que le diable toujours les leur soufflait pour se jouer d'eux. Les progrès accomplis avaient beau être phénoménaux, la mort d'une enfant demeurait le scandale absolu qu'elle avait été. Ce scandale ouvrait un gouffre noir auprès duquel tout ce qu'avait fait la science semblait dérisoire. Il importait peu que les trois quarts des patients de l'Institut guérissent. Pour chacun d'eux, à chaque fois, tout se jouait en une fois: pile ou face, blanc ou noir, vie ou mort? Tout serait toujours à recommencer.

4

À mesure que semble plus probable l'échec thérapeutique, on se soucie de prendre en charge les
conséquences psychologiques de celui-ci. Face à la
mort de l'enfant, quelles seront les réactions des
parents, des grands-parents, des oncles, des tantes,
des cousins, des cousines ? L'enquête est menée en
sous-main.

Le mercredi après-midi, Alice a de longues
conversations avec la psychologue du service. Elle
est sympathique, intelligente. Depuis des années,
elle rassemble les témoignages d'anciens patients.
Elle écrira un ouvrage consacré au « sentiment de
guérison » chez ceux qui, enfants, furent malades du
cancer. Elle est déjà parvenue à des conclusions
intéressantes. Mais j'ai peur de plus en plus que le
cas de Pauline ne rentre pas dans le champ de son
étude. Avec elle, Alice parle de l'enfant, elle passe en
revue son existence, remontant de semaine en
semaine le fil de ses désirs et de ses angoisses. Le
passé est relativement aisé à scruter, l'avenir est
plus obscur. Il y a un point au-delà duquel les deux
femmes ne peuvent plus s'entendre tout à fait.
Qu'est-il raisonnable de faire quand meurt une petite
fille ? Pour imiter Maman, Pauline demande elle

aussi à s'enfermer pendant des heures dans le bureau de son amie psychologue. Elle a trouvé la partenaire idéale. Avec elle, elle joue à d'interminables jeux. Elle apporte toutes ses poupées Barbie. Des aventures infinies leur sont réservées.

Depuis des années que fonctionne le service, qu'y meurent ou qu'y guérissent des enfants, il a bien fallu que, de lui-même, se mette en place une sorte de protocole psychologique destiné à traiter la détresse de ceux qui vivent ou qui passent dans les murs de l'Institut. Le discours ressassé a la cohérence d'une idéologie, il a la force de marbre d'une religion. Ici, on vient pour guérir, non pour mourir! La mort existe bien mais elle ne doit susciter aucune fascination chez ceux qui la rencontrent. Pas de complaisance morbide, pas même de méditation sur son sens... Il arrive que des enfants décèdent malgré tout dans leur chambre d'hôpital. Tout se passe dans la plus extrême discrétion. Rien ne vient interrompre pour les autres patients le programme ordinaire des jeux et des traitements. La chambre est scellée. Les affaires sont mises en ordre par une infirmière. On attend la nuit, on pose le corps sur un brancard, on le recouvre d'un drap, on emprunte l'ascenseur situé au fond du couloir et le cadavre est escamoté. On désinfecte le lit et, sur la porte, le nom de l'enfant est effacé. On entend dans un coin du service les sanglots inhabituels d'une mère. C'est tout. De celui qui est mort, plus personne ne parle. Ce n'est pas tant qu'il ait disparu... Il n'a jamais été là. Quand on fréquente l'Institut depuis longtemps, on commence à entendre, à la façon d'une hallucination très claire, cette perpétuelle rumeur de silence qui absorbe les noms, efface les corps. Ce petit garçon qu'il y a quelques mois vous croisiez quotidiennement, comment se

fait-il que depuis si longtemps vous ne l'ayez vu ?
C'est sans doute le hasard... Les périodes d'hospitalisation des uns ne correspondent pas forcément
avec celles des autres. Ou alors, il a guéri très vite et
ne vient plus ici que pour de rapides consultations
de routine. C'est sans doute cela.

5

En milieu hospitalier, la contagion la plus crainte
est celle du désespoir. Pour lutter contre elle, on
use de l'asepsie du silence ou du mensonge. Ceux
qui malgré tout sont touchés, on tente de les soigner, et si l'on échoue, on les isole, on leur invente
une sorte de quarantaine où ils cessent d'être mena-
çants pour la collectivité. Ceux qui vont mourir,
on ne leur accorde pas même le droit de perdre
l'espoir. On leur explique que jusqu'au bout, les
soins ne cesseront pas. Quel « bout » ? Quels « soins » ?
Il ne faut pas demander. Les enfants qui pleurent,
on veut les voir surmonter leur chagrin, ne pas
se laisser aller et, le matin, prendre courageusement le chemin de la salle de classe ou de la salle de
jeu. Des adolescents préparent des examens qu'ils
ne passeront jamais. Des fillettes font par dizaines
des dessins inutiles. L'important est que tourne la
ronde des jours sans que personne ne s'interroge
sur elle. Il faut colmater la brèche. Un hôpital est
un navire calme dans la tempête. L'eau noire du
doute ne doit pas envahir les soutes. Il sombrerait.
La société est là tout entière : la dépression est
obligée, le désespoir est interdit. Cela prend même
l'allure d'une belle loi scientifique : dans une société
donnée, le mensonge de la dépression se répand

à mesure que se trouve prohibée la vérité du désespoir.

Le discours officiel veut que se constitue, dans les murs de l'Institut, une sorte de collectivité solidaire où chacun, tour à tour, va puiser les ressources psychologiques nécessaires pour «faire face». Une longue chaîne d'entraide et de compréhension court des soignants aux malades. Lorsque pour un individu, l'expérience quotidienne du mal devient trop lourde, il «passe le relais». Les médecins se «passent le relais» les uns aux autres lorsque tel cas insoluble les déchire. Ils «passent le relais» aux infirmières. Les parents «passent le relais» aux grands-parents, aux amis, aux soignants, etc.

Un médecin nous prend à partie. *Il faut «passer le relais» plus que vous ne le faites*, nous dit-il avec une réprobation certaine dans la voix. *Il faut accepter, en partie, de vous décharger sur les autres de la responsabilité de votre enfant. Vous devez laisser les médecins faire leur travail de médecins sans vous mêler de ce qui ne vous regarde pas. À trop entretenir avec la malade une relation fusionnelle, vous devenez un facteur «anxiogène».* Nous faisons mine de comprendre et d'accepter ces propos raisonnables mais, bien entendu, ne changeons rien à notre comportement. Car le problème est évidemment qu'il est une personne qui elle n'est jamais en mesure de «passer le relais» à qui que ce soit: le malade qui ne peut congédier sa maladie, sa détresse, son angoisse, qui la porte perpétuellement avec lui dans son corps faible et nauséeux. Quand le relais passe de main en main, il doit trouver bien faible le réconfort que lui prodigue cette grande chaîne d'affection où se succèdent à son chevet des individus pressés de partir et de se changer les idées.

6

Chacun doit trouver auprès des autres le soutien
dont il a besoin, nous explique-t-on. Tous les mardis
après midi, les parents présents sont invités à participer à une réunion où ils peuvent exposer leurs
problèmes, leurs inquiétudes, formuler telle ou telle
suggestion relative à l'organisation du service. Le
hasard des cures préside à la constitution de ces
groupes éphémères. Il arrive que l'angoisse des uns
se mette à résonner avec celle des autres, que
quelque chose de presque impensable, pour quoi le
langage — croyait-on — n'avait pas été fait, se dise
entre les mots. Mais neuf fois sur dix, l'heure passée
semble à tous interminable. On n'a jamais déployé
autant d'efforts pour parler à côté des vraies questions dont chacun sent bien qu'elles ne peuvent pas
être posées. On discute de telle ou telle difficulté
concrète, de l'aménagement de la salle de jeu, de
toutes sortes de problèmes matériels. Mais personne n'ose toucher le vrai point sensible.

Aux yeux naïfs d'un observateur extérieur, les
parents des enfants malades passeraient peut-être
pour une admirable communauté soudée par l'affliction. En pédiatrie, le cancer frappe de façon totalement aléatoire. Il n'a aucune raison de toucher

plutôt ici que là. C'est donc un échantillon particulièrement représentatif de la société française qui se
trouve rassemblé : il y a de jeunes parents et de vieux
parents, des Parisiens et des provinciaux, des riches
et des pauvres, des diplômés et des analphabètes,
des catholiques, des athées, des travailleurs immi-
grés, des paysans, des avocats, des médecins, des
ouvriers, des employés… Tous embarqués dans la
galère commune du mal… Et à ce titre, ayant perdu
leur nom, leur identité sociale, tout ce par quoi ils
croyaient exister au-dehors, liés tellement au destin
de leur enfant que, dans la clôture du service, insen-
siblement, ils en deviennent à leur tour des enfants,
plus enfants que leurs propres enfants : grands
gamins empotés, petites filles raisonneuses… Ils se
retrouvent sur les terrasses pour fumer, ils déjeunent
dans la salle à manger une fois que le repas des
enfants a été desservi, ils partagent les jeux de leur
fils, de leur fille, ils discutent des traitements,
presque jamais de leur vie hors de l'Institut. Un fou
rire incompréhensible les prend lorsque, pour un
détail, ils photographient brutalement l'absurdité
massive et sanglante de ce qu'ils vivent. Parfois, ils
deviennent passagèrement amis tout en sachant que
cela compte si peu : juste comme un salut bref et
tendre adressé de l'un à l'autre depuis le cœur même
de l'irréparable.

Car ils savent bien qu'ils ne sont ensemble qu'en
apparence. On ne peut jamais faire la somme des
angoisses et chaque souffrance est impartageable.
Chaque famille est emmurée dans le temps propre
de son traitement : certains sont encore dans l'effa-
rement du diagnostic posé, d'autres voient se multiplier les signes d'une probable guérison, d'autres
encore s'enlisent chaque semaine dans la boue
affreuse du malheur. Ces gens n'ont rien à se dire.

L'expérience de la maladie ne les réunit pas mais elle les sépare, elle les fait vite se tourner le dos. Comme toutes les autres, cette communauté est perverse. C'est la mort qui soude ces êtres, la grande soif de savoir sur le cou de qui tombera bientôt le couperet. Les statistiques de guérison varient assez notablement d'une tumeur à l'autre mais l'on sait qu'approximativement trois enfants sur quatre guériront. Toute mort suscite en conséquence des sentiments ambigus. Elle rappelle l'issue possible de la maladie mais en même temps elle fait que s'accroît l'espoir de ceux qui survivent. La logique mathématique de l'affaire est assez simple à assimiler : toutes choses égales d'ailleurs, pour tout enfant qui meurt, trois seront sauvés. Plus la mort frappe autour de vous, plus elle vide les chambres voisines, plus la probabilité grandit que vous soyez épargné. Dans le secret de sa conscience, personne ne peut s'empêcher de tenir à jour cette comptabilité macabre. Seuls les plus frustes l'avouent. Ainsi une mère de famille déclarant à Alice, après avoir pris des nouvelles de Pauline : — *Quand on entend des choses comme ça, on se dit que dans notre malheur, on n'est pas trop à plaindre et qu'il y en a qui sont bien plus mal lotis que nous !...* La sagesse populaire est impitoyable.

Dans les premiers temps de la cure, vous alliez vers les autres, vous étiez avide de savoir, vous guettiez auprès d'eux les informations qui vous étaient nécessaires. Puis un moment est venu où vous avez cessé de poser des questions car les réponses qu'on vous faisait étaient trop douloureuses. Vous souffriez des bonnes comme des mauvaises nouvelles. Elles vous alarmaient tout autant. Vous plaigniez ceux qui s'enfonçaient. Vous enviiez ceux qui s'en allaient. Alors, vous vous êtes tu. Quand vous traversiez le couloir, vous regardiez le bout de vos pieds. Sur la terrasse, vos regards étaient fixés dans le vide. Nombreux étaient ceux d'ailleurs qui se détournaient de vous car ils vous savaient voué au malheur et ceux qui tentaient de vous accrocher au passage, vous saviez qu'ils cherchaient sur vous la trace de ce même malheur que les autres fuyaient. Votre perte, ils la savouraient comme la promesse de leur salut.

Je lis dans un roman récent cette phrase d'une parfaite justesse : « La plupart des humains s'imaginent qu'il existe dans le monde une quantité limitée de chance. D'où ce petit air de contentement qui passe sur leur visage lorsqu'ils aperçoivent un mourant. Ils croient que le mourant, devenu un malchanceux, libère ainsi la part de chance qui lui était impartie et que celle-ci va pouvoir réintégrer la somme qui circule au bénéfice des vivants. »

Suave mari magno : « Il est doux de contempler du rivage les flots soulevés par la tempête, et le péril d'un malheureux qui lutte contre la mort : non pas qu'on prenne plaisir à l'infortune d'autrui, mais parce que la vue est consolante des maux qu'on n'éprouve point. »

7

Il faut être lucide, un peu, sur la nature humaine, n'est-ce pas? L'hôpital sert à cela. On y photographie la crasse noire qui colle aux manches, aux cols, la sueur boueuse qui barbouille le teint. Le mouvement de sa pensée était, on le vérifie, porté par une marée perpétuelle de bêtise et de malveillance. L'expérience du tragique n'élève pas l'individu au-dessus de sa condition d'homme, elle ne l'exempte pas de l'ignoble et du misérable. Dès qu'on pénètre dans ce domaine, tout se trouve marqué du même sceau de déraison. L'hôpital est un asile où la mort a rendu chacun fou. La discipline souple et invisible qui règne parvient à décourager les accès les plus imprévisibles ou les plus embarrassants. La politesse et l'usage sont des camisoles suffisantes. Mais on sent bien le délire qui bouillonne dans chaque cerveau. On le lit à livre ouvert sur les visages, les grimaces, les tics.

Le désespoir est proscrit, ses signes sont effacés, chacun feint d'adhérer au discours volontariste et lénifiant de la guérison. On le peut sans peine lorsque la maladie disparaît vite et qu'en deux ou trois mois on quitte l'Institut. Mais pour ceux qui s'éternisent en ces lieux, c'est différent. Ils continuent à prendre sur eux-mêmes, à ne rien laisser paraître de leur angoisse. Dans certaines chambres, enfants et parents sanglotent en cachette les uns des autres pour ne pas s'imposer mutuellement le fardeau de leur détresse. Médecins et infirmières n'échappent pas toujours à l'épidémie des pleurs. Ils multiplient les dépressions nerveuses, sombrent dans la mélancolie. Tous ceux-là ne peuvent pas se détourner du signe d'énigme qu'est devenue leur vie.

Que dit ce signe ? On se tourne vers les médecins. De l'absurdité sans nom du mal, il faut que quelqu'un réponde, quelqu'un avec un nom, un visage et non le fantôme anonyme et lointain de la fatalité. On veut pouvoir demander à un homme des comptes. On veut croire qu'on ne s'en remet pas seulement au jeu mécanique des drogues, au verdict impassible des machines. Mais les médecins n'ont pas de réponse. On reprend son raisonnement de délire. Si la mort est bien l'événement par lequel la vie prend son sens, il faut que la mort elle-même ait un sens, il ne faut pas qu'elle survienne pour rien, il faut que son irruption dans le monde soit porteuse de quelque lourd et décisif message. Chaque patient est un nouvel Œdipe décryptant l'énigme de sa maladie. Mais personne ne triomphe de ce Sphinx car à la question qu'il pose, il n'y a pas de réponse. La seule chose à comprendre est qu'il n'y a rien à comprendre, qu'on meurt comme on naît : par hasard. Mais cette vérité semble impensable, trop cruelle. À l'absurde noir, on préfère toutes les fables. Il faut s'expliquer à soi-même le chemin de détresse parcouru, remonter d'effet en cause l'histoire de sa vie.

Alors, les plus raisonnables peuvent tenir les discours les plus délirants. Il faut qu'ils sachent l'origine de leur maladie, qu'ils nomment le « pourquoi » de leur vie. Ils veulent remonter jusqu'au point caché où tout s'est décidé à leur insu. Chez certains patients, cette recherche de la cause tourne à l'obsession et menace l'équilibre mental. Pourquoi suis-je malade, moi et non tel autre? Pourquoi l'improbable loterie statistique a-t-elle désigné mon enfant pour mourir? La science met en évidence certains facteurs génétiques ou environnementaux. Mais dans le cas de l'oncologie pédiatrique, ils sont très rares. Peu de bébés sont soignés pour un cancer de la gorge provoqué par le tabac et l'abus d'alcool. Presque toujours la maladie naît sans raison dans l'obscurité des cellules et lorsque les premiers symptômes révèlent au grand jour l'affection, il est trop tard pour en étudier la genèse. On en est réduit aux hypothèses. Cette incertitude même laisse le champ libre aux reconstructions imaginaires. Telle mère vous explique que le cancer de sa fille s'explique par une chute de bicyclette. L'autre incrimine l'alimentation déséquilibrée qui lui était servie à la cantine. Les pères, en général, nourrissent des visions plus grandioses: ils évoquent à mots couverts de vastes complots planétaires, l'influence des OVNI, des essais nucléaires ou des expériences militaires menées en secret sur le territoire de leur commune. L'hypothèse génétique est une pomme de discorde inévitable: famille et belle-famille se rejettent la responsabilité du drame.

Mais, en réalité, pensent-ils, si la maladie se développe, c'est par défaut d'amour, par carence du désir de vivre. Chercher une cause est toujours nommer un coupable, percevoir une intention de nuire là où n'existe que l'arbitraire vide et destructeur du biologique. Le plus atroce serait le chaos, l'absurde, l'arrêt rendu sans rime ni raison par une divinité inexistante. À l'absence d'ordre, ils préfèrent l'existence d'un ordre qui les accuse. Plutôt que rien, ils veulent qu'existe une loi même si cette loi les condamne. Ce serait trop vertigineux et inacceptable si la Providence, sous une forme ou sous une autre, n'existait pas... Ceux qui souffrent, ils doivent bien expier quelque forfait oublié... Commis peut-être au cours d'une vie précédente... Informulé, n'ayant jamais paru au jour de leur pensée consciente... Ils ne peuvent être entièrement innocents, sinon au nom de quoi connaîtraient-ils ce calvaire ?

C'est étrange mais c'est ainsi : beaucoup de malades préfèrent se penser justement punis par une puissance vague de rétribution des joies et des peines plutôt qu'injustement châtiés par la divinité aveugle du sort. Ils se préfèrent coupables dans un monde juste plutôt qu'innocents dans un monde injuste ! Toute épreuve est donnée alors comme une mortification secrètement choisie. Toute mort est un suicide inconsciemment désiré. Chacun n'a que ce qu'il mérite. Le monde, après tout, n'est pas si mal fait...

La vérité sur laquelle chacun ferme les yeux est bien plus vertigineuse et noire. Les bons et les méchants souffrent, les justes et les pervers courent vers la tombe, on les enterre ensemble et leurs cendres se mêlent dans la fosse, les forts ne survivent pas toujours aux faibles... Qu'importe que vous méritiez de vivre ou de mourir, que vous teniez bon ou que vous lâchiez prise, que vous vous dressiez contre le sort ou que vous l'acceptiez, un démon noir joue aux dés votre vie dans le vide.

Cette vérité-là, les témoignages sur le cancer la disent rarement. L'opinion est communément répandue selon laquelle la volonté de vivre est l'un des facteurs majeurs de la guérison. Ceux qui se battent, triomphent. Ceux qui renoncent au combat, succombent. Il faut l'écrire noir sur blanc : tout cela est un pur mythe. Les études psychologiques n'ont jamais mis en évidence la moindre corrélation entre, par exemple, dépression nerveuse et déclenchement de la maladie. Les cancérologues lucides le reconnaissent sans difficulté en privé : certains patients doués d'autant de volonté de guérir qu'une feuille morte ou qu'une serpillière sur le sol réagissent admirablement aux produits qu'on leur administre, leur organisme métastasé au dernier degré remonte sûrement la pente ; à l'inverse, des malades admirables de courage et d'obstination sont emportés en l'espace de quelques semaines par un cancer foudroyant. L'injustice la plus radicale règne donc.

8

Si le mythe usurpe ainsi la place de la vérité, c'est qu'il se nourrit du désir de sens des malades et de la société. Certains médecins l'ont compris et flattent en public cette interprétation erronée du mal. Que voulez-vous, il ne faut pas désespérer Villejuif! Si les malades souhaitent que leur souffrance soit une expiation, si la société aime à penser que ceux qui meurent l'ont bien mérité, pourquoi produire un inutile démenti que personne ne souhaite? Pourquoi expliquer que la Providence n'existe pas, que tout se réduit à un inexplicable et obscur choc de cellules, que cette catastrophe miniature n'est fonction ni des règles de la morale ni de celles de la psychologie. Il vaut mieux flatter la superstition ordinaire. Les médias la relaient avec efficacité. Ils expliquent que la maladie est un combat. Ils produisent toutes sortes de témoignages exemplaires. Dans toutes les émissions médicales, des pantins plastronnent devant les caméras. Ils racontent comment à force de ténacité, ils ont vaincu leur mal, comment ils ont su puiser dans leur inépuisable énergie mentale et dans l'amour de leurs proches pour ne jamais renoncer. Le public est ému. Il applaudit et signe des chèques. M. X., des Yvelines, cancer des testicules (95 % de guérison), déclare les yeux rivés à l'objectif : *Je ne suis pas un loser, je savais que je m'en tirerais, j'étais plus fort que le cancer.* M. et Mme Y., de l'Essonne, leur petit garçon sur les genoux, soigné l'année précédente pour un rétinoblastome (95 % de guérison) : *Nous l'aimions tellement qu'il ne pouvait pas mourir, c'est la force de notre amour, j'en suis certaine, qui l'a aidé à guérir.* M. Z., célèbre journaliste parisien (pas de cancer, trois semaines d'hospitalisation en service de réanimation) : *J'ai toujours gardé confiance, je crois qu'il faut adresser aux malades un vrai message d'espoir, j'ai compris le sens des vraies choses en approchant la fin et, finalement, je crois que c'est cette illumination qui m'a protégé de la mort.* La télévision « passe le relais » à la presse. On nous raconte toutes sortes d'aventures édifiantes. M.V., de Garges-lès-Gonesse, est un cadre beaucoup plus performant depuis qu'il se sait atteint d'un cancer du côlon. Mme W., de Roissy-en-Brie, n'a pas renoncé à son emploi d'institutrice malgré les cures de chimiothérapie, elle sait qu'elle a une leçon de courage à donner désormais à ses petits élèves.

Ah, les enfants ! On a tout à apprendre d'eux. Sentimentalisme : — *La maladie est tellement plus terrible lorsqu'elle frappe les enfants ! — Pourquoi ? — Mais voyons, c'est injuste, ce sont des innocents. — Les autres malades sont donc coupables ?*

Le petit J., quatorze ans, était donné pour condamné par tous les médecins. Il se lance dans une dernière aventure. Il traverse le Sahara en patins à roulettes. Son équipée est sponsorisée par Coca-Cola. Il est photographié entre Robert Redford et Paul Newman. Canal Plus prend une option sur le documentaire et se réserve l'exclusivité des droits dérivés. *Le Figaro magazine* lui consacre sa une.

Entre les chameaux et les Berbères, le garçon découvre le sens de la vie. Il triomphera de sa maladie. Il est fait de l'étoffe des héros. Mlle T., éducatrice, évoque le souvenir de la petite I., alors âgée de huit ans et soignée pour un lymphome. Un soir, elle lui lisait l'histoire de la chèvre de Monsieur Seguin. Mais I. se mit en colère quand le livre fut refermé. Blanchette n'aurait pas dû abandonner, elle aurait dû continuer à lutter après l'aube et le loup ne l'aurait pas dévorée… Brave petite chèvre luttant de ses cornes contre la bête noire du mal et sortant triomphante de la nuit…

Success stories, happy ends… Et ainsi de suite, jusqu'à la nausée… Si la maladie frappe aveuglément, du moins saura-t-elle respecter ceux qui lui résistent, elle épargnera ceux qui lui tiennent tête. La société veut que ses valeurs de pacotille règnent jusque dans la clôture de l'hôpital. Dans la vie comme dans la mort, il faut des battants, des gagneurs. Le paradis de la réussite leur appartient. Mieux, l'hôpital devient le lieu exemplaire où la société entend vérifier la justesse des principes qui fondent sa logique de broyeuse. La lutte perpétuelle pour la survie n'est pas une fiction politique. Regardez comme la médecine en confirme la vérité : les faibles meurent, les forts l'emportent. Il y bien une morale à la fable sanglante de l'existence. Il faut être charitable, compatissant à l'égard de ceux qui sombrent mais les vrais héros positifs que la société réclame sont ceux qui sortent vainqueurs, ils ont fait la preuve que la mort elle-même pouvait être défaite, qu'elle n'existait pas. Ils ont récolté ce qu'ils avaient semé. Leurs efforts ont été payés de retour. Tout cela est juste. Chacun obtient son dû. Mais quel est le dû des morts ?

9

On répète à ceux qui sont frappés : il faut se battre contre la maladie et contre le désespoir, il ne faut pas se laisser aller, votre guérison dépend de vous, il faut la mériter. Soyez de braves petits soldats !... Montez à l'attaque de votre mal, sabre au clair, drapeau au vent, musique en tête. Ceux qui meurent ne peuvent s'en prendre qu'à eux-mêmes. Ils n'ont pas assez cru à leur chance. Ils ont déserté la grande armée des vivants. Pour l'exemple, il faudrait les fusiller. Est-ce qu'on mesure la cruauté de ces mots répétés dans tous les magazines, de ces discours tenus par certains médecins ? Ce n'est pas assez de mourir. Il faut en plus porter la culpabilité de sa propre fin.

La vérité est qu'on ne se bat pas contre la maladie. La maladie est un fantôme dont on ne croise jamais le regard. On la connaît seulement à ses glissements de scie sur les nerfs, à son travail de boucher dans la chair. On ne peut pas lutter contre elle, la prendre par les épaules, la jeter à terre, la repousser, la frapper. On ne peut pas lui cracher à la figure, elle n'a pas de visage. On ne peut pas lui crier des insultes, elle n'a pas d'oreilles. Elle n'a pas d'autre corps que celui qu'elle partage désormais avec le malade. La guerre qui se livre contre elle n'est pas glorieuse, elle est une besogne anonyme et routinière de drogues, de rayons, de lames où le patient n'a aucune part. Dans la maladie, c'est contre soi-même qu'on se bat, contre celui qui en soi veut hurler à force de douleur endurée, contre celui qui cherche à tâtons le refuge de la folie pour ne plus rien comprendre enfin de ce qui lui arrive, contre la panique hallucinée de se voir s'en aller, et la détresse de voir cette panique se refléter dans les yeux qui vous aiment. Cette lutte est entre soi et soi. Elle exige indiscutablement une grande force intérieure mais qui n'a rien à voir avec celle qu'exalte la société : il ne s'agit pas d'être dominateur, conquérant, présomptueux mais, tout au contraire, ironique, rusé, modeste, tenace. Et la victoire qu'on remporte, remise en question chaque jour, ne garantit absolument rien quant à l'issue effective de la maladie. Ceux qui, dans cette guerre de sueurs froides, s'en sortent avec les honneurs sont effectivement admirables. Mais ils peuplent les cimetières aussi bien et aussi vite que les autres.

Chut, tout cela doit être tu... Comment voulez-vous vendre au public une histoire où les bons et les méchants meurent aussi bien ? Les bons peuvent mourir mais il faut que leur mort soit une apothéose, un triomphe. Les méchants peuvent survivre mais il faut que leur victoire les voue à l'enfer, à l'horreur, à l'ennui. Les téléspectateurs réclament du sens qui soit directement transposable dans leur existence. Ils veulent qu'on les rassure quant à l'intelligibilité du monde où ils vivent. La réalité ressemble désormais à un interminable feuilleton américain, à un mousseux soap-opera. C'est pourquoi elle est devenue si ennuyeuse, si prévisible. C'est pourquoi on zappe de plus en plus vite.

Dire en un mot ce qu'est la société où nous vivons ? «Le sentimentalisme, écrit Joyce, c'est jouir d'une émotion sans vouloir acquitter la dette effective contractée avec elle. » Le sentimentalisme, c'est l'impunité des larmes, le confort du pathos, la compassion distante, le plaisir de se sentir humain et la liberté de zapper. Les images défilent, hypnotiques, sur les écrans. Elles vibrent et vous prennent dans leur somnolence propre. Là-bas, ils meurent et, ici, vous, vous vivez. Vous versez des larmes mais vous ne souffrez pas. La mort vous est un spectacle où vous n'entrez pas. Vous êtes avides de voir, de savoir parce que plus vous voyez l'horreur trépigner de l'autre côté de la vitre de votre poste, plus vous vous sentez protégé. Il vous faut les simulacres de l'effroi pour mieux vérifier votre propre invulnérabilité. La mort ne frappe que les autres. On en multiplie la figure pour mieux la vider de toute vraisemblance. Vous ne mourrez pas, ceux qui meurent habitent des pays lointains, on les tue dans des guerres improbables, des épidémies stupides les déciment, la faim les efface. D'autres, plus près de vous, agonisent. Mais la mort les a fait passer de l'autre côté de la grande barrière invisible et vous vous savez saufs de ce qu'ils sont. Ce sont des myopathes, des hémophiles, des homosexuels, des handicapés, des accidentés, des cancéreux. De toute éternité, un signe les marquait, ils devaient être ce qu'ils sont devenus. Ils sont les autres, ceux qu'on exhibe, ceux qu'on abandonne en pâture à la bête noire qui doit bien assouvir sur certains son appétit de viande. Mais tout est fait pour qu'à eux, vous ne vous identifiiez à aucun prix. Vous êtes du côté des journalistes, des médecins, des miraculés, de tous ceux qui se savent immortels puisqu'ils passent à la télévision. Pour ceux qui meurent, vous pleurez, vous payez et vous vous pensez quitte. Vous éprouvez de la pitié pour cette espèce souffrante mais vous ne partagez pas sa condition. Vous devez être une sorte de dieu puisque, devant votre écran, vous êtes comme un animal indestructible et heureux. Aujourd'hui, la mort s'oublie dans le «mourrissement» mis en scène qui en est l'endormissement : diversion de signes, pourrissement de pitié, fermentation de sermons. Les images se multiplient pour mieux interdire l'accès à l'expérience méditée. Le réel et la fiction se mélangent. Vous ne parvenez plus à distinguer les téléfilms des reportages. Vous en concluez que tous les cadavres télévisés se redressent une fois le générique passé. À vingt heures trente, le Rwanda et la Bosnie se repeuplent, les hôpitaux sont des décors qu'on démonte une fois les témoignages filmés. Les comédiens quittent leurs costumes et vous rejoignent de l'autre côté de l'écran. Vous ne savez pas ce qu'est la mort. Vous n'avez jamais vu de cadavre. Vous n'avez jamais fermé les yeux à quiconque. Ou si cela vous est arrivé, vous êtes parvenu à l'oublier. On vous raconte que la médecine éradiquera un à un les maux, que l'ère de l'éternelle jeunesse approche, que l'électronique et la chirurgie vous donneront le corps que vous souhaitez. Et quand il faudra malgré tout mourir, on vous couchera dans une belle chambre aux murs couleur de ciel, vous entendrez une musique angélique, des femmes douces vous tiendront la main, elles essuieront maternellement la sueur qui coulera de votre front. Vous vous endormirez enfin, entouré de ceux que vous aimez. Ils ne pleureront pas car ils auront compris qu'il était temps pour vous de regagner le grand Tout que vous aviez quitté et où vous continuerez à vivre. Votre longue traversée de clarté commencera. Vous vous élèverez dans un puits de lumière. Des silhouettes de rubis et de perles vous prendront par la main. N'est-ce pas ?

VIII

WENDY

Peter was not quite like the other boys; but he was afraid at last. A tremour ran through him, like a shudder passing over the sea; but on the sea one shudder follows another till there are hundreds of them, and Peter felt just the one. Next moment he was standing erect on the rock again, with that smile on his face and a drum beating within him. It was saying: — To die will be an awfully big adventure.

1

Pauline est née un 24 décembre. C'était il y a quatre ans. Noël tombe le jour de son anniversaire. Pas de chance ! Tous les cadeaux arrivent au cœur de l'hiver puis il faut attendre une longue année pour que revienne le moment de la fête. Mais le temps offre beaucoup d'autres occasions de plaisir, entre décembre et décembre. Nous ne manquons jamais de les saisir. Pourtant une date comme celle-là doit être doublement marquée. Comment célèbre-t-on un anniversaire dont on a tout lieu de penser qu'il sera le dernier ? À quoi ressemble un sapin de Noël auquel aucun autre ne succédera ? On fait semblant de ne pas y penser. Encore plus qu'à l'ordinaire, on se ruine en livres, en poupées, en jouets. On voudrait pouvoir offrir à l'enfant en une fois tous les présents qu'il sera bientôt impossible de lui donner, lui faire l'avance de tous ses anniversaires futurs pour l'obliger à rester, prendre le temps de lire les livres, d'ouvrir les boîtes, de casser ou de perdre les jeux extravagants qui lui sont réservés. Les paquets sont bien cachés dans le grand placard bleu.

On fêtera l'anniversaire à midi avec les grands-parents. Puis le soir, nous resterons tous les trois. Personne ne peut nous en vouloir de souhaiter être seuls maintenant. Chaque journée compte. Nous ne pouvons plus partager ce temps qui file et s'éteint. Pauline croit au Père Noël. Elle lui a écrit. Il lui a répondu. Il faut mettre ses chaussons au pied du grand sapin vert qui ne perd pas ses épines. Une guirlande électrique le fait scintiller dans l'obscurité du salon. Aux branches pendent des boules bleues et on a noué des rubans rouges. Depuis le début de la soirée, le lecteur-laser répète ses comptines et ses cantiques. Le Père Noël peut rentrer, n'est-ce pas ? dans un appartement sans cheminée. Sa tournée est longue et harassante. Il doit visiter en quelques heures tous les enfants de la terre. Les elfes ont confectionné les paquets. Quatre rennes blancs tirent le traîneau dans le ciel. Le Père Noël doit être bien fatigué. Pauline tient, comme elle l'a lu dans un livre, à ce que nous posions en évidence sur la table un verre de jus d'orange et deux gâteaux au chocolat pour qu'il puisse se restaurer, reprendre des forces, avant de repartir dans le froid et la nuit. Pauline porte une robe bleu ciel avec un grand nœud noué dans le dos. Maman a bien voulu la maquiller un peu («*du joue à lèvres*»), lui a mis ses bijoux («*son bracelet de cou*»). Elle est très élégante. Ses cheveux ont un peu repoussé. Elle tourne et danse au rythme des rengaines de Noël. Elle n'a pas beaucoup d'appétit. Elle touche à peine aux plats de la fête. Mais elle tient beaucoup à tremper ses lèvres dans le champagne, qui pique, réchauffe la gorge et monte en bulles dans le nez et la tête. Quand est-ce qu'il arrive, le Père Noël ?

Selon un stratagème convenu, je propose d'emmener Pauline jusqu'à l'église voisine pour y admirer la crèche. L'heure de la messe approche. Les paroissiens, dans leurs beaux habits, gravissent les marches en spirale et passent derrière la figure de pierre de saint Jean-Baptiste de La Salle. Sa main est posée sur le front d'un enfant. Un autre se tient à ses côtés. Les fidèles sont heureux. Les petits attendent le moment d'ouvrir leurs cadeaux. Les parents sont dans la gaieté de l'alcool et du dîner. Ils vont donner de la voix quand il s'agira de chanter le divin enfant. Les prêtres contemplent avec contentement le troupeau grossi de leurs ouailles. La crèche elle-même est un peu décevante : stylisée à la façon moderne. Des formes géométriques arrangées à la façon d'un mobile figurent le toit de paille et le ciel étoilé. On reconnaît bien Marie, Joseph et Jésus. Mais où sont le bœuf et l'âne, que sont devenus les bergers, les moutons, les anges ? La messe va commencer. Nous ne pouvons déjà nous en aller. J'emmène Pauline dans une chapelle latérale. Nous nous arrêtons devant une curieuse statue de bois peinte qui représente la Vierge et l'Enfant. Pauline connaît bien l'histoire du bébé né dans l'étable. Je lui fais faire le signe de croix et répéter avec moi un Je vous salue Marie. Nous ne demandons pas grand-chose, juste la grâce d'un autre Noël. Rendez-vous pris : même lieu, même heure, même jour, l'année prochaine. Promis ?

Sur le chemin du retour, je nous mets en condition psychologique pour l'éventuelle surprise. Et si le Père Noël avait justement choisi le moment de notre absence pour déposer les cadeaux ? Est-ce qu'on n'aperçoit pas au loin un traîneau qui s'envole ? Et cette ombre-là sur le toit ? Et ce bruit dans l'escalier ? Tout a été organisé et exécuté de main de maître. Nous ouvrons la porte. Alice nous attend. Elle semble un peu dubitative, vaguement intriguée. Elle n'est pas tout à fait certaine mais il lui semble bien que depuis la chambre, elle a entendu une étrange rumeur dans le salon, comme si quelqu'un d'un peu corpulent déplaçait de lourds objets. Tiens, mais on a bu le jus d'orange, et croqué dans les gâteaux! Tout cela est bien singulier. Peut-être vaudrait-il mieux aller voir... Pauline prend à peine le temps d'ôter son anorak et son bonnet. Elle se précipite. C'est un carnage de papiers, un holocauste de rubans, un massacre de cartons. Un paquet est à peine ouvert qu'il faut éventrer le suivant. Le château Playmobil ne compte pas moins, lit-on sur la boîte, de trois cents pièces. La notice d'assemblage développe en une dizaine de pages des schémas sibyllins. Étant donné les talents de bricoleur de Papa, on en a pour une bonne partie de la nuit. Mais Maman ferait mieux de ne pas rire trop vite, il lui incombe de vêtir, de coiffer, de dévêtir les poupées Barbie. Pendant que les parents exécutent docilement leur besogne de petits elfes, Pauline poursuit son inventaire, répandant le contenu des paquets sur la moquette, faisant la somme mentale de ses nouveaux trésors.

La Saint-Sylvestre, nous la fêtons dans les murs de l'Institut presque désert. Pauline est en cure dans l'attente du scanner pulmonaire décisif. La plupart des chambres sont vides. Les patients dont le traitement ne revêt pas de caractère d'urgence ont sans doute obtenu un délai de grâce. C'est la trêve des confiseurs. L'équipe soignante est ramenée à son effectif minimal. Les rares parents présents désertent en milieu d'après-midi. Nous réveillonnons tous les trois dans la chambre d'hôpital. Chez un traiteur voisin, je suis passé prendre de quoi organiser l'apparence d'un banquet miniature. Personne n'a très faim. J'ouvre la bouteille de champagne. Je nous sers dans des gobelets de papier pris à l'office. Pauline trempe encore ses lèvres. Chut, on ne dira rien!... Nous déclarerait-on que, tout particulièrement chez un enfant de cet âge, l'absorption d'alcool est contre-indiquée en cours de chimiothérapie? Je trinque avec Alice. Bonne année, mon amour! Pire ou meilleure que la précédente? Pire, est-ce possible? Attendons...

Chaque jour compte maintenant que les cures ont repris et que personne n'est en mesure de penser le futur tel qu'il sera dans un mois, dans deux mois. Les heures s'en vont vertigineusement. Bientôt, il faudra retourner à l'hôpital. Il a fallu renoncer aux vacances. Que faire de cette poussière d'instants tenue encore dans le creux de la main?

Pendant longtemps, au plus noir des premiers mois de traitement, quand le bras grossissait inexorablement, nous avons fait rêver Pauline au cours des soirées d'hôpital en lui promettant, dès que possible, de l'emmener au pays de Mickey. Elle n'avait alors qu'une idée très vague de ce que pouvait être Eurodisney. Mais elle avait besoin de croire qu'il existerait, pour les enfants, un autre monde après les murs de l'Institut. Ce monde, elle l'a vu. Elle souhaitait y retourner le plus souvent possible.

Ah, au fait! Ne comptez pas sur moi pour écrire du mal d'Eurodisney. Vendu aux fourmis japonaises et à leurs mangas, je le suis aussi aux Américains. Traître, je mange à tous les râteliers. J'ai un compte en dollars qu'approvisionne l'Oncle Picsou, un autre en yens. On ne peut pas compter sur moi pour signer de responsables pétitions. Je ne ferai pas le poilu lorsque éclatera la bataille de Marne-la-Vallée. N'oubliez pas, c'est écrit dans les journaux, je suis un «sodomisé intellectuel», autant dire: un cosmopolite, un youpin. J'incarne la décadence de la pensée critique française. Je suis indigne de participer à la croisade lancée par de preux intellectuels contre l'impérialisme culturel yankee! Babar contre Mickey! Donald à l'index! Goofy au pilori! La France aux Français! Boutons Tic et Tac, Riri, Fifi et Loulou hors du sol sacré de la patrie. Non, je ne polémiquerai pas avec d'austères vieux garçons, normaliens, agrégés, docteurs, éditorialistes, chroniqueurs, qui prétendent, du haut de leurs soixante ou soixante-dix ans, régenter ce que c'est que l'esprit d'enfance. C'est inutile. Sur ce terrain-là, n'importe quel petit garçon, n'importe quelle petite fille a l'avantage sur eux.

Pauline adore Eurodisney et elle a raison. — *Dis, on retournera au pays de Mickey?* — *Bien sûr, on y va, quand tu veux.* Il faut dire que ce monde est le nôtre. Nous y jouissons d'extraordinaires privilèges. Aux enfants malades, on remet quand ils rentrent un badge bleu qui leur donne un droit d'accès prioritaire à toutes les attractions. Même sans ce signe, les animateurs, le service d'ordre repéreraient l'enfant à son seul petit crâne chauve. Pauline passe toujours la première. Mickey et Minnie la câlinent longuement. On lui fait tirer le sifflet de vapeur de la grande locomotive. Lorsque sur Main Street défile la grande parade du soir, elle est au premier rang parmi les fauteuils roulants et les petits mongoliens qui frappent frénétiquement des mains. Quand Aladin et Jasmine passent en glissant sur leur tapis volant, c'est à Pauline qu'ils dédient leur unique baiser. C'est un événement ça, croyez-moi, dans la vie d'une enfant de quatre ans!

— *On y va alors?* — *On y va!* C'est une matinée blanche de février. Ni cure, ni examen programmé... Un répit de quelques heures. Il y aurait de meilleurs jours, sans doute, pour se rendre au parc, de plus ensoleillés, de moins brumeux. Mais nous ne sommes pas certains de disposer du luxe d'attendre jusqu'au printemps. Nous roulons sur l'autoroute de l'Est, nous avons dépassé Bercy. La neige se met à tomber. De petits flocons obstinés que balaie l'essuie-glace mais qui collent à l'asphalte et font sur lui d'épaisses flaques où deux rails s'impriment. Dans ce récit, la neige revient, je le sais, avec l'obstination d'un procédé grossier de romancier. Comme s'il fallait souligner avec insistance la cohérence froide d'un destin déjà joué. Qu'y puis-je si depuis trois mois Paris s'est installé dans un hiver inhabituel? Devrais-je taire cette pluie perpétuelle de flocons qui, depuis le début, nous accompagne? Et les précipitations glacées qui ont marqué le recommencement de la maladie? Dois-je omettre cette image qui ne s'efface pas: la couche blanche épaisse recouvrant les terrasses de l'Institut et l'ovale creusé des pas dans la nappe de neige salie? Faut-il par souci de vraisemblance psychologique taire au lecteur les pensées du narrateur, ne pas lui confier qu'au volant de sa Clio bleu marine, ce jeune père de famille, alors qu'il rétrograde et décélère, tandis qu'il emprunte la bretelle de sortie qui conduit à Eurodisney, se cite mentalement et pour lui-même les dernières lignes de *Dubliners*: «The snow falling faintly and faintly falling like the descent of their last end upon all the living and the dead»?

Le badge bleu, aujourd'hui, sera inutile. La tombée du froid a été si violente et si rapide que tous les visiteurs éventuels ont été découragés. Le parc est vide. La chute du thermomètre a pris tout le monde au dépourvu. Les interminables chemins dallés qui mènent du parking jusqu'à l'entrée n'ont pas été salés. Il faut se déplacer avec la plus extrême prudence pour ne pas risquer la culbute. Mickey, Minnie et les autres ne montreront ni le bout de leur truffe ni le bout de leur queue. Engoncés dans leur costume, ils se retrouveraient vite les quatre fers en l'air, dans une posture peu compatible avec leur statut de vedettes.

Le parc fonctionne malgré tout. Il ne faut pas décevoir les quelques touristes venus des quatre coins de l'Europe. Nous remontons Main Street et son décor stéréotypé d'Amérique provinciale. Une fois traversé le château de la Belle au bois dormant, la vision est étrangement surréaliste. Fantasy Land, Adventure Land, Frontier Land... La neige recouvre doucement le monde tout entier. Elle efface la poussière des ranches du Far West, les rocs brûlants de soleil sur la mer caribéenne, elle fait son travail de flocons sur les palmiers équatoriaux, sur les berges du Mississippi, sur les cactus de l'Arkansas, elle migre vers les planètes inventées de lointaines galaxies, elle pose son manteau de glace sur les eaux où le *Nautilus* croise, elle prend tous les rêves d'enfants dans sa somnolente blancheur de songes...

Mais nous sommes là pour nous amuser, pas pour nourrir de mélancoliques rêveries. Aujourd'hui, nous serons des cow-boys, nous partirons pour l'Ouest. Pauline est assez grande désormais, elle a droit aux attractions les plus vertigineuses... Pas les divertissements de bébés!... On prend tous les trois le petit train de la mine. Attention! c'est parti... On tombe dans le noir, on glisse sur les rails, on échappe à la collision, on descend dans les entrailles pierreuses de la terre, on resurgit en plein ciel, un vol de chauves-souris nous frôle. Dans l'obscurité, on entend le tac-a-tac-tac-a-tac laborieux de la locomotive tirant ses wagons puis c'est la chute, le kaléidoscope brillant des roches entre lesquelles on s'abat. Maman rit, Pauline hurle, Papa, livide, se mord les lèvres. C'est fini? Pas encore... Un tonnerre souterrain, un dernier virage en épingle à cheveux! Ouf, on y est... — *Encore un tour, Maman?* — *Si tu veux, ma chérie.* Mais Papa déclare forfait. Il préfère fumer un cigare en regardant passer devant lui le majestueux bateau à roue de Mark Twain. Il n'accompagnera pas davantage les filles lorsqu'elles embarqueront à bord de la navette de l'espace. Star Tour, pour Pauline, c'est «*le petit robot qui conduit mal*». Le pilote automatique est déréglé. Tout est simulé sur écran, sauf le mal de cœur éprouvé lorsque l'engin vire sur son aile, essuie une pluie de météorites, échappe aux soucoupes ennemies lancées à sa suite.

Les émotions fortes, ça suffit pour aujourd'hui! On s'envole doucement avec Peter Pan, on monte dans une nacelle qui passe au-dessus de Londres endormie, un vent invisible gonfle la voile et nous souffle parmi les étoiles, les nuages s'écartent, et nous survolons le Pays Imaginaire: le rocher du crâne, l'arbre creux, le camp des Indiens, le lagon des sirènes. D'autres pirates sont plus sinistres que le bouffon Crochet. On glisse en barque au milieu du spectacle de leurs méfaits, de leurs rapines, de leurs exploits. Un orage tropical éclate au-dessus de nous. Pauline ferme les yeux lorsque brille l'éclair. Une ville des Caraïbes est tombée aux mains des hommes du terrible Barbe-Rouge. Les belles maisons coloniales qui surplombent le port sont en feu. Nous pénétrons jusqu'à l'antre du capitaine où sont dissimulés tous les trésors: des coffres de bois débordent d'or, des œuvres d'art s'entassent dans un décor de brocante, derrière les grilles, de sinistres squelettes nous font signe. Le drapeau noir à tête de mort flotte au-dessus de nous. On va voir encore «*les poupées qui chantent* ». On finit dans la féerie de ce grand tour du monde musical qui vous poursuit des jours entiers de son air de rengaine : « *It's a small world after all !* »

Le parc va fermer. La neige n'a pas cessé de tomber. Tout est gris et glissant. Il faut marcher précautionneusement. Sur le parking, les voitures manœuvrent avec difficulté dans la boue blanche qui les cerne. — *Dis, c'était bien, hein ? — Oui. — On y retournera alors au pays de Mickey ? — Bien sûr, on reviendra.*

2

La cure intensive va commencer. Nous entrons à nouveau dans l'inconnu, nous pénétrons encore dans l'incertain, l'aléatoire. L'intensification est classique dans le cas de nombreuses tumeurs. Mais elle est hautement inhabituelle dans le cas de l'ostéosarcome. Le protocole est expérimental. On n'y a recours que depuis peu de temps et seulement lorsque toutes les autres ressources de la technique médicale se sont avérées vaines. Les doses de chimiothérapie sont brutales. Elles sont administrées sous haute et constante surveillance. L'organisme reçoit le choc des drogues de plein fouet. Il s'abat sur son lit. Toutes ses défenses sont mises à bas. Si les précautions qui donnent à la cure intensive sa spécificité n'étaient pas prises, il serait à la merci de la première infection et il lui faudrait des mois pour remonter la pente dévalée. Les prélèvements de moelle ne sont plus aujourd'hui nécessaires. On a recours à une technique beaucoup plus souple et efficace qu'on nomme «cytaphérèse». Dans les jours qui précèdent la cure, alors que l'organisme est en possession relative de ses moyens ordinaires de défense, on pose au patient un second cathéter dans le haut de la cuisse. Ces deux entrées simultanées permettent de relier le corps à une massive et bruyante machine. Par elle le sang transite, on filtre en lui les cellules souches qui produisent les leucocytes de manière à les préserver de l'effet de la chimiothérapie et à les réinjecter après coup. L'opération de prélèvement prend plusieurs jours au cours desquels l'enfant doit rester couché. Pauline sait la raison de son retour à l'Institut. Une «*boule*» est apparue dans son poumon. Elle a un peu de mal à comprendre ce que c'est que le poumon. Il faut donner des médicaments plus forts que ceux qu'elle a reçus de manière que cette «*boule*» diminue de taille et qu'on puisse l'enlever comme l'autre, dans le bras, a été ôtée. Nous ne disons pas à l'enfant l'exacte gravité de sa situation. Mais elle n'en ignore rien. Depuis quelques jours, elle est agitée, inquiète, ses jeux prennent un tour plus sombre. Elle joue au docteur avec l'une de ses grand-mères, venue lui tenir compagnie : *On aurait dit que moi, je serais le docteur et toi, tu serais la malade. Et toi tu serais morte. Pour être mort, on ferme les yeux, on ne dit plus rien, on ne bouge pas ! Mais tu fais semblant seulement, hein ? Mourir, tu sais : on s'endort et puis on s'envole…* Jamais Pauline n'aborde avec nous la question de l'issue de sa maladie. Elle veut nous protéger de son angoisse comme nous cherchons à la protéger de la nôtre. C'est avec les autres seulement qu'elle joue jusqu'au bout le jeu de sa vie pour parvenir à lui donner sens.

On nous dit, citant Freud jusqu'à un âge assez tardif, les enfants ne savent rien de la mort ; ils sont rigoureusement incapables de conceptualiser ce que le mot recouvre pour nous ; au mieux, ils lui donnent un tour métaphorique ; ils désignent ainsi l'absolu d'un abandon parental qui, plus que toute autre chose, les terrifie. Au-delà de sa vie, un enfant n'exige rien de ceux qui lui ont donné le jour sinon l'amour encore conservé sous la forme du souvenir. Parler de sa mort à un petit être n'est pour ceux qui le font qu'une inacceptable façon de partager avec lui le fardeau de l'angoisse.

Mais que sais-je, moi, de la mort, plus que le plus petit des enfants ? Suis-je mieux à même de penser ma fin qu'une fillette de quatre ans ? Lisant tous les livres, vivant toutes les vies, je reste au bord de ce gouffre que les religions, dans leur appareil artificieux de dogmes, ne suffisent pas à remplir. La science me laisse aussi désarmé qu'un enfant et ce dernier n'a de leçons à recevoir d'aucun de ceux qui, bien intentionnés, lui masquent le précipice auprès duquel, davantage qu'eux, il se tient. C'est affaire de vérité à quoi chaque individu a droit quel que soit son âge.

Chacun s'en tire avec des images. Et personne ne doit être privé des images qui donneront sens à ce qu'il vit. Que, vers le Pays Imaginaire, Peter Pan entraîne à sa suite les enfants malades dans leur agonie n'est pas une hypothèse moins avérée qu'une autre. Et, pour ma part, je suis prêt à croire autant à Neverland qu'au ciel où tournent, radieux, les anges, ou à la terre nourricière où retourne le cercueil et se dissout dans la cendre le sacrement des cellules.

Si le temps vient, lorsque le temps viendra, je me promets de ne rien cacher à l'enfant. La vérité que je réclame, je la veux aussi pour elle. Je la sais à la hauteur de celle-ci davantage que tous ceux qui meurent adultes après une vie passée à courir d'une médiocre illusion à l'autre. Je trouverai les mots pour lui expliquer. Je ne veux pas la priver de ce qui donnera sens à son existence trop courte.

331

D'ici là, nous nous préparons. Comment ne saurait-elle pas déjà ce que signifie la mort ? Pour la centième fois, elle répète les mots de l'agonie avec les héros de ses dessins animés favoris. La Bête meurt dans les bras de la Belle. Une flèche a traversé son pelage et frappé son cœur. Son corps massif gît sur la plus haute terrasse du château et la Belle, sur lui, laisse couler la soie bleue de sa robe de bal. Elle lui murmure des promesses et des mots d'amour : *Ne m'abandonne pas ! Je ne te quitterai jamais...* Et à l'adresse de John Smith, l'Indienne Pocahontas ajoute : *Ton souvenir restera en moi comme une flamme.* Pauline semble savoir déjà cette vérité promise et, devant l'écran, silencieusement, elle pleure.

Avec les figurines de plastique nouvellement acquises, il faut jouer encore l'histoire de Peter Pan. La table roulante représente le bateau des pirates. Je suis bien évidemment le vociférant Crochet ainsi que le crocodile au sinistre tic-tac. Pauline, elle, se distribue dans le rôle de Wendy. La part laissée à l'improvisation est assez faible. Il s'agit de répéter avec conviction les dialogues du dessin animé. Le capitaine manchot propose à la jeune Anglaise de rejoindre le camp des méchants. Faute de quoi, elle sera poussée dans la mer où l'attendent les dents terrifiantes de l'animal. Pauline dirige entre ses doigts le petit personnage qu'elle a choisi. Elle le mène jusqu'au rebord de la table et prononce à haute et intelligible voix les mots du rôle : *Je préfère mourir que de devenir pirate !* Wendy plonge de son plein gré vers la mort, elle disparaît sous le plateau de bois avant de resurgir triomphalement entre les bras de son Peter Pan qui, au vol, l'a arrachée au-dessus des vagues. Un combat sans merci s'ensuit qui oppose, à grands coups meurtrissant les doigts, le Peter Pan et le capitaine Crochet de plastique. Le pirate doit s'avouer vaincu et — humiliation suprême — reconnaître devant les Garçons perdus qu'il n'est que du «*poisson pourri*». Attendant sa proie, le crocodile danse de joie en reprenant avec les enfants un gai refrain. Wendy n'a pas peur de mourir. Elle ne sera jamais pirate...

3

La cure intensive a ceci de particulier qu'elle doit se dérouler dans certaines chambres séparées du reste du service par une série de sas. On nomme ces chambres : secteur protégé. Même avec la greffe, l'organisme ne reconstitue que lentement et imparfaitement ses défenses naturelles. Il est donc essentiel de protéger le malade vulnérable de tout contact potentiellement dangereux avec le monde extérieur. Une fois les drogues reçues, avant que celles-ci ne produisent leurs effets, Pauline reçoit des mains d'une infirmière un bain méticuleux, sa peau est désinfectée de façon à éliminer le risque d'un germe. On la vêt d'une tenue stérile. Il n'y en pas à sa taille. Elle porte sur la tête une large charlotte bleue. Sa blouse trop grande fait derrière elle une longue traîne. Elle pénètre ainsi dans le secteur et l'on dirait une petite princesse foulant, un peu inquiète, le sol de son nouveau royaume.

On nous explique les règles de ce que nous présentons à l'enfant comme un nouveau jeu un peu compliqué. Elle va rester dans cette chambre un peu plus longtemps que d'ordinaire. On ne peut fixer avec précision le nombre de «dodos» qu'elle devra faire à l'hôpital. Tout dépendra de l'avis des docteurs. Comme toujours, nous serons avec elle du matin jusqu'au soir. Rien de ce qui viendra de l'extérieur ne pourra pénétrer dans sa chambre. Tout doit être absolument propre, nettoyé à l'aide de produits spéciaux qui débarrassent les objets de leurs microbes éventuels. Ses vêtements, ses livres, ses jouets ont été stérilisés. Ils nous sont revenus dans des doubles pochettes en plastique. Tout le monde autour d'elle sera déguisé en «*schtroumpf*», tout en bleu des pieds à la tête sous un costume stérile de docteur. Dans les premiers temps, en attendant que la greffe ait permis à son sang de se reconstituer, nous porterons même des masques. Elle aura le droit de se moquer un peu de nous car, dans nos costumes, nous aurons vraiment l'air bizarre.

Dans le premier sas, on ôte ses chaussures. Dans le second, on se dévêt entièrement. On laisse ses habits, ses effets dans un placard marqué au nom de l'enfant. On se lave méticuleusement les mains jusqu'au coude, en insistant entre les doigts, sous les ongles. On prend dans un panier une tenue stérile protégée dans un emballage étanche. La tenue ressemble à un pyjama bleu unisexe. On coiffe une charlotte, une sorte de poche extensible qui enserre les cheveux. On chausse des sortes de mocassins confectionnés dans la même matière. Alors, on peut rentrer dans le secteur stérile. Avant d'atteindre les chambres, il faut passer par un nouveau sas. On doit se laver à nouveau les mains, fixer sur son nez et sa bouche un masque chirurgical. Alors, on peut rentrer dans la chambre. À chaque fois qu'on sort du secteur, ne serait-ce que cinq minutes pour aller avaler un sandwich, fumer une cigarette, la manœuvre tout entière doit être répétée. Un autre sas sert à la sortie qui communique avec le premier. On jette à la poubelle la charlotte et les chaussons. On abandonne la tenue dans un panier à linge vidé tous les soirs. Les placards où les habits de ville ont été laissés le matin s'ouvrent à la fois du côté du sas d'entrée et du côté du sas de sortie. On débouche enfin dans la première pièce où les chaussures ont été posées.

Ces servitudes, en général, pèsent aux patients et aux parents. Nous, le secteur nous protège. Au point où nous en sommes de la maladie, la présence des autres nous est de plus en plus insupportable. À qui parlerions-nous ? La chambre stérile est une poche blanche à l'intérieur de la poche plus vaste du secteur. Rien ne peut parvenir jusqu'à elle. Le développement même de la maladie s'interrompt. Scanners, I.R.M., examens doivent être suspendus tant que dure l'hospitalisation. Le traitement est une parenthèse. Le monde est doux quand il se limite à la clôture de ces quelques mètres cubes habités à trois. La chance veut que ce soient quelques-unes des infirmières les plus attentives et les plus douces qui aient été désignées pour prendre soin de Pauline. Une grande histoire de tendresse s'écrit vite entre l'enfant et la jeune interne en charge, ce mois-là, des petits patients du secteur.

L'effet des drogues est inhabituellement violent. Les premiers jours, Pauline dort beaucoup. Elle s'écroule de fatigue à sept heures du soir et quand, à neuf heures du matin, nous pénétrons dans sa chambre, habillés de bleu, elle sommeille encore. L'aplasie est intense. Des effets secondaires jusqu'alors inconnus apparaissent et les médicaments ne réussissent à les combattre qu'imparfaitement. La bouche et la gorge sont douloureuses, irritées d'aphtes. On dirait que les muqueuses sont à nu. Avaler devient trop difficile et l'alimentation doit se faire par perfusion. La numération a plongé. On restitue à l'organisme les cellules souches prélevées au moment de la cytaphérèse. Le corps réagit étrangement et, pendant plusieurs jours, émane de lui une asphyxiante odeur de chou-fleur trop cuit qui passe à travers les masques. Le niveau des leucocytes remonte atomatiquement. Mais la numération sanguine n'est pas pour autant stabilisée car les drogues poursuivent leur travail indifférencié de destruction. Les contrôles sont quotidiens et des transfusions régulières d'hémoglobine et de plaquettes s'avèrent nécessaires.

Avec une rapidité étonnante, pourtant, l'enfant sort de ce K.O. médicamenteux. Elle ne peut agir, bien entendu, sur le nombre de ses globules comme elle ne peut enrayer la croissance des lésions pulmonaires. Mais elle peut faire en sorte que sa faiblesse n'entame pas sa vitalité ordinaire. Au bout d'une semaine, elle est pratiquement sur pied et réclame de nouvelles aventures. Mais il faut attendre... Peu importe, attendre est devenu notre spécialité, c'est sans doute ce que nous savons le mieux faire ensemble. Nous sommes prêts à passer des siècles entre ces quatre murs, à enchaîner cure sur cure. Il faudra nous jeter dehors!... Nous pouvons soutenir un siège, nous sommes armés. La chambre dispose d'un magnétoscope. Toutes les cassettes peuvent entrer dans le secteur stérile, il suffit de les asperger d'un produit antiseptique approprié. Les dessins animés préférés du moment s'intitulent *La Belle et la Bête*, *Les 101 Dalmatiens* et, bien entendu, *Peter Pan*. De la salle de jeu, nous avons fait venir une console Sega. Pauline connaissait déjà Super Mario Bros et Streetfighter II. Elle excelle à ce dernier jeu, inspiré de la violence des mangas, et qui met en scène des combats sanguinaires. Sur l'écran, une petite fille peut être tour à tour lutteur de sumo, karatéka chinoise, boxeur noir, brahmane lutteur. Coups de pied, coups de poing... Quel que soit le personnage que Pauline choisit, elle met la raclée à Papa, toujours aussi maladroit dans le maniement des manettes. Avec Sega, Aladin devient notre héros. Il lui faut libérer la princesse Jasmine, combattre d'innombrables méchants, échapper à des pièges sournois, défier enfin le sinistre Jafar. Au bout de quelque temps de pratique, Pauline s'en tire remarquablement bien. Elle fait évoluer sur l'écran le petit personnage animé qui court, frappe, saute, bondit, rebondit et passe de monde en monde, de caverne en désert, de terrasse en palais, volant au secours de sa bien-aimée.

Après la sieste, on passe à des activités plus créatives. Pauline s'exerce à écrire son nom avec Maman. Les lettres, tracées en capitales, sont de hauteur un peu inégale, elles forment sur la page une ligne branlante, le «E» a tendance à compter souvent cinq ou six barres horizontales au lieu des trois réglementaires mais, dans l'ensemble, cela fait une signature tout à fait reconnaissable. Pauline veut savoir lire et écrire pour travailler et travailler signifie pour elle taper sur le clavier d'un ordinateur, gribouiller dans des cahiers, annoter ou souligner des livres (en mon absence, elle s'installe à mon bureau et je retrouve dans mes dossiers, mélangés à mon écriture, ses petits graffitis à elle). Alice : — *Tu es encore un peu petite, et c'est très difficile, mais si tu veux, on peut essayer d'apprendre à lire. — Oui, bonne idée, Maman, comme les grands ! — Tu vois, dans* PAULINE, *il y a des lettres : P-A-... — Comme ce qui est écrit par terre dans la rue ! — Par terre dans la rue ? — Oui, tu sais bien, près des voitures ! — Ah,* PAYANT, *oui, tu as raison, cela commence exactement par les deux mêmes lettres. Chaque lettre correspond à un* son. *Écoute bien : P comme Papa! — Ou comme Peter? — Oui, très bien. Ou encore comme : Pinocchio. Et ensuite A comme Avion. — Ou comme Aladin! — Oui, très très bien. Ou comme : Arielle. Et le U? — U comme... U comme Blanche-Neige?* risque Pauline. — *Non ma chérie, pas U comme Blanche-Neige,* répond Alice en riant, *mais ça n'a aucune importance.*

Pauline apprend à dessiner avec Papa. Elle trace au feutre des figures de papillons, d'oiseaux, de chiens, de chats, de fleurs. Elle a une manière bien à elle de faire les personnages. Elle n'oublie jamais de leur mettre un nombril disproportionné. Les membres se détachent à peine de la masse du corps. Chaque visage semble un autoportrait. La tête est ronde et souriante, percée de deux séries de cercles concentriques qui figurent de gros yeux ouverts sur le monde. Chaque dessin fini doit être aussitôt signé puis accroché sur l'un des espaces libres du mur — de moins en moins nombreux à mesure qu'avance la cure.

Parfois viennent les clowns, la psychologue ou l'éducatrice, des musiciens, tous difficiles à reconnaître d'abord derrière leur masque. Avec le musicien ou la musicienne, Pauline préfère rester seule. Les parents peuvent se retirer, aller prendre un café, fumer une cigarette. C'est en duo seulement que se jouent et se chantent, rythmées d'un tambourin, ces longues comédies musicales secrètes.

En fin d'après-midi sonne l'heure rituelle du «*Pestacle*» — entendez : «spectacle». Le public est sélectionné en fonction de règles draconiennes. On ne peut être que deux dans la chambre. Rares sont ceux autorisés à applaudir l'artiste. Il y a les parents, les infirmières, l'interne, la psychologue, l'éducatrice et les éventuels visiteurs. Encore faut-il qu'ils acceptent de montrer assez d'enthousiasme à l'idée du privilège qui leur est accordé. Pauline est ravie de la chemise de nuit blanche qu'elle porte — tous les vêtements doivent être en coton de façon à bouillir avant de pénétrer dans le secteur. Cette chemise de nuit est une incontestable robe de danseuse. Avec elle, on peut faire de gracieuses révérences. Lorsqu'on virevolte, elle s'élève et flotte vaguement autour des genoux. Le ballet tout entier se danse sur les musiques de Walt Disney : jazzy avec *Les Aristochats* et *Le Livre de la jungle*, romantique pour *Cendrillon* ou *La Belle au bois dormant*. Les morceaux les plus lents peuvent être accompagnés de la voix par l'artiste qui fredonne en murmurant les mélodies. À des spectateurs profanes, la chorégraphie pourrait sembler limitée. La scène de l'Opéra-Garnier s'est singulièrement rétractée puisqu'elle se confond avec le matelas d'un lit d'hôpital sur lequel danse un petit rat blanc qui doit prendre garde à ne pas perdre l'équilibre. La liberté des mouvements n'est pas totale. De dessous le tutu court un fil de plastique qui va se perdre dans les cintres. Seul le bras droit se dresse au-dessus de la tête. Le gauche tombe, inerte, le long du corps, la main repliée sur le coton de la robe à hauteur de la hanche. Mais ce sont de telles contraintes qui définissent l'art véritable et qui permettent d'apprécier d'autant mieux la technique, la grâce, la sensibilité du danseur. La petite ballerine va et vient, d'avant en arrière, elle fait voler sa robe, la soulève, tourne sur elle-même autant que le lui permet le fil tendu, elle se penche, elle suit l'envolée de sa main droite vers le ciel, adresse un imperturbable sourire au décor, plisse les yeux, chante et se tait, demande aux techniciens dans les coulisses de bien vouloir passer ou repasser tel ou tel morceau de son répertoire. Le spectacle reprend, les

340

arabesques étroites, les entrechats simulés, les révérences répétées sont les figures essentielles de ce ballet presque immobile. L'artiste s'incline, se redresse,
salue encore, adresse un vague et superbe geste au
public, elle interrompt le grondement trop tumultueux à son goût des bravos, des vivats, des bis. Il n'y
aura pas de rappel ce soir. La diva a fait son devoir
d'artiste. Elle congédie la foule bruyante de ses
admirateurs. À l'exception de Papa et Maman auxquels on accorde la grâce de rester encore un peu,
jusqu'au moment des derniers livres, jusqu'à l'instant doux de l'endormissement.

4

Nous sommes restés environ un mois dans le secteur protégé, vivant de cette douce vie repliée. La numération a fini par se stabiliser à un niveau suffisant pour que la sortie puisse être envisagée. Nous étions heureux d'en terminer avec les contraintes strictes de cette existence, de penser que Pauline allait pouvoir marcher un peu sous le soleil naissant du printemps, respirer l'air des jardins, dormir à nouveau dans son lit. Mais nous savions aussi que son premier pas posé dans le couloir déclencherait un irréversible compte à rebours menant en quelques jours au moment du prochain scanner et de l'arrêt définitif rendu, peut-être.

Les choses sont allées plus vite encore que nous le craignions. Un suivi médical très rigoureux accompagne les sorties de cure intensive. L'effet des drogues est long à agir sur l'équilibre sanguin. Des transfusions répétées sont nécessaires. L'organisme est toujours à la merci d'une infection ou d'une complication dont les conséquences peuvent être graves. Au bout d'une dizaine de jours, Pauline s'est mise à faire des poussées de fièvre régulières. On la sentait vaguement douloureuse. Elle quittait de moins en moins souvent le canapé bleu du salon. La procédure habituelle veut qu'en pareils cas, on recherche la source d'une possible infection afin de traiter celle-ci par antibiotiques. Les examens étaient répétés de jour en jour mais les renseignements qu'ils apportaient étaient assez incertains, contradictoires. Un jour, j'étais absent, au travail. La fièvre s'était faite virulente, la douleur plus précise au point que Pauline pouvait indiquer avec netteté le lieu de la souffrance quelque part dans son dos. L'hémoglobine et les plaquettes chutaient encore. Il fallut à Alice et Pauline se rendre toutes deux à l'Institut pour qu'une transfusion ait lieu et que quelque chose soit fait enfin pour l'enfant qui geignait et s'affaiblissait. Les internes prirent les mesures qui relevaient de leur compétence. Mais visiblement cela ne suffisait plus. Pauline était assise, crispée, le visage inhabituellement figé, à l'une des tables de la salle de jeu. Depuis le matin, Alice cherchait à voir un médecin mais aucun n'était disponible. Personne ne souhaitait trop lui parler. Elle insistait auprès des secrétaires, des internes, des infirmières pour que quelqu'un la reçoive. L'heure tournait et bientôt ils auraient tous quitté les locaux de l'Institut. Enfin, le docteur de Pauline apparut. Il entraîna Alice dans son bureau et lui exposa la situation. Il était inutile de chercher plus longtemps à identifier la cause d'une éventuelle infection qui, de toute évidence, n'existait pas. Les signes cliniques étaient assez clairs étant donné ce que l'on savait de la maladie de l'enfant. Les poussées de fièvre et les douleurs dorsales étaient selon toute probabilité la marque d'un développement rapide des métastases pulmonaires. Le scanner permettrait de s'en assurer. Et pour la première fois depuis de très longs mois, le docteur sortit son carnet rose à souches et prescrivit les doses nécessaires de morphine.

Nous avons laissé passer quelques jours puis nous avons téléphoné pour nous enquérir de ce qui serait fait désormais. Je parlai au médecin qui m'a expliqué qu'un scanner et une scintigraphie avaient été décidés pour la semaine suivante. Il m'a répété ce qu'il avait expliqué à Alice, il a ajouté que la situation était «*particulièrement inquiétante*», puis il s'est tu. C'était à nous de décider ce que nous voulions exactement savoir. C'était à nous de formuler en conséquence la question que nous poserions maintenant. Alors, j'ai demandé : — *Vous voulez dire qu'elle va mourir ?* Et il a répondu : — *Oui. Nous saurons avec plus de certitude après le scanner. Mais je crois que, oui, elle va mourir...* Puis il s'est tu à nouveau. Je voulais parler jusqu'au bout, je faisais attention à ce que ma voix ne me trahisse pas, qu'elle ne se casse pas, j'essayais que se forme dans mon esprit comme un grand vide blanc qui me protégerait jusqu'à ce que la conversation soit terminée, le combiné reposé. Je me sentais intérieurement disparaître dans une sorte de gouffre de vent ouvert entre les os de mon crâne. Les mots étaient arrivés jusqu'à moi mais j'essayais de différer le moment où leur sens lourd les rejoindrait en moi. Mon esprit avait quelques minutes de lucidité calme d'avance sur mon cœur. Cela devait être suffisant pour entendre ce qui devait désormais être dit. Au bout du fil, le docteur se taisait toujours. Alors, j'ai dit : — *Est-ce qu'elle va souffrir ?* Et il a répondu : — *Non, nous aurons très certainement les moyens d'éliminer toute souffrance liée à ce type de lésion...* J'ai demandé encore : — *De combien de temps disposons-nous ?* Il a dit : — *Cela est très difficile à estimer...* Je l'ai interrompu : — *Mais, est-ce qu'il faut compter en mois, en semaines ?* Je savais que le cancer est le plus souvent une interminable maladie et j'avais parlé de semaines dans l'espoir de susciter chez lui enfin une réponse un peu réconfortante. Je pensais qu'il allait m'expliquer que quelle que soit l'issue de la maladie, il serait possible de différer l'inévitable, d'en amortir le choc de cruauté et que nous avions encore devant nous la jouissance possible d'un ou deux étés. — *Étant donné la virulence de la tumeur*, a-t-il alors déclaré, *nous parlons plutôt de semaines ici…* Nous avons dit encore quelques mots sur l'organisation des prochains jours. Puis nous avons raccroché.

L'impasse où nous étions, nous l'avions vue progressivement se refermer sur nous. On nous avait dit clairement que la cure intensive serait la dernière carte thérapeutique à jouer. Mais, en même temps, on avait refusé de nous expliquer avec trop de précision ce qui adviendrait après, entretenant à ce sujet une sorte de flou propice aux espoirs et aux illusions. Lorsque le caractère potentiellement fatal de la récidive était apparu, nous avions eu une conversation un peu longue avec le docteur de Pauline. Alice insistait sur la nécessité de protéger l'enfant de la souffrance quoi qu'il arrive. Quant à moi, je répétais qu'il fallait saisir la moindre chance, que le potentiel physique et psychologique intact de Pauline permettait d'envisager de nouveaux traitements. Le docteur semblait un peu attristé du discours que je tenais. Peut-être était-il blessé que je le suppose capable, par découragement, de ne pas tout tenter. Je crois surtout qu'il était inquiet de constater que, malgré un an de traitement et d'échecs répétés, nous n'étions pas encore résolus à l'idée de voir notre fille mourir. Nous ne fermions pas les yeux, nous regardions la vérité en face, mais cette vérité nous refusions pourtant de l'accepter. À un moment, le malade doit être abandonné à la mort. Mais cet abandon sera moins cruel pour ceux qui survivent s'il se fait avec leur assentiment. Il faut, dit-on, consentir à ce qui va arriver. La disparition semble alors préférable à la maladie perpétuée et ce sont, paraît-il, les proches, les parents mêmes qui sollicitent le médecin afin que tout soit terminé. Je ne sais pas si c'est notre force d'endurance ou notre capacité d'aveuglement qui était plus grande. Mais au fond de nous-mêmes, nous avions beau savoir, nous n'étions pas prêts à ce que le dernier mot soit dit.

La scintigraphie eut lieu, puis le scanner pulmonaire. À quoi est-ce que ressemble une métastase pulmonaire ? Je croyais me souvenir d'une photographie médicale, aperçue dans une encyclopédie…. Ou peut-être était-ce, à l'intention des fumeurs, dans l'un des journaux de l'Institut ? Je croyais voir une épaisse fleur charnue, noir et blanc, ouverte, ayant éclaté presque à force d'énergie mauvaise concentrée en elle. Sur les dernières radios du bras, l'humérus avait pris l'apparence d'un double bulbe. Les chirurgiens l'avaient arraché au sol propice de la chair. Mais il était trop tard, la plante avait déjà semé ses germes. L'été que nous avions vécu avait été son hiver. Les semences avaient dormi dans la terre, attendant les rayons favorables du froid pour mûrir, percer leur enveloppe de tissus. La fleur était formée, fermée encore mais grosse de tout son avenir de mort. Je l'imaginais blanc et noir, plongeant ses racines dans le poumon droit de l'enfant, faisant pousser ses feuilles et ses tiges autour de la trachée, s'apprêtant à éclore dans sa bouche, l'étouffant de la masse écœurante et parfumée de ses pétales.

Quand nous nous sommes rendus à la consultation qui suivit le scanner, nous nous attendions à heurter de plein fouet un mur dressé, à rentrer dans l'impossible… Non pas l'« impossible » tricheur dont j'avais entendu parler dans les livres et qu'exploitent, de poème en poème, toutes sortes d'imposteurs lettrés... Non, quelque chose de beaucoup plus tangible comme le moment de dégoût où il faut expliquer à une petite fille de quatre ans qu'elle ne vivra plus... Où il faut dire malgré tout une vérité pour laquelle aucun langage n'a jamais été pensé... Pour nous accorder plus de temps, le docteur nous a reçus les derniers. Il a examiné l'enfant, a constaté l'intensité atténuée par la morphine des douleurs dorsales, a pu remarquer qu'aucune gêne respiratoire n'était encore perceptible. Puis, comme il en avait l'habitude, il a envoyé jouer l'enfant, l'a libérée puis est resté seul avec nous. Je ne pensais à rien, nous pensions à rien, j'avais travaillé à tuer toute pensée en moi pour que la pensée ne puisse pas frayer à la douleur un chemin. Le médecin nous a confirmé que, en dépit de la cure intensive, la lésion pulmonaire n'avait pas cessé de grandir. Nous savions ce que seraient les mots qui suivraient.

Nous nous trompions cependant. Le médecin nous a expliqué que les derniers examens laissaient ouverte une étroite fenêtre thérapeutique. Ordinairement, les métastases qu'implique l'ostéosarcome diffusent dans l'ensemble de la masse pulmonaire. Étrangement, dans le cas de Pauline, il n'en allait pas ainsi. La lésion était unique, volumineuse, mordant sur le poumon droit et s'étendant au-dehors de lui, mais n'affectant pas le poumon gauche. On pouvait supposer ce dernier sain car la vague tache qui autrefois était apparue n'avait pas évolué depuis plusieurs mois. La scintigraphie, d'autre part, ne relevait aucune fixation osseuse. En un mot, la tumeur nouvelle était inexplicablement ramassée et on pouvait donc envisager qu'elle soit ôtée chirurgicalement. Les incertitudes, toutefois, étaient nombreuses. Il fallait que la lésion ne soit pas volumineuse au point de mordre sur des organes vitaux dans lesquels il aurait été impossible de couper. L'ablation de la tumeur pourrait ne pas être totale dans ce cas. On était cependant en droit d'espérer que l'intervention, en libérant le thorax d'une partie de la masse cancéreuse, permettrait d'obtenir de la maladie un précieux répit, un soulagement de la douleur.

Quittant l'Institut, nous nourrissions des sentiments partagés. Les regrets étaient très vifs. Car si la décision finale était de nature chirurgicale, il aurait fallu programmer l'intervention dès décembre lorsque la lésion était encore de taille dérisoire. Dans la voiture, Alice expliquait à Pauline les raisons de sa frustration et Pauline semblait très bien rentrer dans les détails de l'argumentation médicale : *s'il fallait enlever la «boule», il valait mieux l'enlever quand elle était petite que maintenant qu'elle était devenue grosse*. Mais le soulagement était réel également tant nous nous attendions à ce que plus rien ne nous reste entre les mains que l'attente impuissante de la mort. Cette chance-là, infime, invraisemblable, était encore à saisir.

Un rendez-vous nous était fixé dans une clinique du sud de Paris. Nous nous sommes rendus là un matin. Nous avons rencontré plusieurs pneumologues dont les avis semblaient réservés, divergents. La situation était extraordinairement délicate. Il faudrait attendre les résultats de la fibroscopie. On nous a annoncé enfin que l'intervention aurait lieu la semaine suivante. Tout allait très vite comme on nous l'avait prédit. Pauline commençait à éprouver de réelles difficultés à respirer. D'impressionnantes sueurs froides ruisselaient le long de son crâne où les cheveux avaient à nouveau commencé à pousser. De sa gorge sortaient des sifflements, des râles. La compression des artères par la tumeur faisait gonfler son visage et lui donnait un air écarlate. Le masque à oxygène n'était pas indispensable mais on sentait qu'il procurait un précieux sentiment de mieux-être. Nous avons obtenu l'autorisation de rentrer quelques jours à la maison en attendant la date de l'intervention. Nous nous sommes fait livrer tout l'appareillage nécessaire à domicile. Pauline dormirait sur le canapé bleu du salon, la bouteille à oxygène installée près d'elle.

5

Elle était trop faible désormais pour que nous puissions rêver de lointains départs. Nous ne pouvions plus nous passer de la proximité du matériel respiratoire. Les promenades dans Paris nous restaient, les courses dans les magasins de la rue Lecourbe. Nous sommes allés visiter le Parc floral du jardin de Vincennes. Il faisait un soleil froid sur la ville. Nous nous étions visiblement trompés de saison. Les parterres étaient nus, les fleurs dormaient encore sous la terre, elles prenaient leur temps. On n'avait pas accès aux maisons de verre. Nous avons pris garde à ne pas nous approcher du terrain de jeu où s'affrontaient les enfants. Nous voulions éviter que Pauline, si affaiblie, n'éprouve la triste tentation de se joindre à eux. Dévalant précautionneusement des collines d'herbe, courant d'arbre en arbre, nous faisions des parties de cache-cache. Le soir, nous sommes allés dîner rue de Wattignies. Pauline a retrouvé ses amis les chats, ceux qui vivent ordinairement dans le grand jardin d'été. Elle a caressé longtemps le noir, le blanc, le roux, les a gavés de croquettes et de viande. Quand il a fallu partir, tandis que, descendant l'escalier de l'immeuble, je la portais dans mes bras, elle s'est mise à pleurer. Les sanglots dans sa voix, la difficulté qu'elle avait à respirer rendaient presque inintelligibles les mots qu'elle disait. Nous essayions de la consoler. Elle ne voulait pas laisser les chats. Je crois qu'elle disait autre chose également.

Alice a promis à Pauline que le lendemain, nous irions lui acheter, sinon un chat, du moins un petit animal, qui serait le sien, qui serait son bébé. À quelques jours de l'intervention, le moment choisi ne me semblait pas idéal. Quelle est l'espérance de vie d'un cochon d'Inde ? Cinq ans. Quelle est l'espérance de vie d'une petite fille dont le cancer est métastasé au dernier degré ? Alice avait pourtant raison. Il y aurait quelque chose de vivant, ainsi, qui attendrait Pauline à la maison le temps de l'hospitalisation, et qui lui dirait en couinant de revenir plus vite. Accueillir cette petite bête de rien du tout chez nous, c'était une manière de prendre un intenable pari sur l'avenir.

Nous nous sommes rendus dans l'un des grands magasins de la Rive Droite. Nous avons pris l'ascenseur de verre qui monte jusqu'à l'animalerie du dernier étage. Nous sommes passés parmi les perruches et les poissons, les chats et les chiens. Mais Pauline ne leur a prêté aucune attention. Son esprit était fixé maintenant sur l'acquisition d'un cochon d'Inde, d'un cobaye. *Ils sont plus gentils avec les enfants*, expliquait-elle, *que les hamsters, les souris ou les lapins. On peut les caresser, leur faire des câlins et ils ne mordent jamais*. Nous n'avons pas eu beaucoup le choix. Dans une vaste cage de bois où la paille s'étalait, ne restait plus qu'un seul petit animal : une femelle de quelques semaines, juste sevrée, les yeux rouges, le poil blanc étrangement planté, un peu hérissé — *Comme les cheveux de Papa*, a fait remarquer Alice ! Ce serait donc celle-là... La vendeuse a longtemps parlé à Pauline, elle

351

lui a expliqué qu'il s'agissait d'une rosette angora, qu'il faudrait prendre soin de sa litière, la nourrir de graines, l'habituer au biberon, ne pas oublier d'ajouter un peu de vitamine C à son eau, qu'elle pourrait la caresser autant qu'elle le voudrait mais qu'il faudrait prendre garde à ne pas l'effrayer car, pour un animal si petit, une enfant de quatre ans était haute et terrifiante comme une montagne. Pauline écoutait avec cette attention sérieuse et éveillée qu'elle avait chaque fois qu'on lui expliquait quelque chose d'important. L'animal avait été mis dans une petite boîte en carton. Nous sommes descendus à l'étage inférieur pour faire l'acquisition de tout le matériel nécessaire : la cage, la paille, les graines... Pauline nous a déclaré que, puisque c'était une fille, son cobaye se nommerait Wendy. Nous sommes rentrés à la maison. Alice et Pauline ont installé ensemble le petit animal, essayant de lui montrer où se nourrir, comment boire. Wendy semblait un peu sur la réserve mais elle se laissait prendre. Lorsqu'elle se couchait sur le canapé, Pauline la posait sur sa main gauche, la caressait longuement de la main droite, et quelquefois posait ses lèvres sur le crâne de l'animal.

Quand Pauline est retournée à l'hôpital, Wendy est bien entendu restée dans sa cage. Je la nourrirais le soir en rentrant. Alice était intriguée par la plantation étrange des poils de la petite bête. L'une des grand-mères fut chargée de faire examiner Wendy par un vétérinaire. Le cochon d'Inde était victime d'une assez sérieuse maladie de la peau qui lui ferait perdre ses poils par touffes entières. Bientôt, l'animal serait entièrement glabre, les plaques de peau rose nue s'élargiraient. Le conseil du vétérinaire était le suivant : obtenir le remboursement de la bête auprès du magasin dont la responsabilité était engagée, faire piquer l'animal, éventuellement en racheter un identique pour le substituer à l'autre à l'insu de l'enfant. Un traitement était envisageable à base de piqûres et de lotions mais il coûterait beaucoup plus cher que l'animal lui-même. Rien n'était garanti. En général, les cobayes se soignaient assez peu. Même sains, ils lassaient en quelques jours, quelques semaines, à l'approche des vacances, les enfants qui les avaient désirés. On les abandonnait souvent dans un jardin parisien, sur une aire d'autoroute. Quelquefois, ils finissaient à la poubelle ou dans le vide-ordures.

Nous n'avions pas même besoin d'en parler. Dans les circonstances actuelles, il était impensable que nous donnions l'ordre de piquer une douce petite créature blanche et malade parce qu'elle perdait ses poils. Nous ne voulions pas mentir à Pauline et comment pourrions-nous lui expliquer que son bébé était mort, qu'un autre lui serait racheté ? Nous avons demandé au vétérinaire de commencer le traitement aussitôt. Nous avons averti Pauline de ce qui arrivait. Elle a pris une voix qui ressemblait étrangement à la nôtre lorsque nous lui parlions à demi-mot de nos angoisses. Elle a dit : *Tu sais, je suis un peu inquiète pour mon petit animal. J'ai peur que les piqûres lui fassent mal.* Pauline couchée, Alice passait de longues heures allongée sur la moquette devant la cage de Wendy. Elle contemplait mélancoliquement le jeu du doux petit rat dans sa paille. On aurait dit qu'elle cherchait à lire un oracle dans la clarté bizarre de ses deux petits yeux rouges. Je n'ai jamais été très sentimental avec les animaux. Mais ce que nous vivions faisait intérieurement s'écrouler beaucoup de ce que j'avais été. Je devenais superstitieux. Tout événement m'était présage. Je pensais que mystérieusement le sort de Pauline et celui de Wendy étaient liés. Je voulais croire que quelqu'un quelque part nous serait reconnaissant d'avoir épargné l'animal et poserait sa main de salut sur notre enfant. J'étais prêt à prier n'importe quel Dieu. Mentalement, je tournais les yeux vers le ciel, j'y cherchais la figure improbable d'une divinité à tête de cobaye, d'un Grand Totem-cochon d'Inde, veillant sur les créatures douces des prés et des champs. Nous avons bientôt appris que les poils de Wendy repoussaient. Alice a dit : *Peut-être aurions-nous dû demander au vétérinaire de soigner également Pauline !*

Plus tard, nous sommes revenus deux brèves journées à la maison. Pauline ne parvenait pas à secouer la torpeur de plomb qui pesait sur elle. Elle parlait doucement et souriait d'un sourire triste. On aurait dit qu'elle se sentait coupable de son insurmontable lassitude et que son sourire nous était une demi-excuse perpétuellement adressée. Je l'ai prise dans mes bras, nous avons descendu l'escalier, je l'ai installée dans sa poussette. Nous avons pris le chemin des jardins où elle jouait avant la maladie. C'était un après-midi d'école et ils étaient vides. Nous n'étions pas venus là depuis de nombreuses semaines. Les jeux d'enfants avaient été entièrement refaits. Il y avait des toboggans de couleur, de grandes constructions de bois bariolées, figurant des navires immobiles échoués dans le sable d'un bac, dressant leur voilure vide dans le ciel. J'ai proposé à Pauline d'aller jouer un peu. Elle m'a dit qu'elle n'en avait pas vraiment envie, qu'elle jouerait une autre fois peut-être, qu'elle était bien dans la poussette, qu'elle voulait juste que nous nous promenions ainsi, que nous nous asseyions un instant au soleil. Nous devions faire des courses pour Wendy. Nous avons remonté la rue Lecourbe et nous sommes entrés dans le Monoprix. C'est Pauline qui devait choisir et payer ce dont son petit animal avait besoin. Elle a voulu se lever et prendre l'un de ces petits caddies d'enfants surmontés d'un étendard qui permettent aux petits d'imiter leurs parents dans les magasins. Elle poussait lentement le chariot, les battants métalliques de la porte s'écartaient automatiquement, je la suivais à quelques mètres avec la poussette vide. Je revois Pauline en cet instant avec toute la précision d'une image rêvée. Elle était de dos, prenant un peu appui sur la barre du caddie, elle portait son coupe-vent orange à motifs d'animaux africains. Au bout de vingt mètres, elle s'est retournée et m'a dit qu'elle était trop fatiguée pour aller plus loin. Je l'ai installée à nouveau dans la poussette et nous avons rejoint le rayon réservé aux produits animaux. Nous avons pris à peu près toutes les boîtes sur lesquelles figurait une photographie de cochon d'Inde : graines, vitamines, biscuits, etc. Une amie de la grand-mère de Pauline faisait ses courses également et elle nous a aperçus. Toutes les boîtes posées sur ses genoux, visiblement épuisée, Pauline semblait disparaître presque dans le fond de sa poussette. D'une voix très lente et très calme, elle s'est mise à expliquer longuement la nature de ses achats et la manière dont elle s'occupait bien de son petit bébé cobaye. Nous sommes rentrés à la maison. Il était inconcevable maintenant que Pauline puisse monter les deux étages à pied. Je l'ai portée. Elle était légère autant que l'enfant d'un an que j'allais chercher autrefois au sortir de la crèche. Pauline a versé dans la cage le mélange de céréales que Wendy préférait. Elle a émietté pour elle un biscuit aux œufs. L'animal couinait et se précipitait. Les graines ruisselaient autour d'elle. De ses pattes griffues, elle triait et portait à sa bouche les morceaux qu'elle préférait. Lorsque le festin fut fini, elle se laissa prendre et accompagna Pauline jusqu'au canapé bleu où l'enfant bientôt s'assoupit.

6

Nous devions prendre le chemin de la clinique. L'opération était programmée pour le lendemain. La lassitude de l'enfant était telle que nous ne pouvions fermer les yeux un seul instant sur l'enjeu de l'intervention. Changer d'hôpital était une délivrance. C'était comme si tout le traitement passé était d'un coup effacé. La chambre attribuée à Pauline comptait deux lits. Elle était élégante et soignée comme une chambre d'hôtel. L'un de nous, le plus souvent Alice, pourrait rester dormir auprès de l'enfant. Nous ne nous trouvions pas dans le service de chirurgie pédiatrique situé deux étages plus bas dans la tour et spécialisé dans les malformations cardiaques des nourrissons. Le septième étage était celui de la chirurgie thoracique et la moyenne d'âge des patients devait avoisiner les soixante-dix ans. Pauline était la seule enfant. Bien naturellement, elle suscitait l'affection des infirmières peu habituées à prendre soin d'aussi jeunes patients. Nous étions heureux de parler à de nouveaux médecins. Nous ne nourrissions aucun sentiment négatif à l'endroit des docteurs de l'Institut qui, depuis plus d'un an, soignaient notre fille. Nous savions qu'ils avaient tout fait pour la guérir. Mais nous ne pouvions pas ne pas sentir le scepticisme, le découragement qui les gagnaient. Ils voyaient Pauline glisser vers la mort comme ils avaient vu avant elle tant d'autres enfants s'en aller ainsi vers cette absence. Le gouffre faisait naître en eux des impressions maintes fois connues que nous pensions de panique maîtrisée, d'effroi effacé. Ici, un pneumologue et un chirurgien s'occupaient plus spécialement de Pauline. Ils devaient être un peu plus âgés que moi. Nous étions heureux de ces nouveaux interlocuteurs car, pour eux, l'espoir de sauver l'enfant n'avait pas disparu. Ils avaient accepté une tâche qu'ils savaient techniquement à la frontière de l'impossible mais à laquelle ils ne renonçaient pas. Pour eux commençait ce qui s'achevait pour les autres. Je crois que dès les premiers jours, ils ont pris tout particulièrement à cœur le sort de Pauline. Le chirurgien était d'une émouvante sollicitude au chevet de l'enfant, d'une humanité étrangement vraie. Sans doute cela était-il dû au fait que dans ce service il était exceptionnel de soigner des enfants. Et la mort d'un enfant est en soi plus bouleversante que celle d'un adulte, d'un vieillard. Peut-être ces hommes étaient-ils pères eux-mêmes de petites filles et il leur était difficile de ne pas confondre leur propre angoisse avec la nôtre. Peut-être y avait-il encore d'autres raisons plus intimes et dont eux seuls avaient la clé dans le secret de leurs vies. Aveuglé sans doute, je crois également que Pauline, en ces dernières semaines, continuait d'exercer un charme de douceur sur ceux qui la découvraient. Elle était faible, épuisée, mais elle ne ressemblait pas à une petite fille qui va mourir. La douleur n'opérait pas sur elle de manière ordinaire. Elle ne la crispait pas, ne la rétractait pas. Elle l'ouvrait à la façon d'une fleur suave et délicate. La maladie l'avait rendue diaphane mais elle n'avait rien effacé de sa personnalité de tendresse. Elle ne cessait pas

357

d'être souriante, ironique, espiègle, sensible à toute marque d'affection, désireuse de retourner à chacun l'amour qui lui était offert. La fin d'une telle enfant semblait proprement impensable.

À la veille de l'opération, le chirurgien nous reçut plus longuement dans son bureau afin que nous fassions ensemble le point. Il lui était impossible de dire exactement ce qui adviendrait. Les images ne fournissaient pas d'informations assez précises. Il ne pourrait mesurer la faisabilité exacte de l'intervention qu'une fois le thorax ouvert. Rapportée au corps de l'enfant, la lésion était extraordinairement volumineuse. La masse des cellules cancéreuses comprimait tout l'appareil respiratoire. La tumeur était née à la frontière du poumon droit et avait grandi dans le médiastin. Elle s'était étendue jusqu'à la trachée et englobait une partie de la veine cave. Ses marges touchaient un grand nombre d'organes vitaux. Et l'on ne pouvait savoir s'il serait possible de procéder à une ablation totale. Peut-être le désastre intérieur était-il si important qu'il faudrait renoncer à toucher à quoi que ce soit, et refermer aussitôt la poitrine. Peut-être — et c'était l'hypothèse la plus probable — serait-il possible de décomprimer partiellement le thorax, de retirer une partie plus ou moins importante de la masse cancéreuse mais certaines régions malades resteraient inaccessibles. Dans ce cas, on ne pourrait compter que sur un bref répit car les cellules malades, depuis leur refuge, continueraient à croître et d'ici quelques semaines menaceraient à nouveau l'appareil respiratoire tout entier. Il y avait enfin une chance à jouer : la probabilité faible que la tumeur tout entière soit retirée ; alors, les compteurs seraient en quelque sorte remis à zéro ; tout redeviendrait possible, en tout cas un répit durable jusqu'à une hypothétique récidive.

Nous sommes revenus à la chambre de Pauline. J'ai voulu lui expliquer à mon tour ce qui l'attendait. Je ne voulais pas la laisser dans l'ignorance. Je voulais qu'elle comprenne le lendemain matin la raison de son départ pour le bloc. Elle savait ce qu'était une « *boule* » mais elle ne comprenait pas bien ce qu'était un poumon. Parmi les jouets qu'elle avait apportés avec elle, il y avait quelques ballons en plastique. J'en ai gonflé un, je lui ai montré comment on pouvait emprisonner l'air dans la sphère de couleur. Je lui ai dit qu'un tuyau descendait du nez, de la bouche dans notre poitrine et menait à deux ballons semblables qui se nommaient les poumons. Lorsqu'on inspirait, ils se gonflaient. Lorsqu'on expirait, ils se vidaient. L'air nous était indispensable pour vivre. Cela s'appelait : « *respirer* ». La « *boule* » s'était logée dans l'un de ces ballons et elle avait tellement grossi qu'il faudrait, nous l'espérions, ôter le poumon tout entier pour la libérer du mal. Pauline m'écoutait sans rien dire. Quand j'ai eu fini, elle a juste commenté : *Ce n'est pas grave, Papa, je respirerai avec l'autre ballon!* Elle m'avait parfaitement compris, elle savait très exactement ce que je souhaitais lui entendre dire ; depuis le début, elle avait deviné où je voulais en venir. Elle me précédait depuis longtemps.

Le départ pour le bloc serait matinal. J'ai embrassé Pauline et Alice. Je les ai laissées dans la chambre double. J'ai pris l'ascenseur. Au bas de la tour, j'ai respiré longtemps l'air noir de la nuit. Je voyais briller les enseignes rouge et or des restaurants chinois du quartier. Les rues étaient écrasées de hautes tours où luisait le dessin irrégulier des fenêtres allumées. Devant la grille fermée de la clinique, j'ai fumé un ou deux cigares à la suite. Je ne voulais pas rentrer. Je n'avais pas faim. Je sentais juste dans mon ventre la chaleur manquante du whisky. Je me suis dirigé vers l'endroit où, le matin, j'avais garé la voiture. L'avenue était éclairée par les projecteurs du stade voisin où se disputait la fin d'une partie de football. La voiture n'était plus là. J'ai réalisé alors que je m'étais garé sur une place de stationnement neutralisée depuis le plan vigipirate. Le panneau provisoire d'interdiction avait été scellé dans le bitume vingt mètres plus haut. Toute la journée, j'avais alimenté le parcmètre en pièces pour rien. La fourrière avait dû passer. Je me suis assis sur un banc et j'ai allumé un nouveau cigare. J'étais risible à souffler ainsi ma fumée de mauvais havane sur une place de stationnement vide. Là-haut, dans la tour, ma femme devait être en train de coucher ma fille, de lui lire une dernière histoire, de l'embrasser, de lui caresser le front en lui murmurant que, demain, tout irait bien, qu'il fallait qu'elle ne s'inquiète de rien. Je suis resté longtemps ainsi. Je n'avais plus besoin de faire d'effort pour ne penser à rien. J'étais un guetteur. Je veillais au pied de la tour dont les fenêtres s'éteignaient une à une. Enfin, j'ai hélé un taxi. Le chauffeur m'a expliqué que les compagnies privées chargées de l'enlèvement des véhicules en infraction sillonnaient tout le quartier jusqu'au soir. La proximité de la clinique était l'un de leurs terrains de chasse favoris. Dans la panique de l'hospitalisation, les conducteurs étaient nombreux à se ranger n'importe où. Le taxi m'a conduit jusqu'à la fourrière de Bercy. J'ai signé un chèque. Je n'avais pas le cœur d'expliquer le pourquoi de ma situation, de protester. Le véhicule était rangé parmi des dizaines d'autres. Je suis rentré à la maison en prenant par les boulevards des Maréchaux, en glissant entre les feux et les lumières, dans le Paris assoupi d'une soirée de mars indifférente. Lorsque la clé a tourné dans la serrure, j'ai entendu de l'autre côté de la porte blindée les couinements aigus de Wendy. Je lui ai versé une large ration de graines, j'ai changé l'eau dans laquelle j'ai fait fondre un demi-comprimé de vitamines effervescent. Sur le répondeur, il y avait un ou deux messages enregistrés dont je ne comprenais plus bien la signification. Je les ai effacés. J'ai vidé dans un verre le fond de la bouteille de J. and B. puis je me suis couché. Je me suis endormi très vite et mon sommeil a été vaguement agité malgré la pression sur mes tempes de l'alcool. J'ai été réveillé tôt. Je n'ai pas voulu téléphoner. J'ai pris tout de suite la voiture pour me rendre à la clinique. Je n'avançais pas, pris dans les embouteillages matinaux du périphérique. Je suis arrivé au moment où Pauline, étendue sur un brancard blanc, vêtue de sa robe de coton, soulevait sa main pour dire au revoir à Alice. Elle descendait au bloc mais ne pleurait pas. Elle nous disait à tout à l'heure. Et les portes de l'ascenseur gris se refermaient sur elle.

7

Les événements se répétaient à un tel point que notre existence n'était plus qu'un perpétuel sentiment de déjà-vu. Il y a presque un an, Pauline descendait au bloc pour que lui soit ôtée la tumeur qui grossissait son bras. Et aujourd'hui, en un autre lieu de Paris, Pauline descendait encore vers le bloc. Nous pouvions voir la chute de l'ascenseur s'écrire d'étage en étage sur le cadran lumineux qui surplombait les portes coulissantes. Les mêmes gestes seraient faits par d'autres hommes masqués et gantés. Il y aurait la même plongée dans le sommeil médicamenteux. Le brancard glisserait jusque dans la salle d'opération. Puis commencerait le travail de lame et d'acier que nous ne pouvions pas même imaginer. C'était une claire journée de printemps. Le soleil ne brillait pas différemment. La terre ne tournait pas différemment. Et sur la planète, des milliards de poumons respiraient ensemble, aspiraient l'air commun sous toutes les latitudes, expiraient leur fumée invisible de carbone. Les foies, les reins, les intestins remplissaient leurs missions ordinaires d'urine et d'excrément. Le sang circulait dans ses boucles de veines et d'artères. Les muscles agitaient des pantins d'os. La chair et la peau masquaient des vérités nues d'organes. Dans la coque du crâne, des milliards de cerveaux géraient en des langues inintelligibles le flux incessant des pensées. Cela faisait une incessante agitation d'impulsions électriques, codées, encodées, décodées. Et tout cela racontait des milliards de fois la légende, le drame d'un individu respirant l'air commun puis expirant sa fumée de carbone. Mais aucun de ces milliards de drames n'était le nôtre. Car ce matin-là, notre petite fille de quatre ans descendait au bloc dans une clinique parisienne et nous saurions dans quelques heures s'il restait quelque chance au monde qu'elle vive encore.

Nous attendions dans la chambre double où le lit de l'enfant avait disparu. Plus le temps passait et plus nous espérions. Nous pensions que la poursuite même de l'intervention signifiait que le chirurgien parvenait progressivement à libérer le thorax de la masse cancéreuse. Nous fumions des cigarettes dans la salle d'attente. Celle-ci surplombait l'un des grands stades de la périphérie parisienne. La fenêtre ouverte, malgré le bruit continuel des automobiles, on entendait le tap-tap des balles de tennis sur les courts. On voyait des enfants courir sur les pistes ou jouer au football. L'heure du déjeuner avait passé mais nous n'avions pas faim. Nous attendions et la cendre des cigarettes noircissait le cendrier. La lumière de cette journée était stupéfiante. Paris semblait passé tout entier dans la clarté resplendissante du ciel. Cela faisait sur soi comme une mer d'azur abattue où, croyant se noyer, l'on peinerait à respirer.

Passé un point, il n'est plus que la prière. Mais la voix se tait. La bouche est morte. La langue ne se sépare plus de l'épaisseur asséchée du palais. Les os, dit-on, se recouvriront de chair et la peau les gainera de nouveau. Ils chanteront leur joie dans la vallée que garde l'ange du Seigneur. Les corps se dresseront dans la poussière, ils appelleront à eux le souvenir de leur forme effacée. Le vent, lui-même, sifflant joyeux dans les palmes, dira la louange de Dieu. Mais l'on n'entend que la longue rumeur agonisante de l'espèce, l'appel irraisonné et animal de l'humanité implorante. Je ne sais plus les mots. Je demande simplement qu'elle ne meure pas... Qui prier? La Vierge laisse couler de ses genoux de pierre le corps trop vaste de son fils, abîmé, souffrant, hébété d'agonie. Les mains innocentes de Dieu sont souillées d'un sang juste: les mères d'Égypte pleurent leur premier-né. Abraham lève le couteau sacrificiel sur Isaac. Je suis ce père qui lie son enfant au bûcher et laisse s'abattre sur lui la lame. Quel ange retiendra mon bras?

Je ne me sentais pas très bien. Je suis descendu un instant. J'ai franchi la porte vitrée de la clinique. Le ciel était d'un bleu froid et idéal et nous nous tenions sous la lumière verticale de midi. Le bitume était mouillé. Une averse brève et inexplicable venait de passer. Déjà, le vent avait dégagé l'horizon, poussant au-delà des limites du tableau l'explosion blanche et fixée des nuages. Au ciel restaient seulement d'étroites bandes défaites à force de s'étendre. Deux d'entre elles, plus visibles que les autres, se coupaient à angle droit et dessinaient une vague croix, la croix consolatrice... Pour la Cimmérie, suivre le périphérique extérieur puis prendre par la porte de Choisy.

J'étais immobile au soleil sur ce trottoir de nulle part dans un quartier perdu. Je tirais sur mon cigare. Je n'avais nul endroit où me rendre. J'avais l'impression que les passants se demandaient ce que je faisais là. J'étais dans un vague vertige de mots et de lumière. Les paroles que je disais faisaient une petite litanie absurde que j'adressais à personne. Je me suis rendu compte alors que c'est Pauline, en fait, que je priais. C'est à elle que je parlais obsessivement dans la clôture d'écho de mon crâne. Je pensais qu'elle m'écoutait. Je disais des mots stupides et inutiles : *Ne nous laisse pas, ma grande fille, attends encore un peu, es-tu si pressée ? Une dernière partie avant le sommeil, une toute dernière, oh ! s'il te plaît ! Tu vois, c'est moi qui demande ce soir. Il ne peut pas être l'heure déjà d'aller au lit. Regarde comme le soleil est haut dans le ciel, regarde comme il refuse d'aller se coucher. Jouons encore un peu avant le grand cache-cache des ombres, quand tu me donneras rendez-vous dans mes rêves, quand nous nous guetterons l'un l'autre de chaque côté de la vaporeuse frontière de neige du réveil. Tu marcheras dans le soleil. De la main, tu me feras un signe dans le lointain. Tu souriras sans approcher. Parfois tu diras quelques mots et tu ne glisseras pas dans mes bras. Ta tête est posée sur l'oreiller de fleurs. Tu as sommeil. Mais tu ne peux pas dormir puisque le livre que tu m'as demandé n'est pas encore fini. Regarde toutes les pages qui nous restent. Je peux lire jusqu'à l'aube et jusqu'au soir encore. Il ne faut pas fermer les yeux...*

Je me tenais droit sur le trottoir de l'avenue, la tête renversée au soleil. L'écran de mes paupières fermées laissait apparaître des anneaux bleus et pourpres. Je me saoulais de ces sentiments. J'entendais jouer en moi la mélodie automatique, pathétique et écœurante du chagrin. Je disais les mots que n'importe qui répète quand il n'y a plus rien à dire.

En milieu d'après-midi, on nous a annoncé que l'opération était loin d'être terminée. Pour atteindre certaines des zones de la tumeur, il avait fallu retourner l'enfant, la glisser sur le côté et ouvrir à son flanc une autre voie d'accès. Tout le programme du bloc pour la journée avait été annulé. Les chirurgiens voulaient pouvoir travailler sur l'enfant jusqu'au soir.

C'est au soir que le chirurgien nous a fait venir dans son bureau. L'opération avait duré toute la journée. Il nous a expliqué que l'intervention avait été une réussite. Il avait fallu faire preuve d'obstination, s'y reprendre à plusieurs fois, prendre des risques qui s'étaient avérés payants mais le thorax avait été libéré de toute la masse cancéreuse. Ce qu'il décrivait ressemblait à une sorte de carnage sous la chair : le poumon droit avait donc été enlevé, ainsi qu'une partie de la trachée, il avait fallu remplacer la veine cave par une prothèse. Mais ce carnage était salutaire, il était la seule chance de salut. Ce qui semblait improbable, voire impossible avait été accompli. L'opération était extrêmement lourde. Toutes sortes de complications pouvaient donc encore surgir. Il faudrait surveiller de près l'état de l'enfant. Nous avons serré la main du chirurgien. Je ne me souviens plus très bien mais je crois que nous ne l'avons pas remercié. Nous ne connaissions pas de mots pour cela. Nous étions dans la stupéfaction la plus absolue de l'espoir retrouvé.

8

Nous ne l'avons réalisé qu'après coup mais personne, semble-t-il, sinon le chirurgien ne semblait croire à la possibilité de ce qui avait été accompli. La chose avait été tentée sans conviction. Le sentiment était que l'enfant ne pouvait être abandonnée encore. Il n'y avait sans doute qu'une chance sur cent. Cette chance avait été saisie. Les médecins de l'Institut parlaient d'exploit chirurgical et réfléchissaient au moyen thérapeutique le meilleur d'exploiter cette prouesse pour reprendre l'avantage sur la maladie.

Pauline fut rapidement sur pied. Dès le lendemain de l'opération, elle se ventilait normalement et elle fut extubée. Elle put quitter le lit, aller jusqu'au fauteuil, se nourrir vaguement de lait et de céréales. Les cordes vocales avaient été heureusement épargnées dans l'intervention. Mais la voix était encore faible et voilée. En un peu moins d'une semaine, l'autorisation fut donnée de quitter la salle de réanimation. Pauline et Alice reprirent le chemin du septième étage où leur chambre double les attendait. Chaque jour, l'enfant partait pour de plus longues promenades dans les couloirs. Elle allait jusqu'au salon des visiteurs, jusqu'au kiosque à journaux, montait à la cafétéria prendre un verre de jus d'orange. Elle se réalimentait un peu. Ce qui s'était passé au bloc ne la tourmentait pas. Elle respirait avec plus d'aisance qu'avant l'intervention. La mutilation était invisible. Deux longues et étroites cicatrices sur le thorax et le dos en témoignaient seulement.

La convalescence hospitalière devait durer deux bonnes semaines au moins, le temps de se prémunir contre de probables complications postopératoires. Nous reprenions le fil de notre vie ordinaire. La clinique nous était un refuge meilleur encore que le secteur protégé de l'Institut. Nous n'avions de comptes à rendre à personne. Nous étions anonymes. Notre angoisse n'était un spectacle pour personne. Deux médecins et quelques infirmières étaient nos seuls interlocuteurs. L'un de nous pouvait rester dormir auprès de l'enfant et lui épargner ainsi la détresse de tous les adieux du soir.

Nous revenions à nos dessins animés, à nos livres, à nos jeux. Nous avions désormais épuisé la gamme des vidéos offerte par la compagnie Disney. Pauline découvrait *Bonne nuit les petits !*. Elle aimait l'espièglerie gentille de Nicolas et Pimprenelle, la balourdise de Nounours toujours prêt à tomber dans les traquenards de farce que lui tendaient les enfants. Le rituel répété de l'endormissement la rassurait. Le petit garçon et la petite fille se couchaient dans leurs lits parallèles un peu comme le soir elle le faisait auprès de Maman. L'ours éteignait la lumière. Il grimpait son échelle de corde. Il rejoignait le marchand de sable sur son nuage. Le joueur de flûte sifflait sa mélodie de berceuse. Sur les immeubles où s'assoupissent les petits, il dispersait à larges poignées la poussière d'or qui pèse sur les paupières et tire vers le monde suave des rêves. Il allumait dans le noir l'«étoile des petits» vers laquelle tous les enfants inquiets peuvent tourner les yeux car elle veille sur eux.

Mais Pauline avait grandi si vite qu'elle était capable maintenant de comprendre des histoires plus complexes. Elle s'amusait du *Roi et l'Oiseau*, de la veine libertaire du dessin animé dialogué par Prévert. Elle souriait de ce monde cruel où les rois sont si laids et si vaniteux que les bergères leur préfèrent un «*petit ramoneur de rien du tout*». Son cœur battait quand les petits amoureux dévalaient un vertigineux escalier de cauchemar. Elle applaudissait intérieurement aux exploits de l'oiseau démagogue guidant la révolte des lions, des enfants, de tous les misérables envahissant le labyrinthe guindé des palais. Cette fable révolutionnaire lui plaisait. Pauline n'avait jamais lu ni Andersen ni Marx, elle ignorait qu'il y avait dans l'histoire d'autres personnages que les hommes des cavernes et les rois aux noms de chiffre ou de soleil. Mais elle était, semble-t-il, spontanément léniniste, favorable sans état d'âme à la cause de la révolution et au principe de la dictature du prolétariat. Elle demandait seulement que les bolcheviques soient reconnaissables à leur plumage multicolore, que le prolétariat rugisse et porte crinière, que le premier geste de la société communiste consiste en la libération immédiate des petits oiseaux en cage. (Quand elle était toute petite, par jeu, nous lui avions appris, avec d'autres chansons, *L'Internationale*, et parfois, à notre grand embarras, dans tel ou tel magasin chic de la rue de Sèvres ou de la rue Lecourbe, elle dressait son minuscule poing et se mettait à en entonner le refrain, sous l'œil scandalisé des clientes, des vendeuses.)

Comme ils sont faibles les pouvoirs des romanciers comparés à la magie de ceux qui ont choisi d'écrire pour les enfants! Emma Bovary, Stephen Dedalus, Julien Sorel, Joseph K., Ferdinand Bardamu sont de puissantes figures de fiction... Mais Peter Pan! Pinocchio! Leur histoire est infinie à la manière des mythes qui nous manquent. Elle se poursuit de chevet en chevet quand vient pour les enfants l'heure d'aller au lit. Chacun brode sur le canevas, récrit, invente, pour tenir jusqu'au moment où les yeux se ferment, où les paupières s'abaissent, faisant tomber le rideau des rêves.

Peter Pan était le préféré de Pauline, son « *chéri* » comme nous disions. Mais le Peter Pan qu'a connu Pauline n'appartenait qu'à elle. Les aventures racontées par Barrie n'avaient fourni qu'un prétexte depuis longtemps oublié. Chaque soir, un nouveau chapitre devait être écrit. À tour de rôle, Alice et moi nous improvisions, inventant de nouvelles histoires qui soient susceptibles de parler à l'imagination de notre fille. Infidèles, nous étions dans notre droit. Peter Pan appartient aux enfants malades. C'est à eux que Barrie a abandonné les droits de son œuvre et le Parlement anglais, par une législation exceptionnelle, renouvelle perpétuellement ce copyright exceptionnel. Nous tenions ainsi le début de l'histoire qu'allait adorer Pauline. James Barrie n'était pas comme on l'a prétendu un célèbre homme de lettres écossais. Il était en fait docteur dans un hôpital de Londres, un hôpital devant lequel Pauline est souvent passée puisqu'il se trouvait dans le quartier de Bloomsbury, à deux pas de l'ancien bureau de Papa. Dans cet hôpital, on soignait, comme à l'Institut, tous les enfants. Mais cela se passait il y a très longtemps, il y a un siècle, c'est-à-dire quelque part entre le temps des hommes historiques et le nôtre. À l'époque, on n'avait pas encore inventé les «médicaments forts» et il était plus difficile encore qu'aujourd'hui de soigner les enfants. Wendy était une petite fille malade de l'âge de Pauline. Elle avait une «*boule*» quelque part. L'histoire ne dit pas où. Dans sa chambre blanche, elle passait de longues heures d'enfance. Sa Maman et son Papa étaient auprès d'elle. Maman jouait avec elle le jour. Le soir Papa racontait des histoires. Il inventait un monde merveilleux qui se nommait le Pays Imaginaire. On ne pouvait s'y rendre qu'en volant, il fallait toucher la deuxième étoile puis tourner à droite jusqu'au matin. Chaque nuit, par l'imagination, on pouvait visiter une province nouvelle de ce royaume féerique. Il y avait le campement des Indiens, la crique du crocodile, le lagon des sirènes, l'arbre creux où dorment les garçons perdus. Au large, mouillait le sinistre galion des pirates. Wendy était l'héroïne de ces aventures. Son amoureux de rêve se nommait Peter Pan. Il l'entraînait avec lui dans un vertige d'aventures et de songes. Papa racontait jusqu'à ce que l'enfant s'endorme. Et de l'autre côté de la porte, le docteur James Barrie tendait l'oreille. Il notait mentalement et bien plus tard, il écrirait le livre que nous connaissions. Ou peut-être était-ce l'inverse, James Barrie était le papa et c'était le docteur qui racontait après sa tournée du soir. On ne savait plus bien. Tout cela s'était passé il y a si longtemps.

Un seul fait était avéré. Une nuit, Wendy s'était réveillée juste après le départ de ses parents. Elle avait cherché dans le ciel nocturne l'étoile luisante des enfants. Mais une forme sombre planait à sa fenêtre. Entre les vitres, la silhouette s'était glissée. Elle s'était approchée jusqu'au lit d'hôpital. Il s'agissait d'un jeune garçon. Il avait les oreilles pointues. Sur sa chevelure rousse, il portait un bonnet vert où une plume avait été piquée. Il était vêtu d'une tunique et d'un collant de la même couleur. C'était... Et ici Pauline jubile, ses yeux brillent, elle sourit car elle sait que c'est à elle qu'il appartient de nommer le petit personnage... *C'était... Peter Pan!*

Pourquoi Pauline adorait-elle cette histoire à ce point? Elle était fascinée par le miracle du vol. À ce jeu, Peter était meilleur encore que Superman. Il saisissait la fée Clochette par les ailes, l'agitait en tous sens, faisait pleuvoir d'elle la pluie magique qui saupoudrait d'or les enfants. Et ces derniers, alors, se mettaient à planer doucement. Pauline était un peu inquiète. Elle avait remarqué que Wendy, lorsqu'elle volait, tendait les bras. Mais elle, pourrait-elle voler aussi si la maladie l'avait rendue incapable de lever sa main gauche? Bien sûr que oui! La poussière de fée était certes un élément important. Mais l'essentiel était la pensée agréable qui soulève le corps et l'emporte sur un invisible tapis volant. Pauline ne manquait jamais de pensées joyeuses. Elle pouvait voler au-delà du bout du monde.

Si elle désirait tant partir en rêve pour le Pays Imaginaire, c'est que l'intelligence de Barrie est d'avoir inventé là un monde où les enfants ont raison, où on ne leur enseigne pas à renoncer à ce qu'ils sont, où ils vivent la vraie vie féroce de l'enfance. Le Pays Imaginaire n'est pas un univers meilleur. C'est une terre féerique et cruelle. De terrifiantes bêtes sauvages y rodent. Des végétations carnassières y grandissent. Pirates, Indiens et garçons perdus se livrent une guerre perpétuelle et sans merci. Pauline ne s'identifiait pas à Peter. Elle était Wendy, la petite fille, sage, gentille, obéissante et coquette, marchant allègre parmi des horreurs légendaires, glissant extasiée au milieu des mâchoires d'acier. Elle était l'enfant calme et gracieuse qui découvre, émerveillée, la farce absurde de vivre. De gros garçons un peu bêtes la prenaient pour cible. De candides sirènes cherchaient à la noyer.

Le combat de Crochet contre Peter n'est pas celui du mal contre le bien. C'est une guerre de gangs, une lutte de voyous se partageant un ghetto tropical. Chacun travaille à sa propre gloire, dirigeant une bande docile de semi-arriérés. C'est la grande épopée des cours de récréation. Il faut lutter et vaincre. Pas pour survivre mais pour produire la preuve perpétuelle que l'on a bien existé ! Tout se passe loin de la morale qui fait les contes ordinaires. Peter et Crochet se ressemblent comme le blanc et le noir. C'est pourquoi ils se détestent. Ils ont oublié les causes de leur querelle. Ce sont tous deux des orphelins, des enfants oubliés. Ils veulent se faire un nom dans leur quartier. Et comme Pauline, ils ont un ennemi commun qui se nomme le temps. Peter refuse de naître. Crochet ne veut pas mourir.

Encore bébé, Peter s'est penché par la fenêtre de la maison victorienne où il était né. Ses parents dormaient. Il a regardé longtemps le vol des oiseaux nocturnes et des insectes. Il a fixé la buée de lumière des réverbères. Puis il a senti son corps devenir léger. Il a volé jusqu'à Kensington Gardens. Les fées et les cygnes de la Serpentine l'ont adopté. Les mois ont passé. Il a voulu revoir sa mère. Mais quand il a volé jusqu'à sa maison, la fenêtre par laquelle il avait passé était fermée. Un autre bébé dormait dans le berceau quitté. À ce moment-là, Peter a compris le peu de place vraie qu'occupe chaque enfant dans le monde des adultes. Alors il est parti pour le Pays Imaginaire où il ne grandira plus.

Crochet est un enfant, lui aussi costumé en pirate, flottant dans ses habits trop larges, un orphelin trop vite endurci par la vie. Il a perdu une main. Le grand crocodile l'a dévorée. Et le goût de cette chair était si suave que l'animal ne saurait s'en déprendre. Il guette la proie tout entière, accompagne le navire pirate en quelque lieu qu'il mouille. Il attend patiemment son heure et le moment de terminer son festin promis. Dans sa rapacité, il a tout avalé. Au fond de son estomac, une pendule poursuit le travail de ses ressorts et de ses roues. Cela fait un tic-tac lugubre résonnant depuis la chambre des entrailles froides. Crochet ne peut plus dormir. Ce tic-tac le rend fou. Il n'est pas seulement la marque de la bête qui le poursuit. Il est l'avalanche inexorable des secondes, des minutes, des heures, le vacarme même de la vie s'écoulant. Peter et Crochet ne veulent pas que le temps passe. Ils désirent l'éternité tout entière pour y livrer combat à la façon de deux gamins se défiant de jour en jour. Tout cela ne concerne ni le bien ni le mal. Le seul adversaire est le tic-tac glouton du temps.

Pauline n'abandonne plus son livre de Peter Pan que pour un autre ouvrage qui, d'une certaine façon, doit bien ressembler au premier s'il lui plaît autant. Vous rappelez-vous comment commence le *Roman de Renart*? Non, vous ne connaissez pas la grande guerre qui ne finira jamais de Renart et de son compère Ysengrin, vous n'avez plus en mémoire le grand récit ivre de leur querelle, vous ne voulez plus croire que «qui n'a pas confiance aux livres est en danger de mauvaise fin». Pourtant depuis ce récit de neige, d'arbre et de poussière, depuis ce vieux roman des romans, on n'a pas fait mieux, me semble-t-il. Une enfant de quatre ans peut écouter ces phrases. Tout est dit. L'histoire de la littérature recommence dans l'évidence de la fable. Renart et Ysengrin, Peter et Crochet, main coupée et queue tranchée, espièglerie et cruauté, rires et larmes... Le grand livre de la vie s'ouvre ainsi, l'ineffable et tendre théâtre de la cruauté est dressé dans un décor d'île ou de forêt... Il était encore une fois... Il sera toujours une fois tant que les petites filles de quatre ans écouteront une voix leur raconter ces longues aventures d'effroi et de plaisir, penchées sur les images colorées d'un prodigieux album.

Le livre que nous lisons est bien entendu une version abrégée, illustrée à l'intention des enfants. Mais l'adaptateur a eu l'intelligence de ne pas trop polir la langue, de lui laisser sa musique, son mystère. Que sont des «bacons», des «gelines», des «grenons» ou des «brachets»? On ne sait pas. Pas plus qu'un enfant ne connaît tous les mots d'un livre qu'on lui lit. Et pourtant il entre dans le récit, en démêle les intentions, en décrypte les énigmes. L'ancien français est une langue comme l'anglais sauf que tout le monde la comprend un petit peu et que plus personne ne la parle. On met donc un mot à la place d'un autre : un renard s'appelle un goupil mais Renart est le nom d'un goupil! Pauline reconnaît bien des histoires. Elle les a lues dans La Fontaine. Mais les noms ont tous changé : le corbeau se nomme Tiecelin, le coq Chanteclerc et le chat Tybert. Il est question de fromages, de poulaillers, d'andouilles.

Comme Peter, Renart ne connaît ni le bien ni le mal. Il se sert alternativement de l'un et de l'autre pour parvenir à ses fins. Il aime les siens : sa dame, Hermeline, ses enfants, Malebranche et Percehaye. Tous les autres lui sont tour à tour complices et adversaires. Il ne jure fidélité à personne. Tous les coups sont permis. Le plus rusé l'emporte. Pauline est stupéfaite et ravie devant ce qu'elle nomme les «*farces*» de Renart. Farces assez terrifiantes! La queue d'Ysengrin est tranchée, la patte de Brun est broyée... Je n'évoque pas les multiples larcins... Voilà un héros qui ne s'embarrasse pas de préjugés. Il est dans la joie entière de l'agir. Parfois, il triomphe. Parfois, il échoue. Mais aucun échec ne lui est fatal. Il a tous les droits parce que le monde dans lequel il vit lui est aussi une féerie cruelle. Nécessité fait loi! La nourriture manque, le froid est rigoureux; dans l'herbe, les hommes ont dressé les pièges d'acier qui tranchent les membres, ils surveillent le bâton à la main leurs poulaillers, ils lâchent les chiens. Renart sauve sa peau, il court, il s'en va, il ruse, il détrousse, il tue. Sa vie est une fuite joyeuse dans la tourmente carnassière du temps.

Mais j'oubliais la fin de mon histoire! À l'hôpital, Peter Pan était venu chercher Wendy. Il l'emmènerait avec lui jusqu'au Pays Imaginaire. Son Papa le lui avait décrit mais manquait cruellement d'imagination. Tout était bien plus riche et féerique. Alors Peter ouvrit toutes grandes les baies vitrées. Wendy posa sur les lèvres de ses parents un long et tendre baiser rêvé. Elle savait qu'elle ne les reverrait plus. Elle glissa sa main dans celle de Peter. Ils sautèrent par la fenêtre de l'hôpital des enfants malades. Et, suivant la trace de lumière qu'avait laissée Clochette, tous deux volèrent jusqu'au matin.

9

Cependant, la fièvre persistait. Le scanner post-opératoire, les analyses en laboratoire avaient permis de vérifier le succès de l'opération. Mais les radiographies montraient que la cavité pulmonaire s'emplissait rapidement de liquide. Il fallut faire un prélèvement, poser un drain et s'assurer qu'aucun risque d'infection n'existait. L'enfant dut retourner au bloc. L'intervention était légère mais elle mit en évidence la présence de signes douteux sur la paroi thoracique. La tumeur avait pu disséminer au-delà de la plèvre. Cette découverte ne remettait cependant pas en cause le programme thérapeutique arrêté par l'Institut. La décision avait été prise d'irradier intensivement le pourtour de la lésion pour se prémunir là contre une récidive toujours possible. La chirurgie ayant fait son œuvre, la chimiothérapie étant impuissante, il fallait espérer que la radiothérapie s'avérerait ici l'outil médical salvateur. Cette solution était également la plus souple : soit les rayons agissaient sur les cellules cancéreuses, et l'on pouvait ne pas renoncer à l'espoir de guérir ; soit ils n'enrayaient pas le développement recommencé de la tumeur, et l'on savait qu'en tout cas ils joueraient leur rôle ordinaire, soulageant les douleurs, améliorant le confort du patient condamné. Avec la radiothérapie, on pouvait discrètement glisser de l'option thérapeutique à l'option palliative.

Une quinzaine de jours s'était écoulée depuis l'opération et l'état de santé de Pauline avait cessé de s'améliorer. L'enfant s'alimentait de moins en moins. Elle connaissait parfois de légères crises d'étouffement. De nouveau, d'impressionnantes sueurs froides ruisselaient le long de son crâne et trempaient ses cheveux ras. Elle était fatiguée, marchait moins volontiers. Nous voulions croire qu'elle se ressentait seulement des effets de l'intervention, qu'elle était lasse de l'hospitalisation, que tout irait mieux dès qu'elle serait rentrée à la maison. La fièvre tomba trois jours d'affilée et les docteurs nous donnèrent l'autorisation de partir. Les rendez-vous avaient été pris pour que la radiothérapie commence au plus vite à l'Institut. Nous pensions que le retour à la maison serait pour Pauline, comme après chaque cure, le signal de l'habituelle résurrection : nous irions au restaurant japonais, elle se remettrait à manger, à jouer, elle serait avide d'aventures nouvelles. Mais cette fois, Pauline restait couchée sur le canapé bleu. Elle ne pouvait pas sortir du précipice. Pour nous faire plaisir, elle acceptait telle ou telle sortie, tel ou tel jeu. Mais on lisait sur son visage l'effort que ces minuscules entreprises exigeaient d'elle. Les douleurs ne s'évanouissaient pas et les doses de morphine administrées restaient au plus haut. La nuit suivante, la fièvre monta de nouveau de façon spectaculaire.

Nous avons pris contact avec l'Institut et avec la clinique. Nous ne savions plus très bien à qui nous adresser. Et comme nous ne recevions aucune consigne claire ni d'un côté ni de l'autre, nous avons choisi finalement le chemin de la clinique. Nous pré-

378

férions penser peut-être que la souffrance nouvelle de Pauline était l'un des effets transitoires et secondaires de l'intervention, que les pneumologues et les chirurgiens sauraient trouver une solution. Les examens révélèrent que la trachée était de nouveau comprimée et qu'ainsi s'expliquaient les difficultés respiratoires de l'enfant. La compression elle-même pouvait être l'une des conséquences purement mécaniques de l'opération. On pourrait aisément pallier ce rétrécissement grâce à la pose d'une prothèse qui maintiendrait ouvert l'orifice intérieur. Un rendez-vous d'I.R.M. avait été fixé pour le surlendemain. L'interprétation des images fut particulièrement difficile. Mais la prolifération périphérique des métastases ne faisait plus de doute. Le cancer était comme une flamme courant sur une large feuille de papier. Le foyer était depuis longtemps consumé. Mais le travail noir et brun du feu mordant la page se poursuivait sur les bords. Tout se passait à une vitesse telle que ni les drogues ni les lames ne pouvaient rivaliser de rapidité avec le devenir fou des cellules malades. Le lendemain, Pauline reprendrait le chemin du bloc. En vue du traitement à venir, on lui poserait un nouveau cathéter. On profiterait de l'anesthésie pour procéder à une fibroscopie. Un scanner serait ensuite indispensable. On mettrait sans doute en place la prothèse nécessaire. Puis nous serions libres de rentrer à la maison.

On dit qu'avril est le mois le plus cruel. Mais je lisais Barrie à Pauline et je me souciais peu d'Eliot. Avril était un mois superbe. Un soleil vivifiant brûlait la ville. L'après-midi, nous descendions dans le jardin de la clinique. Pauline ne quittait plus guère sa poussette. Je la plaçais à l'ombre de l'arbre. Nous fumions des cigarettes dans la lumière. Nous discutions tous les trois. Elle souriait et regardait les fleurs. Parfois nous lisions de nouveaux livres. Dans les branches au-dessus d'elle, Pauline écoutait le sifflement d'un oiseau. Alors, elle m'a dit : *Tu entends, Papa, mon oiseau est là. Je savais qu'il reviendrait. Il chante ma chanson pour moi. Exactement comme tu me l'avais expliqué... Tu te souviens, il y a longtemps...* Je me souvenais et je n'ai rien répondu, je crois. J'ai dit oui simplement et j'ai souri à mon tour. J'ai demandé à Pauline si elle ne voulait pas partir à la campagne. Alice était décidée. Elle avait déjà une idée de l'endroit où nous pourrions aller. Pauline a dit qu'elle était d'accord avec Maman, que Maman avait toujours raison puisque c'était une fille comme elle. J'étais heureux d'être de nouveau en minorité. Nous nous sommes mis à discuter de tout cela très sérieusement. Dès que l'appartement de Londres serait vendu, nous achèterions bien sûr la nouvelle maison que nous nous étions promis. Mais en attendant nous pourrions louer quelque chose au soleil, dans l'herbe et les fleurs. Pas très loin de Paris puisqu'il faudra revenir tous les jours à l'Institut pour les rayons... Mais au moins ne plus respirer la fumée, les sueurs et la crasse, ne plus marcher sur le bitume, dormir longtemps dans l'ombre, se promener entre les arbres. Pauline irait au bloc demain. Ce serait une toute petite opération. Elle était nécessaire pour la pose du cathéter et pour que Pauline puisse respirer librement l'odeur de la pluie sur le gazon, le carnage des pétales après la tempête. J'écoutais Alice. Elle se penchait à l'oreille de Pauline. Elle lui disait : *Il ne faut plus attendre, mon amour... Nous allons partir... Il faut s'enfuir là où le malheur ne nous trouvera pas... Il faut se sauver...*

IX

UNE PROMENADE
DANS LE BLANC

... and thus it will go on, so long as children are gay and innocent and heartless.

1

La mort n'efface pas toute la beauté du monde. Elle la rend seulement inutile et la tourne en splendeur vaine. Le triomphe du matin n'est plus déjà qu'un signe de vent tracé dans le vide. On n'a jamais si bien vu Paris que depuis la terrasse d'un hôpital. On franchit une fenêtre interdite, prend pied sur un palier de gravier où, entre deux éléments de métal ou de béton, d'autres avant vous ont abandonné quelques cigarettes à demi consumées. Depuis ce point clandestin de surplomb la ville s'ouvre selon ses horizons plongeants de vertige : les cours et les jardins dévoilés, les balcons en contrebas, les plans de zinc étagés, la géométrie des toits et des façades, le dessin deviné des rues, la friche urbaine enfin d'ordure et d'herbe. Le soleil est à peine levé sur une journée promise de calme et de lumière. Déjà tourne dans le bleu le rouage mobile des nuages, leur ordre passager. Avec le vent se déplace le périmètre fuyant de l'ombre. Tout s'en va, pris dans une grande débâcle de clarté.

L'enfant qui meurt est éternel. Ses heures sont comptées mais le temps, pour lui, s'ouvre par le travers. Chaque seconde abrite en son sein des jours qui se comptent eux-mêmes en années, en siècles d'immensité. L'avenir tout entier se loge dans l'instant et jamais n'advient ce qui pourtant sera. Il y a un moment froid de silence à partir de quoi tout s'immobilise. Ainsi, ce matin, au téléphone : la voix posée d'un médecin de garde, rendant compte du résultat prématurément acquis des derniers examens. Le scanner met en évidence une situation plus grave encore que celle présagée par l'I.R.M. L'examen clinique confirme en tout point la mise en garde des images. Pour éviter l'étouffement, il a fallu intuber précipitamment le patient, incapable désormais de se ventiler normalement. Il n'est plus question de sténose à quoi pourrait remédier la pose d'une prothèse. La trachée est extraordinairement comprimée sur laquelle pèsent des métastases d'une importance jusque-là insoupçonnée. En quelques jours, tout le thorax s'est mis à flamber, nourrissant en lui la croissance d'une nouvelle tumeur plus volumineuse et agressive encore que la précédente. Le poumon conservé s'avère lui-même atteint : des nodules y sont apparus en nombre dans la partie supérieure. L'irradiation des lésions serait irréaliste si elle n'était d'ailleurs techniquement impossible. Extuber l'enfant l'exposerait à une mort immédiate et douloureuse.

Ceux qui agonisent, désormais, ne rendent plus leur dernier souffle. Une longue langue de plastique descend dans leur gorge, passant par leurs narines, fixée par d'étroites bandes d'adhésif au-dessus de la bouche. Assistés, ils respirent ainsi, incapables du moindre son. La technique prend de vitesse le désir de dire des vivants. Tout à coup, il est trop tard. Ce n'est pas encore la mort mais, hors du sommeil comateux, déjà le silence. Il aurait fallu parler plus tôt. Mourants, vous ne réclamerez pas davantage de lumière, vous ne vous direz pas vous enfonçant dans le noir, vous ne proclamerez pas que le rideau, sur la farce, est tombé et, ce rideau tombant, il ne vous restera pas même le souffle d'un dernier «non» sous la main de pierre et de feu qui courbe vers la terre entrouverte. Dans l'agonie, on pose sur la bouche des morts un bâillon. Et la tombe scelle le silence.

Ou alors, il reste le jeu macabre des devinettes : lire sur les lèvres, déchiffrer de pénibles et d'implorantes grimaces. Que dit une enfant qui sait qu'elle va mourir ? Des mots simples, raréfiés encore par l'incapacité de se faire comprendre que, courageuse, méthodique, rationnelle, elle tente une dernière fois de vaincre. Elle dit qu'elle désire passer du lit au fauteuil, se lever, boire un peu de lait, marcher, refaire le chemin qu'elle connaît pour l'avoir déjà suivi hors de la salle de réanimation. Elle insiste. Elle dit qu'elle ne veut pas dormir. Elle se répète afin de convaincre ceux qui l'écoutent. Ses lèvres, les muscles de son visage tracent avec application des signes que personne désormais n'entend.

Le chirurgien vient nous trouver au chevet de Pauline. Un instant, il nous entraîne dans un bureau à l'écart. Voilà, nous y sommes, n'est-ce pas ?, dans le froid sans mots de l'instant. La vitesse prodigieuse de la maladie a été telle que l'impasse thérapeutique est la plus totale. Toute tentative, même la plus modeste, serait inutile, digue érigée et aussitôt renversée, contournée par le flot sans liens de l'agonie. Chaque manœuvre essayée se solderait à coup sur par l'asphyxie brutale et éveillée. L'échéance ? Quelques minutes, quelques heures... Le cœur tient bon mais le tracé de son battement sous peu deviendra fou puis cessera d'un coup. La pièce exiguë où ils sont assis n'est plus qu'un puits transparent et calme de frayeur. Le chirurgien lui-même a cessé de parler ; il a interrompu, au milieu d'une phrase, le fil insuffisant de ses explications et réprime sans bruit un sanglot. Quand meurt une enfant de quatre ans, il n'y a plus rien d'autre à faire que de pleurer. Quand tout le trésor du possible a été dilapidé et que reste seul l'absurde scintillement noir d'une vie qui s'éteint, le courage n'est pas en deçà des larmes. Il est dans l'acceptation de leur miracle vain. Seul ce signe de compassion les accompagne dans l'agonie, venant d'un homme qui, bravant tous les usages de sa profession, désespère de la perte d'une petite fille que depuis quelques semaines il aimait. La vérité se fixe dans l'incongru de cette scène arrêtée. Ce geste de dignité est seul accordé au désastre. Tous trois quelques secondes échouent à parler et lui, cherchant à maîtriser sa voix, debout, presse ses doigts sur ses paupières.

Le médecin-réanimateur entre à son tour dans le bureau. Il est le technicien de l'immédiat, de la vie rendue, de la mort donnée, des drogues brutales, des machines lourdes. En pareils cas, la procédure veut que les proches se retirent, laissant le mourant à son sommeil hypnotique jusqu'à ce qu'un coup de téléphone, sonnant le plus souvent dans la nuit, les avertisse que tout est désormais fini. On ne leur interdira pas cependant de veiller jusqu'au bout l'enfant, s'installant à son chevet, ni même de le rappeler un instant à la conscience pour de pathétiques adieux précipités. La mort les entoure, les protège, leur donne tous les droits. Elle est leur privilège de quelques heures. Elle garantit leur liberté dans le temps qui les sépare du désastre programmé. Une heure ?... Un jour ?...

L'enfant, ainsi, s'éveille une première fois, nue, les membres rivés au lit par des sangles bientôt détachées, le corps couvert de capteurs ronds qui transmettent aux machines leurs informations électriques. Elle est dans la terreur comme au cœur d'un lointain domaine de plomb d'où elle verrait encore s'effacer presque leurs visages et avec eux la figure du monde. Qu'il est difficile de pleurer, de sourire dans cet encombrant apparat de métal et de plastique !... Que s'est-il passé ?... Qu'est-il advenu des promesses faites de soleil et de santé ?... Dors, mon bébé, laisse-toi glisser dans le rêve comme ma main passe encore sur ton front... Aie confiance en mes mensonges... Par eux, je te souffle ce que je sais de l'immonde vérité où nous nous tenons... Nous te l'avions promis...

Mais l'enfant ne veut pas dormir. De sa voix sans souffle, elle jure qu'elle tiendra bon comme elle l'a toujours fait. L'épreuve nouvelle ne l'effraie pas mais seulement le sentiment nouveau d'abandon et de détresse qu'elle découvre chez ceux qui se penchent par-dessus son lit. Égoïstes, ils l'ont réveillée pour lui expliquer qu'elle devait dormir d'un sommeil plus profond que tous les autres. Elle ne les croit plus sans doute mais, puisqu'ils le lui demandent, s'abandonne entre leurs bras. Elle considère les nouvelles poupées apportées à son chevet : Nounours, Nicolas, Pimprenelle... Où est le marchand de sable ? *Il viendra, mon enfant, il viendra...* Elle serre contre elle les trois figures de tissu, renverse la tête et plonge aussitôt dans le gel nauséeux de l'oubli.

Lorsqu'elle rouvre les yeux un vieillard, d'une main tremblante de vieillesse, verse sur son front le liquide froid coulant d'un gobelet pris sur le lavabo. L'eau du baptême ruisselle sur le cercueil, sur le bois sec et verni promis au feu. L'homme n'a emporté avec lui que les deux registres de toile grise, les formulaires exigés par la bureaucratie céleste. Il veut les inviter tous deux à la prière. Ainsi : *Notre Père qui es aux cieux... Délivre-nous du mal !...* Mais qu'il est dur que ta volonté soit faite... Ou encore : *Je vous salue Marie... Pauvre pécheur* — oh, combien ! — *... Maintenant et à l'heure de notre mort...* Eh bien, nous y sommes n'est-ce pas ? Il fallait que ces mots usés, un jour, trouvent dans l'instant leur sens.

La nuit est ouverte plus qu'elle ne l'a jamais été. Derrière les jalousies de toile qui hachent les croisées, l'obscurité a toutes les heures nécessaires pour creuser, approfondir sa géométrie d'ombre. De l'autre côté du périphérique, sur la façade du grand immeuble blanc, se sont maintenant toutes éteintes les lumières des fenêtres. La grande soustraction des couleurs s'opère. Seule demeure la clarté pâle, se réfléchissant dans le ciel sans étoiles, des enseignes, des lampadaires. Pas de fatigue, de soif, ni de faim. À peine une cigarette fumée toutes les heures. Le corps passe tout entier dans l'esprit qui, lui-même, n'est plus trop certain de vouloir durer au-delà de l'heure promise. Il reste si peu de temps pour préparer le travail sans fin du souvenir et que les doigts, les yeux, les lèvres enregistrent ce qui s'évanouira du corps aimé.

La grande explosion blanche du matin se prépare qu'annonce le chant sans ordre des oiseaux. L'hôpital est un navire immobile sur le pont duquel se succèdent les équipes. Infirmiers et médecins ne franchissent plus le cercle de douleur où ils sont entrés, ils laissent tourner sur eux le cadran-sablier de l'agonie, vérifiant de loin en loin les écrans de contrôle qui disent l'écho grandissant du dernier instant. À cinq heures, elle lève vaguement la main droite. Sur son index brille le voyant rouge au bout duquel court le fil qui la relie au saturateur. Son père est là qui, profitant de cet instant miraculeux de réveil, la caresse, lui parle. Elle sourit calmement. Il comprend sans peine les deux syllabes qu'articulent silencieusement ses lèvres. Il faut chercher «*ma-man*» qui se repose un instant dans la pièce voisine. Elle accourt et l'on peut penser que sur cette image désirée s'achève la vie lucide de l'enfant. Tout est bien.

Pourtant, le cœur s'obstine. Il se donne encore à lui-même quelques heures de battement régulier. Le cœur et le cerveau auront toujours tenu bon dans la débâcle sans nom de ce petit corps. Dans le coin supérieur gauche de l'écran-moniteur, la courbe trace son dessin répété de crêtes et de droites. Les doses administrées de Fentanyl et d'Hypnovel sont déjà extrêmes. Il faut attendre. Et la vie d'ailleurs pourrait durer éternellement ainsi. Ils camperaient au pied du lit et guetteraient sur le visage de l'enfant l'hypothétique et bref moment de réveil entre les vagues médicamenteuses du sommeil. Si elle leur était offerte, ils accepteraient comme une grâce cette vie de battements de cils dans l'horreur. Ils se considéreraient chanceux de pouvoir respirer entre de si étroites limites, inventant tout un univers immobile de rêve, tracé sur le revers blanc d'un drap d'hôpital. Mais cela même ne leur sera pas donné.

L'heure verticale de midi approche par cette journée de calme soleil. Les volumineuses armoires électriques qui, de part et d'autre du lit, gèrent l'agonie font entendre alors leurs premiers sifflements d'alerte. Le battement vital se dérègle. De nouveau, on les presse doucement de quitter la pièce. À quoi bon supporter l'insupportable quand l'enfant, noyé dans sa torpeur de morphine, ne perçoit rien de sa mort et que l'invivable douleur ne remonte pas le long du chemin noué de ses nerfs ? Mais où iraient-ils désormais ? On raconte que, dans le moment de la mort, l'âme — qui n'existe pas — se sépare du corps — qui n'existe plus —, que, pacifiée, elle vire sur elle-même, planant en cercles dans l'espace et qu'avant de tomber à l'envers dans un puits doux de lumière, elle entend le cri déchiré des vivants abandonnés et leur répond par une parole profonde de compassion. Comment renoncer à la chance — même infime — d'un dernier message ? Alors, sans discontinuer, ils parlent à son oreille, ne voulant pas penser que puissent se perdre les mots qu'ils murmurent.

Ils disent tour à tour : *Mon enfant, accroche-toi à ma voix. Tu l'entends dans l'épaisseur ouatée de nuit où tu t'enfonces. Nous ne te laisserons pas longtemps seule. Le temps d'un battement et nous t'aurons rejointe. Rappelle-toi ce dont nos livres te parlaient à mi-voix. Fais semblant, s'il te plaît... Et ce lit est une barque de fête, glissant entre les pierres, les nénuphars, les étoiles reflétées. Je n'ai pas su trouver de lanterne qui soit à la mesure de ta nuit. Il n'y en a pas. Pardonne-moi... Alors, prends tout ce qui brille et se détache sur le fond bleu sombre de l'oubli. Je te l'ai apporté. La lune et ses milliers d'étoiles... Passe, inexistante déjà, dans ma voix qui ne se taira pas. Tu disais : on s'endort et on s'envole. La deuxième étoile allumée dans le ciel puis tout droit jusqu'au prochain matin... Mais que le matin est loin et incertain pour nous qui vivons cette douloureuse traversée de tristesse. Je sais. Où trouver l'unique pensée de joie qui nous emportera ? N'y songe pas ! Endors-toi ! L'heure sonne des enfants sages. Bonne nuit, mon amour. Accroche-toi à ma voix et prends-moi avec toi dans ta douce berceuse de silence.*

Les yeux se sont ouverts mais on ne saurait dire si ce qu'ils laissent voir est encore un regard. Les pupilles se fixent entre les cils puis basculent vers l'intérieur du crâne. Ils parlent encore et le cœur se met à battre avec une violence inouïe. La place laissée vacante par le poumon ôté lui donne plus d'espace et l'on dirait à chaque fois qu'il va bondir hors de la clôture des côtes. Chaque hoquet d'agonie retentit sur le visage et sur le visage s'inscrit l'indicible expression de surprise de celui qui, sans comprendre, va quitter la vie. Non, elle ne souffre pas !... Elle ne ressent rien... Pourtant, ces secondes durent des heures... Elle se crispe pour la dixième fois au moins... Alors il se lève, fait quelques pas et s'adresse au médecin pour s'assurer qu'il n'y a plus de douleur possible dans ce raidissement répété du corps. Il veut être certain et demande que soit épargné à l'enfant ce tremblement sauvage de la fin. Et sans précipitation, le médecin se fait apporter l'ampoule de pentotal dont il injecte à l'enfant le contenu. Les images s'effacent de l'écran. Le moniteur ne reçoit plus en écho aucune information sensée de vie. Long et pâle, le corps de l'enfant gît sur le drap blanc, dans le lacis des sondes et des seringues, le linceul transparent tendu de tubes et le clignotement fou d'étoiles des appareils. Apaisée, la poitrine se soulève doucement au rythme d'un souffle régulier. Il leur faut quelques secondes pour comprendre. La machine seule gère encore la respiration calculée qui anime le corps de leur enfant désormais déserté. C'est tout. Sachez-le : ainsi finissent les vivants.

2

Le blanc est la couleur des enfants qui meurent.

Quelqu'un était vivant. Puis il n'y a plus rien. La vie s'est retirée. Ce qui demeure sur le lit n'est plus l'enfant. L'agonie était encore la vie puis quelque chose a eu lieu. La mort est la vérité de l'instant. Elle pénètre le temps, elle l'enveloppe. Elle devient le temps. Dans l'insaisissable et continuelle accumulation des secondes, il y en a eu une qui se tient seule et donne leur nom à toutes les autres. Le futur ne glissera plus dans l'écluse du présent pour devenir passé. Le présent ne déplacera plus vers l'avant sa perpétuelle frontière absorbeuse d'être. L'« avant » et l'« après » se font face. Ils sont deux blocs de pure transparence immobile. Quelqu'un était. Quelqu'un ne sera plus. Tout aura disparu. Car l'absence future et la présence passée seront deux fantômes également intangibles, irréels, une fois disparu celui qui était. Le temps n'est pas partagé. Chacun vit dans l'absolu d'un temps singulier. La mort abolit cet absolu. Dans le moment de la fin, la conscience cesse d'être et cela fait un blanc où tout s'efface.

L'événement même de la mort n'est pas à l'intérieur de la durée. Il se loge dans sa brièveté théorique d'éclair. Puis on entend le long tonnerre roulant dans l'inertie du monde. La mort n'est pas dans le temps mais la métamorphose de la mort qui résonne en lui. D'abord, il n'y a ni froid ni pâleur mais l'impensable pesanteur du corps. Sous les paupières mi-closes, le regard est encore là mais quelque chose semble l'avoir tiré très loin en arrière. On dirait que le souffle s'en allant a laissé dans la poitrine un vaste vide. Et ce trou immatériel attire du dehors de pesantes particules de néant qui lestent la dépouille et la vouent déjà à la terre. La masse de l'enfant n'a pas pu changer en un instant mais les membres semblent si extraordinairement lourds qu'on se croirait incapable désormais de les soulever. La tête, les épaules, les hanches, les genoux, les chevilles, toutes les articulations douces du corps sont prises dans l'horizontalité blanche du drap. Le travail spontané commence qui désassemble secrètement les organes et tourne la chair en pierre. L'enfant est nue. Ses paupières refusent de se fermer tout à fait. On a joint ses deux mains sur son ventre en un geste inhabituel de gisant. Le visage est sans expression. Les médicaments l'ont rendu un peu plus massif qu'à l'ordinaire. Les cheveux ont poussé encore. Elle conserve dans sa bouche sa tétine de bébé. Ses mâchoires se crisperont lentement sur le caoutchouc. Pour dormir, elle a toujours eu besoin de ce talisman de plastique. Le givre s'est maintenant couché sur la peau. Le visage est translucide. Des rougeurs y apparaissent qui passent sur le dessin des veines. Du sang a gelé à l'endroit de la veine jugulaire. La longue cicatrice qui s'enroulait sur l'épaule gauche et tombait jusqu'au coude est devenue d'un rose si pâle qu'on la perçoit à peine. La dissymétrie des bras n'apparaît plus. La poitrine est criblée d'étoiles discrètes là où les cathéters plongeaient dans la chair. Il y a aussi, plus bas, l'étoile plus large et encore nouée de fil bleu du drain. De grandes traces rouges filent sur le thorax, courant vers la gorge.

On ne dit plus : l'enfant. On prononce encore moins son prénom. Les morts perdent d'abord le droit d'être nommés. Nous demandons : que va-t-il advenir maintenant de Pauline ? Et on nous répond que nous pouvons rester encore un peu avec elle mais que le corps devra bientôt descendre jusqu'à l'amphithéâtre. Pauline a d'autres noms maintenant... On peut dire aussi : le corps, la dépouille... Par délicatesse, cependant, on ne dit pas : le cadavre. On ne prononce pas de discours, on ne professe pas, on ne disserte pas dans cet amphithéâtre-là. La tragédie qu'on y joue est banale. L'amphithéâtre est en vérité un réfrigérateur, une chambre froide où l'on entasse la viande de ceux qui furent vivants. Les sous-sols de l'hôpital ressemblent à un magasin de boucherie où la cruauté des crocs serait épargnée. Pauline nous attend dans une chambre dallée de blanc, du plancher jusqu'au plafond. Cela ressemble à une cuisine non équipée, à une salle de bains vide, à un évier. Au mur est fixé un vague paysage, ocre et brun, une sorte de lande d'automne invitant à la tristesse et au calme. Sur une table basse figure un gros cierge d'église qu'on peut allumer de son briquet pour faire cesser l'éclairage brut des néons sur le petit masque mortuaire. Le froid s'est emparé des membres. Il pèse sur le visage. Je pose ma veste sur l'enfant pour lui épargner la douleur du gel. Alice l'embrasse, puis je l'embrasse aussi tant que la chair conserve en elle l'illusion vaine du sang coulant dans les veines.

Une femme vient qui dit devoir s'occuper du corps et nous demande de sortir un moment. Quand on nous autorise à rentrer dans la pièce, Pauline a changé de chair. Elle est belle d'une écœurante beauté d'artifice. Le formol fixe sa chair et l'endort. Tous les orifices par où suinterait la mort ont été obstrués. Le visage est délicatement fardé. Les paupières sont bleues. Les pommettes sont roses. Elle est belle d'une beauté impersonnelle de mannequin, de poupée à qui la vie n'aurait jamais été donnée. Nous ne pouvons plus toucher les jambes ou le bas du corps. Tout a été enroulé dans une sorte de toile cirée. Les pieds font avec les jambes un angle étrange comme si, par souci de l'horizontalité parfaite du corps dans la bière, les chevilles avaient été brisées.

Nous sommes seuls encore. Il faut partir. Alice a placé à droite et à gauche de l'enfant Nicolas et Pimprenelle. Elle s'est assurée que la tétine serait laissée entre les lèvres. Elle caresse encore le front de marbre et y pose sa bouche. Elle inspire l'odeur familière dont la mémoire ira s'effaçant. Elle ne veut pas s'en aller. Sous les vertèbres raidies, elle a posé l'un des derniers cadeaux faits à l'enfant. Pour soulager ses douleurs dorsales, elle avait offert à Pauline un coussin auquel était fixée un petite peluche de lapin. Elle le glissait sous sa tête. Du coussin sortait une ficelle et lorsque l'on tirait sur la ficelle, une boîte à musique dissimulée dans le coussin se mettait en marche. En réanimation, lorsqu'elle était intubée, Pauline désignait le coussin des yeux. Elle voulait que l'un de nous actionne encore le mécanisme et que la berceuse familière l'accompagne. J'ai pris la main d'Alice et je l'ai emmenée hors de la chambre funéraire. Nous avons soufflé le cierge. Nous avons éteint la lumière. Nous allions tirer la porte et enfermer l'enfant dans le noir lorsque Alice a lâché ma main. Elle est revenue sur ses pas. Sous le cou glacé de l'enfant, elle a cherché à tâtons la boîte à musique. Elle a actionné le mécanisme puis s'est approchée de moi. Nous avons fermé la porte. Nous entendions la berceuse sonner de son rythme monotone, dérouler sa prévisible mélodie d'enfance et accompagner dans le noir de la nuit les premiers pas de morte solitaire de notre petite fille perdue.

Le blanc est la couleur dans laquelle on enterre les enfants morts.

Une ambulance vient chercher Pauline. Deux brancardiers la glissent dans une poche de plastique. Ils la posent sur un brancard et prennent la route ordinaire des vacances. Ils mettent le cap sur l'Atlantique. Une nouvelle maison a été louée, sous les arbres et dans le chant des oiseaux. Nous dormirons près du jardin. La concession est perpétuelle. Nous suivons le corps sur le bitume glissant de vitesse de l'autoroute. Nous retrouvons l'enfant dans la chambre funéraire d'une préfecture de province. Une croix de cuivre la veille. Elle est plus lourde encore et plus froide. Il faut régler les détails matériels. Je ne pensais pas que l'apparence d'une tombe me soucierait jamais autant. Un prêtre nous rejoint. Il écoute les mots que nous disons. Il acquiesce. Il semble dans le choc de cette image à laquelle aucune religion ne prépare.

Le corbillard noir nous emporte tous vers la fin. Le crématorium fait une masse grise au milieu des fleurs. Il jouxte un terrain de golf qui porte le nom de la ville écossaise où Pauline fut conçue. La minuscule bière attend le feu. Sur elle, on peut poser encore un baiser ou tracer des doigts le signe de la croix. Le matin, des mots ont été dits. Je n'ai jamais lu la Bible à Pauline. Je croyais avoir le temps. Pour elle, Alice demande qu'on joue un air familier, une dernière berceuse. Bonne nuit les petits ! Le marchand de sable allume dans le ciel des morts l'étoile des enfants. Il joue sur sa flûte la comptine de tristesse qui entraîne au-delà du fleuve tous les petits. Dans la chapelle mariale de l'église carrée, j'ai allumé un cierge. Ézéchiel, 37 : «Je prononçai l'oracle comme j'en avais reçu l'ordre ; il y eut un bruit pendant que je prononçais l'oracle et un mouvement se produisit : les ossements se rapprochèrent les uns des autres. Je regardai : voici qu'il y avait sur eux des nerfs, de la chair croissait et il étendit de la peau par-dessus ; mais il n'y avait pas de souffle en eux. Il me dit : "Prononce un oracle sur le souffle, prononce un oracle, fils d'homme ; dis au souffle : Ainsi parle le seigneur Dieu : Souffle, viens des quatre points cardinaux, souffle sur ces morts et ils vivront." Je prononçai l'oracle comme j'en avais reçu l'ordre, le souffle entra en eux et ils vécurent ; ils se tinrent debout : c'était une immense armée. » Jérémie, 31 : «Dans Rama, on entend une voix plaintive, des pleurs amers : Rachel pleure sur ses enfants, elle ne veut pas être consolée car ses enfants ont disparu. » Psaume 137 : «Là-bas, au bord des fleuves de Babylone, nous restions assis tout éplorés en pensant à Sion. Aux saules du voisinage nous avions pendu nos cithares. Là nos conquérants nous ont demandé des chansons, et nos bourreaux des airs joyeux : "Chantez-nous quelque chose de Sion." Comment chanter un chant du Seigneur en terre étrangère ? Si je t'oublie Jérusalem, que ma droite oublie elle aussi l'art de jouer ! Que ma langue colle à mon palais si je ne pense plus à toi, si je ne fais passer Jérusalem avant toute autre joie. » Et encore : «Laissez venir à moi les petits enfants » ; «Pourquoi chercher parmi les morts celui qui est vivant ? »

La tombe est nue. Le marbre et les graviers viendront. Les dalles de béton ne sont pas encore scellées par le ciment. L'urne blanche glissera entre elles et reposera dans la terre. Quelques fleurs blanches ruissellent sur la pierre. Le nom brille dans le désastre coupé des pétales. Le temps reste pour un geste. Ce matin, le corps s'est évanoui dans le ciel. On ferme les yeux et on s'envole, disait-elle. À quoi rêvent les atomes qui se dispersent dans la clarté bleue de l'être ? À quoi pensent les atomes qui grimpent par un conduit de cheminée vers la liberté improbable du ciel ?

Tout est pris dans le blanc. Des flocons de néant émaillent leur chair. Ils se tiennent à jamais dans l'immobilité des songes. Tous les trois, ils gravissent pour toujours un chemin rugueux de neige. Ils sont dans la lueur lavée du soleil et se tiennent par la main. Ils passent entre des sapins lourds et des ronces poudrées, des pierres plates accablées de clarté. Ils ne savent pas où les mène ce brillant chemin de craie. Ou alors, ils ne s'en souviennent pas. Ils ont choisi de fredonner un refrain d'enfants. Ils se promènent dans les bois. Et le loup n'y est pas. Derrière ses dents, il couve sa salive et humecte ses babines. Ils ne savent pas. Ils ne se souviennent pas. Le loup est là. Il ne les mangera pas.

3

J'ai fait de ma fille un être de papier. J'ai tous les
soirs transformé mon bureau en un théâtre d'encre
où se jouaient encore ses aventures inventées. Le
point final est posé. J'ai rangé le livre avec les autres.
Les mots ne sont d'aucun secours. Je fais ce rêve. Au
matin, elle m'appelle de sa voie gaie du réveil. Je
monte jusqu'à sa chambre. Elle est faible et souriante. Nous disons quelques mots ordinaires. Elle
ne peut plus descendre seule l'escalier. Je la prends
dans mes bras. Je soulève son corps infiniment léger.
Sa main gauche s'accroche à mon épaule, elle glisse
autour de moi son bras droit et dans le creux de mon
cou je sens la présence tendre de sa tête nue. Me
tenant à la rampe, la portant, je l'emmène avec moi.
Et une fois encore, vers la vie, nous descendons les
marches raides de l'escalier de bois rouge.

Sainte-Cécile, 25 avril-25 juin 1996

DU MÊME AUTEUR

Aux Éditions Gallimard

L'ENFANT ÉTERNEL, collection « L'Infini », 1997 (Prix Femina du premier roman)

TOUTE LA NUIT

Chez d'autres éditeurs

LE SYMBOLISME OU NAISSANCE DE LA POÉSIE MODERNE, Pierre Bordas et fils, 1989

50 MOTS CLÉS DE LA CULTURE GÉNÉRALE CONTEMPORAINE, Marabout, 1991

« QU'EST-CE QU'UNE NATION ? » D'ERNEST RENAN, LITTÉRATURE ET IDENTITÉ NATIO-NALE, 1871-1914, Pierre Bordas et fils, 1991

PHILIPPE SOLLERS, collection « Les contemporains », Seuil, 1992

CAMUS, Marabout, 1992

LE MOUVEMENT SURRÉALISTE, Vuibert, 1994

TEXTE ET LABYRINTHES : JOYCE/KAFKA/MUIR/BORGES/BUTOR/ROBBE-GRILLET, Éditions Inter-Universitaires, 1995

HISTOIRE DE « TEL QUEL », collection « Fiction & Cie », Seuil, 1995

PRÉS DES ACACIAS : l'autisme une énigme, en collaboration avec Olivier MÉNANTEAU, Éditions Actes Sud, 2002

COLLECTION FOLIO

Composition Interligne.
Impression Bussière Camedan Imprimeries
à Saint-Amand (Cher),
le 9 mars 2002.
Dépôt légal : mars 2002.
1er dépôt légal dans la collection : septembre 1998.
Numéro d'imprimeur : 021310/1.
ISBN 2-07-040557-5./Imprimé en France.